Stacey McGlynn

Die Zeit, die uns noch bleibt

Roman

Aus dem Englischen
von Christine Naegele

WILHELM HEYNE VERLAG
MÜNCHEN

Die Originalausgabe KEEPING TIME
erschien 2010 bei Crown Publishing Group,
a division of Random House, Inc., New York

MIX
Papier aus verantwortungsvollen Quellen
FSC® C014496

Verlagsgruppe Random House FSC-DEU-0100
Das für dieses Buch verwendete
FSC®-zertifizierte Papier *Holmen Book Cream*
liefert Holmen Paper, Hallstavik, Schweden.

Vollständige deutsche Taschenbuchausgabe 10/2011

Printed in Germany 2011
Umschlaggestaltung: Eisele Grafik-Design, München,
unter Verwendung der Fotos von Masaaki Toyoura / Taxi Japan / Getty Images
und Jacqui Hurst / Dorling Kindersley / Getty Images
Satz: Leingärtner, Nabburg
Druck und Bindung: GGP Media GmbH, Pößneck
ISBN: 978-3-453-26638-4

www.heyne.de

Für Rob
Wegen immer und ewig

Die Figur der Daisy Phillips wurde inspiriert
durch die unvergleichliche Dot Nicholson
aus Liverpool, England

I

ACH KOMM, MAMA, es ist doch nicht so, als wollten wir dich wie ein altes Pferd auf einen Gnadenhof abschieben«, sagt Dennis. Er sagt es zu Daisy und stellt damit von einem Moment zum anderen ihre Welt auf den Kopf.

Dennis, fünfundfünfzig Jahre, sitzt auf dem Sofa mit dem maulwurfsgrauen Leinenüberwurf, vor sich das Beistelltischchen aus Mahagoni. Neben ihm Amanda, seine neue Frau, die kein Wort sagt. Dennis beugt sich vor und wartet geduldig darauf, dass Daisy etwas sagt. Er probiert es erneut. Zwingt sich zu einem Lächeln. »Jedenfalls hoffe ich, dass du es nicht so siehst.«

Doch genau so *hatte* Daisy Phillips es gesehen.

Sie riecht schon das Gras auf der Weide.

Fühlt das Kitzeln der Halme unter der Nase.

Sucht auf dem Gesicht ihres Sohnes nach einer Spur, nach etwas, das sie an das Kind, den Halbwüchsigen erinnert, der er einst war. Nichts. War auch dumm, das zu erwarten. Aber Daisy ist völlig aufgewühlt, sie versteht gar nichts mehr.

Dennis fährt fort. »Ich glaube … nein, *wir* glauben«, wobei er eine Handbewegung in Amandas Richtung macht,

»dass es dir dort wirklich gefallen würde. Es wäre doch unsinnig, so weiterzumachen wie bisher.« Damit meint er, weiter in dem Haus zu wohnen, in dem sie geboren ist und das sie von ihren Eltern geerbt hat. Das Haus, in dem sie ihr ganzes Leben verbracht hat. »Es wäre wie ein dauernder Urlaub für dich«, fährt Dennis fort.

Daisy antwortet nicht. Sie ist viel zu korrekt, viel zu zurückhaltend und verfügt über eine Eleganz, die ihr, bis auf ihre sehr aufrechte Haltung, niemand anerziehen musste. Der gerade Rücken war die Hauptsorge ihrer Mutter gewesen, die sich ein Leben lang auf unwichtige Dinge konzentriert hatte. Daisy starrt auf ihre Hände, die sich auf ihrem Schoß ineinander verkrampft haben, und dreht an ihrem Ring.

Dennis hält ihr den bunten Hochglanzprospekt hin. Daisy wendet sich ab. Er hält ihn noch einen Moment, dann wedelt er ungeduldig damit, als wolle er ihre Aufmerksamkeit fesseln. Doch er bekommt keine Antwort. Dennis seufzt und legt die Broschüre neben sich auf das Tischchen. »Du kannst sie ja mitnehmen. Sieh sie dir an, wenn du Zeit und Lust dazu hast. Jedenfalls finden Amanda und ich, dass das *Carillion* ideal für dich wäre. Diese Seniorenresidenzen haben weitaus mehr zu bieten, als du ahnst. Denk wenigstens mal darüber nach, okay?«

Daisy sieht ihn an. Ihre Blicke treffen sich. »Ich möchte jetzt nach Hause.« Sie steht auf und streicht ihren beigefarbenen Faltenrock über den schmalen Hüften glatt.

Auch Dennis erhebt sich, schwerfällig. »Ich kann dich heimfahren, wenn du willst.«

Daisy nickt. »Ja, das wäre schön.«

* * *

Ein paar Minuten später fährt Dennis, der Kopf nassgeregnet auf dem Weg zwischen Haustür und Auto, seine schweigsame Mutter heim. Sie lassen die dunklen, regennassen Straßen von Merseyside hinter sich und fahren in Richtung der dunklen, regennassen Straßen von St. Helens im Nordosten von Liverpool. Während die Scheibenwischer sich hin und her bewegen, geht er das Gespräch von vorhin im Geist noch einmal durch. Er hatte längst nicht so viel erreicht, wie er sich erhofft hatte. Amanda würde ihm die Hölle heißmachen, wenn er nach Hause kam.

Langsam biegt er in die Einfahrt der Rosemary Lane Nr. 24 und stellt die Gangschaltung auf »Leerlauf«. Er sieht seine Mutter an. »Ich hoffe, das Essen hat dir geschmeckt.«

»Ja, danke, es war sehr gut.« Es klingt steif.

»Sieh mal, Mama«, er dreht sich im Sitz zu ihr und sieht sie an. »Es tut mir leid, aber es ist nicht leicht, wenn ich mich um zwei Häuser kümmern muss. Zwei Rasen zu mähen, zwei Elektro- und Wasserleitungssysteme, um die man sich sorgen muss. Ich weiß es ja zu schätzen, dass du versuchst, mich möglichst selten um Hilfe zu bitten, aber irgendwas ist doch immer los, und ich bin auch nicht mehr der Jüngste. Und du weißt ja, dass Amanda nach Sussex ziehen möchte, um in der Nähe ihrer Familie zu sein. Und jetzt, wo Gabriel mit der Schule fertig ist, gibt es keinen Grund mehr, warum wir es nicht machen sollten. Wir haben schon angefangen, uns Häuser anzusehen. Sussex ist wunderschön. Du könntest ein gemütliches kleines Apartment im *Carillion* haben, ganz in unserer Nähe. Sieh es doch als ein Abenteuer, als einen neuen Lebensabschnitt.«

Daisy nickt kaum merklich, tief in ihrem Inneren herrscht ein Tumult der Gefühle.

Dennis fühlt sich etwas erleichtert. Vielleicht hat es ja doch etwas gebracht.

Sie greift nach dem Türgriff, beugt sich hinüber und gibt ihm einen Kuss. »Gute Nacht, Dennis.«

»Gute Nacht, Mama.« Dennis sieht ihr zu, wie sie vorsichtig aussteigt, ehe sie schnell den Plattenweg am Mäuerchen entlanggeht. Er beobachtet, wie sie hinter der in fröhlichem Gelb gestrichenen Haustür verschwindet. Die Tür ist von roten Kletterrosen umrahmt, die an der weißen Außenmauer des reetgedeckten Fachwerkhauses emporranken.

Er sieht nicht, was sich auf der anderen Seite der fröhlich gelben Tür abspielt: wie Daisy sich dagegenlehnt, zitternd am festen Rahmen Halt sucht und dann endlich den Tränen freien Lauf lässt.

* * *

Am folgenden Samstag ruft Dennis an. Daisy hatte diesem wöchentlichen Anruf schon den ganzen Vormittag mit Bangen entgegengesehen. Während der vergangenen Woche waren ihre Gedanken in einer Endlosschleife um seinen Vorschlag gekreist. Wechselweise ignorierte sie ihn, wies ihn zurück, ärgerte sich darüber, empörte sich, verzweifelte daran und sehnte sich schließlich danach, ihn wieder ignorieren zu können.

Und nun klingelt das Telefon.

Beim vierten Klingeln nimmt sie den Hörer ab. Sie kann es nicht mehr unbekümmert klingeln lassen, das wird ihr mit jedem Tag stärker bewusst. Denn Dennis würde nicht einfach denken, dass sie in der Küche, im Wohnzimmer oder im Bad zu tun hat. Nein, er würde vermuten, sie läge in der Küche, im Wohnzimmer oder im Bad und sei tot. Seufzend meldet sie sich.

Eine Begrüßung, ein Austausch von Nettigkeiten. Dennis

kommt nicht gleich zur Sache. Erst erklärt er, dass er ihren Rasen wegen des Regens wieder nicht werde mähen können. Überhaupt, der endlose Regen, mehr Gesprächsstoff. Dann, endlich, kommt er zur Sache. Ob sie schon Zeit gefunden habe, sich mit der Broschüre zu beschäftigen.

Daisy versichert ihm, das habe sie. Das hatte sie tatsächlich. Indem sie ihr hinterherschaute, als sie in hohem Bogen in die Mülltonne flog.

Dennis fragt, was sie darüber denke. Über ein Apartment im *Carillion* und darüber, nach Sussex zu ziehen.

Daisy unterbricht: »Oh je, wer kann das denn sein? Tut mir leid, ich muss Schluss machen. Da ist jemand an der Tür. Schade, dass wir nicht länger reden können.«

Es stimmt fast. Denn Daisy selbst ist an der Tür. Sie war mit dem schnurlosen Telefon dort hingegangen, nach draußen, bis in den Regen. »Ja, tut mir leid, ich muss Schluss machen, jemand an der Tür. Schade, jetzt wird die Sache wohl bis nächsten Samstag warten müssen. Oder bis der Regen endlich aufhört und du den Rasen mähen kannst.«

Als sie das Telefon zurückbringt, hat sie ein schlechtes Gewissen. Aber sie schiebt es beiseite. Sie muss sich beeilen, sie ist mit ihrem Club verabredet und muss die Bahn erreichen. Ein frühes Mittagessen mit den Freundinnen, danach Shopping, dann zum Tee.

Daisy steht vor dem golden gerahmten Spiegel über dem Waschbecken im Bad und legt Make-up auf. Sie fährt mit dem Kamm durch ihr hellbraunes Haar, dann trägt sie Lippenstift auf. Sie sieht sich lange und prüfend an. Ihr Gesicht, ihr Kinn. Sie sind schon immer lang gewesen, das ist keine tückische Alterserscheinung. Ihre Züge sind fein, ihr Kopf ist zierlich geformt. Die Nase schmal. Große blaue Augen hinter der ovalen Nickelbrille. Die Haut über den Wangenknochen ist noch nicht zu schlaff, die Stirn nicht zu glatt. Das wellige Haar links gescheitelt, zwei Ponyhälften, die nach beiden Seiten fallen und auf ihrer Stirn lauter Cs und Js bilden. Es ist vorn so lang, dass es bis an die Augenbrauen reicht, aber an den Seiten kurz genug, um die Ohrläppchen frei zu lassen. Hinten am Kragen ringelt es sich nach innen. Eine kleine, schlanke Frau von siebenundsiebzig, gesegnet mit einem stets freundlichen Gesicht, das immer zum Lachen bereit ist.

Sie holt tief Luft und reckt sich so hoch sie nur kann, voll Selbstvertrauen, Trotz und Optimismus.

Das leichte, aber gleichmäßige Tropfen der Dusche ignoriert sie.

* * *

Alle ihre Freundinnen sind versammelt. An der Tür hängen Schirme und tropfende Regenmäntel. Gladys und Marylin, Ellen, Cate und Dot, ihre liebste Freundin.

Daisy genießt diese gemeinsamen Essen am Wochenende. Sie fährt mit dem Zug in die Stadt, und nach dem Lunch geht's zum Einkaufsbummel ins renovierte Albert Dock. Hier fühlt sie das Pulsieren der Stadt und hat das Gefühl, dass sie dazugehört. Zu diesem Liverpool, seit kurzem Kulturhauptstadt Europas, mit dem Merseyside-Regionalpark und der ganzen Küstenregion, die zusammen jedes Jahr Millionen von Besuchern anziehen. Der Cavern Club, das Beatles-Museum und die Elternhäuser der ehemaligen Bandmitglieder, zu denen noch immer Fans aus aller Welt pilgern. Die Cafés, die Pubs, die überwältigend schönen Gebäude, die führenden Theater – all das ist Teil der Energie dieser Stadt, die Daisy so liebt.

Wenn nur der Himmel aufhören würde, alles pausenlos mit seinem Regen abzuwaschen.

Aber auch das ist Liverpool.

Daisy fühlt sich wohl. Sie trägt ein neues Kleid, marineblau mit einem Besatz in Beige, das gerade bis übers Knie reicht. Vernünftige, farblich passende Schuhe mit flachem Absatz. Sie macht Konversation und lächelt. Streicht sich Butter auf das Brot. Bestellt den Lammrücken und schließt alle unangenehmen Gedanken aus, die im Hinterkopf bohren. Im Geiste geht sie noch einmal durch, worüber sie in letzter Zeit nachgedacht hat: den Vorschlag, den sie Dot machen will.

Sie wartet auf eine Gesprächspause, dann wendet sie sich ihrer besten Freundin zu und will ihr ihre Idee unterbreiten. Sie findet ihren Vorschlag toll und kann es kaum erwarten, Dot einzuweihen.

Doch Dot kommt ihr zuvor. Ahnungslos erzählt sie, dass sie den ganzen Sommer über weg sein wird. In Spanien, wo ihre Tochter ein Haus besitzt. Und damit hat sie Daisys Idee zunichtegemacht, noch ehe sie sie ausgesprochen hatte. Hat ihrem Vorschlag, zusammen Urlaub zu machen, keine Chance gegeben. Urlaub in Irland oder Schottland, vielleicht sogar in Wales.

Als Paul noch lebte, sind er und Daisy mehrmals im Jahr verreist. Sie liebten es, unbekannte Ziele zu entdecken, und hatten zusammen viel von der Welt gesehen. Aber in den letzten vier Jahren, seit Paul ohne sie abgereist war, ist Daisy nirgendwo mehr gewesen. Wegzufahren war ihr nicht einmal mehr in den Sinn gekommen. Bis vor Kurzem. Fast war sie selbst erschrocken bei dem Gedanken, wieder einmal zu verreisen. Natürlich in wesentlich kleinerem Rahmen. An irgendein Ziel, das mit dem Auto zu erreichen war. Sie musste nur noch überlegen, mit wem. Plötzlich fiel ihr Dot ein, und nachdem sie eine Weile darüber nachgedacht hatte, kam sie zu dem Ergebnis, dass ihre Freundin tatsächlich die ideale Reisegefährtin wäre. Sie beide liebten dieselben Dinge, brauchten am Nachmittag zur gleichen Zeit ihren Tee, wurden abends gleichzeitig müde und standen etwa zur selben Zeit auf. Sie waren auch beide ziemlich aktiv – sogar ungewöhnlich aktiv für ihr Alter – und gingen beide demselben Abendritual nach: Cointreau mit Bitter Lemon. Daisy konnte sich keinen besseren Ersatz für Paul wünschen als Dot.

Doch kaum hatte sie die Worte »Dot, ich habe eine Idee« ausgesprochen, ließ Dot die Bombe platzen. Daisy kann nur noch lächelnd nicken und ihr einen schönen Sommer wünschen, während ihre Augen in der Tischrunde kreisen, um nach einer neuen Kandidatin Ausschau zu halten.

Sie verwirft eine nach der anderen, und das unheimliche Gefühl kommt wieder zurück. Die Wände scheinen näher zu kommen und sie einzuschließen. Ihre Träume werden wirbelnd wie in einem Abfluss hinabgesaugt. Möglichkeiten, die sich nicht erfüllen, wie Samen von Pusteblumen, die auf einer Vogelschwinge vielversprechend in die Lüfte getragen werden, aber nie auf der Erde ankommen, um aufzugehen. Sie kann das Gefühl nicht loswerden, dass ihre beste Zeit endgültig hinter ihr liegt. Und auf der Liste der Dinge, die sie nicht mehr verwirklichen wird, ist nun auch das Reisen. Diese ungeheuer lange Liste, die schon so vieles verschluckt hat.

Sie seufzt. Mit Paul ist so vieles verschwunden. Außer ihrem Haus in der Rosemary Lane Nr. 24. Das gehört ihr noch immer. Und das wird nicht weggepackt werden wie die kurzen Röcke, die Schuhe mit den hohen Absätzen, ihr Reisepass. Jedenfalls nicht, solange sie darüber zu entscheiden hat.

Dennis und Amanda sollen ruhig gehen. Sollen die beiden doch nach Sussex ziehen, aber ohne sie.

Sie wird sich jemanden suchen, der ihr jede Woche den Rasen mäht. Und die tropfende Dusche wird sie selbst in Ordnung bringen.

Na also, es geht doch.

2

Mittwoch. Es regnet noch immer, sintflutartig. In ganz England. Die Leute fragen sich, ob es jemals wieder aufhören wird. Zeitungen und Fernsehen sind voller Berichte von Flüssen, die über die Ufer getreten sind, von überschwemmten Straßen, Staus auf den Autobahnen. Nichts als Wasser, überall.

Und wo kein Wasser ist, da ist zumindest Feuchtigkeit. In den Häusern, in den Kleidern, in den Knochen und allen Gliedern. Die Menschen schütteln den Kopf und versuchen, das Beste daraus zu machen. Erzählen sich, wie grün das Gras ist und wie gut das Wasser dem Garten tut.

Daisy ist bei der Arbeit. Sie sitzt hinter der Theke der Stadtbücherei, ihr Teilzeitjob, seit Paul tot ist. Das Geschäft war ihr allein bald zu viel geworden. Sie bot es ihren Söhnen an, aber die winkten dankend ab. Dennis ist ganz zufrieden mit seiner Stelle bei der Zeitschrift »Artefakte, Archäologische Schätze, Antiquitäten«. Er sprach von einem neuen Buch, das seinem ersten folgen sollte. Und Lenny? Ihr aus der Form gegangener, übergewichtiger, nie sehr ernstzunehmender Sohn ist viel zu sehr damit beschäftigt, nichts zu tun.

Ein richtiger Job mit wirklicher Verantwortung würde ihn in seinem minimalistischen Lebensstil als geschiedener, freiberuflicher Fotograf viel zu stark einschränken. Also hat Daisy den Laden vermietet, zusammen mit der Wohnung darüber, und lebt von dem Ertrag. Den Büchereijob hat sie nur, um unter Menschen zu kommen. Um nicht zu verblöden.

Und um an die Bestseller zu gelangen, ehe sie in den Regalen landen.

Daisy liest in einem Heimwerker-Handbuch. Das Kapitel über Installationsarbeiten. Sie wird unterbrochen, und ihre Konzentration ist dahin. Über eine halbe Stunde lang hatte sie Bilder von Duschköpfen und deren Zuleitungen angestarrt und dagegen angekämpft, dass die Druckerschwärze immer wieder vor ihren Augen verschwamm und alles zu einem undifferenzierten Brei wurde. Deshalb ist ihr die Unterbrechung ganz willkommen. Eine vertraute Hand auf ihrer Schulter. Sie dreht sich um und sieht in Grace Parkers Gesicht.

Daisy versucht gerade, sich eine Antwort auf die Frage zurechtzulegen, warum ausgerechnet sie sich so intensiv mit Klempnerarbeiten beschäftigt, als Grace sie mit einer ganz anderen Neuigkeit überrascht. »Ich höre auf. Ich wollte es dir persönlich sagen.«

»Du hörst auf?« Daisy fragt sich, was sie damit meint. Nur für heute? Für immer? Daisy hofft, dass es nicht Letzteres ist.

Ist es aber. »Ich gehe in den Ruhestand.«

Ruhestand! Sirenen, Alarmglocken, Trillerpfeifen. Daisy weiß nicht, was sie sagen soll. Sie merkt, dass ihr Mund offen steht, doch sie bekommt ihn nicht wieder zu. Wie alt ist Grace denn überhaupt? Sie müsste jünger sein als sie, aber um wie viel? Fünf Jahre? Zehn?

»Heute in zwei Wochen.«

Daisy konzentriert sich auf Graces Ohren. Sie hatte sie früher schon wahrgenommen, doch jetzt kann sie den Blick nicht von ihnen abwenden. Diese große, hübsche, stattliche Frau mit den silbernen Haaren und der reinen Haut, die kaum Falten hat, hat die spitzesten Ohren, die Daisy je zu Gesicht gekommen sind. Sie kleben an ihrem Kopf, als habe ein Pflastermaler oder ein Zeichner politischer Karikaturen sie als Übertreibung dort hingesetzt, um eine komische Wirkung zu erzielen. Daisy weiß, dass Grace immer versucht, sie unter ihren Haaren zu verbergen, aber in ihrem Alter wird das schwierig. In jüngeren Jahren konnte sie ihre Ohren bestimmt problemlos verdecken, aber im Alter tritt so vieles zutage. Das Alter nimmt uns die Krücken weg, die wir gerade jetzt so dringend brauchen.

Es scheint, dass Daisy die Ohren zu lange angestarrt hat. Graces Hände wandern nach oben und zupfen das Haar darüber.

Ertappt. Es ist Daisy peinlich. Doch sie fasst sich schnell und sagt: »Oh, Grace, ohne dich werden mein Montag und Mittwoch nicht mehr so sein wie sonst. Aber natürlich freue ich mich für dich, sehr sogar.«

»Danke. Es wird auch nicht leicht sein, aufzuhören nach all den Jahren, aber Hal und ich finden, dass es an der Zeit ist. Wir verkaufen das Haus und suchen uns eine Wohnung, außerdem wollen wir reisen. Wir haben vier Kinder, die über die ganze Welt verstreut sind. Wir möchten anfangen, das Leben zu genießen, solange wir noch fit genug sind.«

Daisy nickt verständnisvoll. Findet die passenden Worte.

Und würde am liebsten nach Hause gehen.

* * *

Daisy weiß nicht mehr, wann sie zum letzten Mal in einer Eisenwarenhandlung war.

Sie steht mit ihrem Schirm vor dem Laden, blickt durch die Glastür und versucht sich zu erinnern. Sie kommt zu dem Schluss, dass sie damals wahrscheinlich einen Lutscher in der Hand hatte und Spangenschuhe trug, an einem Samstagnachmittag vor langer, langer Zeit, an der Hand ihres Vaters. Sie möchte ihren nächsten Vorstoß jetzt nicht länger aufschieben, also geht sie hinein.

Soweit sie bei ihrem Gang durch die Regalreihen sehen kann, hat sich nicht viel verändert. Derselbe muffige, staubige Geruch. Dieselbe Beleuchtung. Dasselbe beruhigende Gefühl, dass es hier Lösungen für alle Probleme des Lebens gibt. Sie hat ihre Digitalkamera mitgebracht, damit hat sie ihren Duschkopf fotografiert. Daisy geht ganz nach hinten, wo ein älterer Mann ihr alle Hilfe angedeihen lässt, die sie nur braucht. Er ist älter als sie, da ist sie sich ganz sicher. Eingehend betrachtet er die Fotos. Mit der kleinen silbernen Kamera in seiner großen roten Hand hat er das Problem im Nu erkannt.

Die Dichtung des Ventils in der Zuleitung, also dem Teil, der in der Wand sitzt, ist abgenutzt. Ganz leicht auszuwechseln. Kinderspiel. Man muss einfach eine neue Dichtung einsetzen.

Und bald liegen alle Teile, die Daisy dazu braucht, vor ihr auf der Theke. Der Mann erklärt ihr, wie es gemacht wird, langsam und geduldig, als habe er alle Zeit der Welt. Hat er wahrscheinlich auch, denn sie ist die einzige Kundin. Er versichert ihr, die Sache sei schnell erledigt, dazu brauche sie nicht mal eine Stunde. Er zeigt nicht den leisesten Zweifel, dass sie dazu imstande ist, und dafür wird sie ihm ewig dankbar sein.

Aber es wird sie auch ewig verblüffen. Vielleicht ist er ja blind oder nicht mehr ganz richtig im Kopf. Doch im Augenblick fühlt sie sich von diesem Vertrauensvorschuss regelrecht gestärkt.

***

Es ist schon wieder Samstag. Noch immer regnet es. Der Anruf von Dennis, pünktlich wie ein Uhrwerk. Daisy geht ans Telefon. Diesmal ist sie vorbereitet. Sie sagt, sie habe jemanden gefunden, der ihr den Rasen mäht, er brauche sich also darum nicht mehr zu sorgen. Sie dankt ihm, dass er es so lange gemacht hat.

Am anderen Ende – Schweigen. Dann überstürzen sich Fragen und Entschuldigungen. Dennis empfindet, was seine Mutter da sagt, als Anklage. Doch dann beruhigt er sich und merkt, dass es eigentlich ganz vernünftig ist. Warum soll sie nicht einem Jungen ein paar Pfund dafür geben, dass er ihr den Rasen mäht? Plötzlich ist Dennis ganz froh über die Nachricht. Über das *Carillion* fällt kein Wort. Stattdessen sprechen sie über Gabriels Abschlussfeier, die am nächsten Tag sein soll. Dennis wird sie um drei Uhr abholen. Dann legt er auf, den Kopf voll mit Dingen, die noch zu erledigen sind.

Daisy fühlt sich gut und schlecht zugleich. Gut, weil sie es fertiggebracht hat, die Geschichte von dem Jungen zu erzählen, der ihren Rasen mähen wird. Gut, weil Dennis es offenbar akzeptiert hat. Schlecht, weil es von Anfang bis Ende gelogen war. Sie hat noch gar nicht versucht, jemanden zu finden. Gott sei Dank regnet es. Wenn es immer weiter regnen würde, brauchte sie nie mehr zu mähen.

Sie geht ins Badezimmer, ignoriert das immer stärker werdende Tropfen aus der Dusche und macht sich fertig zum Lunch mit ihren Freundinnen. Sie steigt über die säuberlich aufgereihten Werkzeuge, die sie vor drei Tagen dort hingelegt hat. Gleich Montag früh wird sie es angehen, ehe sie zur Arbeit geht, wo Grace Parker ihre Abschiedsparty geben will.

3

Es ist ganz leicht. Einfach den Duschkopf von der Wand abschrauben. In der Zuleitung nachsehen, wo die defekte Dichtung im Ventil sitzt. Die alte Dichtung herausnehmen und die neue einsetzen. Den Duschkopf wieder aufsetzen, fest anschrauben.

Ein Kinderspiel.

Es ist Montag früh. Daisy sitzt bei Tee und Toast und denkt an ihre bevorstehende Installationsarbeit. Sie wäscht Teller und Tasse ab, und dabei fällt ihr ein, dass sie eine geeignetere Arbeitskleidung braucht. Was sie anhat, ist dafür zu schade. Bestimmt würde sich kein Klempner in normaler Kleidung an die Arbeit machen. Sie durchwühlt die Kommode. Sie weiß nicht genau, was sie sucht, geht aber davon aus, dass sie es schon wissen wird, wenn ihr das Richtige in die Hände fällt.

Doch es gibt nichts, was sich zum Reparieren einer Dusche eignet. Allerdings findet sie einen rosa Pulli, der jahrelang verschollen war, und erinnert sich, wie gern sie ihn getragen hat. Sie hatte ihn für die Reise nach Spanien gekauft. Vor ihren Augen steigt ein Bild auf: Daisy, in einem Straßencafé in Barcelona, in diesem rosa Pulli, mit einer großen weißen Sonnenbrille und einem Strohhut mit rosa Band. Sie nimmt den Pulli heraus und denkt daran, wie schade es doch ist, dass Dot den Sommer in Spanien verbringen wird, und wahrscheinlich nicht nur diesen Sommer, sondern auch jeden zukünftigen. Und damit, ohne es zu ahnen, Daisys einzige praktikable Reiseplanung zerstört hat. Wodurch das Reisen für Daisy von nun an nicht mehr zum Kapitel »Künftige Ereignisse«, sondern zu jenem der »Gelebten Erinnerungen« gehören wird.

Natürlich ist das nicht Dots Schuld. Es ist Daisys eigene Schuld, und sie weiß es. Sie sollte sich nach Reisen für Singles erkundigen. Das wird sie vielleicht tun.

Vielleicht aber auch nicht, und auch das ist ihr klar. Sie ist in ihrem Leben noch nie allein gereist und hält es für unwahrscheinlich, dass sie jetzt damit anfangen wird.

Sie legt den Pulli zu den Sachen für die Reinigung. Sie geht aus dem Zimmer und in den Keller, wobei sie sich selbst ermahnt, den Morgen nicht weiter mit der unnützen Suche nach geeigneter Kleidung für die Reparatur zu vertrödeln. Sie sollte sich jetzt lieber um die eigentliche Sache kümmern. Denn wenn sie sich mit der Handhabung von grundsätzlichen Dingen wie Schraubenzieher, Hammer, Nägeln und Zange vertraut machen würde, könnte sie doch in ihrem Haus bleiben. Sie könnte Dennis und Amanda ziehen lassen und selbst entscheiden, wann es Zeit wäre, zu gehen.

Sie steigt die Kellertreppe hinab. Betritt den alten Kohlenkeller, der mittlerweile zum Waschkeller und Lagerraum umfunktioniert ist. Ihr fällt der alte Overall ein, den Paul immer getragen hat. Den könnte sie sicher noch irgendwo finden, der hat Träger und würde ihr nicht wegrutschen. Sie stellt sich vor, dass es ein gutes Gefühl wäre, etwas zu tragen, was er angehabt hat. Fast so, als ob er ihr dabei helfen würde, die Dichtung auszuwechseln.

Im Keller ist es feucht. Wie kann es auch anders sein, bei dem ewigen Regen!

Sie knipst das Licht an und steht vor einem Stapel Kartons. Einige von Paul, einige von ihr. Vielleicht wäre es interessant nachzusehen, was in Pauls Kartons ist. Er ist kein Sammler gewesen. Ein Leben von achtundsiebzig Jahren, zusammengefasst in eine Handvoll Kartons. Daisy nimmt sich den ersten Karton vor und sucht nach einer Beschriftung. Nichts. Sie findet einen, der ihr gehört. Alles alte Schätze, sie weiß gar nicht genau, was drin ist. Nur bei einem, da weiß sie es. Den hat sie nicht mehr geöffnet seit dem Tag, an dem sie ihn zugemacht hat. Der Karton mit dem Schmuckkästchen.

Daisy öffnet einen von Pauls Kartons. Bowlingschuhe. Seine und ihre. Dann Schlittschuhe, ein Paar schwarze, ein Paar weiße. Und Skihosen, Skianoraks und eine ganze Sammlung von Mützen, Schals und Handschuhen. Daisy erinnert sich an das Skilaufen in St. Moritz, wo sie die Sachen gekauft hatten. Unwahrscheinlich, dass sie die noch einmal brauchen wird. Weggeben.

Sie schließt den Karton und öffnet den nächsten. Alter Christbaumschmuck, seit vielen Jahre nicht mehr gebraucht. Daisy berührt dies und jenes mit den Fingerkuppen, nimmt es heraus, betrachtet es, verloren in Erinnerungen, und legt es wieder zurück. Dann schließt sie den Karton und wendet sich dem nächsten zu. Sie weiß, dass sie ihre Zeit vertrödelt, sie darf nicht trödeln. Alte Gartengeräte, Gartenhandschuhe, Tüten mit Samen, die nie gesät wurden. Aber kein Overall.

Der nächste Karton ist wieder von Paul, angefüllt mit Babysachen. Ihre Augen werden feucht. Er hat sogar die Babydecken aufgehoben! Sie ringt nach Atem. Mit einem Seufzer streicht sie erst leise über Lennys, dann über Dennis' Decke. Wie zartfühlend Paul doch war. Wie rührend.

Sie war selig gewesen mit ihren Babys. Hatte gewollt, dass diese Zeit nie zu Ende ging. Vielleicht war sie nicht ganz sicher gewesen, ob sie heiraten sollte, aber daran, dass sie Mutter werden wollte, hatte sie nie gezweifelt. Ein zärtliches Gefühl überkommt sie, und sie erschauert leise, als sie die Decken wieder in die Hand nimmt. Sie riecht daran, sucht nach einem Hauch von Babyduft. Nichts, nur ein leichter Geruch nach Moder. Sie legt sie wieder zurück.

Der nächste Karton, ihr eigener, mit ihrem Brautkleid. Wie merkwürdig, das wieder zu sehen! Sie weiß noch, wie es sich angefühlt hatte, als sie es trug. Der innere Konflikt. Die Ungeduld ihrer Mutter. Beim Gedanken an das Gesicht ihrer Mutter überläuft Daisy ein leichtes Unbehagen.

Vorsichtig nimmt sie das Kleid aus dem Karton, hält es an die Schultern und beugt sich vor, um zu sehen, wie es fällt. Sie hatte das Kleid geliebt. Die kleinen Imitationsperlen, der hohe Spitzenkragen. Ob es ihr wohl noch passen würde? Vielleicht ja.

Und sie tut etwas, was sie nicht vorausgesehen hatte. Hier, in dem düsteren Keller. Sie zieht das Nachthemd aus und steigt in das Brautkleid. Es kommt ihr gar nicht in den Sinn, dass das albern sein könnte. Sie tut es einfach, nur um es wieder an sich zu spüren.

Sie sieht an sich hinunter, der Saum reicht bis auf den Boden des Kellerraums. Sie dreht sich, um einen Blick nach hinten zu erhaschen. Versucht sich vorzustellen, wie es wäre, wenn ihre Söhne sie jetzt sehen könnten. Und lacht bei dem Gedanken daran.

Sie zieht es aus und legt es sorgfältig in den Karton zurück, dabei denkt sie wieder an den einen noch ungeöffneten Karton, in dem das Schmuckkästchen ist. Das eine Anziehung auf sie auszuüben scheint.

Sie gibt nach. Öffnet den Karton. Entdeckt unter verschiedenen anderen Sachen das Schmuckkästchen. Sie hebt es heraus, zum ersten Mal seit sechzig Jahren, und trägt es zur Treppe. Dort stellt sie es hin, um es später nach oben mitzunehmen, wenn sie den Overall gefunden hat.

An der Treppe erinnert sie sich an etwas, das der alte Mann in der Eisenwarenhandlung gesagt hat. Dass man das Wasser vorher abstellen muss. Also dreht sie den Haupthahn zu.

Dabei kommt sie sich vor wie ein Profi. Nach drei weiteren Kartons findet sie endlich Pauls Overall. Sie nimmt ihn mit nach oben, zusammen mit dem Schmuckkästchen. Und noch etwas anderes nimmt sie mit.

Die Babydecken. Sie geht ins Schlafzimmer, die Arme voll mit wiedergefundenen Schätzen. Legt den Overall über die Stuhllehne, stellt das Schmuckkästchen auf den Nachttisch, breitet die Babydecken liebevoll auf dem Bett aus.

Sie tritt zurück, um die Decken zu bewundern, die jetzt wieder ein Zuhause haben.

* * *

Eine halbe Stunde später hat sie den Overall an. Den Duschkopf abgeschraubt. Die kaputte Dichtung rausgenommen. Den Küchenhocker mit den drei Stufen ins Bad getragen. Sie steigt hinauf, eine Hand als Stütze an der Kachelwand, einen Finger im Rohr an der Wand, um ganz sicher zu sein, dass die Dichtung richtig sitzt. Runter, Taschenlampe holen, wieder rauf.

Sieht gut aus. Daisy ist stolz auf sich. Sie setzt den Duschkopf auf und schraubt ihn fest.

Sie hat es geschafft. Sie steigt vom Tritt und schaut, wieder auf sicherem Boden, hinauf zur Dusche, um sich dann selber zu gratulieren. Es sieht perfekt aus. Und während die Sekunden verstreichen, kommt kein einziger Tropfen!

Dann die Ernüchterung. Natürlich, sie hatte ja den Haupthahn zugedreht, da kann ja nichts tropfen. Also schnell in den Keller, um das Wasser anzustellen. Dann wieder ins Bad, um zu warten, ob es tropft.

Kein einziger Tropfen! Jetzt kann sie *wirklich* auf sich stolz sein.

Sie steht nur da und lässt die Zeit verrinnen. Sie ist begeistert. Also kann sie auch ohne fremde Hilfe neue Dinge lernen. Sie kann gar nicht erwarten, es Dennis zu erzählen. Sie würde ihn sofort anrufen und ihn bitten, morgen Abend vorbeizukommen, um ihr großes Werk zu bewundern. Wird der überrascht sein!

Stolz und glücklich eilt sie ins Schlafzimmer, sie muss aus dem Overall herauskommen und sich für die Arbeit umziehen.

* * *

Nichts kann Daisys gute Laune trüben, denn so zuversichtlich hat sie sich lange nicht mehr gefühlt. Und als Grace bei ihrer Abschiedsparty neben Daisy erscheint, auf jemanden zeigt und ihr zuflüstert, dies sei ihre Nachfolgerin, mustert Daisy diese »neue Grace Parker« ganz unbesorgt. Und als sie hört, wie die »neue Grace Parker« – die fünfzig Jahre jünger ist als Daisy – voll Begeisterung erzählt, was für neue Technologien jetzt eingeführt würden, um die Bücherei auf den modernsten Stand zu bringen, gerät Daisy deshalb nicht in Panik. Und auch als Grace von ihren aufregenden Plänen für den Ruhestand berichtet, gibt ihr das keinen Stich mehr.

Stattdessen möchte Daisy von ihrer Reparatur erzählen.

Sie stellt sich vor, wie sie in die Eisenwarenhandlung geht, um dem alten Mann davon zu berichten. Vielleicht würde sie noch etwas Handwerkszeug kaufen, dazu einen kleinen Werkzeugkasten. Und sie würde ihn fragen, ob er jemanden wüsste, der ihren Rasen mähen kann. Denn inzwischen ist sie überzeugt, dass es tatsächlich stimmt – Eisenwarenhandlungen können alle Probleme des Lebens lösen.

Doch nach der Bücherei ist Daisy zu müde, um noch etwas zu unternehmen. Sie möchte nach Hause. Sie ist zu müde, um noch etwas Neues anzufangen. Sie bereitet sich eine einfache Mahlzeit, gefolgt von etwas Fernsehen, ihrem Cointreau und etwas leichter Lektüre, und will dann früh zu Bett. Sie betrachtet das Schmuckkästchen auf dem Nachttisch. Zu müde, um es sich anzusehen. Nach so vielen Jahren kann es auch noch einen Tag warten.

Sie geht zu Bett. Schlüpft unter die Babydecken. Sie zieht sie ganz hoch und schmiegt sie an ihre Wange, den modrigen Geruch ignorierend, und langsam schläft sie unter ihrer Wärme ein.

Im Traum hat sie wieder ihre vierköpfige Familie und ist der Mittelpunkt für alle.

4

Schwer zu sagen, wie lange Daisy Phillips das Rauschen von Wasser in ihre Träume mit einbezogen hat. Aber eines steht fest: Unter den Momenten bösen Erwachens rangiert dieser hier ganz oben. Denn das Geräusch von plätscherndem Wasser kommt gleich nach Artilleriebeschuss und drei Meter hohen Stichflammen.

Erst hatte sie lange herumgerätselt, was das für ein Geräusch sein könnte. Oder woher es kam. Sie lag im Bett und überlegte. Vielleicht war es der sintflutartige Regen draußen, dachte sie – denn wie gewöhnlich regnete es in Strömen. Doch dann dämmerte ihr, dass es mehr als das war.

Strömendes Wasser auch im Haus.

Daisy spürt, wie heiße Angst in ihr hochsteigt. Sie steht auf, zieht die Hausschuhe an und hüllt sich fest in ihren Bademantel. Im Flur wird das Rauschen schon lauter, und sie folgt dem Geräusch zur Kellertür. Öffnet sie, bleibt stehen und horcht. Kein Zweifel. Sie knipst das Licht an und geht nach unten.

Wasser überall. Schon mehrere Zentimeter tief. Überall, von einer Wand zur anderen.

Sie steht auf der untersten Stufe und schnappt nach Luft. Versucht, die ganze Tragweite der Situation zu erfassen. Ein doppeltes Problem, weil sie Dennis nicht anrufen kann. Sie muss allein damit fertig werden. Vor allem muss sie herausfinden, woher das Wasser kommt. Von innen? Von draußen? Was um Himmels willen ist da zu tun?

Sie entdeckt, dass das Wasser von einem der Balken an der Decke spritzt. Wie ist das möglich? Warum ausgerechnet von dort? Kann ein Balken ein Leck haben?

Daisy bemerkt die Leiter, die auf der gegenüberliegenden Seite an der Wand lehnt. Sie zögert keine Minute und steigt ins Wasser. Kaltes Wasser, das ihr schon halb über die Waden reicht. Sie platscht hindurch und holt die Leiter, stellt sie unter dem Deckenbalken auf. Direkt neben dem spritzenden Wasserstrahl. Sie klettert bis zur vierten Stufe hinauf und schaut nach oben. Sucht nach einem Loch im Balken, oder in der Decke darüber. Und entdeckt etwas, womit sie nicht gerechnet hatte.

Das Wasser kommt nicht aus dem Balken, sondern spritzt dagegen. Ein starker Wasserstrahl, der von woandersher gegen den Balken gelenkt wird, von dem er abprallt, wodurch es so aussieht, als habe der Balken ein Leck. Daisys Augen verfolgen den Wasserstrahl zurück bis zur Waschmaschine. Das Wasser schießt dahinter hervor und in einem solchen Winkel quer durch den Raum, dass es auf den Deckenbalken trifft.

Daisy klettert langsam die Leiter hinunter, jedoch nicht bis ganz nach unten.

Was ihr das Leben rettet.

Denn plötzlich gibt es einen Knall.

Daisy schwankt auf der Leiter. Hält sich fest. Ihre Finger umklammern das Glasfasergestell so krampfhaft, dass sie an den Spitzen weiß werden. Entsetzt sieht sie, was da passiert. Wie der Sicherungskasten explodiert. Ein furchterregendes Schauspiel, knisternde Funken, die wild in alle Richtungen spritzen. Daisy wagt kaum zu atmen, fürchtet jede Bewegung. Zu Tode erschrocken, muss sie mit ansehen, wie der Sicherungskasten ein äußerst beängstigendes Eigenleben entwickelt.

Bis die explosive Gewalt sich erschöpft hat. Endlich Stille. Bis auf den unaufhaltsamen Strom von oben, der sich gleich neben ihr wie ein Wasserfall von der Decke ergießt.

Daisy hält den Atem an. Sie bewegt sich nicht. Ihre Gedanken rasen. Sie erkennt die Gefahr, in der sie schwebt. Die Gefahr, die im Wasser steckt. Denn das ist jetzt nicht mehr nur kalt und ungemütlich. Sein Gefahrenpotenzial hat sich noch um einiges erhöht.

Also ganz hinauf, auf die höchste Stufe der Leiter. Tödliche Gefahr.

Die elektrische Spannung im Wasser könnte sie umbringen.

* * *

Als Dennis Daisy an diesem Abend um kurz nach sieben entdeckt, erkennt er sie kaum wieder.

Als sie nicht an die Tür kam, hatte er aufgeschlossen und verwundert festgestellt, dass es dunkel war im Haus und kein Licht brannte, und hatte sich gefragt, worin die »Überraschung« wohl bestehen würde. Er hatte das Wasser sofort gehört und nach Daisy gerufen. Dann war er dem merkwürdigen Geräusch gefolgt, das aus dem Keller kam, wobei er vermutete, dass das Geräusch und die Dunkelheit zu der »Überraschung« gehörten, die sie ihm am Abend zuvor am Telefon angekündigt hatte.

Was Dennis vorfindet, ist tatsächlich eine Überraschung. Eine furchtbare Überraschung, die ihn mit voller Wucht trifft. Noch nie in seinem Leben hat er ein solches Bild des Jammers gesehen.

Das Wasser reicht bereits bis zur vierten Treppenstufe. Und seine Mutter sitzt auf einer Leiter, ganz oben, die Beine so nah an den Körper gezogen wie möglich, und murmelt unverständliches Zeug. Murmelt Unsinn, zähneklappernd und mit zitterndem Kinn.

Dennis ruft ihren Namen. Er sagt: »Ich bin's, Dennis. Kannst du mich hören?« In seiner Panik schreit er in die Dunkelheit. Ruft immer wieder ihren Namen. Die Leiter ist so zur Seite gedreht, dass Daisy auf die gegenüberliegende Wand blickt. Sie könnte ihn nicht sehen, selbst wenn er Purzelbäume schlagen würde. Er kann nichts weiter tun, als dort stehen und rufen und hoffen, dass sie zu sich kommt und ihn hört, damit er sie beruhigen kann, ihr sagen kann, dass es jetzt vorbei ist. Dass er da ist und Hilfe ruft.

Er zieht das Handy aus der Tasche, seine Finger fliegen über die Tasten. Er ruft die Feuerwehr.

In den Minuten bis zu deren Eintreffen, die viel zu langsam verstreichen, versucht Dennis sich ein Bild zu machen, wie es zu dieser Katastrophe kommen konnte. Gleichzeitig versucht er weiter, seine Mutter auf sich aufmerksam zu machen, indem er immer wieder ihren Namen ruft und hofft, sie damit in die Wirklichkeit zurückzuholen.

Doch sie murmelt weiter vor sich hin. Dennis kann sie nicht verstehen, er weiß nicht, was sie da sagt. Doch er glaubt, einen Namen zu hören, den sie mehrmals wiederholt – Michael. Wer ist Michael?

Die Feuerwehr kommt. Eine Gruppe uniformierter Männer, laute Stimmen, Schläuche, Atemmasken, Werkzeug. Doch sie überschauen die Situation mit einem Blick und weigern sich, die Kellertreppe zu betreten. Erst müsse jemand von der Stromversorgung kommen – das Wasser sei »heiß«.

Und so muss Dennis weiter warten und nutzlos herumstehen, während die Feuerwehrmänner den Störungsdienst des Stromversorgers und einen Krankenwagen rufen. Er läuft hin und her und zählt die langen Sekunden des Chaos, bis endlich die Elektriker eintreffen und die Stromzufuhr zum Haus unterbrechen. Endlich können sie die Treppe hinuntergehen und seine Mutter retten.

In den starken Armen des Feuerwehrmannes gleicht Daisy einer kleinen, nassen Stoffpuppe, die er durchs Wasser trägt und den Männern vom Rettungsdienst übergibt. Dennis sieht, wie man sie vorsichtig auf eine Trage bettet, sie beruhigt und – als ob das alles noch nicht schlimm genug wäre – durch den strömenden Regen zum Krankenwagen rollt, der am Straßenrand wartet.

Dann geht er zurück, um sich der »Überraschung« anzunehmen, die sie ihm bereitet hat.

* * *

Daisy Phillips, siebenundsiebzig Jahre, hatte elf Stunden und siebenundzwanzig Minuten Auge in Auge mit dem Tod auf der Leiter gehockt. Dennis Phillips, fünfundfünfzig Jahre, weiß nicht, ob er darüber lachen oder weinen soll. Als die Rettungssanitäter, die Elektriker und die Feuerwehr wieder abgerückt sind, als er endlich den Haupthahn zugedreht hat und allein im Haus ist, setzt er sich auf die oberste Stufe der Kellertreppe und starrt hinunter in das dunkle Wasser, das schwarz wie Öl erscheint, während sich um ihn herum die Schatten der Nacht zusammenziehen. Er kann es nicht fassen. Er entdeckt Gefühle in sich, die aus den entlegendsten Ecken seines Bewusstseins kommen müssen, so lange unbenutzt, dass sie voller Spinnweben sind. Er liebt seine Mutter, und in diesem Augenblick liebt er sie mehr, als er es seit langer, langer Zeit getan hat. Er empfindet eine vollkommene Liebe, eine Liebe durch und durch, eine geradezu überwältigende Liebe für sie. Es ist, als wäre sie gerade gestorben. Er sitzt auf der Treppe, und diese große, neue Liebe pulsiert in ihm, vermischt mit Dankbarkeit und Erleichterung.

Doch allmählich verblassen diese Gefühle der Dankbarkeit und Erleichterung, um plötzlich einer großen Wut Platz zu machen. Wie konnte sie nur so dämlich sein? Wie ist sie überhaupt auf die Idee gekommen, so etwas zu tun? Was immer es gewesen sein mochte. Er weiß nicht, was es war, aber egal was, es musste etwas äußerst Dummes gewesen sein.

Aber es dämmert ihm auch, dass sie nun wohl endlich das Haus verkaufen wird. Vielleicht war das Ganze, so schlimm es auch war, genau das, was nötig war, um sie zu überzeugen. Der Schuss vor den Bug. Denn es steht außer Frage, er selbst muss weg aus Liverpool. Das Leben hier ist zu teuer geworden. Die Kluft zwischen seinem Einkommen, eingerechnet die Tantiemen aus seinen zwei Fachbüchern – eines davon immerhin ein Bestseller –, und seinen explodierenden Ausgaben ist untragbar geworden. Entweder muss er seine Ausgaben einschränken oder mehr verdienen, was kaum eintreten wird – seine Einladungen zu Vorträgen sind stark zurückgegangen, so dass er seine ganze Hoffnung auf den Umzug nach Sussex setzt, wo sich seine finanzielle Situation entspannen würde. Außerdem hofft er, dass ihm der Ortswechsel die notwendigen Anregungen für ein neues Buch geben würde. Dass er seine verlorene intellektuelle Energie wiederfinden würde, seine Urteilsfähigkeit und die Geduld, die man braucht, um ein neues Buch in Angriff zu nehmen.

Denn Amanda ist ziemlich teuer. Er bedauert es nicht, sie geheiratet zu haben. Er hatte sich schon gegen Ende ihrer allerersten Unterhaltung in sie verliebt – an dem Tag, als sie nach seinem Vortrag zu ihm gekommen war –, und ihre zwei gemeinsamen Jahre waren fantastisch gewesen. Von ihr hatte er an einem Tag – wenn es ein guter Tag war – mehr Liebe erfahren als von seiner ersten Frau, einer egoistischen und wichtigtuerischen Person, in den ganzen zweiundzwanzig Jahren ihrer Ehe. Nur ist Amanda eben ziemlich teuer.

Zum Beispiel ihr Haar. Lange ehe er Gelegenheit dazu bekam, hatte er schon davon geträumt, es zu berühren, und immer noch verpasst er keine Chance dazu. Er liebt es, ihr Haar in den Händen zu halten, selbst wenn er schläft. Am liebsten hat er es, wenn es beim Einschlafen auf seinem Gesicht liegt. Aber was allein dessen Pflege kostet! Das hätte er sich nie träumen lassen. Sie versucht ja, mit ihren Yogakursen etwas hinzuzuverdienen, aber es ist keine Frage, ihre Ausgaben sind weitaus höher als ihre Einnahmen.

Dennis zieht das Handy aus der Tasche. Er will Amanda anrufen und ihr erzählen, was passiert ist. Ein leicht banges Gefühl überkommt ihn bei dem Gedanken, dass sie vielleicht gerade unterwegs ist. Mit den Kreditkarten.

5

DAISY MUSS DREI TAGE im Krankenhaus bleiben, um sich zu erholen.

Die ersten beiden Tage schläft sie durch.

Am dritten Tag setzt sie sich im Bett auf. Sie hat Schuldgefühle, kommt sich dumm vor und ist zerknirscht. Ihre Besucher: Dennis, Amanda und Gabriel. Und Lenny, der drei Stunden nach den anderen auftaucht. Gut gelaunt hebt er Daisy ohne Umstände in seinen Riesenarmen vom Bett hoch und gibt ihr einen herzhaften Kuss, ehe er sie vorsichtig wieder auf dem steifen Krankenhauskopfkissen absetzt. Neben ihm noch jemand Neues. Eine neue Freundin, Sarah. Er stellt sie vor, und alle Augen sind auf sie gerichtet, wobei jeder sich insgeheim fragt, ob Lenny wohl weiß, dass er mit dieser Freundin seine Tradition bricht. Schon allein von ihrem Alter her, das klar von seinem abzuweichen scheint. Und die Haarfarbe – naturbraun. Und ihre Kleidung – sie passt, als sei sie für diese jetzige Sarah gekauft und nicht für eine künstlich verjüngte. Und der Gesamteindruck – netter, wärmer, weitaus attraktiver als sämtliche seiner vielen bisherigen Freundinnen.

Alle wuseln in Daisys Einzelzimmer herum, bieten einander höflich die wenigen Stühle an, drücken sich aneinander vorbei, von einer Seite zur anderen. Gabriel sitzt am Fußende des Bettes.

Daisy hat mehrmals versucht, eine Unterhaltung in Gang zu bringen, doch es gelingt ihr nicht. Stattdessen scheint das Gespräch in immer wiederkehrenden Bahnen um ein unausgesprochenes Thema zu kreisen, von dem Daisy hofft, dass niemand es antasten werde.

Es geht etwa so los.

Gabriel: »Ich finde es cool, Oma, dass du den ganzen Tag dort unten auf der Leiter ausgehalten hast.«

Beipflichtendes Nicken allerseits.

Daisy: »Es ist mir so peinlich, dass alle diese Leute kommen mussten. Kannst du dir das vorstellen? Feuerwehr, Störungsdienst, Rettungswagen, und alles im strömenden Regen. Um eine dumme alte Frau in ihrem eigenen Keller von einer Leiter zu retten.«

Lenny: »Es war nicht deine Schuld, Mama. Das hätte jedem passieren können.«

Dennis: »Nur, dass der Schlauch der Waschmaschine wahrscheinlich geplatzt ist, als sie das Wasser wieder anstellte. Er hat dem plötzlichen Druckstoß nicht standgehalten.«

Lenny: »Na und? Sie hat doch nur den Haupthahn zu- und wieder aufgedreht, wie es jeder getan hätte. Ich bin stolz auf dich, Mama, dass du das mit der Dichtung ganz allein geschafft hast.«

Daisy lächelt. Auch sie ist stolz auf sich. Bis sie daran denken muss, wohin das alles geführt hat.

Dennis: »Ich gebe zu, die Elektroleitung, die den Kurzschluss verursacht hat und den Sicherungskasten explodieren ließ, das war einfach Pech. Aber das wäre alles nicht passiert, wenn der Haupthahn nicht zugedreht worden wäre. Es war leichtsinnig von dir, Mama, zu glauben, dass du so was selbst hinkriegen kannst.«

Lenny zuckt die Schultern. »Das weiß man nicht. Vielleicht wäre der Schlauch auch so geplatzt. Wir werden das nie erfahren. Es ist ja nicht so, als ob man besondere Fähigkeiten haben müsste, um einen Haupthahn auf- und wieder zuzudrehen.«

Gabriel: »Ich finde es cool, Oma, dass du es den ganzen Tag dort unten auf der Leiter ausgehalten hast.«

Beipflichtendes Nicken allerseits.

Dennis: »Also sind wir uns wohl alle einig, dass Mama nicht mehr allein wohnen sollte. Genau dass so etwas passiert, wollen wir vermeiden. Und auch wenn es sich so anhört, als hätte meine Schallplatte einen Sprung, ich muss noch mal auf Sussex zurückkommen.«

Lenny: »Tu's lieber nicht. Sie will dort nicht hin, ist es nicht so, Mama?«

»Ich … äh … ja, also …«, Daisy sucht in ihrem Gedächtnis fieberhaft nach höflichen, diplomatischen Formulierungen. Verkneift es sich, laut hinauszuschreien, dass sie auf gar keinen Fall nach Sussex ziehen will. Fühlt Amandas Blick so schwer auf sich ruhen, als hätte er ein messbares Gewicht.

Lenny versucht es noch einmal: »Versteh doch, sie will es nicht.« Er sieht Daisy forschend an. »Stimmt's? Betreutes Wohnen? Das ist nicht dein Ding, Mama. Das willst du doch nicht wirklich, oder? Und außerdem ist es zu weit weg.«

Dennis: »Zu weit weg von wo, Lenny?«

Lenny: »Von mir.« Klare Antwort.

Dennis, aufgebracht: »Du hast leicht reden, Lenny. Wann hast du denn zuletzt etwas für sie getan? Wann hat sie dich das letzte Mal um Hilfe gebeten?«

Breites, schuldbewusstes Grinsen von Lenny. Der sich mit seiner fleischigen Hand über den Mund wischt. »Muss gewesen sein, als Thatcher noch Premierministerin war.«

Daisy: »Die armen Feuerwehrleute werden diese Geschichte wohl noch lange erzählen. Von der dummen alten Frau, die oben auf der Leiter hockte.«

Gabriel: »Kann schon sein. Aber trotzdem finde ich es cool, Oma, dass du es den ganzen Tag dort oben auf der Leiter ausgehalten hast.«

Beipflichtendes Nicken allerseits. Dann dreht sich das Gespräch weiter im Kreis, den ganzen Nachmittag hindurch, bis es draußen zu dämmern beginnt. Bis Lenny, Sarah und Gabriel sich verabschiedet haben. Amanda mit dem dicken, glänzenden Haar, den bernsteinfarbenen Augen, dem langen, schlanken Körper, der langen, schmalen Nase in dem langen, schmalen Gesicht, blättert in einer Modezeitschrift – beachtet nur die Bilder, nicht das Gedruckte –, und da schneidet Dennis ein neues Thema an, mit dem er Daisy völlig unvorbereitet trifft.

Nachdem er wie geistesabwesend auf den Fernsehschirm gestarrt hat, wo gerade die Abendnachrichten laufen, wendet er sich plötzlich zu seiner Mutter um und fragt: »Übrigens, Mama, wer ist eigentlich Michael?«

»Michael?« Daisy blinzelt nervös.

»Du sprachst von einem Michael, als du da unten vor dich hingemurmelt hast. Als ich dich fand. Du sagtest ›Michael‹, und dann noch etwas von einem Kästchen und einer Uhr.«

»Tatsächlich?« Daisy ist völlig verblüfft.

Dennis nickt. »Weißt du, wen du damit gemeint haben könntest?«

Sie schüttelt den Kopf.

Doch natürlich wusste sie es.

Sie wusste: Michael Baker. 1945. Viele Jahre vor Paul.

Ein Soldat aus den USA. Sehr gut aussehend, auf diese amerikanische Art, wie ein Filmstar. Wie Gary Cooper. Unkompliziertes, offenes, ehrliches Gesicht, dem man jede Gefühlsregung ansah. Das war für Daisy überraschend gewesen bei einem Soldaten. Sie hatte immer gedacht, ihre Gesichter seien unbeweglich, wie eingefroren. Seine dunkelgrüne Uniform. Sie ruft sich in Erinnerung, wie er darin aussah. Bedeutsam. Teil von etwas Lebenswichtigem. Kompetent, stark, adrett, mutig, tapfer. Zu allem bereit. Furchtlos, aber nicht unbesonnen.

Hier in ihrem Krankenhausbett erinnert Daisy sich an das erste Mal, als sie ihn sah und sich einbildete, ihr Herz müsse stillstehen, bis es dreimal so schnell weiterklopfte. Er tat nichts weiter, als eine Zeitung zu kaufen, dazu eine Tasse Tee und ein Puddingtörtchen. Auf Daisy wirkte jede seiner Bewegungen betörend. So groß. Die breiten Schultern. Kräftige Hände mit starken, schön geformten Fingern. Er war ganz anders als die Jungs, mit denen sie zur Schule gegangen war. Sein Körperbau völlig verschieden von dem der Männer im Dorf. Woher hatte er diese Schultern? Diese dunklen Augen. Das Kinn. Er musste ein Filmstar sein. Das war ihr erster Gedanke. Er war sicher hier, um einen Film zu drehen. Sie merkte, wie ihr Gesicht glühte, wie ein Teil von ihr wegschauen, sich verstecken, fortrennen wollte. Aber sie konnte es nicht. Zu stark fühlte sie sich von ihm angezogen.

Er war nicht gekommen, um einen Film zu drehen. Er begleitete einen Freund, Gilbert Gilmore, ebenfalls US-Soldat. Sie hatten ein paar Tage Urlaub und waren vom amerikanischen Luftwaffenstützpunkt in Warrington auf der anderen Seite des Mersey hierhergereist – mit Bahn, Bus und Fähre –, um Gilberts Mutter zu besuchen, in Lancashire, wo Daisys Eltern damals eine Bäckerei betrieben.

Gilbert war zu seiner Mutter gegangen, und Michael kam in den Laden. Daisy konnte nicht anders, sie musste ihn anstarren. In ihrem ganzen achtzehn Jahre währenden Leben hatte sie noch nie einen so perfekten Menschen gesehen. Und jetzt war er hier. Und ihr Vater bediente ihn! Dieser Mann, dieser Soldat, dieses lebende Kunstwerk, er saß da, wo sonst ganz gewöhnliche Menschen saßen. Sie tat, als sei sie beschäftigt, wagte kaum zu atmen und musste immer wieder zu ihm hinüberschauen, während er aß.

Ihr Vater fing ein Gespräch mit ihm an. Daisy hörte mit großen Ohren zu, damit ihr ja kein Wort entging. Die Männer hatten Schwierigkeiten, sich zu verständigen. Beide sprachen Englisch, aber ihre Akzente unterschieden sich so sehr, dass es genauso gut zwei verschiedene Sprachen hätten sein können. Sie mussten beide ganz langsam sprechen, jedes Wort sorgfältig artikulieren, manchmal sogar buchstabieren. Als er ihrem Vater seinen Namen nannte, ließ Daisy ihn sich auf der Zunge zergehen wie Konfekt – Michael Baker –; es schmeckte wie ein Nachtisch, den es nur sonntags gab.

Michael fragte ihren Vater, was man in der Stadt unternehmen könne. Er sagte, sie seien vier Tage hier, und obwohl er bei Gilberts Mutter wohnte, wollte er seinem Freund die Gelegenheit geben, möglichst viel Zeit mit seiner Familie zu verbringen. Er fragte, ob man irgendwo in der Umgebung angeln könne. Er wolle bei diesem schönen Wetter möglichst viel im Freien sein. Daisys Vater sagte, er könne ihm alles leihen, was er zum Angeln brauche, und Daisy könne ihm die besten Fischgründe in der Gegend zeigen. Daisy merkte, wie ihr Gesicht, das ohnehin schon rot war, noch stärker zu glühen anfing, als Michael sich umdrehte, um sie anzusehen.

Sie spürte, wie die Hitze im Nacken und in den Ohren prickelte. Und dass sie innerlich dahinschmolz wie Butter in der Sonne. Michael lächelte, bedankte sich und sagte, er würde sich sehr freuen.

Daisy räumte sein Geschirr ab, während ihr Vater mit ihm hinaus zum Schuppen ging. Sie starrte auf die Krümel, die er zurückgelassen hatte, und hätte sie am liebsten verschlungen. Sie tat es nicht, sondern wischte sie in den Abfalleimer und wusch den Teller ab.

Daisy erinnert sich wieder an ihr Gespräch – ungeschickt, stotternd, holprig –, als sie hinaus zum See wanderten. Erinnert sich daran, wie er fragte, ob sie Zeit habe, ihm ein wenig Gesellschaft zu leisten, während er angele. Wie sie wortlos genickt und sich schüchtern auf die Felsen unter den Bäumen am Seeufer gesetzt hatte.

Und wie sie ihm wehrlos an den Haken gegangen war, lange ehe der erste Fisch anbiss.

Und Daisy wusste: Auch er liebte sie. Er nannte sie *Little Nugget*, sein kleines Goldstück. Spielte stundenlang für sie Klavier, während sie neben ihm auf der Klavierbank saß. Zeigte ihr Kartenkunststücke. Hatte immer Lutscher mit Kirschgeschmack in seinen Uniformtaschen. Kaufte Malteser, diese leckeren Malz-Schokokugeln, um sie mit ihr zu teilen. Die letzte Kugel in der Tüte brach er in zwei Hälften, dann teilte er seine Hälfte abermals und schob sie ihr in den Mund.

Der Krieg ging zu Ende, Michael sollte in seine Heimat zurückkehren. Noch einmal kam er zu ihr, obwohl er keinen Urlaub hatte. Stahl sich nachts aus der Kaserne und legte den langen Weg im Schutz der Dunkelheit zurück, mit Fähre, Bus und Bahn, und kam mitten in der Nacht an. Klopfte vorsichtig an ihr Schlafzimmerfenster, damit niemand sonst aufwachte. Daisy machte leise auf, und er kletterte herein.

Auf dem blauen Flechtteppich ließ er sich nieder auf ein Knie, nahm ihre Hände in seine und betrachtete ihre Finger, fuhr mit seinen starken Musikerfingern darüber. Dann räusperte er sich und sagte, es gebe keine Zweite wie sie auf der Welt, weder in seiner Heimat noch sonst wo, und er wünsche sich nichts sehnlicher, als dass sie seine Frau würde. Sagte, dass er von jetzt an völlig ihr gehören wolle, ganz gleich, ob sie seinen Antrag annehme oder nicht.

Daisy erinnert sich – an seine Augen, seinen Atem auf ihrem Hals. Jetzt kommt alles zurück; strömt heraus wie aus einem Wasserhahn, den jemand aufgedreht hat. Sie erinnert sich, wie er sie angesehen hatte, als er diese Worte sprach, wie schön, ehrlich und stark. Und an seine Stimme, während er sprach, nein, eigentlich nur flüsterte. Wie die Stimme ihm vor innerer Bewegung fast versagte. Wie sie selbst sich kaum rühren konnte, kaum Luft bekam. Stille. Nicht das leiseste Rascheln der gestärkten Bettlaken oder ihres baumwollenen Schlafanzugs. Kein Knarren von Fußbodendielen. Von dem Augenblick seines Antrags bis zu dem Moment, als sie antwortete, schien alles im luftleeren Raum zu schweben.

Sie erinnert sich, wie sie seinen Antrag angenommen hatte, natürlich, sofort – durch seine Worte war ja ein Traum wahr geworden. Daisy reist in ihrer Zeitmaschine rückwärts, aus ihrem Krankenhauszimmer zurück in ihr altes Schlafzimmer. Sie landet auf ihrem Bett. Spürt seine Arme, die sie umfangen halten. Seinen Körper auf ihrem. Seinen Atem auf ihrem Hals. Immer wieder flüstert er ihr ins Ohr, wie glücklich er ist. Glücksgefühle, kribbelnd, warm, hinter ihren Ohren und tief, tief in ihrem Inneren. Ihre Arme umfangen ihn, ihr Kinn liegt auf seiner Schulter. Sie hat Tränen des Glücks in den Augen. Ebenso wie er.

Der Plan: Michael würde nach New York zurückkehren,

nach Brooklyn, und sich Arbeit suchen. Als Pianist. Konzerte geben, daneben unterrichten. Daisy erinnert sich, wie er im Hause ihrer Eltern gespielt hatte – in der Kaserne hatte es kein Klavier gegeben, deshalb übte er hier. Sie erinnert sich, wie virtuos seine Finger über die Tasten flogen und den Flügel zum Leben erweckten, wie es noch niemand zuvor getan hatte. Nie vorher, und auch seitdem nie wieder. Sie erinnert sich, welche Gedanken er sich machte, dass er sie mitnehmen würde nach Amerika, weg aus dem Schoß ihrer Familie, ohne für sie sorgen zu können. Und natürlich konnte sie bei ihrer Mutter nicht auf Hilfe hoffen. Sie war ihm gegenüber nie sehr freundlich gewesen. Kühl und höflich – zu mehr reichte es nicht. Sie warnte Daisy davor, es zu ernst werden zu lassen. Doch ihre Worte fielen auf taube Ohren, Daisy wäre mit Michael ans Ende der Welt gezogen.

Das Letzte, was er tat, war, seine Uhr abzunehmen und sie um ihr Handgelenk zu legen, wobei er sagte, das müsse jetzt der Ersatz für den Verlobungsring sein. Dass sein kostbarster Besitz von dem wichtigsten Menschen in seinem Leben getragen werden sollte.

Er schrieb ihr jeden Tag, lange, leidenschaftliche Briefe. Er sprach von ihr, von ihnen beiden, von Klavierwettbewerben und seinen Bemühungen, Schüler zu finden. Und wie er die Stunden zählte, bis er wieder nach Liverpool kommen könne. Um sie nach Hause zu holen und endlich ihr Mann zu werden, und sie seine Frau.

Bis plötzlich keine Briefe mehr kamen. Es hörte einfach auf. Nach Monaten täglicher Zeilen. Ohne eine Erklärung. Daisy schrieb Brief um Brief, sie bettelte um eine Antwort, wenigstens das, aber es kam nichts. Gar nichts. Sie schrieb weiter, an seine Eltern, an das Rathaus von Brooklyn, an die Militärverwaltung. Nichts.

Daisy, auf ihrem Krankenhausbett, weiß eines: dass es sie insgeheim immer noch schmerzt, weil sie nie eine Erklärung bekam. Und noch etwas weiß sie: dass sie immer noch froh ist, diese Uhr zu haben, und dass diese Uhr jetzt bei ihr zu Hause ist und auf sie wartet, in dem Schmuckkästchen auf ihrem Nachttisch.

6

DAISY IST AUS DEM KRANKENHAUS entlassen worden, doch ihr eigenes Haus ist noch zwei weitere Tage unbewohnbar. Dennis musste Handwerker kommen lassen, um den Keller trockenzulegen und einen neuen Sicherungskasten einbauen zu lassen. Es würde ein Vermögen kosten, doch der Verkauf, der ja nun sicher erfolgen dürfte, würde das wieder einspielen. Seine Mutter hatte sich seit ihrem Krankenhausaufenthalt nicht mehr dagegen gesperrt, sondern einfach wortlos zugehört, wenn er das Thema anschnitt.

Daisy verbringt die zwei Nächte bei Dennis und Amanda. So oft sie Gelegenheit findet, bietet sie ihnen an, Tee zu machen, doch die beiden gehen nie darauf ein. Am zweiten Abend nach dem Essen, als Dennis und Amanda ins Wohnzimmer wechseln um fernzusehen, entschuldigt Daisy sich, um zu duschen. Sie sieht jetzt den Duschkopf in ganz neuem Licht und freut sich darüber, dass sie genau weiß, wie es in der Wand dahinter aussieht.

Nach dem Duschen will sie zu Bett gehen, wozu sie aber erst das Sofa zum Bett aufklappen muss. Dennis kommt ins Zimmer, als sie gerade die Laken aus dem Schrank nimmt.

»Ich mach dir das Bett fertig, Mama, das ist zu schwer für dich.«

»Keine Sorge, Dennis, ich schaffe das schon. Ich habe das Sofa schon oft aufgeklappt.« Sie legt die Laken auf die Sofalehne.

Dennis will ihr helfen. Er nimmt die Polster ab.

Doch Daisy weist ihn zurück: »Bitte, Dennis, ich mache das allein.«

Dennis tritt zur Seite, steckt die Hände in die Taschen und sieht ihr zu.

Daisy holt tief Luft. »Ich muss dir etwas sagen, Dennis. Ich habe mir überlegt, dass ich morgen nicht mitkomme, um das *Carillion* und die Häuser zu besichtigen, für die ihr euch interessiert. Ich finde es ja nett, dass ihr mich nach Sussex mitnehmen wollt, aber es ist nicht nötig. Ihr beide könnt ruhig dorthin ziehen. Ich komme hier bestens klar. Gabriel hatte ganz Recht, es gibt sicher nicht viele Frauen in meinem Alter, die es elf Stunden dort auf dieser Leiter ausgehalten hätten.« Sie sieht ihn an und bemerkt, wie er sich beherrschen muss. Dann nimmt sie das zweite Sitzkissen und legt es ordentlich beim Fenster auf den Boden.

Dennis lässt sich schwer in den Sessel fallen und sackt in sich zusammen. Er reibt sich die Augen. »Du machst es mir wirklich sehr schwer.«

»Das ist gar nicht meine Absicht, aber ich werde das Haus behalten. Ich kann nicht ausziehen, Dennis, ich habe mein ganzes Leben lang dort gelebt, und dort will ich auch bis zum Ende bleiben.« Daisy greift nach unten, um die zusammengefaltete Matratze aufzuklappen. Sie zieht, aber ohne Erfolg. Sie zieht noch einmal mit aller Kraft, schafft es aber immer noch nicht. »Die Sache am Dienstag bei mir im Keller hätte mein Ende sein können.«

Dennis sieht ihr zu und muss sich davon abhalten, ihr zu helfen. »Das weiß ich. Genau davon rede ich ja.«

Daisy stöhnt. Sie nimmt alle Kraft zusammen. Zieht. Vergeblich. »Komm schon!«, sagt sie ungeduldig mit zusammengebissenen Zähnen. »Als ich dort unten auf der Leiter saß«, meint sie ächzend, »habe ich mir geschworen, dass ich niemals in ein Seniorenheim ziehen werde, wenn ich aus dem Schlamassel lebendig wieder herauskommen sollte. Ich muss nicht diese bequeme Abkürzung gehen, Dennis. Ich möchte mein Leben so leben, wie ich es will. Und zwar bis zum Ende.«

Dennis sieht noch immer zu. Sie tut ihm leid, wie sie mit der Matratze kämpft. Fast schmerzt es ihn, mit ansehen zu müssen, wie sehr sie sich quält, obwohl sie es doch nicht schaffen wird. Er zwingt sich, sitzen zu bleiben, und sagt: »Ich habe ja auch nicht vorgeschlagen, dass du dich umbringen sollst. Zwischen betreutem Wohnen und den Löffel ganz abgeben liegt immer noch ein himmelweiter Unterschied. Aber du bist fast achtzig. Wie kann ich ans andere Ende von England ziehen und dich hier allein in diesem Haus lassen? Und außerdem dachte ich, du wärst vielleicht froh, wenn du es ein bisschen leichter hättest.«

Daisy zieht und zieht. Im Moment wünscht sie sich nichts sehnlicher, als diese verdammte Matratze aufzuklappen und ihm zu zeigen, dass sie allein zurechtkommt. Aber sie schafft es nicht. Sie hat einfach nicht die nötige Kraft. Es bleibt ihr nichts anderes übrig, als sich geschlagen zu geben. Hier und jetzt, vor ihm. Daisy wendet sich ab, er soll nicht sehen, dass sie Tränen in den Augen hat.

Ohne ein Wort packt Dennis die Matratze und zieht sie mit einer Hand hoch.

* * *

Die Autofahrt dauert fünf Stunden. Als sie Liverpool verließen, regnete es, in Sussex scheint die Sonne. Allein deshalb hätte sich die lange Fahrt gelohnt. Daisy sitzt hinten und verdrängt den eigentlichen Grund der Reise. Sie ärgert sich auch nicht, dass sie doch mitgefahren ist. Sie wollte einfach mal raus, mehr nicht.

Amanda beschäftigt sich mit ihren CDs und singt unbefangen vor sich hin. Daisy fragt sich nicht zum ersten Mal, warum diese bildhübsche Yoga-Lehrerin, die noch in den Dreißigern und kinderlos ist, diesen siebzehn Jahre älteren Mann geheiratet hat, Fachmann für Antiquitäten und Verfasser von Artikeln für einschlägige Zeitschriften, der zwar nicht schlecht aussieht, aber sicher kein Adonis ist. Reicht es ihr, Mutter eines zweiundzwanzigjährigen Stiefsohnes zu sein? Oder würden weitere Enkel hinzukommen? Aber wie würde Dennis das finden? Wollte er in seinem Alter noch mal Vater werden? Das hätte Daisy zu gern gewusst, aber natürlich würde sie das niemals fragen.

Die Besichtigung des *Carillion* verläuft erfreulich. Die Apartments sind sauber, hell und freundlich. Dennis' Befürchtung, nur auf apathische alte Leute zu treffen, die mehr tot als lebendig hier herumhängen, erweist sich als grundlos. Daisy wiederum ist überrascht, wie nett es ist. Man zeigt ihr Ein- und Zwei-Zimmer-Apartments. Die mit zwei Zimmern haben sogar kleine Terrassen.

Als sie wieder im Auto sitzen, hat Daisy eine weitere Sammlung bunter Broschüren in der Hand. Sie halten an einem Café, wo sie eine Kleinigkeit essen. Das Gespräch dreht sich um die Vorzüge des *Carillion*. Amanda isst hastig, sie kann es nicht erwarten, Dennis die Häuser zu zeigen, die sie zur Besichtigung ausgesucht hat. Es sind insgesamt sechs, für die sie sich interessiert.

Sie beenden die Mahlzeit, und Daisy zieht ihren Geldbeutel heraus. Dennis wehrt ab, es sei sein Wunsch gewesen, hierherzukommen, also bezahle er. Daisy widerspricht und legt das Geld auf den Tisch. Dennis schiebt es weg. Daisy rührt es jedoch nicht an und wiederholt, dass das gar nicht infrage komme.

Sie nimmt es nicht zurück, und dann vergessen sie das Geld für einen Augenblick, weil auf der Rechnung ein Fehler ist. Die Kellnerin hat ihnen Würstchen berechnet, die sie nicht bestellt hatten. Dennis zählt ihr noch mal auf, was serviert worden ist. Und währenddessen beobachtet Daisy, wie Amanda das liegengebliebene Geld einsammelt und in ihre Brieftasche steckt.

* * *

Wieder sitzt Daisy hinten. Sie sind auf dem Rückweg nach Liverpool. Alle sechs Häuser sind durchgefallen. Allesamt viel zu teuer. Sie hört zu, wie Dennis und Amanda diskutieren, beide von völlig entgegengesetzten Standpunkten aus.

Daisy summt vor sich hin. Sie freut sich, weil sie im *Carillion* so gelassen geblieben ist, als hätte man ihr eine Hochzeitssuite gezeigt. Jetzt waren es Dennis und Amanda, die sich stritten.

7

DAISY KANN WIEDER IN DIE BÜCHEREI GEHEN. In die Bücherei ohne Grace Parker. Daisy vermisst sie.

Der Einzige, der sich nach ihrem Befinden erkundigt hatte, war Old Joe, der Hausmeister. Er ist einundneunzig Jahre und hat nie einen Tag gefehlt. Für sie ist er in der Bücherei immer ein Quell des Trosts gewesen.

Old Joe leert die Papierkörbe und fragt sie, weshalb sie gefehlt habe. Daisy erzählt die Geschichte von ihrem überschwemmten Keller. Fasziniert hört er zu, mit offenem Mund. Diese Geschichte hätte wirklich mehr Zuhörer verdient, aber die gab es nun mal nicht. Er jedenfalls hört zu. Großartig, jemanden zu haben, den die Geschichte wirklich interessiert, aber darüber hinaus ergibt sich aus diesem Gespräch noch etwas wesentlich Wichtigeres.

Daisy erzählt ihm von dem Druck, den Dennis auf sie ausübt, und von ihrem Wunsch, in ihrem Haus zu bleiben – auch wenn sie sich seit einigen Tagen nicht mehr ganz so sicher damit ist. Dass sie anfangs absolut sicher gewesen sei, dass aber Dennis' ewige Leier ihren Entschluss immer mehr ins Wanken bringe und dass sie immer mehr zu der Ansicht komme, er könne vielleicht doch Recht haben. Sie denke jetzt ernsthaft daran, doch noch diesem Umzug zuzustimmen, gegen den sie sich innerlich so gewehrt hat.

Old Joes Antwort ist eindeutig: »Blödsinn.« Er sagt ihr, sie habe noch viele Jahre vor sich, ehe sie sich von dem Haus trennen müsse, und es gebe nichts, womit sie nicht fertigwerden könne.

Er hat auch einen Plan: Sein fünfzehnjähriger Urenkel Patrick könne ihren Rasen mähen. Daisy wendet ein, dass fünfzehn vielleicht ein bisschen zu jung sei. Doch Joe versichert ihr, dass er in Patricks Alter schon ganze Felder gepflügt hat. Und Daisy ist ja tatsächlich in einer Notsituation. Gestern und heute hat es nicht geregnet – die erste Pause seit über einem Monat. Für morgen ist die Wettervorhersage wieder schlecht, und obwohl Daisy sich um diese Dinge nie gekümmert hat, ja, nicht einmal recht gemerkt hat, wie regelmäßig ihr Rasen immer gemäht worden ist, kennt sie sich genügend aus, um zu wissen, dass bei zwei trockenen Tagen nach achtunddreißig Tagen Regen jetzt alle Menschen sich auf ihre Rasenmäher stürzen werden.

Old Joe ruft Patrick gleich an und spricht es mit ihm ab.

Daisy ist überglücklich. Sie ist wieder zuversichtlich und möchte Old Joe am liebsten einen Kuss geben.

Aber sie hält sich zurück.

* * *

Feierabend, sie ist wieder zu Hause.

Zum ersten Mal, seit man sie mit dem Rettungswagen abgeholt hat. Diese Erleichterung, ihre Tür aufzuschließen! Diese Erleichterung, wieder in den eigenen vier Wänden zu sein!

Sie holt den Rasenmäher heraus und stellt ihn für Patrick in den Vorgarten. Dann geht sie ins Schlafzimmer, um sich umzuziehen. Sie sieht das Schmuckkästchen auf dem Nachttisch. Hebt es auf, ihre Hände zittern etwas, als sie es öffnet.

Die Uhr.

Es klingelt an der Tür. Patrick.

Daisy stellt das Schmuckkästchen hin und beeilt sich, ihm aufzumachen. Sie ist so glücklich, den Jungen zu sehen, dass sie ihn beinahe umarmt. Eine schnelle Begrüßung, ein Händedruck, dann geht sie mit ihm in den Vorgarten, wo der Rasenmäher steht.

Es gibt nicht viel zu erklären. Die Grenzen ihres Gartens sind eindeutig zu erkennen. Sie vermutet, dass er mit dem Umgang des Benzinmähers besser vertraut ist als sie. Das wäre wahrscheinlich jeder.

Tief befriedigt hört sie, wie er den Anlasser betätigt, ein Husten des Motors, dann das Knattern, als er läuft. Und es ist Patrick, der das hier macht. Nicht Dennis.

Einen Moment bleibt sie noch stehen und sieht zu, wie er den Mäher durch das hohe Gras laufen lässt. Sie merkt, dass es nicht einfach ist; das Gras ist schrecklich hoch und der Boden darunter völlig aufgeweicht.

»Tut mir leid, dass alles so nass ist«, ruft ihm Daisy über den Lärm hinweg zu. »Wenn für morgen nicht schon wieder Regen angesagt wäre, würde ich warten, bis der Boden ein bisschen besser abgetrocknet ist.«

Patrick nickt. Er muss sich anstrengen, seine Armmuskeln sind noch nicht sehr kräftig. Er muss sich zu sehr anstrengen, um jetzt reden zu können.

»Ich bin im Haus, falls du mich brauchst.«

Patrick nickt erneut und schiebt den Mäher mühsam weiter durch das hohe, nasse Gras.

Daisy geht hinein und rechnet im Geist schon aus, wie lange es wohl dauern wird und wie viel sie ihm zahlen muss. Viel mehr wahrscheinlich, denkt sie, als sie ursprünglich geschätzt hatte. Sie geht zurück in ihr Schlafzimmer, und beim Anblick des Schmuckkästchens sind Patrick und der Rasenmäher vergessen.

Sie hebt den Deckel. Sieht die Uhr. Sie ist überrascht, dass sie so fremd aussieht. Daisy sitzt auf dem Bett, auf den Babydecken, und sieht sich die Uhr eingehend an, die Zeiger, das Zifferblatt, das Armband, die Schnalle. In ihrer Erinnerung war das Armband aus Leder – tatsächlich aber ist es silbern. Statt Zahlen hat die Uhr in ihrer Erinnerung nur schwarze Striche gehabt, doch tatsächlich sind es römische Ziffern.

Sie dreht die Uhr um, schaut sich die Rückseite an.

Und empfindet plötzlich wieder eine tiefe Ergriffenheit. Sie sieht die Inschrift – eine Überraschung, die sie kaum fassen kann. Sie liest die Inschrift wieder und wieder, fährt mit dem Finger darüber, fühlt die Worte, berührt sie, als müsse sie sich vergewissern, dass sie auch richtig gelesen hat. Wie hatte sie eine solche Inschrift vergessen können?

»Für Michael, mit guten Wünschen. Arthur Rubinstein.«

Arthur Rubinstein! Der Arthur Rubinstein?!

Daisy ist sprachlos. Angestrengt denkt sie nach und nimmt kaum wahr, dass das tiefe Knattern des Rasenmähers dort draußen jetzt in ein schrilles Kreischen übergegangen ist. Mit aller Kraft versucht sie, sich in die Zeit von damals zurückzuversetzen, um Hinweise, Erinnerungen zu finden, doch das unnatürliche Geräusch des Rasenmähers drängt sich dazwischen. Und es wird lauter, bis es in einem Crescendo mündet, das man von so einem Gartengerät normalerweise nicht erwartet. Ein Geräusch, das Daisy ans Fenster treten lässt, um nachzusehen, was los ist.

Patrick ist nicht mehr auf dem Rasen, er steht im Blumenbeet. Die Räder des Mähers stecken tief im Boden, wo sie nicht mehr weiterkommen und sich nutzlos drehen. Patrick kämpft verzweifelt, um den Mäher aus dem Schlamm heraus und wieder hinauf auf den Rasen zu ziehen.

Daisy beobachtet ihn, während sie die Uhr an ihrem Handgelenk befestigt. Sie denkt daran, wie sie einst an ihrem so viel jüngeren Arm ausgesehen hat. Sie ist sich nur halb bewusst, was sie da eigentlich tut, ihre Aufmerksamkeit ist gleichzeitig von Patrick in Anspruch genommen, der es nicht schafft, den Rasenmäher wieder flottzubekommen. Der Schlamm ist zu tief und zu zäh. Der Motor heult jetzt wie ein Turbo.

Daisy rennt aus dem Haus und eilt hinüber zum Blumenbeet. Auf Patricks Gesicht kämpfen verschiedene Gefühle miteinander.

»Bekommst du ihn nicht raus?«, ruft Daisy. Sie will nicht, dass es wie eine Anklage klingt, doch sie muss schreien, um das Motorengeräusch zu übertönen.

Patrick schüttelt den Kopf. »Er sitzt total fest, Mrs. Phillips.«

Daisy stellt fest, dass der Mäher nicht nur im Schlamm steckt, sondern sich auch in den Brombeerranken verheddert hat. Die Vorderräder tief im Gebüsch, ragen Zweige und vertrocknete Ranken unter dem Gerät hervor. »Ich helfe dir«, ruft sie.

»Wenn Sie hinten anfassen könnten, dann schaffe ich es vielleicht, ihn vorne hochzuheben und freizukriegen.«

Daisy nickt und nimmt Patricks Platz ein. Sie sieht, dass er selbst bis zu den Knöcheln im Schlamm steht, und weiß, dass sie auch gleich einsinken wird. Sie sieht auf ihre Schuhe. Es sind nicht irgendwelche alten Treter, sondern Stücke, die ihr lieb und teuer sind.

Also hat sie keine Wahl.

Sie steigt aus den Schuhen und in den Schlamm. Übernimmt das Ruder, damit Patrick nach vorne gehen kann. Sie hält den Griff mit aller Kraft fest, die bestrumpften Füße im warmen Schlamm, und sieht zu, wie er sich hinkniet und versucht, die Ranken unter dem Mäher hervorzuziehen. Sie haben sich hoffnungslos verheddert; er kann ziehen, so fest er will, er bekommt sie nicht frei.

Daisy versucht, den Handgriff herunterzudrücken, weil sie hofft, so die Vorderräder anzuheben. Doch sie treibt die Hinterräder nur noch tiefer in das nasse Erdreich. Und als sie den Handgriff wieder nach oben ziehen will, sinkt sie selbst tiefer ein. Ihre Knöchel verschwinden, wie schon vorher ihre Füße, im Schlamm des völlig aufgeweichten Gartenbodens. Wenn sie versucht, die Füße herausziehen, sinken die Räder tiefer, und wenn sie die Räder anhebt, ist sie selbst es, die tiefer sinkt.

Sie muss lachen. Beinahe. Aber sie wagt es nicht. Patrick müht sich mit aller Kraft und ist ganz erschöpft von der Anstrengung. Doch es ist alles vergebens. Er kommt kein Stückchen weiter.

Schließlich erkennt der Junge Daisys Situation. Er steht auf, seine Knie klitschnass und schlammverschmiert. Er sieht sie an und sagt: »Ich glaube, ich muss Sie jetzt auch rausziehen.«

Daisy lacht und nickt. Sie hat nichts dagegen, und Patrick versucht, sie hochzuheben. Zum Glück ist sie eine kleine, zierliche Frau, aber mit beiden Füßen tief im Schlamm ist sie viel schwerer. Patrick hebt sie an, und Daisy will ihn unterstützen, indem sie ihre Füße anzieht, was zur Folge hat, dass sie das Gleichgewicht verliert und sie beide umfallen.

Ohne Vorwarnung, in den Matsch. Sie versuchen, sich von der gegenseitigen Umklammerung und aus dem Schlamm zu befreien. Und als sie schließlich schlitternd und rutschend auf Händen und Knien den Rasen erreichen, sind sie von Kopf bis Fuß mit Schlamm bedeckt. Der Rasenmäher heult noch immer, die Antriebsräder drehen sich und bespritzen sie zusätzlich.

Sie sitzen auf dem Rasen. Schlamm im Haar, im Gesicht, Schlamm von oben bis unten. Und beide müssen furchtbar lachen, über sich selbst und über den Anblick des jeweils anderen. Sie lachen, bis ihnen die Tränen übers Gesicht laufen. Patrick greift Daisy unter die Arme und zieht sie hoch. Daisy nimmt ihre Schuhe, und zusammen stolpern sie bis zum Haus. Den heulenden Rasenmäher, dessen Räder immer noch durchdrehen, lassen sie zurück.

Daisy sagt: »Ich hole Handtücher.«

Patrick nickt und folgt ihr ins Haus.

Sie lässt die Schuhe im Flur und geht weiter. Patrick bleibt an der Tür, er will den Dreck nicht ins Haus tragen. Mit Handtüchern kommt Daisy zurück. Sie gibt ihm eins, und er trocknet sich ab.

Daisy fragt: »Soll ich uns einen schönen heißen Tee machen?«

Patrick schüttelt den Kopf. »Nein, vielen Dank.«

»Es macht wirklich keine Umstände. Du könntest jetzt wahrscheinlich einen gebrauchen.«

»Ach nein. Wissen Sie, das tut mir alles schrecklich leid.« Er wischt sich den Matsch vom Gesicht. »Aber es war unmöglich, durch das Gras zu kommen. Es ging wirklich ganz, ganz schwer.« Ratlos zuckt er die Schultern. »Ich glaube, ich bin ausgerutscht und ins Blumenbeet gefallen. Es tut mir alles sehr leid.«

Daisy: »Das ist nicht so schlimm. Was immer dort wuchs, wird schon wiederkommen.« Ihr Haar ist nass, voller Schlamm und klebt ihr am Kopf. Auch ihr Gesicht ist schmutzig. »Es tut mir leid, dass der Auftrag so unmöglich war. Das hattest du dir sicher anders vorgestellt.«

»Ja, ich schätze schon.« Er lächelt verlegen, als er daran denkt, was er erwartet hatte und was dann wirklich eingetreten war.

»Bist du sicher, dass du keinen Tee möchtest? Es dauert nur einen Moment. Eine Tasse würde dir nun guttun.«

»Ich glaube nicht.« Erneut schüttelt er den Kopf. »Ich sollte jetzt besser gehen. Es fängt schon wieder an zu regnen, und so bald wird es sicher nicht aufhören. Es tut mir leid, aber ich werde den Rasen wohl nicht fertig mähen können.«

»Willst du nicht wiederkommen, wenn der Regen aufgehört hat?«

»Kann ich leider nicht. Wir verreisen doch morgen, ich bin bis August weg.«

Daisy macht ein langes Gesicht. Der Rasen sieht noch schlimmer aus als zuvor, nicht einmal die Hälfte ist gemäht, und mitten durch das hohe Gras läuft eine Zickzack-Bahn. Vorher sah es aus, als wohne hier eine schlampige Person, die sich um nichts kümmert. Jetzt sieht es aus wie der Garten eines Geistesgestörten.

»Es tut mir sehr leid«, sagt Patrick noch mal. »Wirklich.«

Daisy: »Warte, ich hole mein Portemonnaie.« Sie kommt mit dem Geld wieder.

Patrick sagt: »Ich glaube, ich sollte noch den Rasenmäher reinholen. Der kann doch nicht einfach da stehen bleiben.«

»Aber er steckt doch fest.«

»Ach ja, stimmt.«

Die beiden stehen da und denken nach. Sie sehen sich nicht an. Daisy blickt nach unten und bemerkt etwas, was sie vergessen hatte.

Die Uhr. Immer noch an ihrem Handgelenk. Sie bekommt einen Schreck. Sieht schnell nach und ist erleichtert, dass sie noch geht. Plötzlich wird Daisy eines klar – dass man mit einer Uhr, die eine Widmung von Arthur Rubinstein trägt, nicht einfach so im Schlamm herumwühlen darf. Eine Uhr mit Widmung von Arthur Rubinstein ist zu wertvoll und muss mit äußerster Sorgfalt behandelt werden. Daisy staunt, wenn sie daran denkt, was diese Uhr schon alles hinter sich hat. Und sie ist geschockt bei dem Gedanken, dass die Uhr und die Babydecken, wenn sie sie nicht nach oben geholt hätte, nur einen Tag später vom Wasser überschwemmt worden wären. Und auch wenn die Decken es überstanden hätten – die Uhr wäre nicht mehr zu retten gewesen. Nachdem sie ein halbes Jahrhundert im Keller geschlummert hatte, war sie einen Tag vor ihrem sicheren Verlust gerettet worden.

Patrick steht da und wartet darauf, dass sie ihm sagt, was er tun soll. Aber Daisy denkt nicht mehr an den Rasenmäher. Sie denkt an die Uhr. Und an eine lange, warme Dusche und einen schönen, heißen Tee. Und vielleicht heute einen etwas vorgezogenen Cointreau. Sie sieht den Jungen an und stellt sich vor, wie er vielleicht auf der langen Reise die Zeit totschlagen wird, indem er erzählt, wie er mit einer dummen, barfüßigen siebenundsiebzigjährigen Frau im Matsch herumgekrochen ist und ihre Kleider, Hände, Füße und Gesichter mit Schlamm bedeckt waren und sie beide lachen mussten, bis ihnen die Tränen kamen.

Daisy sagt: »Stell einfach den Motor ab, wenn du rausgehst. Lass das dumme Ding stehen, wo es steht.«

8

Gerade als Patrick sich verabschiedet und noch ehe Daisy dazu gekommen ist, ein wenig aufzuräumen, erscheint Dennis. Er will seiner Mutter erklären, was die Elektriker und sonstigen Handwerker im Keller gemacht haben. Und er findet sie vor, wie sie gerade ist, nämlich von oben bis unten mit Schlamm verkrustet. Er sieht die Zickzackbahn im Gras. Den Rasenmäher, der im Blumenbeet steckt. Und darüber kann sie auch noch kichern!

Er kann es nicht fassen. Und mehr denn je ist er davon überzeugt, dass er Recht hat. Er fragt sie, ob sie nicht endlich einsieht, dass sie mit dem Haus nicht mehr allein fertigwerden kann.

Daisy lächelt nur und sagt: »Ja, das stimmt wohl. Wahrscheinlich hast du Recht. Ich denke auch, im *Carillion* wird es vielleicht gar nicht so schlecht sein. Also gut, verkauf das Haus.« Sie dreht sich um, geht in die Küche und setzt den Wasserkessel auf. Wischt sich den angetrockneten Matsch von Wangen und Schultern.

Dennis folgt ihr nach drinnen, wo Daisy ihm erklärt, sie werde das Haus aufgeben, wolle aber mit dem Verkauf nichts zu tun haben. Sie wolle nicht einmal dabei sein, wenn alles so weit ist, aber auch dafür habe sie schon eine Lösung.

Und ihr Entschluss steht fest.

Sie wird in die USA reisen. Allein.

Das teilt sie Dennis mit.

Den Rest der Geschichte erzählt sie ihm aber nicht. Dass sie Michael die Uhr zurückgeben will, oder seinen Kindern, wenn es welche gibt und er tot sein sollte. Denn sie hat entschieden, dass die Uhr viel zu wertvoll ist, um sie noch länger zu behalten. Jetzt, wo sie weiß, dass sie eine Widmung von Arthur Rubinstein trägt, kann sie sie nicht behalten. Die Uhr hätte nie im Keller verschwinden dürfen. Und das wäre auch nicht passiert, wenn sie von der Widmung gewusst hätte, aber als Michael ihr die Uhr um das zarte Handgelenk gelegt hatte – unter Küssen, Tränen und Treueschwüren –, hatte sie keine Ahnung gehabt, wer Arthur Rubinstein war. Damals hatte sie den Namen noch nie gehört. Wusste nicht, dass er einer der größten Pianisten des zwanzigsten Jahrhunderts war. Erst viel später hörte sie von ihm, doch da war die Uhr längst weggepackt, aus den Augen, aus dem Sinn. Nachdem Michael verschwunden war, hatte sie lange nicht mehr Klavier gespielt; sobald sie nur einen Klavierakkord hörte, fühlte sie sich ganz krank. Aber den Flügel hatte sie behalten. Als ihre Eltern starben, hatte sie ihn bekommen, nicht ihre Schwester. Den Flügel, auf dem Michael gespielt hatte. Er steht bis heute in ihrem Wohnzimmer. Doch die Uhr hatte lange warten müssen, bis sie wiederentdeckt wurde. Aber jetzt, wo Daisy sie gefunden hat, muss sie zurückgegeben werden. Sie gehört Michael und seiner Familie. Und nicht Dennis oder Lenny.

»Das ist doch Unsinn, Mama. Du kannst nicht allein in die USA reisen.« Dennis ist außer sich. »Das ist doch ganz unmöglich.«

Daisy lacht. »Nein, ist es nicht.« Hatte er eigentlich schon immer so wenig Vertrauen in ihre Fähigkeiten gehabt? Und wenn nicht, wann hatte er es verloren? Wann hatte sie diese unsichtbare Schwelle überschritten, die sie für ihn zu einer hilflosen, tattrigen alten Frau machte? Sie fragt sich auch, ob Paul das genauso gesehen hätte. Oder hätte er wie Lenny reagiert, der sich darüber freuen würde, wenn er von der Reise hörte, da war sie sich ganz sicher.

Wenn er nur endlich Zeit hätte, sie anzurufen.

»Warum willst du denn unbedingt in die USA?« Dennis ist aufgebracht. Seine Hände liegen auf der Tischplatte, die Finger trommeln nervös, wie Kolben in einem Motor. »Wo willst du denn wohnen? Was willst du überhaupt dort?« Er ist irritiert. Enttäuscht. Völlig durcheinander.

»Ich habe eine Cousine in New York. Auf Long Island. Ich schreibe ihr und frage sie, ob ich bei ihr wohnen kann.«

»Eine Cousine? Wer soll denn das sein?«

»Du erinnerst dich vielleicht, dass die Schwester meiner Mutter einen Amerikaner geheiratet hat.«

Dennis zwinkert nervös. »Aber die kennst du doch gar nicht.«

»Stimmt.« Daisy nickt. »Deshalb ist es höchste Zeit, dass ich das ändere.« Sie kann es selbst kaum glauben. Sie ist stolz und glücklich, dass ihr das eingefallen ist. Vielleicht war das Schlammbad nötig gewesen, um ihr den Kopf frei zu machen.

Damit sie wieder reisen kann.

9

Ann Patterson liest Daisys Brief in ihrer Küche, in der Lärm und Trubel herrschen. Sechs ihrer siebzehn Enkel, sie gehen noch nicht zur Schule, quirlen um sie herum, zwei der Jüngsten benutzen ihre stämmigen Beine als Torpfosten. Ann liest den Brief noch zweimal. Danach hätte sie ihn sicher noch ein weiteres Mal gelesen, wenn nicht eine Geruchswolke vom Backofen sie daran erinnert hätte, dass die Bleche mit Chicken Nuggets und mit Pommes, die sie hineingeschoben hatte, jetzt fertig sind. Schnell faltet sie den Brief zusammen und beeilt sich, die Bleche aus dem Herd zu nehmen.

Als sie endlich eine Chance hat, den Brief noch einmal zu lesen, ist es bereits neun Uhr abends. Im Haus ist es ruhig geworden, und sie hat sich vor dem Fernseher schwer in den Liegesessel fallen lassen. Eben war Elisabeth, die älteste ihrer fünf Töchter da, um ihre drei jüngsten Söhne, Michael, Josh und David, abzuholen und mit ihnen nach Hause zu fahren. Sie wirkte noch abgehetzter und erschöpfter als sonst, denn Richard, ihr Mann, ist verreist, und sie muss länger arbeiten als gewöhnlich. Ann entfaltet den Brief noch einmal, liest ihn und denkt nach.

Eine Cousine namens Daisy. Die Tochter der Schwester ihrer Mutter. Die Tochter ihrer Tante Meredith.

Ann denkt angestrengt nach, sie versucht sich daran zu erinnern, was sie über diese Cousine Daisy weiß. Ihre eigene Mutter hatte England verlassen, als sie ihren Vater heiratete. Sie wusste auch, dass ihre Mutter eine Schwester namens Meredith hatte, und dass Meredith zwei Töchter besaß, Doreen und Daisy. Aber Ann war nur einmal in England gewesen, auf dieser schrecklichen, schicksalhaften Reise, als sie sechs war und ihre Tante Meredith kennenlernte – eine Reise, die sie nie vergessen sollte. Doch sie hatte Doreen und Daisy nicht kennengelernt, die damals schon Teenager waren. Nach dieser Reise war die Verbindung zu Tante Meredith abrupt abgebrochen. Die Beziehungen wurden beendet und waren in Vergessenheit geraten. Und nun war ihre Mutter schon elf Jahre tot.

Und jetzt fragt diese Cousine Daisy, ob sie ein paar Wochen zu Besuch kommen dürfe, weil sie eine wichtige Angelegenheit in New York zu erledigen habe, oder ob das eine zu große Zumutung sei. Sie schreibt, sie würde kommen, sobald Ann ihre Einwilligung gegeben habe, und sie würde nur so lange bleiben, bis diese Angelegenheit erledigt sei – sie hoffe, es würde nur ein paar Wochen dauern.

Ann liest den Brief abermals und schüttelt den Kopf. Sie ist innerlich gespalten, in zwei gleich große Teile. Einerseits wäre sie schon daran interessiert, diese Cousine kennenzulernen. Vielleicht wäre es sogar nett, die Familienbeziehungen wieder aufleben zu lassen. Sich einander wieder anzunähern, nach so vielen Jahrzehnten.

Andererseits wäre es tatsächlich eine Belastung. Ann kann es sich nur schwer vorstellen: ein weiteres Paar Füße unterm Tisch, noch jemand, der redet, ein weiterer Mund, der gefüttert werden muss. Das Haus ist zwar groß genug, es gibt ausreichend Schlafzimmer, nur sind die Menschen, die sich hier zu Hause fühlen, ohnehin schon ziemlich zahlreich. Kaum hatte der letzte Besucher das Haus verlassen, war es meist schon wieder an der Zeit, zu Bett zu gehen. Sie muss früh raus, um die ersten Enkel in Empfang zu nehmen – wo um Himmels willen soll sie Zeit und Energie für einen weiteren Gast hernehmen? Und wie würde ein Gast diesen Lärm, dieses Chaos, die Unordnung und die dauernde Anspannung aushalten?

Und was wäre, wenn Daisy genau wie ihre Mutter ist?

Ann seufzt. Sie würde Daisy einfach die Wahrheit sagen. Ihr erklären, dass sie sie zwar gerne kennenlernen würde, doch dass sie sich fünf Tage in der Woche um sieben Enkel kümmern müsse, zu denen nachmittags noch weitere drei kämen, und dass sie einen Großteil ihres Tages im Auto verbringt, mit dem sie Kinder hin und her transportiert, sie irgendwo absetzt und wieder abholt. Sie würde dieser Cousine Daisy von dem großen Schwarzen Brett erzählen, in das sie die verschiedenen Termine all dieser Kinder einträgt, um einigermaßen den Überblick zu behalten. Vielleicht würde sie ihr sogar ein Foto davon schicken und ihr schreiben, dass sie sie zwar nicht abschrecken wolle – obwohl sie genau das täte, oder sie zumindest dazu bringen wollte, ihre Pläne zu überdenken, sich vielleicht doch ein Hotel zu suchen oder ihren Besuch zu verkürzen –, ihr aber schon im Voraus zu bedenken gebe, dass sie nur sehr wenig Zeit für sie erübrigen könnte.

Ganz zu schweigen von der Tatsache, dass das Gästebad so lange nicht benutzt werden kann, bis Joe, ihr Schwiegersohn, es fertig renoviert hat. Zwei Frauen, die sich wochenlang ein Badezimmer teilen müssen? Na ja, das wäre vielleicht auch nichts für Daisy.

Ann lehnt sich zurück. Eigentlich sollte sie aufstehen und anfangen, diesen Brief zu schreiben. Damit Daisy so schnell wie möglich eine Antwort hat, das ist das Mindeste, was sie tun kann. Es tut ihr schrecklich leid, Daisy enttäuschen zu müssen. Aber schließlich, sagt sie sich, lässt sie ihr die Tür ja einen Spalt weit offen. Sie kann kommen, solange sie weiß, worauf sie sich da einlässt.

Aber es wäre schon problematisch.

Träge, mit geschlossenen Augen, bleibt Ann im Sessel sitzen. Sie stellt sich vor, dass sie aufstehen müsste, um im Arbeitszimmer Briefpapier zu holen. Stellt sich vor, wie sie in der Schublade suchen müsste, bis sie die Schachtel gefunden hätte. Stellt sich vor, wie sie am Schreibtisch sitzt und anfängt zu schreiben.

Und ist im Nu fest eingeschlafen.

10

Das bleibt Daisy erspart. Sie wird niemals erfahren, dass Ann sie nicht hat aufnehmen wollen, denn Ann ist nie dazu gekommen, diesen Brief zu schreiben. Sie hatte alles wieder verdrängt, den Brief und all die widersprüchlichen Gefühle, die er ausgelöst hatte, bis er schließlich doch wieder aufgespürt wurde, allerdings erst nach mehr als einer Woche.

Von Anns ältester Tochter Elisabeth.

An dem Tag, an dem Elisabeth es offiziell hatte, dass sie ab jetzt zu einer neuen Kategorie gehörte. Das hatte ihr Frauenarzt ihr mitgeteilt, und damit die Erklärung für eine ganze Reihe irritierender Symptome geliefert. Unregelmäßigkeiten, unter denen sie seit einem halben Jahr litt und die sich nicht länger ignorieren ließen.

Elisabeths neuer Zustand: peri-menopausal. Sie war beim ersten Morgengrauen aufgewacht und hatte wieder sehr schlecht geschlafen. Den Schlafanzug nassgeschwitzt, die Bettlaken ebenfalls. Das Wort geht ihr nicht mehr aus dem Kopf. Ein scheußliches Wort, es verfolgt sie Tag und Nacht.

Aber sie hat schließlich einen Job. Aufstehen um halb sieben, geduscht und angezogen um halb acht. Das Kostüm, beige – eine bis zwei Nummern größer, als sie freiwillig zugeben würde, denn sie hatte sich noch nicht einmal an die kleinere der beiden Größen gewöhnt, die ihr inzwischen allerdings schon nicht mehr passt. Dazu eine kupferrote Seidenbluse und die Perlenkette, dann schnell das hellbraune Haar trockengeföhnt und zusammengebunden. Mit ihrem ernsten, wenn auch etwas müde wirkenden Gesicht und ihrer korrekten Haltung nimmt man ihr die erfolgreiche Steuerprüferin ohne weiteres ab. Zum Bild dazu gehören auch die kleinen Fältchen, die sich im Laufe der Jahre um ihre Augen gebildet haben, bedingt durch das Lesen langer Zahlenreihen auf Steuererklärungen, das Prüfen von Bilanzen, die ganzen Vorschriften der Finanzbehörden und die Arbeit am Bildschirm.

Schnell bereitet sie das Frühstück für ihre vier Jungen, der fünfte, Steve, ist schon im College. Sie träumt davon, wie schön es wäre, Richard hierzuhaben, der ihr helfen könnte, statt dass er jeden Morgen um sechs mit dem Zug in die City fährt. Sie räumt den Tisch ab und lädt das Geschirr in die Spülmaschine. Um Viertel nach acht ist sie bereit zur Abfahrt, als der dreizehnjährige Michael feststellt, dass ihm sein USB-Stick fehlt, den er dringend für den Unterricht in europäischer Geschichte braucht. Auf dem nicht nur sein eigenes Projekt gespeichert ist – das sei ihm eigentlich egal, meint er, was Elisabeth nicht überrascht, denn sie hat ihn weder daran arbeiten sehen, noch hat er es jemals erwähnt –, sondern auch das Projekt seines besten Freundes.

Elisabeth und die Jungen stellen praktisch das Haus auf den Kopf, bis ihr Jüngster, David, den Stick schließlich findet. Ausgerechnet auf dem Kaminsims und nicht da, wo sie gesucht hatten, nämlich in sämtlichen Hosen- und Jackentaschen, in Seitentaschen von Schulranzen und um den Computer herum.

Das ganze Drama hat zur Folge, dass die Jungen ihren Schulbus verpassen. Also muss Elisabeth sie zur Schule fahren – in zwei verschiedene Schulen. David, der elfjährige Josh und der siebzehnjährige Pete – alle außer Michael, der an allem schuld ist – quasseln aufgeregt durcheinander, sie würden bestimmt zu spät kommen, und flehen Elisabeth an, doch schneller zu fahren, obwohl sie im Stau steckt und nichts mehr geht. Die Uhr tickt erbarmungslos weiter. Sie wird zu spät zu ihrem Meeting kommen. In der Hektik stößt sie ihren Kaffee um, der sich über den Vordersitz des SUV ergießt und alles im Umkreis von einem halben Meter durchnässt, einschließlich ihres neuen Kostüms, ihrer Schuhe, die nicht ganz neu sind, und des offenen Aktenkoffers. Einschließlich mehrerer Akten und Dutzender Steuererklärungen. Der braune Lederkoffer wird jetzt bis ans Ende seiner Tage nach altem Kaffee riechen.

Elisabeth ist fix und fertig, als sie in der Firma ankommt. Sie fühlt sich gestresst und unfähig, einen klaren Gedanken zu fassen. Doch als ob das alles nicht schon schlimm genug wäre, setzt das Schicksal noch einen drauf. Denn da sie es nicht rechtzeitig zum Meeting geschafft hat, ist Palmer, ihr Boss, reichlich unüberlegt für sie eingesprungen, obwohl er dazu kaum in der Lage war, denn er hatte wieder einmal ein »flüssiges Frühstück« zu sich genommen. Und jetzt muss sich sogar Palmers Boss um die Sache kümmern. Nachdem die Kunden gegangen sind und er Palmer nach Hause geschickt hat, bittet er Elisabeth zu sich herein. Und sie solle bitte die Tür schließen.

Ihr sinkt das Herz fast in die Schuhe. Sie bekommt erst einmal einen Rüffel, weil sie zu spät gekommen ist. Dann folgt die übliche Diskussion über Palmer und was man mit ihm machen soll, und schließlich gehen sie sämtliche bevorstehenden Fristen und Termine von Elisabeth und auch die von Palmer durch, soweit sie ihr bekannt sind.

Endlich darf sie, gründlich gemaßregelt, in ihr Büro zurück, wo sie hinter ihrem großen Schreibtisch pflichtschuldig an die Arbeit geht, umgeben von Bildern, die Richard und ihre Jungen zeigen – alle mindestens fünf Jahre alt – in Rahmen unterschiedlicher Qualität, und sie fragt sich, ob das schon alles gewesen ist.

Ist das so? Soll das wirklich alles gewesen sein? Alles, was sie zu erwarten hat?

Sie hat das Kinn in die Hand, den Ellbogen auf den Schreibtisch gestützt. Jetzt braucht sie eine Aufmunterung. Sie gibt der Versuchung nach und tut, was sie schon oft getan hat. Geht zur Homepage von PuppyFinder.com. Um süße junge Hunde anzuschmachten – heute sind es Yorkshire Terrier, gestern waren es Beagles, davor Collies. Schnell klickt sie sich durch alle Welpenbilder, ehe sie widerstrebend die Website schließt. Sie muss sich zwingen, in den Arbeitsalltag zurückzufinden.

Währenddessen ist Ann zu Hause, von Enkeln umringt. Ihre fünf Töchter übergeben ihr alle eines ihrer Kinder oder sogar mehrere; die noch nicht zur Schule müssen, sind schon am Vormittag da, am Nachmittag kommen noch Elisabeths Söhne David, Josh und Michael hinzu.

Ann verbringt den Vormittag wie immer. Sie spielt, liest vor, malt mit den Kindern, erlaubt auch eine halbe Stunde Fernsehen und ist den Rest der Zeit mit Füttern, Windelnwechseln, Händewaschen und sonstiger Unterhaltungstätigkeit beschäftigt. Um neun bekommen die Kinder Frühstück – jeder einen Zimttoast und ein Glas Saft –, danach dürfen sie im Spielzimmer die Welt für sich allein entdecken, während Ann einen großen Becher Kaffee trinkt, meist schon den dritten am Tag, und drei Scheiben Toast isst. Immer bereit, bei

Bedarf aufzuspringen. Vom Küchentisch aus beobachtet sie die Kinder. Freut sich darüber, wie gut sie zusammen spielen, obwohl sie noch so klein sind, und wie sehr sie sich auf neu entdeckte Dinge konzentrieren können.

Zum Mittagessen gibt es sieben kleine Schälchen und ein größeres für sie selbst, mit Makkaroni und Käse und Broccoli, den alle mögen, was sie immer wieder erstaunt. Sie isst ihren mit zerlassener Butter, aber die Kinder essen das Gemüse ohne alles. Jedes Kind bekommt einen Becher Milch. Ann noch einen großen Becher Kaffee.

Um Viertel nach drei kommen David und Josh aus der Schule und machen sich gleich an die Hausaufgaben, dazu essen sie Kekse und trinken Milch, während Ann sich einen weiteren Kaffee genehmigt, den fünften und letzten am Tag. Und weil es Dienstag ist, setzt sie die beiden Kleinen, die noch da sind – die anderen wurden schon abgeholt –, in ihren Chrysler Minivan, fährt David und Josh zur Klavierstunde und setzt unterwegs einen der Kleinen zu Hause ab.

Während der Klavierstunde spielt Ann mit dem vierjährigen Brandon und bemüht sich nach Kräften, keine Langeweile aufkommen zu lassen, damit er bei Laune bleibt. Als gar nichts mehr hilft, zieht sie eine Tüte Salzbrezeln aus der Tasche, mit der er sich beschäftigt, bis sie alle wieder im Auto sitzen und sich auf den Rückweg machen, eine Fahrt von gut fünfunddreißig Minuten, vorausgesetzt es gibt keinen Stau, was auf Long Island aber selten vorkommt. Auf dem Weg fährt sie an der Schule vorbei, um Michael vom Baseballtraining abzuholen. Er begrüßt sie mit einer lässigen Handbewegung, steigt in den Minivan und stöpselt sich in seinen iPod. Wie immer neuerdings.

Sie biegt gerade in die Zufahrt zu ihrem Haus ein, als auch ihre Tochter Lynn vorfährt, um Brandon abzuholen. Elisabeth wird David, Josh und Michael einsammeln, sobald sie mit Pete, der neue Kontaktlinsen braucht, vom Augenarzt zurück ist.

Zum Abendessen gibt es Spaghetti, Fleischklößchen und Salat. Sie sitzen am Tisch – Ann, David, Josh und Michael. David und Josh schwatzen endlos über Lehrer, Freunde, Sport und alles Mögliche. Wie schon so oft denkt Ann darüber nach, ob es wohl ihre Angst vor einsamen Mahlzeiten ist, die ihr die Kraft zum Weitermachen gibt.

Michael beteiligt sich nicht am Gespräch. Er hat immer noch seinen iPod eingestöpselt. Er befindet sich in seiner eigenen Welt, obwohl er jedes Mal, wenn er die Gabel zum Mund führt, mit ihrem Ellbogen kollidiert. Ann wünschte, er würde die Kopfhörer herausnehmen und mit ihnen reden, aber sie hat noch nie am Verhalten der Kinder herumkorrigiert, wenn kein anderer darunter leiden musste. Das Wichtigste für sie ist, dass ihre Enkel sich hier wohlfühlen. Bei ihrer Grandma.

Elisabeth kommt um halb acht, ihre kupferrote Bluse hängt an der Seite heraus, ihr Haar ist aufgelöst, ihr Lippenstift fast völlig verblasst. Sie sieht müde aus und nicht sehr glücklich; der Grund ist eine Radiomeldung, die sie soeben gehört hat.

Ann lädt das Geschirr in die Spülmaschine. Elisabeth schickt die Jungen los, ihre Sachen zusammensuchen. Sie wirft Michael einen verdrossenen Blick zu, als er an ihr vorbeigeht. »Wie wär's denn, wenn du dich mal bedanken würdest für heute Morgen? Wegen deines verdammten USB-Sticks habe ich mein Meeting verpasst.«

»Vielen Dank für heute Morgen.« Es klingt völlig unbeteiligt.

»Musst du denn so herumlaufen?« Elisabeth reißt ihm einen der Stöpsel aus dem Ohr.

Michael sieht sie an. »Was ist denn so schlimm an meinen Klamotten?« Er stopft den Stöpsel wieder an seinen Platz, ehe er sich die Antwort anhören muss.

Elisabeths sagt laut: »Alles.« Angewidert sieht sie seinen Hosenboden an, als er die Küche verlässt und ins Wohnzimmer geht, um seine Schultasche zu holen. Seine Jeans hängen beängstigend tief und kämpfen mit wenig Aussicht auf Erfolg gegen die Schwerkraft und die zusätzlichen zehn Pfund Jeansstoff, die um seine Beine schlottern. Sein Gürtel halb überm Hintern, darüber ragen mindestens zehn Zentimeter seiner karierten Boxershorts heraus.

»Warum denkt er bloß, dass sich die ganze Welt für seine Unterhosen interessiert?«, fragt Elisabeth ihre Mutter. »Eigentlich ist es doch ziemlich arrogant.« Und insgeheim überlegt sie – und nicht zum ersten Mal –, was *er* wohl sagen würde, wenn *sie* der Welt die oberen zehn Zentimeter *ihrer* Höschen präsentieren würde.

»Ach, er ist schon in Ordnung«, sagt Ann. »Es ist halt so eine blöde Mode, aber wir haben auch blödsinnige Moden mitgemacht, als wir jung waren.«

Elisabeth fürchtet, dass ihre Mutter Recht hat. Sie ist noch immer erschrocken über das, was sie gerade im Autoradio gehört hat. Es war eigentlich nur eine kurze Meldung, aber es beschäftigt sie so stark, dass sie heute noch weniger Geduld mit Michael und seinem iPod hat als sonst. Und wieder einmal betet sie im Geiste ihre alte Litanei herunter, dass sie Josh und David, beides musikalisch begabte Kinder – fast so begabt wie Michael –, nie erlauben würde, den Klavierunterricht aufzugeben. Sie bedauert es immer noch, dass sie Michaels Wunsch nachgegeben hat, nach neun Jahren und mehreren Tausend Dollar Schulgeld mit dem Unterricht aufzuhören. Und man sieht ja, zu was es geführt hat.

»Alles in Ordnung?«, fragt Ann. »Wie war dein Tag?«

»Hektisch. Reichlich verrückt.« Elisabeth sieht zu, wie ihre Mutter den Tisch abwischt. Und plötzlich fragt sie, obwohl sie dieses Thema eigentlich nicht hatte anschneiden wollen: »Verfolgst du zufällig die Geschichte von diesem Kerl, den sie Dartman nennen?«

Ann schüttelt den Kopf.

»Also, es gibt da offenbar einen Typen, der auf dem Fahrrad in Manhattan herumfährt und mit Dartpfeilen nach den Hinterteilen von Frauen wirft.«

»Was?« Ann verzieht ungläubig das Gesicht. War denn nichts zu abartig, als dass irgendjemand die Idee kam, es auszuprobieren?

»Kein Witz«, sagt Elisabeth. »In den letzten drei Wochen hat er fünf Frauen verletzt, und heute wieder eine. Ich habe es eben im Autoradio gehört. Die Verletzungen sind nicht lebensgefährlich, aber natürlich ist es schmerzhaft, so ein Ding in die Pobacke zu bekommen, und die Polizei weiß immer noch nicht, wer dahintersteckt.«

»Völlig verrückt.« Ann schüttelt den Kopf. Sie legt den Schwamm auf seinen Platz bei der Spüle. Überlegt, dass sie jetzt eigentlich staubsaugen müsste, der Fußboden hat es nötig, wie immer. Jeden Tag muss sie saugen, zumindest im Spielzimmer und in der Küche. Die anderen Räume halten sich etwas länger.

Elisabeth sagt: »Ja, und jetzt kommt's. Ich glaube nämlich, Richard könnte dieser Dartman sein.«

Ann sieht Elisabeth entgeistert an. Doch ihre Tochter blickt völlig ernst. Das Staubsaugen ist vergessen. Weiß Elisabeth eigentlich, was sie da sagt? Sie erwidert: »Elisabeth, das kann doch nicht dein Ernst sein.«

»Doch, ist es.«

»Das ist doch unmöglich.«

»Nein, ist es eben nicht.«

»Du glaubst, dein Mann sei dieser Dartman?«

»Er *könnte* es sein. Es wäre möglich.« Elisabeth nickt wie zur Bekräftigung.

»Aber wie kommst du auf diese Idee?«

»Also hör zu. Erstens« – und Elisabeth zählt die Punkte an den Fingern auf: »Es heißt, dass er es klug anstellt, weil er immer entkommt. Richard ist klug. Dann sagen sie, es sei wahrscheinlich jemand, der nicht vorbestraft ist, was auf Richard zutrifft. Und jemand, der nicht zu Gewaltverbrechen neigt. Ich glaube, dass Richard solche Neigungen ebenfalls nicht hat. Man sagt, es sei jemand, der nur Aufmerksamkeit auf sich lenken will. Richard liebt Aufmerksamkeit. Und aus irgendeinem Grund passieren diese Dinge nur montags und donnerstags, warum weiß man nicht. An welchen Tagen fährt Richard mit dem Rad in die Stadt? Montags und donnerstags! Was für ein Fahrrad fährt dieser Dartman? Er wurde auf einem Rad gesehen, das wie ein rotes Mountainbike aussieht. Und was für ein Fahrrad fährt Richard? Ein rotes Mountainbike!« Fast spuckt sie diese letzten Worte aus. Dann holt sie tief Luft, um ihrem letzten, schlagenden Argument Gewicht zu geben. »Und jetzt kommt das Entscheidende: Was ist Richards liebstes Hobby? Genau, Darts natürlich! Erinnerst du dich an die Zeit, als Richard außer seinem Beruf noch ein anderes Leben hatte? Was hat er da in seiner Freizeit gemacht? Er spielte Darts! Weißt du noch? Er spielte es wahnsinnig gern! Und weißt du noch, wie gut er darin war?«

Ann steht da und starrt ihre Tochter an, ihre vierundvierzigjährige Tochter, die erfolgreiche Geschäftsfrau. Sie sucht in dem breiten, blassen Gesicht nach Anzeichen, dass alles nur ein Spaß ist. Zwinkern ihre grünen Augen nicht verräterisch? Spielt da etwa ein Lächeln um ihre Lippen? Sie wartet darauf, dass Elisabeth in befreiendes Gelächter ausbricht.

Doch sie lacht nicht. Ann wartet – kein Lachen. Elisabeth meint es ernst. Ann weiß nicht, was sie sagen soll. Wie viel einfacher sind kleine Kinder dagegen!

»Okay, Lizzie, jetzt komm mal bitte in die Wirklichkeit zurück. Dein Mann ist nicht der Dartman. Er ist Rechtsanwalt. Ein erfolgreicher Rechtsanwalt in einer großen Kanzlei. Er ist einer der Partner dort. Also kaum die Sorte Mensch, nach der die Polizei suchen würde, und schon gar nicht eine, die Frauen den Hintern mit Dartpfeilen spickt.«

Elisabeth nickt, ohne überzeugt zu sein. »Ich weiß. Es ist schwer vorstellbar, aber man kann ja nie wissen. Ist es nicht möglich, dass ein Mann so völlig unter Stress steht, dass er kurz vorm Durchdrehen ist und sich dann so was ausdenkt? Man hört doch dauernd Geschichten von Menschen, die ausrasten. Und was machen sie, wenn sie ausrasten? Irgendwas, was sie gut können. Zum Beispiel Dartpfeile werfen. Er hat in Yale gespielt, er war dort sogar im Team!« Elisabeth steigert sich immer mehr in ihre Idee hinein, sie spricht immer lauter und schneller. »Man hört doch dauernd, wie Frauen die unglaublichsten Sachen über ihre Männer erfahren. So was kann man fast jeden Tag in der Zeitung lesen.«

»Ja, aber zu diesen Frauen gehörst du nicht. Du wirst *nicht* so etwas über deinen Mann erfahren.« Sie sieht ihre Tochter lange und durchdringend an. »Du solltest jetzt nach Hause fahren und zusehen, dass du dich mal richtig ausschläfst. Morgen wirst du dann vielleicht über alles lachen.«

Elisabeth nickt und hofft, dass ihre Mutter Recht hat. Sie geht ins Spielzimmer, um die Jungen zu holen. Es ist Zeit, dass sie nach Hause kommen. Josh und David müssen noch

Klavier üben, jeder eine Stunde. Und Michael schreibt eine Arbeit in europäischer Geschichte und außerdem in Mathe und Chemie. Und in einer Woche, vor dem Ende des Schuljahres, hat er das State-Regents-Examen, eine wichtige Prüfung, deren Ergebnisse bereits in die Noten des Abschlusszeugnisses einfließen. Er kann sich einfach keine schlechten Zensuren mehr leisten. Er müsste längst an seinem Schreibtisch sitzen und lernen. Elisabeth befürchtet, dass es nicht leicht sein wird, ihn aus seinem iPod-Stumpfsinn herauszuholen und an seine Schulbücher zu erinnern. Mit Wehmut denkt sie an die Zeit zurück, als Michael das bravste und vernünftigste ihrer Kinder war. Als ihr Wort bei ihm noch etwas galt. Was ist bloß passiert? Und wann? Darauf hat sie keine Antwort.

Sie sieht auf die Uhr und sagt ihnen, dass sie sich beeilen sollen. Macht sich Sorgen wegen heute Abend, wenn Richard nach Hause kommt. Was wäre, wenn sie ihm nicht in die Augen sehen kann? Und nur noch an Dartpfeile denkt?

»Kommt jetzt, Jungs.« Sie schiebt den Gedanken zur Seite, spielt mit dem Schlüsselbund und sieht sich im Zimmer um, ob auch nichts liegengeblieben ist. »Los geht's.«

Sie gähnt. Dann sieht sie einen Brief mit englischer Marke darauf. Nimmt ihn in die Hand.

Die Jungen gehen nach draußen, im Chor schallt es: »Tschüss, Grandma!«

»Tschüss, Jungs! Bis morgen!«

»Was ist denn das hier?«, fragt Elisabeth ihre Mutter. Sie sieht es am Gesicht, wie Ann sich plötzlich erinnert, zugleich aber etwas verlegen scheint. »Wer ist denn Daisy Phillips?«

»Eine Cousine. Aus England. Meine Tante Meredith war ihre Mutter.«

»Und warum schreibt sie dir?«

»Sie plant eine Reise nach New York und fragt, ob sie eine Weile hierbleiben kann.«

»Wie nett!« Elisabeth strahlt. Der Gedanke, dass jemand aus England zu Besuch sein wird, wirkt auf sie wie eine frische Brise. »Wann kommt sie denn?«

Ann runzelt die Stirn. »Ich habe ihr noch nicht geschrieben, dass sie kommen kann.«

»Was? Warum nicht?«

»Mama!« Michael ruft von der Verandatreppe. »Wo bleibst du denn?«

Sie ruft zurück: »Ich bin auf dem Weg.« Dann wendet sie sich wieder an ihre Mutter. »Warum hast du ihr nicht geschrieben, dass sie kommen kann?«

»Weil ich befürchte, keine Zeit für sie zu haben.« Das ist aber nur ein Teil der Wahrheit.

»Musst du sie denn unterhalten?«

»Na ja, eigentlich wohl nicht. Sie sagt, sie habe hier etwas zu erledigen. Aber wenn sie erst da ist, wird man sich natürlich schon etwas um sie kümmern müssen. Sie wird sicher das eine oder andere brauchen. Und ich fürchte, ich habe einfach weder die Zeit noch die Energie, mich mit ihr zu beschäftigen.«

»Mama, das ist doch verrückt. Hast du ihr etwa geschrieben, sie soll zu Hause bleiben?«

»Nein. Aber ich habe sie auch nicht hierher eingeladen. Ich habe gar nicht zurückgeschrieben.«

»Mama, komm endlich!« Diesmal ist es Josh, der ruft. »Ich muss doch noch Klavier üben!«

»Steigt schon mal ein, ich bin gleich da.« Sie sieht ihre Mutter an. »Mama, du musst ihr schreiben und ihr sagen, sie ist willkommen. Wenn es dir zu viel wird, kann sie auch bei uns wohnen. Ich würde sie schrecklich gern kennenlernen.

Wir kennen doch niemanden von deinen englischen Verwandten.«

»Meinst du wirklich?« Ann sieht einen Ausweg. »Sie könnte bei euch wohnen?«

»Klar kann sie das. Die Jungen würden sich auch freuen.«

»Wirklich? Du kannst sie unterbringen? Und Richard würde es auch nichts ausmachen?«

»Natürlich nicht.« Elisabeth hofft, dass das stimmt. Hofft, dass sie ihn nach einundzwanzig Jahren noch immer gut genug kennt, um sicher sein zu können.

Hofft, dass er nicht der Dartman ist.

II

DAISY WAR EINKAUFEN. Sie kommt kaum durch die Haustür, mit den zwei prallvollen Einkaufstüten in jeder Hand. Zwei Paar neue Schuhe, drei Röcke, ein hübscher rosa Bademantel mit passenden Pantoffeln. Es ist lange her, seit sie eine solche Vorfreude gespürt hat. Sie genießt jedes Detail ihrer Reisevorbereitungen und verdrängt die leisen Bedenken, die sich zwischendurch melden, weil Ann ihr noch nicht geantwortet hat. Sie bereitet sich so weit vor, dass sie, sowie die Antwort kommt, ins nächste Flugzeug steigen kann.

Ausgerechnet nach New York, wo sie noch nie gewesen ist. Dort wollte sie nie hin, nachdem Michael aus ihrem Leben verschwunden war. Jedes Mal, wenn Paul es vorgeschlagen hatte – und das hatte er im Laufe der Jahre mehrmals getan –, hatte sie eine Ausrede erfunden, warum es nicht ging.

Mit Mühe zwängt sie sich durch die Tür und sieht im Geiste schon New York vor sich, Manhattan, die Skyline, das Empire State Building, den Times Square und Broadway. Und hofft, dass sie das auch wirklich alles sehen wird, wenn sie dort ist. Sie muss herausfinden, wie weit Long Island von Manhattan entfernt ist. Und wo genau Port Washington liegt, die Stadt, in der Ann wohnt.

Sie geht ins Schlafzimmer. Sie muss packen.

* * *

Dennis biegt in die Einfahrt vor dem Haus seiner Mutter ein. Er steigt aus und geht mit eiligen Schritten auf ihre Haustür zu. Die Rosen, die sie umranken, sehen gesund aus und gedeihen prächtig. Gerade fängt es wieder an zu schütten, der erste Regen seit zwei Tagen. Und laut Wettervorhersage soll es so schnell nicht aufhören.

Er klingelt, wobei er versucht, die Papiere in seiner Hand vor dem Regen zu schützen. Er beugt sich drüber, damit sie trocken bleiben. Sie sind der Grund seines Besuchs.

Daisy öffnet die Tür. Sie sieht erfreut aus und lässt ihn herein. Doch sie weiß, warum er gekommen ist, und ihr Lächeln ist nicht echt. In Wirklichkeit fühlt sie sich ganz miserabel. Sie ist auf dem besten Weg, ihren Entschluss zu revidieren. Je länger sie darüber nachdenkt, desto mehr ist sie im Zweifel, ob sie das wirklich durchziehen soll. Sie kann doch ihr Haus nicht verkaufen!

»Komm rein, Dennis, ich mach uns einen Tee. O je, es fängt ja schon wieder an zu regnen.«

»Nein danke, keinen Tee. Ich kann nur ein paar Minuten bleiben, ich muss zurück ins Büro. Wir haben ein paar Abgabetermine, die ziemlich dringend sind.«

Er geht hinter ihr her in die Küche. Setzt sich an den Tisch. Legt die Papiere vor sich hin, säuberlich eines neben das andere.

Daisy setzt den Wasserkessel auf. »Wie gut, dass wir zwei

trockene Tage hatten, da konnte endlich der Rasen gemäht werden.« Endlich, denkt sie, jetzt sieht der Garten wieder aus wie bei einem normalen Hausbesitzer.

»Wer hat das für dich gemacht?«

»Niemand«, sagt Daisy stolz. »Ich habe es selbst gemacht. Es war gar nicht so schlimm.« Wenn man davon absieht, was alles dabei passiert ist. Und dass sie vorher sechs Stunden lang auf Knien mit einer Schere über den Rasen gerutscht ist und das Gras praktisch Halm um Halm kürzen musste, ehe sie mit dem Rasenmäher darübergehen konnte.

»Tatsächlich?« Es fällt ihm offenbar schwer, das zu glauben. »Du hattest keine Schwierigkeiten?« Natürlich denkt er daran, was vor zwei Tagen passiert ist, und fragt sich, wie sie behaupten kann, es sei gar kein Problem gewesen. »Also Mama …«

»Vielleicht kannst du es machen, solange ich weg bin«, unterbricht sie ihn. »Nur ein- oder zweimal. Wenn es mal nicht regnen sollte.«

Dennis fährt sich mit der Hand über die Augen, reibt sie. »Du hast doch nicht immer noch vor, nach New York zu fliegen, oder?«

»Doch, natürlich.«

Dennis seufzt. »Und wann?«

Daisy antwortet nicht gleich. Sie hat immer noch nichts von Ann gehört, doch ihre Reise nach New York ist beschlossene Sache, egal, ob sie bei ihrer Cousine unterkommt oder nicht. »Bald«, sagt sie schließlich. Der Kessel pfeift. Daisy dreht das Gas ab und gießt das Wasser vorsichtig in die Teekanne. »Willst du wirklich keinen Tee? Es würde dir guttun.«

Dennis schüttelt den Kopf. »Wie bald? Hast du dir schon Flüge rausgesucht? Und was sagt deine Cousine?«

»Mein Pass ist in Ordnung, ich habe alle Einkäufe erledigt, und meine Sachen sind gepackt. Ich werde voraussichtlich etwa einen Monat weg sein.« Sie stellt den Kessel auf den Herd zurück und setzt sich mit ihrer Tasse an den Tisch.

»Einen ganzen Monat? So lange?«

»Ich glaube schon. Ja. Vielleicht sogar etwas länger.« Sie hat keine Ahnung, wo Michael Baker wohnt, nur die Adresse, die er vor sechzig Jahren hatte. Keine Ahnung, ob er überhaupt noch lebt und wie sie ihn finden soll. Oder wie sie die Kinder finden soll, die er vielleicht gehabt hat. »Ich lasse das Rückflugdatum offen.« Sie nimmt einen Teelöffel Zucker und rührt um. Mit jeder Umdrehung schlägt der Löffel leise innen gegen die Tasse, ein vertrauter, Gemütlichkeit vermittelnder Klang.

»Ich halte es für ziemlich verrückt, ausgerechnet jetzt eine Reise zu unternehmen, bei der nicht klar ist, wann du wieder zurückkommst«, bemerkt Dennis. »Aber vermutlich lässt du dich nicht mehr davon abbringen.«

»Nein, da hast du Recht, Dennis. Mein Entschluss steht fest.« Wenn sie doch nur schon eine Zusage von Ann hätte!

»Ja dann«, er räuspert sich, legt die Papiere vor sich auf dem Tisch noch akkurater hin. »Also kommen wir zu dem Grund, warum ich hier bin. Dies sind die Formulare, die der Makler braucht, damit er Interessenten das Haus zeigen kann. Du musst nur unterschreiben.« Er zeigt auf die erste Unterschriftszeile.

Daisy rührt im Tee. Der silberne Löffel erzeugt ein leises Klingeln – ping, ping, ping, ein netter, einfacher Rhythmus.

»Mama, ich will dich wirklich nicht drängen, aber ich habe nicht viel Zeit. Bitte unterschreib einfach hier und dann das andere Formular auch, damit ich weiterkann. Bitte.«

Regungslos starrt Daisy auf die Formulare. Sie kann sich

nicht rühren, kann den Kugelschreiber, den er ihr hinhält, nicht nehmen.

Das Telefon klingelt.

Sie erschrickt. Geht schnell hin, um dranzugehen.

»Hallo? Spreche ich mit Daisy?« Eine fremde Stimme. Ein amerikanischer Akzent! Daisys Herz macht einen Freudensprung.

»Ja, hier ist Daisy.«

»Hallo, Daisy, ich bin deine Cousine Ann. Wie geht es dir?«

»Oh, Ann! Mir geht's gut, sehr gut. Und dir?« Daisy ist schwindlig vor Freude. Sie denkt gar nicht daran, dass der Anruf auch schlechte Nachricht bringen könnte. Dass man ihr, ausgerechnet jetzt, wo Dennis da ist, sagen könnte, sie solle lieber nicht kommen. Sie fühlt sich nur unendlich erleichtert. Darüber, dass Ann noch lebt. Und dass sie angerufen hat.

Sie wirft einen Blick auf Dennis, der sehr aufrecht am Tisch sitzt, teils ungeduldig, teils neugierig.

Ann sagt: »Ich dachte, anrufen ist besser als schreiben. Ich wollte dir antworten, so schnell ich kann und dich nicht warten lassen.«

»Ja, das ist wunderbar, danke!«

»Also, es tut mir wirklich leid … nun, es ist nämlich so … ach, ich sage besser gleich, wie es ist. Nämlich, dass es ziemlich schwierig wäre, wenn du bei mir wohnen würdest. Aber meine Tochter Elisabeth würde dich gern bei sich unterbringen. Sie hat ein Gästezimmer. Und sie wohnt nur fünf Meilen von mir entfernt.«

Daisy ist erleichtert. Begeistert. »Wunderbar.«

»Sag uns einfach, an welchem Tag du kommst und wann. Wir holen dich dann am Flughafen ab.«

»Ganz wunderbar«, sagt Daisy wieder.

Hoffentlich hält Ann sie nicht für einen Trottel, der nur dieses eine Wort kennt.

Natürlich denkt Ann nichts dergleichen. Sie sollte das Gespräch nur schleunigst beenden, um den Streit zwischen Matthew und Brandon um einen lila Buntstift zu schlichten, ehe einer von ihnen heult.

Daisy schreibt sich die Telefonnummer auf und bedankt sich bei Ann. Und es ist eine ganz andere Daisy, die jetzt wieder zurück an den Tisch kommt. Sie nimmt ihre Tasse, schlürft vergnügt ihren Tee und erzählt Dennis, was Ann gesagt hat.

Dennis ist selbst überrascht, weil es ihn tatsächlich interessiert. Zwar hatte er eine vage Ahnung von irgendwelchen amerikanischen Verwandten, seine Mutter hatte es ab und zu erwähnt, doch er hatte sich nie weiter damit beschäftigt. Aber jetzt haben sie plötzlich Namen – Ann und deren Tochter Elisabeth. Sie waren Menschen aus Fleisch und Blut. Er muss sich zwingen, auf das zurückzukommen, warum er hier ist, obwohl er jetzt viel lieber an diese Verwandten gedacht hätte, an Ann und ihre Tochter Elisabeth. Und an ihr Leben in New York, auf Long Island.

Aber er hat etwas zu erledigen. Zweierlei. Seine Arbeit in Liverpool, mit der er schon verheerend in Verzug ist. Das andere hier in dieser Küche, womit er ebenfalls in Verzug ist. Er deutet auf die Unterschriftszeile auf dem Vertragsformular. »Mama, können wir das jetzt hinter uns bringen? Dann bist du wieder frei für deine Reisevorbereitung, und ich kann zurück an meine Arbeit.« Er hält ihr den Kugelschreiber hin.

Doch Daisy nimmt ihn nicht. »Ich habe es mir anders überlegt, Dennis.« Sie sagt es, einfach so. »Es tut mir leid, aber ich werde das Haus nicht verkaufen.« Denn plötzlich fragt sie sich, warum sie es eigentlich sollte? Sie hat noch nie im Leben ihr Wort gebrochen. Aber manchmal bleibt einem nichts anderes übrig. »Dieses Hin und Her tut mir furchtbar leid, Dennis, aber ihr solltet wirklich ohne mich umziehen. Das meine ich ernst.« Sie drückt seine Hand.

Sprachlos starrt Dennis sie an. Er weiß genau, wie Amanda reagieren wird, aber im Moment ist ihm seine Frau egal. Sein Kopf ist voll von diesen unbekannten Verwandten in New York. Um Amanda würde er sich später kümmern. Vielleicht würde er auf dem Heimweg bei einem Juwelier vorbeifahren. Eine Kleinigkeit für sie kaufen, die viel zum Frieden beitragen könnte.

12

DER DARTMAN SCHLÄGT WIEDER ZU!

Ann hört es abends in den Fernsehnachrichten. Sie macht gerade Steak, Salat und Kartoffelpüree, das Abendessen für sich, David, Josh, Michael und Pete. Sie fragt sich plötzlich, ob vielleicht tatsächlich Richard der Dartman sein könnte. Doch sofort ruft sie sich zur Ordnung. Auf keinen Fall. Lächerlich. Er ist seit eh und je ein mustergültiger Ehemann und Vater – fleißig, verantwortungsbewusst und liebevoll –, der nie ein böses Wort über jemanden sagt. Ann versteht nicht, was in ihre Tochter gefahren ist – wann hat es mit diesen verrückten Ideen bei ihr angefangen, und wie kommt sie überhaupt darauf? Was sie aber wohl versteht, ist, dass sie selbst diese Spinnereien nicht auch noch braucht.

Sie klatscht einen Berg Kartoffelpüree auf jeden der Teller und überlegt, ob Elisabeth die Nachricht wohl auch gehört hat, und wenn ja, was jetzt in ihr vorgehen mag. Sie hofft nur, dass ihre Tochter diese Geschichte inzwischen als völlig unbedeutend für sich abgehakt hat.

Hat sie nicht.

Als Elisabeth die Meldung im Internet sieht, ist sie gerade

vollauf beschäftigt mit einer Unternehmenssteuererklärung, die schon vor Tagen hätte fertig sein müssen, und steckt mitten in einem Telefongespräch mit Michaels Geschichtslehrerin, Mrs. Caulfield, die sich seine letzte katastrophale Note nicht erklären kann und sich Sorgen macht, wie er wohl in der Prüfung abgeschnitten hat. Sie hat keinerlei Erklärung dafür, warum ihr bester Schüler so schnell und so tief abgesackt ist.

»Hat es in Ihrer Familie in letzter Zeit etwas gegeben, Mrs. Jetty, was Michael aus der Bahn geworfen haben könnte?«, fragt Mrs. Caulfield vorsichtig. Sie will ja nicht indiskret sein.

»Lassen Sie mich nachdenken«, Elisabeth will Zeit gewinnen. Könnte es daran liegen, dass sein Vater der Dartman ist? Könnte das aus einem Musterschüler einen schlampigen faulen Kerl machen? »Tja …«, sagt Elisabeth. Sie denkt nach. Schon ehe Richard angefangen haben könnte, mit Dartpfeilen nach Frauen zu werfen, seit Weihnachten etwa, ist er höchstens dreimal zu einer Zeit nach Hause gekommen, als Michael noch nicht im Bett war – und jetzt haben wir Juni. Ob es das ist? Oder dass Richard, der früher Michaels Baseballmannschaft trainierte, in der ganzen letzten Saison nur zu einem einzigen Spiel gekommen ist? Oder dass Richards Augen auch das ganze Wochenende über nur an seinem Blackberry kleben? Oder er, wenn er nicht auf das Blackberry starrt, vor dem Fernseher hängt? Könnte es das sein, was Michael, der früher nur Einser nach Hause brachte, so gleichgültig gemacht hat? Kann das der Grund sein, weshalb der begabte kleine Pianist zu einem iPod-süchtigen Groupie geworden ist? Weshalb der Junge, der sich so leidenschaftlich für Geschichte interessierte, zu einem Anhänger der Popkultur mutiert ist? Ist es das, was den gesunden, fröhlichen kleinen Kerl, der immer für seine jüngeren Brüder da war, zu einem verschlossenen Muffel gemacht hat?

Oder ist vielleicht Elisabeth nervlich derart angespannt, dass sie manchmal das Gefühl hat, selbst ein Goldfisch könne logischer denken als sie? Ist es etwa das, was Michael Probleme macht? Vor langer Zeit, als sie anfingen, eine Familie zu gründen, hatte Richard eine normale Arbeitszeit und sie einen Teilzeitjob. Aber als die Ausgaben gestiegen waren – College-Gebühren, Musikunterricht und so weiter –, musste Richard als Partner einer Anwaltskanzlei in das Hamsterrad einsteigen, das sich immer und immer schneller dreht, und Elisabeth musste wieder ganztags arbeiten. Hinzu kommt, dass sie ihre Arbeit hasst. Jetzt mehr denn je, seit Palmer entlassen worden ist und sie seine Klienten übernehmen musste. Noch ein weiterer seiner Steuerbescheide würde sie umbringen, ganz sicher.

Sie hätte auf die Kunsthochschule gehen sollen. Ihre Mutter war schuld daran, dass sie das nicht getan hat. Aber wer konnte es ihrer Mutter auch verdenken? Als Ann sechs Jahre alt war, hatte ihr Vater sie und ihre Mutter verlassen. Und später war Anns Mann gestorben und hatte sie mit fünf Töchtern zurückgelassen, die sie allein großziehen musste. Natürlich hat Ann ihre Töchter immer dazu angehalten, sichere Berufe zu ergreifen.

»Hmmm«, Elisabeth merkt, dass die Lehrerin auf eine Antwort wartet und sie etwas sagen muss. »Ich weiß es nicht.« Es kommt fast geflüstert. Sie weiß nicht einmal, wo sie mit der Antwort *anfangen* soll. Sie ist entsetzlich müde, Schlaf ist mittlerweile ein Luxus für junge Leute. Sie scheint dem Anspruch darauf entwachsen zu sein. Alles was ihr von ihm noch bleibt, sind schweißnasse Nachthemden.

»Ich weiß nicht mehr, was ich mit ihm machen soll«, sagt Mrs. Caulfield, wahrscheinlich kratzt sie sich dabei am Kopf.

Elisabeth geht es genauso.

»Außer einem Pflichttermin mit dem Schulpsychologen, den ich schon gemacht habe. Und ihm zu erlauben, die Prüfung zu wiederholen. Das habe ich in den zweiundzwanzig Jahren meiner Lehrtätigkeit noch nie getan, aber ich habe so etwas auch noch nie erlebt. Er kann die Prüfung am Montag noch einmal machen, mit anderen Aufgaben.«

Elisabeth, den Kopf in die Hand gestützt: »Vielen Dank.«

»Gern geschehen. Nun zum Regents-Examen nächste Woche. Was er da abliefert, kann nicht mehr geändert werden. Das steht dann auf seinem Abschlusszeugnis. Und wenn da Ungenügend steht, so wie in der letzten Prüfung? Ungenügend, auf dem Abschlusszeugnis? Ich habe mit seinen anderen Lehrern gesprochen, und die sagen alle dasselbe. Irgendwas stimmt nicht mit ihm. Sie müssen doch zu Hause auch etwas bemerkt haben.«

Elisabeth starrt geistesabwesend auf die halbfertige, überfällige Steuererklärung auf dem Tisch, die vor drei Tagen hätte fertig sein sollen. Sie schließt die Augen, wünscht sich, dass alles nicht wahr ist. Oder wieder so wird wie früher. Dass die Zeit zurückkehrt und an dem Punkt stehenbleibt, als die Jungen klein waren und die Probleme auch. Als sie noch die Antworten wusste.

»Sie müssen doch auch gemerkt haben, dass er in allen Fächern deutlich schlechter geworden ist.«

Elisabeth schwirrt der Kopf von Prüfungen. Prüfungen im fünften Jahr, im siebten Jahr, im neunten Jahr, im zwölften Jahr – Joshs Prüfungen, Davids, Michaels und Petes Prüfungen – Mathe, Naturwissenschaften, Sprachen, Kunst, Spanisch, Französisch, Geschichte – alles wirbelt durcheinander, dass es ihr fast schwindelig wird.

»Also …«, Elisabeth sucht verzweifelt nach einer Antwort,

um die logische Schlussfolgerung der Lehrerin zu vermeiden, sie müsse eine völlig unfähige Mutter sein. »Sehen Sie …« Sie ist sich im Klaren darüber, dass sie vierundvierzig Jahre alt ist und sich entsprechend fühlt. Peri-menopausal. Unregelmäßige Perioden. Das muss es wohl sein, denkt sie. Jetzt geht es noch langsam bergab, später immer schneller. Sie wünscht sich, jemand würde ihr das Reden abnehmen. Zum Beispiel Richard, der das viel besser könnte. »Moment mal … seine letzte Mathearbeit …« Ihr Blick fällt auf den Bildschirm des PC. Und lässt sie abrupt verstummen. Die Schlagzeilen.

Der Dartman hat wieder zugeschlagen.

Mrs. Caulfields Stimme unterbricht ihre Gedanken. »Okay.« Sie klingt gereizt. »Wir müssen uns etwas einfallen lassen, um ihm den Ernst des Regents-Examens klarzumachen. Damit seine Noten wieder so werden, wie sie sein sollten. Wie ich höre, macht er das Regents auch in Mathe und Englisch.«

»Ich – äh …« Elisabeth überfliegt den Nachrichtenbeitrag um zu sehen, wo der Dartman zugeschlagen hat. Es gelingt ihr nicht, den Blick vom Bildschirm abzuwenden. Sie kann sich nicht mehr auf das Telefongespräch konzentrieren. Die Polizei bittet um Hinweise, damit dieser schwer fassbare Täter, der diesen Nachmittag wieder auf der East 48. Straße Ecke Lexington Avenue zugeschlagen hat, dingfest gemacht werden kann. Er hat eine Frau verletzt, die an einer Ampel stand.

Elisabeth geht im Geist die Einzelheiten durch. Es konnte nicht Richard sein, denn er fährt montags und donnerstags mit dem Rad, und heute ist Mittwoch! Große Erleichterung. Es ist vorbei. Alle ihre albernen Sorgen wegen dieses Dartmans. Nur weil Richard gern Darts spielt und zweimal in der Woche mit dem Rad in die City fährt. Sie braucht offensichtlich Urlaub. Gott sei Dank ist die Schule mit all der elterlichen Verantwortung, die sie mit sich bringt, bald vorbei, dann kann sie einen vergleichsweise entspannten Sommer genießen.

»Mrs. Jetty?« Wieder diese Stimme, die ihre Gedanken unterbricht.

Elisabeth schreckt zusammen, versucht sich an die letzte Frage zu erinnern. Die Frage, für die sie eine Antwort hätte finden sollen.

»Ich – äh …« Sie ringt nach Worten. Doch plötzlich ist es gar kein so großes Problem mehr. Nichts, womit sie nicht fertigwerden könnte. »Mrs. Caulfield, Michael wird das schon hinbekommen. Ich sorge dafür, dass er für die Prüfung lernt, die Sie ihn freundlicherweise am Montag wiederholen lassen. Und im Regents-Examen wird er auch gut abschneiden, da bin ich ganz zuversichtlich.«

»Ich hoffe, Sie haben Recht.« Mrs. Caulfield kann ihre Zweifel nur schlecht verbergen.

Elisabeth verabschiedet sich freundlich und legt auf. Sie lehnt sich im Sessel zurück. Atmet tief durch. Alle Anspannung wegen Richard ist von ihr abgefallen. Sie hat ihr seelisches Gleichgewicht wieder. Ist zwar nicht ganz so überzeugt, wie sie es Mrs. Caulfield gegenüber vorgegeben hat, aber dennoch zuversichtlich. Sie wird die nötige Kraft und Ausdauer haben, um Michael wieder zur Vernunft zu bringen. Und gleichzeitig ihre anderen Kinder im Auge zu behalten. Damit diese Dinge gar nicht erst einreißen.

Und jetzt zu den anderen wichtigen Dingen. Vor ihr liegt die überfällige und komplizierte Steuererklärung, sie muss aber auch daran denken, ein paar Vorbereitungen für ihren Gast zu treffen, diese Großtante Daisy Phillips, die morgen kommt. Außerdem ist ihr Kalender für die nächsten zwei Wochen voll von den vielen, vielen Partys zum Ende des Schuljahres, von den Testspielen der Jungen, damit sie zum Herbst in die gewünschten Sportmannschaften kommen, von Klavierabenden und Konzerten für die Eltern.

Ihr Schreibtischsessel schwingt zurück in die übliche Position. Elisabeth beugt sich vor, die Steuererklärung verschwimmt vor ihren Augen, und sie kämpft dagegen an. Sie braucht noch einen Augenblick, ehe sie sich wieder damit beschäftigen kann. Geht auf ihre Hundewebsite. Heute sind es Golden Retriever.

Eine E-Mail kommt an. Vom Chef. Er weist Elisabeth darauf hin, dass sie mit einer Steuererklärung in Verzug ist. Die war am Montag fällig, heute ist Donnerstag.

Elisabeth läuft es kalt über den Rücken. Aber nicht wegen der Steuererklärung. Sondern wegen des Wochentags. Es ist nicht Mittwoch.

Es ist Donnerstag.

13

Es ist der Abend vor ihrem Abflug nach New York. Daisys Finger und Zehen kribbeln vor Aufregung. Zwei geöffnete rote Reisetaschen stehen nebeneinander auf dem Bett. Daisy sitzt daneben, die Hände im Schoß. Sie überlegt noch einmal.

Sie hatte mehrmals ein- und wieder ausgepackt. Manchmal sollten die Babydecken mit. Dann wieder nicht. Manchmal dachte sie, es sei albern, sie mitzunehmen. Dann fand sie wieder, dass es schön wäre, sie dabeizuhaben. Manchmal hatte sie keinen Platz dafür. Dann wieder doch.

Sie überprüft noch einmal ihren Pass, das Flugticket, die Flugdaten, ihre Dollars. Sie war beim Friseur. Hat ihre Freundinnen angerufen, um sich zu verabschieden. Mit ihrer neuen Chefin in der Bücherei gesprochen und ihr mitgeteilt, dass sie einen Monat oder länger nicht da sein werde. Die neue Chefin hat ihr freundlichstes Lächeln aufgesetzt und ihr gesagt, sie brauche sich nicht mehr melden, wenn sie zurück sei. Und ihr gleichzeitig für ihre geleistete Arbeit gedankt. Das macht Daisy aber nichts aus. Ohne Grace Parker fühlte sie sich dort ohnehin nicht mehr so wohl wie früher.

Im Kopf geht sie ihre Reisepläne durch. Die Babydecken

sind wieder ausgepackt – für den Augenblick jedenfalls. Daisy sieht auf die Uhr. Erst sieben. Sie möchte ihre Reise gut ausgeschlafen antreten, aber sieben Uhr ist furchtbar früh. Außerdem ist da noch etwas, was sie tun muss.

Sie steht auf, holt sich einen Cointreau mit Bitter Lemon und nimmt ihn mit ins Schlafzimmer. Sie denkt an Paul. Sieht im Geiste, wie er sich auf die Reise vorbereiten würde. Sie hatte es so oft gesehen, dass es ihr nicht schwerfällt, ihn sich dabei vorzustellen. Es wirkt beruhigend, an ihn zu denken. Aber vielleicht ist es auch der Einfluss des Cointreaus.

Oder vielleicht beides.

Sie sitzt wieder auf dem Bett. Die Erinnerung an Paul bringt sie irgendwie auf Michael. Der Grund ihrer Reise. Sie trinkt aus und beschließt, es jetzt nicht länger aufzuschieben. Sie nimmt den Schuhkarton vom Nachttisch, den sie vorhin aus dem Keller geholt hat. Den Schuhkarton mit Michaels Briefen. Briefe, die sie fast sechzig Jahre lang nicht mehr gelesen hat.

Den Karton fest an sich gedrückt, geht sie zum Flügel.

Auf dem Michael gespielt hat, nach dem er gelechzt hat wie nach Leben spendendem Wasser während dieser Durststrecke auf dem Luftwaffenstützpunkt.

Daisy sitzt am Flügel und denkt daran, wie sie neben ihm auf dieser Klavierbank gesessen hat. Zugesehen hat, mit welcher Sicherheit seine Hände über die Tasten flogen, und immer wieder fasziniert war von der Musik, die daraus entstand. Sie liebte sein Gesicht. Die gerunzelte Stirn, das feste Kinn, das zurückgeworfene Haar, den durchdringenden, konzentrierten Blick, alles, einfach alles an ihm verband sich zu einer tiefen und geheimnisvollen Leidenschaft. Für die Musik, für das Leben, für sie. Daisy fühlte jeden seiner Herzschläge mit, wenn er spielte. Sie wurden eins mit ihren.

Sie hebt die Hand und fährt langsam über die Tasten. Paul hatte oft vorgeschlagen, die Jungen sollten Klavier spielen lernen, aber sie hatte immer ein Argument dagegen gefunden. Sie hätte es nicht ertragen. Die Stümperei. Und dass das Spiel in ihrem Leben wieder wichtig geworden wäre. Sie daran erinnert hätte, wie es hätte sein können.

Sie holt tief Luft und nimmt den Deckel vom Schuhkarton. Seine Handschrift, da ist sie wieder. Bis zu diesem Augenblick hätte sie nicht sagen können, wie sie aussah, aber jetzt, wo sie sie vor sich sieht, erkennt Daisy sie sofort wieder. Sie betrachtet den Inhalt der Schachtel mit einer Wehmut, die sie wärmt.

Nun zu den Dutzenden von Briefen. Sie wird sie alle lesen.

Der erste. Sie nimmt ihn und stellt mit Erleichterung fest, dass eine Adresse darauf steht: Michael Baker, 11440 Second Street, Apt. 2, Brooklyn, New York 11251.

Der Ausgangspunkt. Der erste Schritt bei ihrer Suche.

Vorsichtig zieht sie den Brief aus dem Umschlag – er riecht muffig und ist brüchig.

Daisy liest.

Ganz langsam. Erst sind es nur Worte. Aber während sie liest, erinnert sie sich an einen bestimmten Rhythmus, eine bestimmte Art zu sprechen, einen amerikanischen Akzent. Wie er sie genannt hatte: *Little Nugget* – sein kleines Goldstück.

Am Ende des dritten Briefes hört sie auch seine Stimme wieder.

* * *

Daisy liest alle siebenundachtzig Briefe, jeden zweimal. Und jeder von ihnen ist so eloquent und liebevoll wie der andere.

Es ist ein unwirkliches Gefühl, diese Zeilen wieder zu lesen. Als seien sie ein Buch, das Leben eines anderen Menschen, den sie einmal gut gekannt hat. Sie ist so von den Briefen in Anspruch genommen, dass sie beinahe die Türklingel überhört.

Lenny. Lenny und Sarah. Sie schließen Daisy in die Arme und pflanzen ihr einen schallenden Kuss auf die Wange.

»Wir kommen gerade von Dennis. Er erzählte uns, du fliegst nach New York. Stimmt das?«

Daisy lacht fröhlich und tritt von der Tür zurück, damit sie hereinkommen können. Sie ist mit den Gedanken immer noch bei den Briefen.

»Kommt herein«, sagt sie gut gelaunt. »Wie wär's mit einem Tee?«

»Nein danke. Wir bleiben nicht lange.« Sie folgen Daisy in die Küche. »Wir sind nur gekommen, um dir viel Glück zu wünschen.«

»Ach, bleibt doch auf eine Tasse Tee. Das dauert ja nicht lange.« Daisy setzt den Kessel auf.

Lenny und Sarah ziehen Stühle hervor und setzen sich an den Tisch. »Also, erzähl mal, was steckt denn hinter dieser Reise nach New York?«

Daisy erzählt alles, bis auf die Sache mit der Uhr.

Lenny lehnt sich zurück, die Hände vor dem Bauch gefaltet, und hört zu. Er schmunzelt. »Vielleicht fliegen wir da eines Tages auch hin, was, Sarah?« Sarah strahlt bei dem Gedanken. Klar, das würde ihr Spaß machen. »Du gehst jetzt und leistest die Vorarbeit, bereitest uns den Weg. Sarah und ich treten dann in deine Fußstapfen.«

Daisy lacht und sieht Sarah an. Stellt erfreut fest, dass sie warme Augen hat, dass ihr ganzes Gesicht Wärme ausstrahlt. Sie freut sich, dass diese Freundin so anders ist. Anders aussieht, sich anders benimmt.

Lenny: »Und ich höre, wenn du zurückkommst, könnte dieses Haus schon verkauft sein?«

Das Wasser kocht. Der Kessel pfeift, und Daisy springt auf. Sie steht da, den Kessel in der Hand. Perplex. »Wer hat denn das gesagt?«

»Das hat Dennis mir gerade erzählt.« Lenny schiebt die Tasse weg, die sie gerade vor ihn hingestellt hat.

Daisy tritt an den Tisch und gießt vorsichtig das Wasser in die Teekanne. Sarah hält die Hand über ihre Tasse und sagt: »Nein danke.« Daisy stellt den Kessel wieder auf den Herd. »Jetzt eben? Was hat er genau gesagt?«

»Er sagte, du hättest die Papiere unterschrieben. Die beiden geben praktisch jetzt schon deinen Erlös aus dem Verkauf für ein Haus in Sussex aus, das sie gerade kaufen. Als ob du schon tot und begraben bist.«

Daisy starrt Lenny an, die Lippen zusammengepresst.

»Wenn ich dazu etwas sagen darf«, unterbricht Sarah, »es war seine Frau, die das erzählt hat. Amanda hat geredet. Wenn du mich fragst, Lenny, hat Dennis genauso überrascht ausgesehen wie du, als sie meinte, der Hauskauf sei fast perfekt.«

»Schon möglich, schon möglich.« Lenny nickt.

Daisy klingt entschieden. »Also, dieses Haus wird *nicht* verkauft. Das weiß Dennis auch. Ich habe diese Formulare nicht unterschrieben. Es wird keinen Erlös geben, also wird Amanda auch kein großes Haus bekommen. Zumindest nicht, bevor ich tot bin.« Entschlossen verschränkt sie die Arme vor der Brust.

»Gut. Mir waren die Diskussionen über dieses Thema immer unangenehm. Dennis hat sich wahrscheinlich bisher nicht getraut, Amanda die Wahrheit zu sagen. Sieht so aus, als sei sie da etwas voreilig gewesen.«

Alles nickt, und damit ist das Thema abgeschlossen. Lenny bringt das Gespräch wieder auf New York und wünscht seiner Mutter eine wunderschöne Reise. Dann schiebt er den Stuhl zurück und sagt, sie müssten nun wirklich gehen. Küsse folgen, Umarmungen, noch mehr gute Wünsche. Dann sind sie weg.

Daisy ist wieder allein mit ihren Briefen. Und mit diesem Bild. Dem einen Bild von Michael als Soldat. Daisy betrachtet es lange, gründlich, versucht weitere Erinnerungen wachzurufen, doch ohne Erfolg. Sie liest die Briefe nochmals, dann stopft sie alles in einen großen braunen Umschlag und packt den Umschlag ein. Sie trägt ihre Tasse in die Küche. Dann geht sie zu Bett.

Sie nimmt Lennys Babydecke vom Bett und legt sie in die Tasche. Macht den Reißverschluss zu.

Sie steigt ins Bett. Knipst das Licht aus.

Knipst es wieder an. Öffnet den Reißverschluss.

Dennis' Decke kommt auch mit.

14

Der Abend vor Daisys Ankunft. Es ist still im Haus. Alle schlafen.

Außer Elisabeth. Sie liegt schon wieder wach. Ihr Nachthemd fühlt sich schon wieder feucht an, genauso wie das Laken unter ihr. Richard schnarcht, und sie hört zu, wie sie es so oft in letzter Zeit getan hat. Doch was sie nun zum ersten Mal tut – sie steht leise auf. Stiehlt sich aus dem Schlafzimmer, nach unten in die Gästetoilette, wo ein Satz Kleidung bereitliegt. Sie weiß immer noch nicht, ob sie es tatsächlich ausführen wird. Kein Zweifel, es wäre bestimmt das Verrückteste, was sie je getan hat. Also erst mal weiter im Plan. Sie macht sich in der schwach beleuchteten Küche des schlafenden Hauses einen Kaffee und fragt sich, ob das, was sie vorhat, wohl vernünftig ist.

Egal, sie kommt zu dem Schluss, es muss sein.

Sie gießt den dampfenden Kaffee in ihren abgenutzten Reisebecher aus Edelstahl. Sie weiß gar nicht mehr, wann sie zum letzten Mal sitzend am Küchentisch aus einem ganz normalen Keramikbecher ihren Kaffee getrunken hat. Wer trinkt heutzutage seinen Kaffee überhaupt noch anders als unterwegs im Auto? Sie gibt fettarme Milch dazu, die kalorienfreie Süßstofftablette. Dann greift sie sich eine Packung Kekse und eine Dose Erdnüsse – schließlich will sie nicht riskieren, ihr Unternehmen wegen Hungers abbrechen zu müssen – und schleicht lautlos aus der Küche. Hinaus in die kühle Nachtluft, den Gartenweg entlang bis zur gepflasterten Einfahrt.

Langsam und so leise wie möglich öffnet sie die Autotür. Setzt den Kaffeebecher in den Halter, legt ihren Proviant und ihre Handtasche auf den Beifahrersitz und will gerade einsteigen, als ihr eine Idee kommt. Sie wird sich erst noch Richards Auto ansehen.

Sie geht hinüber zu seinem nagelneuen BMW. Öffnet ihn. Kniet sich auf den Fahrersitz und fährt mit den Handflächen über die Polster, den Teppich und unter die Sitze.

Sie sucht nach Dartpfeilen.

Wenn er der Dartman wäre, müsste er welche bei sich haben.

Sie durchsucht das ganze Auto, findet aber nichts. Sie ist zwar erleichtert, aber nicht besonders überrascht. Es wäre ja auch dumm, sie im Auto zu lassen. Das beweist noch gar nichts. In seinem Auto wären sie zu leicht zu finden, versteckt unter dem Sitz oder im Handschuhfach. Die Jungen haben doch jederzeit Zugang. Und sie selbst ja auch. Elisabeth steigt wieder aus und schließt leise die Tür.

Sie schlüpft in ihr geleastes schwarzes Mercedes-SUV und fährt hinaus auf die Straße. Zu Richards Büro. Um nachzusehen, ob sie dort Dartpfeile findet.

Sie weiß, dass es verrückt ist, aber sie fährt trotzdem los. Durch die dunklen, leeren Straßen von Port Washington, am Hafen entlang, biegt dann in die Hauptstraße ein, mit dem Baumarkt und der Bücherei, vorbei an vielen Restaurants,

Tankstellen, Pubs, Feinkostgeschäften, Fastfood-Gaststätten und fährt schließlich auf die Autobahn.

Morgen kommt Daisy an.

Und Elisabeth will wissen, ob sie die Cousine ihrer Mutter etwa in das Haus des Dartmans eingeladen hat.

* * *

Es ist kein Problem für Elisabeth, nachts um halb zwei durch die große Drehtür in das Gebäude zu gelangen, in dem sich Richards Anwaltskanzlei befindet. Sie braucht lediglich ihren Führerschein vorzuzeigen. Die Sicherheitsleute sind bei den Ehefrauen der Partner nicht besonders pingelig.

Der Fahrstuhl öffnet sich, und sie steht in der ultramodernen Rezeption seiner Kanzlei im 36. Stock. Als Pete und Steve noch klein waren, fuhr sie jedes Jahr Weihnachten mit ihnen zu Richard ins Büro. Dort holten sie ihn ab und gingen dann zusammen zum Rockefeller Center, um den Weihnachtsbaum dort zu bewundern. Anschließend stürzten sie sich in das Gewühl bei FAO Schwarz und reihten sich in die Schlangen ein, die sich an den festlich geschmückten Schaufenstern vorbeischoben: bei Macys am Herald Square, bei Lord and Taylor und bei Saks auf der Fifth Avenue. Elisabeth war glücklich, wenn sie ihre rotwangigen Kinder betrachtete, die mit großen Augen diese einfallsreich und kunstvoll gestalteten Schaufenster bestaunten, in denen sich die Figuren wie durch Zauberhand bewegten.

Aber jetzt hatten sie diesen weihnachtlichen Ausflug schon seit Jahren nicht mehr gemacht, und während sie lautlos auf dem weichen Teppich des Korridors die Wände mit den modernen Bildern entlangschleicht, nimmt sich Elisabeth fest vor, kommende Weihnachten den Ausflug mit den Jungs wieder zu machen, nichts wird sie davon abhalten. Sie wird sie alle mitnehmen, David, Josh und den widerspenstigen Michael, der sich immer noch standhaft weigert, zu lernen, und behauptet, die Schule und seine Noten seien ihm egal.

Am Abend zuvor hatte es wieder Krach gegeben. Elisabeth hatte seinen iPod kassiert und ihn auf sein Zimmer geschickt, wo er den ganzen Abend bleiben musste. Was er dort gemacht hat, weiß sie nicht. Jedenfalls war er vor ihr eingeschlafen, das steht fest.

Elisabeth knipst das Licht in Richards Büro an und geht hinein. Sie fühlt sich konspirativ. Fast unheimlich.

Und hat ein schlechtes Gewissen.

Denn das Erste, was sie sieht – überall auf dem Schreibtisch und dem Sideboard, sind Bilder von ihr und den Jungen. Bilder, von denen sie nicht einmal wusste, dass er sie hat. Elisabeth starrt sie an, bekommt Herzklopfen. Sie nimmt einen der Rahmen in die Hand, hält ihn fest. Sieht einen Ausschnitt aus ihrem Leben, so wie ihn jeder Fremde zu sehen bekommt, der an Richards Schreibtisch tritt. Es ist ein sehr schönes Bild. Die lachenden Gesichter ihrer hübschen Söhne, ein Ferienbild. Und sonst sie und Richard im Laufe der Jahre, angefangen mit dem Hochzeitsbild, bis zu dem Foto, das am letzten Weihnachtsfest entstanden ist. Ein Bild, das sie ganz vergessen hatte – auf dem sie sich vor dem Weihnachtsbaum umarmen, einer dieser seltenen Momente, an denen sie beide gleichzeitig zu Hause und beide wach waren. Und Zeit hatten, sich fotografieren zu lassen. Sie erinnert sich, wie Steve, der vom College heimgekommen war, die Aufnahme gemacht hat. Und hier ist sie, gerahmt. Auf seinem Schreibtisch. Wann hatte Richard das gemacht? Wann hatte er das Bild ausgesucht, den Rahmen gekauft, es hineingesteckt? Ohne etwas davon zu erwähnen?

Ein Gefühl der Zärtlichkeit überkommt sie. Sie merkt, dass sich eigentlich nichts geändert hat. Sie sind beide älter geworden. Haben mehr zu tun. Sie selbst ist ein bisschen exzentrischer geworden. Elisabeth hält das Bild in der Hand, merkt, wie ihr die Tränen kommen, und wünscht, sie wäre schon wieder zu Hause in ihrem Schlafzimmer, im Bett, neben ihm. Damit sie hören könnte, wie er atmet, und sich vorstellen könnte, was er gerade träumt. Wie sonst immer.

Und sich bei ihm entschuldigen könnte. Nicht laut natürlich, denn er weiß ja nicht einmal, dass er angeklagt war, aber insgeheim. Dafür, dass sie diesen ruhigen, zuverlässigen und wunderbaren Ehemann und Vater allen Ernstes verdächtigt hatte, so etwas getan zu haben.

Elisabeth stellt das Bild wieder auf den Schreibtisch. Sie setzt sich hin, nicht auf seinen Stuhl, sondern gegenüber, auf den anderen. Nur für einen Augenblick. Um sich darüber klarzuwerden, wie sich die Sache ihr jetzt darstellt. Um das Durcheinander ihrer Gefühle zu sortieren. Sie steht auf und geht um den Schreibtisch herum, um sich auf seinen Stuhl zu setzen. Um ihm näher zu sein, um wieder an den Punkt zurückzukommen, wo sie früher gewesen ist. Sie setzt sich auf seinen schwarzen Lederstuhl mit der hohen Rückenlehne und legt die Arme auf die Stützen. Stellt die Füße auf den Fußboden und dreht sich hin und her, wie es die Kinder immer taten. Sie malt sich aus, wie Richard hier sitzt, wenn er ein Meeting hat. Empfindet Stolz. Die Größe seines Büros. Diese Aussicht. Das dort unten, sechsunddreißig Stockwerke tiefer, ist der Central Park. Er hat es weit gebracht. Yale, mit einem Stipendium, und Promotion an der juristischen Fakultät. Sein Vater war Busfahrer in New York, seine Mutter Sekretärin in einem Krankenhaus.

Elisabeth fühlt sich so gut wie lange nicht mehr. Es ist

Viertel vor zwei, sie hat eine lange Rückfahrt vor sich. Sie wird jetzt gehen, und zwar ohne auch nur eine einzige Schublade aufgemacht zu haben. Es ist vorbei. Diese kleine Episode kann endgültig abgehakt werden.

Sie steht auf und will das Büro verlassen.

Bleibt wie angewurzelt stehen.

Dort, an der Rückseite der Tür, hängt eine Dartscheibe. Mitten im schwarzen Feld stecken vier Pfeile.

* * *

Eilig geht Elisabeth zum Auto zurück, wobei sie sich vornimmt, ganz ruhig zu bleiben.

Sie fährt die Fifth Avenue hinunter und sagt sich immer wieder, dass schon seit Anbeginn der Zeit Dartscheiben an den Rückseiten von Bürotüren hängen. Dass diese wahrscheinlich schon immer dort an seiner Tür hängt. Dass es nichts zu bedeuten hat. Sie sehnt sich zurück in ihre alte Ordnung, wo sie ihren Mann lieben und ihm vertrauen konnte.

Sie will unter keinen Umständen weiter daran denken. Stellt das Radio an, sucht einen anderen Sender. Sie findet einen mit Musik, den sie so laut stellt, dass sie die Texte versteht.

Als sie an der Williamsburg Bridge ankommt, hat sie nur noch Texte, die Musik und den Rhythmus im Kopf. Songs aus ihrer Jugend. Sie singt laut mit, ohne Angst, dass sie jemand hört. Auf der Brücke sind nur wenige Autos und ein oder zwei Taxis. Elisabeth fährt schneller als erlaubt und genießt die leere Straße.

Sie kommt auf die Autobahn und tritt aufs Gas. Überschreitet die erlaubte Höchstgeschwindigkeit noch deutlicher, dreht das Radio noch weiter auf, singt noch lauter. Sie merkt, wie etwas in sie zurückströmt. Sie ist wie im Rausch. Fühlt sich völlig überdreht. Befreit und lebendig.

Sie kann sich nicht erinnern, wann sie sich zum letzten Mal so frei gefühlt hat. Sie fliegt nur so auf der Autobahn dahin, kommt sich vor wie in einer Szene aus einem alten Hippie-Film und findet, dass dies hier doch etwas ganz anderes ist, als im Internet junge Hunde anzuhimmeln. So viel Spaß hat sie nicht mehr gehabt, seit der Gynäkologe ihr dieses grässliche Wort gesagt hatte.

In dieser Nacht schläft sie so gut wie seit Monaten nicht mehr.

15

Auf dem Weg zum Flughafen verursacht Dennis beinahe einen Unfall.

Der Taxifahrer in der Spur neben ihm fährt aber auch, als ob er sich bereits aufs Jenseits freut.

Allerdings ist auch Dennis nicht ganz schuldlos. Abrupt wechselt er wieder hinüber in seine Spur, und der Taxifahrer hupt laut. »Hast du das gesehen?« Nervös fährt er sich mit der Hand durchs Haar. Ein Schweißtropfen erscheint an seiner Schläfe. »Dem sollte man den Führerschein abknöpfen.«

»Ja.« Daisy bleibt ganz ruhig. Sie hat die Hände im Schoß gefaltet und hält den Riemen ihrer Handtasche fest. Und obwohl es ihr höchst unangenehm ist, fragt sie: »Übrigens, hast du Amanda gesagt, dass ich das Haus nicht verkaufe?«

Dennis' Gesicht verdunkelt sich. »Ja. Ja, habe ich. Sie weiß es.«

»Dann ist's ja gut. Ich wollte nur sicher sein.«

Dennis denkt, ja, da kannst du sicher sein. Und erinnert sich an den schrecklichen Krach, den sie deswegen hatten. Der Taxifahrer schließt wieder zu ihnen auf und bleibt auf

Höhe ihres kleinen blauen Audi, er droht ihm mit der Faust und flucht in einer fremden Sprache.

»Total durchgeknallt«, murmelt Dennis und versucht sich wieder zu beruhigen.

»Gibt's was Neues zu eurem Umzug?«, fragt Daisy.

Dennis seufzt. »Wir werden auf jeden Fall wegziehen. Amanda ist nicht davon abzubringen. Ich fürchte, bis du wieder zurück bist, könnten wir schon weg sein. Dann müsste Lenny dich vom Flughafen abholen.«

»Kein Problem. Ich hoffe, ihr werdet glücklich sein in eurem neuen Heim.«

Das hofft er auch. »Also, hast du auch alles, was du brauchst?«

»Ja, mein Junge.«

»Pass?«

»Das hast du mich schon mal gefragt. Ja, mein Pass, das Ticket, alles hier.« Sie klopft auf ihre Handtasche.

Ein lautes Hupen. Wieder ist Dennis in der falschen Spur. Er hat ein schlechtes Gewissen und macht einen Schlenker.

»Oh Mann, heute bin ich wirklich ziemlich von der Rolle. Ich weiß auch nicht, was mit mir los ist.«

Daisy weiß es. Er ist ein einziges Nervenbündel. Sie ist erleichtert, als er endlich parkt. Er geht ums Auto und nimmt ihr Gepäck aus dem Kofferraum. Zwei Reisetaschen, eine große und eine etwas kleinere aus Stoff, beide mit Rollen. Sie trägt ihre Umhängetasche und das Handgepäck. Zusammen gehen sie ins Flughafengebäude.

Für Daisy ist es schon aufregend, einfach nur hier zu sein. So viele Menschen, aus allen Teilen der Welt, deren Wege sich hier für einen Moment kreuzen. Und die sich dann genauso schnell wieder in alle Winde zerstreuen. Dabei einander Energie entziehen und neue Energie erzeugen, die dann ins All entweicht. Die meisten haben es eilig, entschlossen ziehen sie ihre Rollenkoffer hinter sich her, die Augen fest auf ihr Ziel gerichtet. Eine kleine Gruppe zerknautschter junger Leute sitzt in einer Ecke auf dem Boden. Alle um die zwanzig, stieren sie wie benommen vor sich hin, umgeben von prallvollen Rucksäcken, trinken Kaffee aus Plastikbechern und reden kaum miteinander. Als ob ihnen auf ihrer Reise schon lange der Gesprächsstoff ausgegangen sei und sie jetzt zu erschöpft sind, um sich noch um eine Unterhaltung zu bemühen.

Daisy und Dennis rollen über den glatten Fliesenboden zum Check-in. Die Schlange der Reisenden zieht sich vom Schalter bis zu den Absperrseilen, wo eine Infotafel darauf hinweist, was man im Handgepäck nicht länger mitnehmen darf.

Daisy bleibt bei der Tafel stehen. Ihr Hochgefühl schwindet. Niemand hat ihr gesagt – oder wenn, dann hat sie es wieder vergessen –, dass man keine Flüssigkeiten mit an Bord nehmen darf. Einschließlich Zahnpasta, Shampoo und Make-up. Diese Dinge hat sie auch nicht im Handgepäck. Aber wenn schon die verboten sind, dann bestimmt auch etwas anderes, was sie sehr wohl dabeihat.

Dennis geht an der Tafel vorbei und reiht sich hinter einem Geschäftsmann in die Schlange ein. Er dreht sich nach Daisy um, weil sie stehengeblieben ist. Sie macht ein unglückliches Gesicht. Hinter ihr ein Ehepaar mit drei kleinen Kindern, mehreren Gepäckstücken und der üblichen Familienausstattung.

Dennis ist so sehr mit den Nerven fertig, dass er kurz davor steht zu explodieren. Daisy mit unsicherer Stimme: »Dennis, ich habe ein Problem.«

»Was denn?« Er mustert sie mit gerunzelter Stirn. Ist es ein Problem, das man sehen kann? Er blickt besorgt auf die Familie hinter Daisy, alle recken den Hals, um zu sehen, ob sich die Schlange vor ihm weiterbewegt.

Tut sie. Und jetzt gibt es eine Lücke zwischen ihm und dem Geschäftsmann.

Daisy zeigt auf die Tafel. »Sieh mal, was man alles nicht mit an Bord nehmen darf.«

Dennis folgt ihrem Finger mit dem Blick. »Okay. Hast du denn davon etwas dabei?«

Sie schüttelt den Kopf. »Nein, nicht direkt.«

»Na also, dann ist doch alles gut.« Genervt schließt er hinter dem Geschäftsmann auf.

Daisy schließt nicht auf. Sie bleibt wie angewurzelt vor der Tafel stehen. »Orangenmarmelade.« Es klingt schuldbewusst. »Ich habe sechs Gläser Orangenmarmelade dabei.«

»Orangenmarmelade! Im Handgepäck?«

Sie nickt. »Mitbringsel. Drei für Ann, drei für Elisabeth.«

»Gibt's denn in New York keine Marmelade?«

Wie auf Kommando schert die Familie hinter Daisy aus, macht einen Bogen um sie und Dennis herum und rückt auf, wobei Dutzende von Gepäckstücken verschiedener Größe mitgezerrt werden müssen. Erst der Vater, dann die Mutter, dann die drei kleinen Kinder. Hinter ihnen reiht sich sofort eine weitere Familie ein, der noch eine dritte, besonders merkwürdig aussehende Reisegruppe folgt.

»Ich weiß nicht.« Daisys Stimme zittert. »Ich weiß nicht, ob es in New York Marmelade gibt. Wahrscheinlich schon. Aber wohl nicht die von Dunkirk. Ich wollte ihnen Marmelade aus der ältesten Marmeladenfabrik von Liverpool mitbringen.«

Dennis sieht an seiner Mutter vorbei, die noch immer wie

angewurzelt vor der Tafel steht, und auf die immer länger werdende Schlange ungeduldig Wartender hinter ihr. »Und sie ist ganz bestimmt in deinem Handgepäck?«

Daisy nickt.

»Na ja, dann nehmen wir sie da besser raus. Die muss in eine Tasche verstaut und als Reisegepäck eingecheckt werden.« Mit mühsam beherrschten Gesichtszügen tritt er aus der Schlange, und gefolgt von Daisy macht er sich auf, um nach einer ruhigen Ecke zu suchen, wo sie umpacken können. Er eilt durch das Terminal und schlängelt sich geschickt durch Ströme hin und her hastender Menschen.

Daisy versucht, einen Rest ihrer Vorfreude zu bewahren, aber die Freude ist verflogen. Genau wie die Jugend. Jetzt kommt sie sich nur noch dumm vor. Weil sie sich offenbar doch zu viel zugetraut hat. Weil sie sich ohne zu überlegen auf diese Reise eingelassen hat. Sie ist nervös. Gleich würde sie sich von Dennis verabschieden müssen. Er würde gehen und sie hier allein zurücklassen, in dieser großen, anonymen, unbarmherzigen Welt. Was ist, wenn sie es doch nicht schafft? Wenn sie noch andere Fehler wie den mit der Orangenmarmelade macht? Denn jetzt, wo sie Zeit zum Nachdenken hat, fällt ihr wieder ein, dass man sie sehr wohl über die Bestimmungen zum Handgepäck informiert hatte.

Sie hatte es nur vergessen. Es stimmt schon, manchmal vergisst sie etwas.

Plötzlich wird ihr bewusst, wie alt sie ist. Selbstzweifel überfallen sie. Sollte sie den Flug nicht doch lieber stornieren? Die Fluggesellschaft freundlich um Kulanz bitten und versuchen, wenigstens etwas von ihrem Geld zurückzubekommen? Die Verwandten anrufen, ihnen danken und sie nach Liverpool einladen? Wieder nach Hause fahren und ihr ruhiges, geregeltes Leben genießen?

Sie sucht nach Dennis, der zielstrebig durch die belebte Halle steuert. Die Art, wie sein Haar auf den Kragen fällt, lässt im Moment selbst seinen Hinterkopf beleidigt aussehen.

Sein zur Schau gestellter Unmut gibt ihr wieder Kraft. Trotzige Entschlossenheit. Wiedergewonnene Überzeugung, dass sie es schaffen wird. Schließlich vergisst auch Dennis manchmal etwas. Eigentlich dauernd. Und Lenny? Was vergisst der eigentlich *nicht*? Beide hätten sie genauso gut die Vorschriften für das Handgepäck vergessen können wie sie. Das kann jedem passieren, in jedem Alter. Das hätte sie vor zwanzig, dreißig, vierzig und fünfzig Jahren genauso fertiggebracht.

Sie wird sich nicht mehr so leicht verunsichern lassen. Sie wird nach vorn schauen. Jetzt reist sie nach New York, egal, was kommt.

Sie tippt ihm auf die Schulter. »Sieh mal, Dennis, dort drüben ginge es.« Sie zeigt auf eine kleine leere Nische links vor ihnen.

Dennis schaut hinüber, nickt und steuert darauf zu. Die sechs Gläser aus dem Handgepäck werden ordentlich in einer der Reisetaschen verstaut, und Dennis und Daisy machen sich wieder auf den Weg, zurück in die Schlange vor dem Check-in.

Daisy geht voraus.

* * *

Angeschnallt, bereit zum Abflug.

Daisy sitzt tief in den Sitz gedrückt, die Motoren heulen auf. Sie schließt die Augen, das Flugzeug rollt und nimmt Geschwindigkeit auf. Sie ballt die Fäuste, als sich die Nase der Maschine hebt, ihre Fingernägel graben sich in die weichen Handflächen. Mit einem gewaltigen Schub der Triebwerke hebt das Flugzeug ab. Sie stellt sich vor, dass sie Pauls Hand hält. Wie früher.

16

Während daisy ins flugzeug steigt, vorsichtig vom Laufgang in die Kabine tritt und davor noch leicht die Außenwand tätschelt – wie sie und Paul es vor jedem Flug gemacht haben –, überlegt Ann, wer die Cousine vom Flughafen abholen soll.

Elisabeth, die die Abneigung ihrer Mutter gegenüber Autobahnen kennt, hat sich bereits darauf eingestellt, Daisy selbst abzuholen. Richard und Pete schlafen noch, David und Josh sitzen unten und sehen fern. Elisabeth, in Bademantel und Pantoffeln, steht in Michaels Zimmer, von innen an die Tür gelehnt. Er soll nicht flüchten können. Sie denkt noch immer mit Vergnügen an ihre Fahrt letzte Nacht.

»Montag, hast du verstanden? Es ist wirklich sehr nett von Mrs. Caulfield, dass sie dich die Prüfung wiederholen lässt. Und du wirst dich dafür erkenntlich zeigen, indem du ein Hervorragend bekommst. Aber das kannst du nur, wenn du jetzt lernst. Und ich kann nur sicherstellen, dass du das tust, indem ich dich im Blick behalte. Gestern hast du nichts zuwege gebracht, also werde ich dich bis Montag nicht mehr aus den Augen lassen. Kein Baseballtraining, kein iPod, keine

Xbox, kein Wii, kein Computer. Du wirst arbeiten. Heute und morgen, den ganzen Tag. Verstanden, Michael?«

Michael sieht in seinem Schlafanzug viel jünger aus. Er ist noch ganz bettwarm, und sein Haar ist verwuschelt. Er kann sich noch nicht wehren, es ist zu früh am Tag für pubertäre Auflehnung. Er schaut sie nur groß an.

»Und du kommst mit mir zum Flughafen.«

Michael gähnt. »Warum?«

»Warum. Wegen meiner Großtante Daisy, darum.«

Michael stöhnt. »Muss das sein?«

Elisabeth nickt. »Das muss es. Wir fahren um zwölf los, deshalb stehst du jetzt auf, frühstückst und nimmst dir dann deine Bücher vor.«

Sie wartet nicht, bis er sich ein Gegenargument überlegt hat, sondern dreht sich um und geht nach unten, um zu frühstücken. Die Erinnerung an ihre fast unwirkliche Nachtfahrt hebt ihre Laune, gibt ihr kleine Energieschübe und neue Perspektiven. Sie verdrängt das Bild der Dartscheibe hinter Richards Bürotür und denkt stattdessen an den anderen Teil des Abenteuers, die Autofahrt, die sie in vollen Zügen genossen hat. Amüsiert überlegt sie, ob es wohl zu spät für sie wäre, eine Fernfahrerkarriere anzufangen.

Sie sagt Richard, er solle aufstehen, denn David sei um zehn zu einer Bowling-Party eingeladen und Josh um elf zu einer Laser-Tag-Party. Um zwölf müsse er David wieder abholen, Josh um eins. Elisabeth erklärt ihm, dass die Partys an entgegengesetzten Enden der Stadt seien und er bei dem üblichen Samstagmorgen-Verkehr wahrscheinlich eine Stunde Fahrzeit einplanen müsse. Sie erinnert ihn daran, dass ihr Gast schon im Flieger sitzt und dass sie alle ihre Schwestern und deren Familien zum Essen eingeladen hat, um sie zu begrüßen.

Richard, in blauem T-Shirt und karierter Flanell-Schlafanzughose mit Bindegürtel, sieht im Moment gar nicht wie ein Jurist aus. Unrasiert und zerknautscht, die dunklen Augenbrauen und das Haar wild durcheinander, Haut und Kiefermuskeln angespannt, hört er Elisabeth völlig benommen zu, während sie ihm einen Becher Kaffee in die Hand drückt – der gut gemeinte Versuch einer Starthilfe in den Tag. Elisabeth merkt, wie diese Informationen in seinem Kopf durcheinanderwirbeln, bis er sich schließlich nebelhaft daran erinnert, dass er das alles schon einmal gehört hat.

Fünf Minuten vor zwölf. Elisabeth und Michael sind allein im Haus. Elisabeth erscheint an Michaels Zimmertür. Er sitzt am Schreibtisch, wo er die letzten anderthalb Stunden verbracht hat. Sie fragt sich, ob er tatsächlich gearbeitet hat. Ihr kommt es vor, als habe er gerade eine Schublade geschlossen, als sie auftauchte.

Elisabeth, aufgekratzt: »Wir müssen losfahren.«

»Du kannst ohne mich fahren«, murmelt er. Es klingt resigniert.

»Ohhh nein. Keine Chance. Du kommst mit, wir müssen doch meine verlorene Großtante empfangen.« Es soll munter klingen, wie ein Abenteuer.

»Als ob ich einer alten Frau was zu sagen hätte.« Er klappt das Buch zu. Doch ziemlich schnell gibt er nach. Eigentlich war er den ganzen Vormittag über recht umgänglich gewesen, sein Rebellieren hatte nicht den gewohnten Biss. Was bei Elisabeth Schuldgefühle auslöst – offenbar genießt er es, ihre ungeteilte Aufmerksamkeit zu haben. Sie konzentriert sich ausschließlich auf ihn. Hat ihn ständig auf ihrem Radarschirm. Sie blödelt sogar ein bisschen mit ihm herum, wie früher. Elisabeth überlegt, ob das der einzige Grund ist, ob das alles ist, was er braucht. Und wenn ja, wie lange sie das durchhalten kann.

Michael steht auf, er ist jetzt fast so groß wie sie. Seine Jeans bleiben nur widerstrebend etwas unterhalb seiner Hüfte hängen, darüber bauschen sich die Boxershorts.

Elisabeth verzieht das Gesicht. Sie will es eigentlich nicht, der Vormittag war so friedlich gewesen, aber sie kann nicht anders. »Ach komm« – sie sagt es ganz nett, »du willst doch nicht so mitfahren, oder?« Sie bleibt ganz ruhig.

Michael sieht an sich herunter. Tut, als verstehe er nicht. »Warum? Was hast du denn gegen meine Klamotten?« Als ob sie das nicht schon tausendmal durchexerziert hätten.

»Du wirst doch eine alte Dame aus England nicht in Hosen begrüßen wollen, die fast an der Oberkante deiner Socken hängen, oder?« Es soll klingen wie ein Witz.

»Warum nicht? Warum sollte eine alte Frau sich daran stören, was ich anhabe?« Seine Antwort hört sich an, als sei es ihm durchaus ernst. Die alte Schutzmauer, die wieder hochgefahren wird.

Elisabeth sieht ihn lange an. Versucht, sich daran zu erinnern, wie sie mit dreizehn war. Hätte sie auch so reagiert? Sie überlegt, ob er vielleicht Recht hat, warum sollte Daisy sich daran stören? Soll sie nachgeben, oder sollen sie beide wieder in die alte, ausgetretene und beschwerliche Spur zurückfallen? Nach diesem ruhigen Morgen?

»Zieh dich um, bitte.« Ihre Stimme klingt fast flehend.

»Nö, ich finde es gut so.« Er streicht über sein orangefarbenes T-Shirt. »Sieht doch ganz okay aus.«

»Tatsächlich?« Er gibt also nicht nach, er bleibt stur. Macht alles schwieriger. Und wenn es ihm tatsächlich ernst ist? Elisabeth sieht ihn noch einmal lange an. Und denkt nach. Denkt an etwas, was ihr auf ihrer Fahrt letzte Nacht eingefallen ist, als sie in Hochstimmung zusammen mit anderen Geschwindigkeitssündern den Long Island Expressway entlangheizte.

Irgendwo in Queens war sie darauf gekommen. Ein Bild – eins von vielen – war vor ihr aufgestiegen. Es betraf Michael.

»In Ordnung.« Elisabeth kommt zu dem Schluss, dass die Sache nicht wieder in die alten Grabenkämpfe ausarten darf, die keiner gewinnen kann. Sie wird etwas Neues ausprobieren. Einen neuen Ansatz. Eine völlig andere Taktik. »Geh schon mal in die Küche und hol dir was zu essen. Du wirst unterwegs Hunger bekommen. Ich bin gleich wieder da.« Sie dreht sich um und geht.

Ein paar Minuten später ist sie zurück. »Fertig?«

Michael sucht etwas im Kühlschrank. Er dreht sich um, ein Glas Gurken und mehrere Plastikpackungen Aufschnitt in der Hand. Er sieht sie an und erstarrt.

»Nun komm schon, Kumpel.« Elisabeth sagt es ganz lässig. »Wir wollen doch die alte Dame nicht warten lassen.«

Michael rührt sich nicht vom Fleck. Er ist total geschockt von ihrem Aufzug und weiß nicht, wie er reagieren soll.

»Gehen wir«, wiederholt Elisabeth und rauscht aus der Küche. »Wir haben jetzt keine Zeit, Sandwiches zu machen. Schnapp dir einfach einen Apfel oder eine Banane.«

Michael starrt hinter ihr her. Sieht sie von hinten. Sie trägt Turnschuhe. Und eine Jeans von seinem Vater, genau so, wie er selbst seine Hosen trägt. Lose schlabbernd, kaum über die Oberschenkel reichend und notdürftig gehalten von einem Gürtel, der quer über ihrem Hintern sitzt. Darüber ein knallbunter, geblümter Damenschlüpfer – sie hat in einem Karton mit Umstandskleidung ein besonders scheußliches Exemplar gefunden –, der mindestens zehn Zentimeter über den Hosenbund herausragt, und sich über ihren gepolsterten Bauch mittleren Alters spannt. Dazu eine kurze Bluse, damit auch alles gut sichtbar ist.

Entsetzt sieht Michael, dass sie tatsächlich hinausgeht.

Ungeschickt versucht er, die Aufschnittpackungen wieder im Kühlschrank zu verstauen. Dann rennt er hinter ihr her.

»Mama!« Er erreicht sie auf der Veranda. »Du willst doch nicht wirklich so gehen!«

»Warum nicht?«, fragt Elisabeth unschuldig. »Ich finde, es sieht gut aus.«

»Nein, tut es nicht! Du siehst ätzend aus!« Schnell schweift sein Blick über die Straße, hoffentlich sehen die Nachbarn sie nicht so. Er bleibt auf der Veranda stehen, während sie ins Auto steigt.

»Komm schon, wir müssen uns beeilen!«, trällert sie.

»Das kannst du doch nicht machen.« Er hält sein Schulbuch wie einen Schild vor die Brust. »Du kannst deine Großtante nicht so abholen. Das machst du nur, um mir eins auszuwischen.«

»Wenn du dich umziehst, ziehe ich mich auch um.« Elisabeth steckt den Zündschlüssel ins Schloss, den einen Fuß durch die noch offene Autotür auf den Asphalt gesetzt.

Sie starren einander an. Michael immer noch auf der Veranda, gespannt. Elisabeth am Lenkrad, wie beschwipst. Komischweise ist es ihr nicht im Geringsten peinlich, so angezogen zu sein wie ihr Sohn. Sie fühlt sich vertrottelt und albern und witzig und irgendwie erleichtert. Vielleicht hat es ja wirklich etwas für sich, wenn einen das, was andere Leute denken, einen Dreck schert. Und außerdem kann sie mit vierundvierzig sowieso nicht mehr damit rechnen, als gutaussehend durchzugehen, höchstens noch als *gut für ihr Alter*.

»Aber was soll deine Großtante denn von dir denken?« Jetzt klingt Michaels Stimme flehend.

»Sie wird denken, dass wir Partnerlook tragen, du und ich. Also, jetzt entscheide dich, geh dich umziehen, dann mach ich es auch, oder steig ein.« Völlig cool.

Michael steht wie angewurzelt auf der Veranda. Unschlüssig. Überfordert. Unsicher, ob sie ihn nur ärgern will und er deshalb sauer sein und sich weigern soll, sich umzuziehen. Oder ob er ihren guten Ruf wahren muss und eigentlich ja den der ganzen Familie. Oder ob er stolz sein soll auf seine Mutter, weil es ihr egal ist, was man von ihr denkt.

»Nun mach schon, Junge. Entscheide dich.«

Michael platzt los. »Bitte zieh dich um, Mama, bitte. Bei dir ist es doch nicht dasselbe wie bei mir. Und sag jetzt nicht, das würde nicht stimmen.«

Elisabeth startet den Motor, lässt ihn kurz aufheulen und denkt wieder an letzte Nacht auf der Williamsburg Bridge, an den Long Island Expressway, an diese freie linke Spur.

»Und warum nicht? Wenn es dir nichts ausmacht, allen deine Unterhose zu zeigen, warum sollte es mir etwas ausmachen? Was dem einen recht ist, ist dem anderen billig – hast du das noch nie gehört?«

»Das hat damit nichts zu tun. Das hier ist eine Sache des Alters.«

»Wie auch immer. Lass uns fahren. Es ist jetzt sowieso zu spät, um sich noch umzuziehen. Komm, steig ein.«

Mr. Toomey, ihr langer, dürrer bärtiger Nachbar mit der Statur eines Marathonläufers, geht an ihnen vorbei. Er trägt, völlig unpassend für dieses warme Wetter, ein langärmeliges Baseball-Sweatshirt der New York Mets. Vor ihm her trabt sein brauner Chihuahua auf bleistiftdünnen Beinchen. Elisabeth grüßt ihn vom Fahrersitz aus. Er winkt zurück.

Entsetzt und mit hochrotem Kopf fragt Michael sich, was Mr. Toomey jetzt wohl denkt. Obwohl Mr. Toomey nun wirklich der Letzte ist, der sich über die Garderobe anderer Menschen lustig machen sollte. Widerwillig, ohne die Füße zu heben, schlurft Michael zum Auto und steigt ein. Im Rückspiegel sieht Elisabeth, wie er sich anschnallt. Sie legt den Rückwärtsgang ein und rollt langsam zur Straße.

Ein Auto taucht aus dem Nichts auf und bleibt mit quietschenden Reifen neben ihnen auf der Einfahrt stehen. Beinahe hätte es sie gerammt. Elisabeth und Michael sind zu Tode erschrocken. Um Fassung ringend, setzen sie sich auf.

Es ist Ann. Sie stellt den Motor ab und steigt mühsam aus.

»Mama!«

»Grandma!«

Beide: »Was machst du denn hier?«

»Ich komme mit.« Ann geht zur Beifahrertür. »Oh Gott, ich hatte schon befürchtet, ich habe euch verpasst.«

»Wirklich?«, sagt Elisabeth. »Du kommst mit? Das ist aber eine Überraschung.«

Ann öffnet die Autotür. »Ich habe mich gefragt, was sie wohl denken wird, wenn ich nicht mitkomme. Wie das aussehen würde.« Sie steigt ein und schließt die Tür. »Ihr wisst doch, was man sagt – für einen ersten Eindruck gibt es keine zweite Chance.«

»So ist es, Mama«, sagt Michael.

* * *

»Wie wird sie wohl sein, was denkst du?«, fragt Elisabeth ihre Mutter, als sie den dicht befahrenen Belt Parkway hinter sich gelassen haben und sich quälend langsam durch Queens schieben. Nur noch wenige Meilen vom Flughafen entfernt, aber wer weiß, wie viele Minuten.

Hinten sitzt Michael, der eigentlich in dem Buch lesen soll, das er auf dem Schoß hält. Stattdessen betrachtet er die Autobahn, die Häuser und die Parks zu beiden Seiten.

»Ich weiß nicht.« Ann denkt nach.

»Es ist merkwürdig, dass du sie nie kennengelernt hast.«

Anns Gesicht ist angespannt. »Ich kannte nur ihre Mutter, als ich klein war. Das war 1945, die einzige Englandreise, die meine Mutter und ich jemals gemacht haben. Danach hatte meine Mutter keine Lust mehr auf England, und von dort kam auch nie jemand herüber, um sie zu besuchen. Ihre Familie hat es ihr nie verziehen, dass sie einen Amerikaner geheiratet hat, einen New Yorker, einen Varieté-Akrobaten noch dazu, und mit ihm nach Amerika ging. Sie haben ihm nicht getraut. Sie sagten, es würde kein gutes Ende nehmen. Und was das Schlimmste ist, sie haben ja Recht behalten.«

»Na ja, nicht ganz.« Elisabeth hat den linken Ellbogen auf den Fensterrahmen gestützt, ihre Finger im Haar. »Sie haben dich bekommen. Das war doch gut.«

»Sie haben immer zusammen getanzt.« Ann schwelgt in Erinnerungen. »Meine Mutter und Meredith, Daisys Mutter, ehe meine Mutter geheiratet hat. Ehe sich die beiden verkrachten. Tanzten zusammen, obwohl Meredith neun Jahre älter war als meine Mutter. Sie sind in England und in ganz Europa aufgetreten. Auf einer der Tourneen hat meine Mutter meinen Vater kennengelernt. In Dublin. Komisch, dass diese beiden, eine Tänzerin und ein Akrobat, so was wie mich produziert haben, einen Tollpatsch mit zwei linken Füßen. Ich muss eine große Enttäuschung für sie gewesen sein.«

Elisabeth sieht ihre Mutter von der Seite an, überrascht, dass sie so viel erzählt. Ein Thema, das sie nur selten berührt. Sie bemerkt die Bitterkeit auf dem Gesicht ihrer Mutter. Und sie stellt fest, dass man selbst mit Menschen, die man so gut zu kennen glaubt, auch nach vierundvierzig Jahren noch Überraschungen erleben kann.

17

Die Landung ist ganz sanft, als glitten sie über Glas.

Daisy, auf dem Mittelsitz, reckt den Hals, um an dem großen, bulligen Kopf des Mannes zu ihrer Rechten vorbei einen ersten Blick auf New York zu erhaschen. JFK International Airport. In ihrem Magen herrscht fieberhafte Aktivität.

Langsam rollt das Flugzeug aus, ehe es endlich zum Stillstand kommt. Das bekannte Klicken vom gleichzeitigen Öffnen Hunderter Sicherheitsgurte. Von vorn bis hinten tauchen plötzlich Passagiere aus ihren Sitzen auf.

Daisy bleibt sitzen. Aufzustehen hat noch keinen Zweck, der Gang ist völlig blockiert. Der große, bullige Mann erhebt sich, steht unangenehm nahe über ihr. Er beugt sich vor und versucht vergeblich, seine Sachen aus dem Gepäckfach zu zerren, wobei sein runder Bauch gegen ihren Kopf stößt. Daisy drückt sich gegen die Rückenlehne. Der Mann zu ihrer Linken, ein adretter Geschäftstyp, der den ganzen Flug hindurch an seinem Laptop gearbeitet hat, steht ruhig da und wartet geduldig, bis sich der Menschenstrom in Bewegung setzt.

Daisy hat es nicht eilig. Solange sie im Flieger sitzt, fühlt sie sich noch ein wenig mit der Heimat verbunden. Sobald sie ihn verlässt, ist sie allein und völlig auf Fremde oder beinahe Fremde angewiesen. Wieder einmal hat sie die Sorge, dass sie es nicht schaffen könnte. In ihrem Kopf geht ein ständiges »Was ist, wenn …« herum.

Die Schlange im Gang setzt sich in Bewegung. Der Stau löst sich auf, die Abstände zwischen den Menschen werden größer, man hat wieder Platz zum Durchatmen. Wenn sich Daisy nicht direkt hinter den Mann mit dem Laptop klemmt, wird der Mann mit dem dicken Bauch sie niederwalzen. Sie hat ihr Gepäck auf dem Schoß. Bereit, sich in die Schlange einzureihen.

18

Elisabeth hat eine Parklücke gefunden.

Michael will nicht ins Flughafengebäude mitkommen. Mit verschränkten Armen sitzt er hinten im Wagen, die langen Beine mit den großen Füßen von sich gestreckt, das glatte, rosige Kindergesicht voll Entschlossenheit, und macht keine Anstalten, sich loszuschnallen. »Ich warte hier«, erklärt er, »ich muss lernen.«

»Nein, komm mit«, sagt Elisabeth. »Es könnte sein, dass wir dich brauchen. Wir wissen ja nicht, wie viel Gepäck sie hat.« Sie macht die Tür auf.

Ann steigt aus und reckt sich. Es ist ein schwüler Tag, vom klaren, blauen Himmel brennt die Mittagssonne herab.

»Also bin ich jetzt der Packesel?«, mault Michael.

»Warst du doch schon immer.« Elisabeth lacht ihn an. Ihr bunter Schlüpfer sitzt weit oben, ihre Jeans weit unten. Sie sucht die Terminals nach dem Logo von British Airways ab.

»Ich dachte, ich soll lernen«, versucht Michael es noch einmal.

»Sollst du auch. Aber da du auf dem ganzen Weg hierher nichts getan hast, obwohl du Zeit dazu hattest, sehe ich keinen Grund, warum du ausgerechnet jetzt damit anfangen musst, wo es etwas zu tun gibt.«

Betont laut stöhnend und schnaufend steigt er aus dem Wagen und blinzelt in die Sonne. »Also los.« Er ist sauer.

Sie gehen zum Terminal. »Ich glaube, ich bin ein bisschen nervös«, sagt Ann, ehe sie sich nacheinander durch die Drehtür fädeln und zur Ankunftszone gehen.

»Ich auch«, sagt Elisabeth. »Hat sie eigentlich gesagt, wie lange sie bleiben will?«

»Nein, hat sie nicht.«

Michael geht hinter ihnen und hält möglichst großen Abstand, sie sollen ruhig sehen, wie ungern er hat mitkommen wollen. Schon bevor seine Mutter diesen blöden Einfall mit den Klamotten hatte. Er kann es immer noch nicht fassen, dass sie tatsächlich so losgefahren ist.

Schließlich fällt es Ann auch auf. Sie stehen an der Schiebetür, durch die ankommende Passagiere tröpfeln. Sie macht die Augen zu und wieder auf, kneift sie zusammen und betrachtet Elisabeth ungläubig. Und hat verstanden. Ein schneller Blick auf Elisabeths Gesicht. Dann zu Michael, der sie beobachtet und fest damit rechnet, dass jetzt eine mütterliche Rüge an die Tochter erfolgt.

Ann weiß nicht genau, wessen Partei sie ergreifen soll.

»Sieht sie nicht total bescheuert aus?«, fragt Michael.

Elisabeth sieht an sich herunter und muss lachen. Sie hatte es fast vergessen. Sie behauptet, sie finde sich schick. »Ich glaube, ich ziehe mich jetzt immer so an.« Sie genießt ihr neues verrücktes Image. Die coole Wirtschaftsprüferin. Die Frau des erfolgreichen Rechtsanwalts.

Michael dreht sich um und wendet seine Aufmerksamkeit der neuen Welle von Passagieren zu, die durch die automatische Tür schwappt.

»Wie sieht Daisy überhaupt aus?«, fragt Elisabeth.

»Keine Ahnung«, sagt Ann. »Es könnte so ziemlich jede hier sein.«

Der Strom der Ankommenden schwillt weiter an.

»Wir wissen, dass sie alt ist«, sagt Ann. »Und so viele allein reisende alte Damen wird es wohl nicht geben.«

Elisabeth und Michael stimmen schweigend zu. Sie mustern die Ankommenden, die sich auf den Weg zur Gepäckausgabe machen.

Es dauert einige Minuten. Der Strom ist wieder zu einem Tröpfeln geworden. Immer noch keine alte Dame. Sie treten von einem Bein aufs andere und fangen an, sich Sorgen zu machen.

Dann, endlich, Daisy.

19

Aus Liverpool, bekannt für seine lange Geschichte als Hafenstadt, für seine Industrie, sein Fußballstadion und natürlich für seinen Ruf als Geburtsstadt der Beatles, kommt Daisy anmarschiert. Sie geht wie im Takt zu einer lautlosen Musik, zieht einen roten Bordkoffer hinter sich her und betrachtet neugierig und mit vergnügt blitzenden Augen ihre Umgebung.

Ihr entgeht nichts.

Anns Herz scheint einen Moment stillzustehen. Daisy ist ihrer eigenen Mutter wie aus dem Gesicht geschnitten. Gerade als sei ihre Mutter, die doch schon so lange tot ist, wieder auferstanden.

Daisy sieht sie, erkennt sie und beschleunigt noch ihren Schritt. Sowie sie die drei entdeckt hat, weiß sie: Das müssen sie sein. Die kleine, vollschlanke Frau in dem dunkelblauen Hosenanzug mit dem nach hinten gebürsteten Haar, den skeptischen braunen Augen, der gerundeten Nase, der gebräunten, leicht runzligen Haut, die niemandem in der Familie ähnlich sieht. Die jüngere Frau in den Vierzigern in ihrem – hier muss Daisy passen, denn ihr Aufzug ist schwer zu beschreiben. Aber Daisy muss ihre Annahme, dass die New

Yorker sich genauso elegant kleiden wie die Europäer, sofort revidieren. Und dann ist da noch ein Teenager, groß, dünn, sehnig, linkisch, dem man seine ganze unreife Arroganz schon auf den ersten Blick ansieht.

Daisy geht mit ihrem Köfferchen auf sie zu. Ann und Elisabeth stellen es mit Erleichterung fest, sehen ihr entgegen, heißen sie mit den Augen willkommen. Elisabeth findet sie auf Anhieb sympathisch – ihre aufrechte Haltung, die zierliche Figur, ihr interessiertes, offenes Gesicht.

Ann kommt alles an ihr bekannt vor. Sie sieht in jedem von Daisys Zügen die eigene Mutter und das, was die sich auch für ihre Tochter gewünscht hatte. Aber nie bekommen hatte. Stattdessen bekam sie eine kleine, untersetzte und etwas füllige Tochter, deren Statur von den Genen ihres Großvaters väterlicherseits bestimmt wurde. Was für Anns Mutter eine Enttäuschung war. Und woran Ann fast zerbrochen wäre, denn sie fühlte sich ein Leben lang zurückgesetzt.

»Ann?« Daisys Stimme, als sie in Hörweite ist.

Ann nickt. Die beiden Frauen stehen sich gegenüber und betrachten einander. Aber sie bleiben in respektvoller Distanz.

»Daisy«, Elisabeth geht auf sie zu. »Wie schön, dich kennenzulernen. Ich bin Elisabeth, Anns Tochter. Hattest du einen guten Flug?« Sie streckt die Hand aus und streichelt Daisys Arm.

»Wunderbar«, sagt Daisy.

»Super«, sagt Elisabeth. »Wir haben uns alle auf deinen Besuch gefreut.« Sie unterdrückt das Durcheinander protestierender Stimmen in ihrem Kopf, ihrer eigenen und der ihrer Kinder.

Zum Glück war von Richards Seite kein Protest gekommen. »Schön«, hatte er nur gesagt und war eingeschlafen, und Elisabeth hatte sich wieder einmal gewünscht, er würde etwas mehr Zeit für sie haben. Denn nachdem sie ihm kurz Michaels neue Einstellung zur Schule geschildert und dann noch heruntergerattert hatte, was die anderen im Moment machten, war ihr weniger als eine Minute geblieben, um noch weitere Themen zu erörtern, ehe Richard eingeschlafen war.

»Das ist Michael, mein Sohn.« Elisabeth schiebt ihn, die Hand auf seinem Rücken, vor.

»Freut mich, dich kennenzulernen, Michael«, sagt Daisy freundlich. Sein Name, denkt sie.

Michael nickt und sieht zu Boden. Typisch alte Schachtel, denkt er, die sind echt alle gleich.

»Holen wir deine Koffer«, schlägt Elisabeth vor. »Zur Gepäckausgabe geht's hier lang.« Sie schließen sich den letzten Passagieren an, die auch auf dem Weg dorthin sind.

Vor dem Gepäckband steht eine große Menschentraube. Daisy holt tief Luft. Plötzlich ist sie schrecklich müde, sie hat im Flieger kaum geschlafen – die Nerven. Sie hat auch Hunger, weil sie kaum etwas gegessen hat – ebenfalls die Nerven. Plötzlich scheint alles so beängstigend, das Warten aufs Gepäck, die Fahrt, die ihr noch bevorsteht, die fremde Umgebung, das alles ist mit einem Mal ziemlich überwältigend. Vielleicht hat sie sich doch zu viel zugemutet. Vielleicht sollte sie den nächsten Flieger zurück nehmen und ihr Gepäck gar nicht erst abholen. Einfach auf dem Band ins nächste Flugzeug schicken und wieder ab über den Atlantik.

Ein schleifendes Geräusch hinter ihr, das Band läuft an, und die ersten Koffer tauchen auf. Die Menschentraube gerät in Bewegung, als Passagiere sich energisch nach vorn drängen, um an ihre Koffer zu gelangen. Daisy hat Herzklopfen, sie hält Ausschau nach ihren Gepäckstücken. Ann und Elisabeth mustern sie verstohlen, neugierig auf diese englische Verwandte. Michael hält sich aus allem raus. Er hat genug gesehen. Eine kleine alte Frau, und kleine alte Frauen sind ungefähr so interessant wie Führungen durch historische Gebäude, wo man stundenlang alles Mögliche über Stoffe, Tapeten und Kissenbezüge erzählt bekommt.

Elisabeth versucht abzuschätzen, wie viel Zeit und Hilfe Daisy wohl beanspruchen wird, und ob man sie den ganzen Tag alleinlassen kann. Die Frage ist, was für Pläne sie hat. Sie erinnert sich, dass ihre Mutter sagte, Daisy habe hier etwas zu erledigen. Aber was? Und wird sie Elisabeth dabei einspannen? Kann Daisy Auto fahren? Und würde sie mit dem Rechtsverkehr klarkommen? Was ist, wenn sie davon ausgeht, dass Elisabeth sie überall hinfährt? Weiß sie überhaupt, dass sie ganztags arbeitet? Hatte Ann das ihr gegenüber erwähnt? Jetzt ist es allerdings etwas spät, über diese Fragen nachzudenken, das weiß Elisabeth. Aber es ist wie mit allem: Sie hat nie Zeit, sich über solche Dinge klarzuwerden, ehe sie direkt mit ihnen konfrontiert ist.

Elisabeth ist nicht die Einzige, die sich fragt, was für Konsequenzen der Besuch von Daisy für sie hat. Ann fragt sich das ebenfalls. Zwei Frauen brüten über denselben Gedanken, als Daisy ihr Gepäck entdeckt.

Sie tippt Ann auf die Schulter, ehe sie sich durch die Menschentraube kämpft, die sich zwar etwas gelichtet hat, aber immer noch eine Herausforderung für sie ist. Daisy drängt sich durch, tippt hier und da jemandem höflich auf die Schulter und arbeitet sich unter Entschuldigungen durch die Menge, die sie widerwillig durchlässt. Ann und Elisabeth schieben sich hinter ihr her. Elisabeth zieht Michael, der leise mault, am Ärmel mit.

Daisy steht am Band und zeigt auf ihre Tasche.

Plötzlich ein Gemurmel, die Leute schauen auf etwas, das auf dem Gepäckband näher kommt. Sie zeigen darauf. Andere verrenken den Hals, sie wollen es auch sehen. Es kommt näher, und alles lacht. Muss schon ein Dummkopf sein, dem so etwas passiert. Marmelade in eine Reisetasche aus Stoff zu packen! Und hier kommt sie auch schon, die Orangenmarmelade quillt aus allen Nähten. Dunkirks Orangenmarmelade, die sich auf dem Gepäckband verteilt und über die seitlichen Metallschienen auf den Boden tropft.

»Welcher Idiot macht denn so was?«, entfährt es Michael.

Daisy ist fassungslos, und gleichzeitig muss sie mit ihrer Enttäuschung fertigwerden, dass es nun keine Dunkirk-Marmelade zum Empfang geben wird. Dann unterdrückt sie ein kleines Lachen. Sie wünschte, Dennis und Lenny wären hier. Dennis würde es wahrscheinlich weniger lustig finden, aber Lenny umso mehr. Er würde schallend lachen.

Elisabeth sagt: »Es wird aber jemandem sehr peinlich sein, so was zugeben zu müssen.«

»Wer so was macht, ist wahrscheinlich so dämlich, dass ihm gar nichts peinlich ist«, bemerkt Michael.

Daisy sieht, wie das Resultat ihres Missgeschicks immer näher kommt. Gleich wird sie es vor sich haben. Es ist ihr schrecklich unangenehm, zugeben zu müssen, dass es ihre Tasche ist. Wie kann sie Michael zumuten, diese Schweinerei vom Band zu nehmen? Wahrscheinlich würden ihre Gastgeber sie am liebsten irgendwo auf dem Parkplatz verlieren.

Die Leute warten gespannt, alle Augen sind auf die Tasche gerichtet. Wem gehört sie? Daisy versucht, sich zu erinnern, was in ihrem Handgepäck ist. Vielleicht braucht sie diese Reisetasche gar nicht? Vielleicht könnte man sie einfach verleugnen und bis in alle Ewigkeit ihre Kreise ziehen lassen.

Es geht nicht. Sie erinnert sich: Toilettensachen – kann man ersetzen. Nachthemden – ebenfalls. Ein zweites Paar Schuhe –

gibt's hier auch. Bücher und Karten von New York – ersetzbar. Dennis' und Lennys Babydecken – unersetzlich.

Der Moment der Wahrheit. Die Tasche ist nur noch einen halben Meter entfernt. Sollte sie sie nochmals herumgehen lassen? Ihr wird heiß. Sie merkt, wie sie rot wird. Ihre Haut kribbelt wie lange nicht mehr. Früher hatten dieses Erröten und die Hitze, die sie dabei empfand, sie fast chronisch geplagt, aber das war Jahrzehnte her. Und nun ist es wieder da, und irgendwie findet sie es apart. Sie fühlt sich jünger, angenehm überrascht, dass sie noch erröten kann.

Die Tasche. Auf dem Gepäckband, direkt vor ihr. Entschlossen greift Daisy danach und beugt sich vor, um sie vom Band zu heben. Sie merkt, wie die Leute hinter ihr die Luft anhalten. Die Tasche klebt fest, und Daisy zieht mit aller Kraft, um sie freizubekommen.

Mit einem lauten, schmatzenden Geräusch löst sie sich schließlich vom Band. Daisy hält die Tasche in der Hand, sie ist klebrig und tropft. Sie fühlt Dutzende von Augenpaaren auf sich gerichtet, als sie, an ihre amerikanischen Cousinen gewandt, sagt: »Ich fürchte, die gehört mir. Tut mir schrecklich leid, diese Schweinerei. Ich mache sie natürlich sauber, ehe wir sie ins Auto laden. Ich muss nur eine Toilette finden. Mir ist jetzt klar, was ich beim Packen falsch gemacht habe. Das wird mir bestimmt nie wieder passieren.« Sie kichert. »Und vielleicht lernen ja auch andere etwas daraus, nämlich über das Packen in letzter Minute. Es liegt alles an diesem Schild mit der Warnung, dass man keine Flüssigkeiten im Handgepäck mitnehmen darf. Das habe ich erst gesehen, als ich schon einchecken wollte.«

Sie ist etwas atemlos nach ihrer Erklärung und hält die Tasche in genügendem Abstand, so dass die Marmelade nicht auf sie, sondern auf den Boden tropft. Sie erwartet eine Reaktion, obwohl sie nicht genau weiß, was für eine. Irgendetwas, das mit ihrer Beichte zu tun hat. Stattdessen sieht sie in drei völlig verblüffte Gesichter, die aussehen, als hätten sie kein Wort verstanden.

»War das Englisch?«, fragt Michael.

Elisabeth sagt: »Muss wohl.«

»Ich hab kein Wort verstanden«, sagt Ann.

»War das nur ihr Akzent?«, fragt Michael. »Ich glaube nämlich, es war nicht mal Englisch.«

»Ich fürchte, wir verstehen dich nicht«, sagt Elisabeth. Sie spricht wie mit einer Schwerhörigen. »Wir verstehen deinen Akzent nicht.«

Daisy lächelt freundlich, sie versteht Elisabeth ebenfalls nicht. Verlegen steht sie da, die Tasche in der Hand, und sieht ihre Cousine an. Einen Augenblick lang sagt niemand etwas, dann streift sich Daisy entschlossen die Griffe des anstößigen Gepäckstücks über den Arm, fast bis zur Ellenbeuge hinauf, wobei sie die Hand elegant im rechten Winkel nach unten hält. Mit erhobenem Kopf, die Nase hoch, würdevoll, dreht sie sich um und schreitet durch die Menge, die hastig zurückweicht, um nicht mit der Marmelade in Kontakt zu kommen. Daisy bewegt sich, als führe sie ein besonders luxuriöses Gepäckstück vor.

Ihre amerikanischen Verwandten folgen langsam und versuchen, nicht in die klebrigen Kleckse am Boden zu treten.

»Meine Güte«, sagt Ann.

»Ach du Scheiße«, sagt Elisabeth.

»Vielleicht doch nicht ganz so typisch«, murmelt Michael, »sondern völlig verrückt.«

Die drei folgen Daisy und der Spur aus Orangenmarmelade bis zur nächsten Toilette.

* * *

Daisy braucht fast zwanzig Minuten, um das Gröbste zu entfernen. Vorsichtig öffnet sie den Reißverschluss. Greift in die Tasche, zieht sechs Schraubdeckel aus Blech heraus und wirft sie weg, dann viele gekrümmte und mit Marmelade verklebte Glasscherben. Alles landet in dem großen Abfallbehälter aus Plastik, der bereits von feuchten und zerknüllten Papierhandtüchern überquillt.

Die anderen warten draußen. Daisy wagt nicht, sich vorzustellen, was sie jetzt denken mögen. Sie konzentriert sich auf ihre Reinigungsaktion. Und auf den Gedanken, dass sie jetzt angekommen ist, dass die Ungewissheiten und Anstrengungen der Reise fast vorüber sind, denkt an Ann und ihre Tochter, die vermutlich ganz nett sind, auch wenn die eine sich merkwürdig kleidet. Bald wird sie im Auto sitzen und nach Long Island fahren, wo sie erst mal bleiben kann. Sie wird neue Leute kennenlernen, viel Ungewohntes sehen und eine alte Sache erledigen. Vielleicht kann sie sich sogar eine Broadwayshow anschauen, die Freiheitsstatue, das Empire State Building, Ground Zero, Wall Street, wenn sie es schafft. Wenn nicht, ist das auch okay. Auf jeden Fall ist sie in New York!

Sie ist fertig und kommt heraus und gesellt sich wieder zu den anderen. Sie sagt nicht viel und folgt ihnen aus dem Terminal zum Parkplatz, und es regnet nicht. Ein klarer, blauer Himmel, den kein Wölkchen trübt.

20

Zack!

Der Pfeil trifft zwar nicht ins Schwarze, aber in den nächsten Ring, den roten. Dann weitere drei Pfeile, alle noch weiter vom Mittelpunkt entfernt. Enttäuschend. Frustrierend.

Der nächste ist wieder näher am Ziel.

Elisabeth biegt in die Einfahrt ihres gepflegten Grundstücks. Ein Haus im Föderalstil – Ziegelbau, rote Fensterläden, rote Haustür. Großzügige Rasenflächen, makellose Blumenbeete, große, einzeln stehende Bäume. Ein Anwesen, wie so viele in dieser Stadt, die typisch für die nördliche »Goldküste« ist. Daisy war es aufgefallen: Je weiter sie von der Autobahn nach Norden fuhren, desto beeindruckender wurden die Häuser. Und dieses Haus ist keine Ausnahme. Den Blicken der Nachbarn entzogen und, wie man ihr sagte, nicht weit entfernt vom malerischen Segelhafen von Port Washington.

Elisabeth stellt den Schalthebel auf »Parken« und verkündet in fröhlichem Singsang: »So, da wären wir!«

Die vier steigen aus. Elisabeth beeilt sich, Daisy zu helfen. Ann geht voran ins Haus. Michael versucht sich zu verdrücken, doch Elisabeth merkt es und ruft ihn zurück, damit er beim Gepäck mit anfasst.

»Ich rufe Josh und David, die können auch was machen«, sagt Michael und entwischt ins Haus.

»In Ordnung«, murmelt Elisabeth und sieht zur Eingangstür hinüber, ob wohl jemand kommt, um den Gast zu begrüßen und beim Ausladen zu helfen.

Niemand.

»Lass uns erstmal reingehen, Daisy, damit du unsere Familie kennenlernst. Richard kann dann dein Gepäck holen.«

»Ja, gut«, sagt Daisy, »das wäre schön.« Sie reckt sich, streicht über ihren Rock, übers Haar. Geht mit den anderen den gepflasterten Weg zur Haustür, entzückt von allem um sie herum und ganz euphorisch von der Sonne, die sie auf ihrem Gesicht spürt.

Elisabeth beeilt sich, vor ihr ins Haus zu kommen, um die anderen zu rufen. Sie hält Ausschau nach ihnen. Doch niemand kommt. Ann geht ins Badezimmer.

Daisy versucht, mit Elisabeth Schritt zu halten, und folgt ihr in die Küche. Sie sieht die teure Einrichtung, alles in Übergröße. Sie reißt die Augen auf. Die Dinge sind so riesig, genau wie das ganze Land.

Elisabeth zieht ihr einen Stuhl unter dem großen Eichentisch hervor. »Kann ich dir etwas anbieten?«

»Danke, im Moment nicht.« Dabei denkt Daisy, was sie jetzt für eine Tasse Tee geben würde.

»Bestimmt nicht? Nicht mal eine Tasse Tee?« Es klingt neckend. »Du weißt sicher, was man hier von den Engländern sagt, nicht wahr? Dass sie alle Teefreaks sind.«

Daisy ist sprachlos. Kann sie jetzt noch um einen Tee bitten? Ihre Kehle ist wie ausgetrocknet und lechzt geradezu nach einer Tasse davon. Wie spät ist es überhaupt?

Sie schaut auf die Uhr. Von draußen klingt Kinderlachen herein. Für sie ist es fast dreiundzwanzig Uhr, doch auf der Küchenuhr ist es fünf Uhr nachmittags. Plötzlich ist sie müde. Normalerweise würde sie jetzt schon schlafen. Vielleicht sollte sie Elisabeth bitten, ihr nun ihr Zimmer zu zeigen, damit sie schlafen kann.

Stattdessen vernimmt sie: »Heute Abend geben wir ein großes Willkommensdinner für dich.« Elisabeth steht am Tisch und streicht sich eine Haarsträhne hinters Ohr. »Meine Schwestern kommen, alle vier. Die werden wohl im Lauf der nächsten Stunde mit Kind und Kegel eintrudeln. Sie wollen dich doch alle kennenlernen.«

O Gott, nein, denkt Daisy. Und sagt: »Wie schön, das ist ganz wunderbar.« Und fragt sich, wie sie das nur durchstehen soll. Es soll bald anfangen? Im Lauf der nächsten Stunde? Oder hat sie es wegen des Akzents nur wieder falsch verstanden? Diesmal hofft sie es.

»Wo bleiben nur Richard und die Jungs?«, fragt sich Elisabeth laut. »Ich gehe mal schnell nachsehen.« Sie möchte Daisy nicht gern allein hier sitzen lassen. »Würdest du mich für einen Augenblick entschuldigen?«

»Natürlich«, sagt Daisy. »Ich bin vollkommen glücklich hier. Du brauchst dich nicht zu beeilen.«

Elisabeth sieht ratlos aus. Sie hat nur ein einziges Wort verstanden. Aber sie sieht, dass Daisy nickt. Elisabeth geht durch das Wohnzimmer zur großen Glasschiebetür und tritt hinaus in den strahlenden Sonnenschein. Das Bild, das sich ihr von der Terrasse bietet, lässt sie wie angewurzelt stehenbleiben.

Eine große Zielscheibe steht auf einem Ständer. Nagelneu. Und mehrere gelbe Pfeile stecken darin.

Elisabeth starrt Richard an, der in der perfekten Haltung eines Bogenschützen dasteht und die Sehne mit dem Pfeil gekonnt bis zur maximalen Spannung zurückzieht. Und loslässt. Zusammen mit Josh, David, Pete und jetzt auch Michael sieht er zu, wie der Pfeil durch die Luft schwirrt und die Mitte nur knapp verfehlt.

»Juhuuu!« Die Jungen jubeln, sie sind glücklich, dass ihr Vater zu Hause ist, dass er nicht schläft, und sie alle zusammen etwas machen, woran sie Spaß haben.

»Dein bester Schuss bisher.« Davids Gesicht strahlt.

Richard wendet sich zu Elisabeth. »Hast du das gesehen? Totale Kontrolle über einen Flugkörper, der sich mit einer Geschwindigkeit von über hundert Metern pro Sekunde bewegt. Das soll mir erst mal einer nachmachen!«

Elisabeth hat sich nicht vom Fleck gerührt, ihre Kinnlade ist heruntergeklappt.

»Willst du's auch mal probieren, Lizzie?«, fragt Richard. »Komm, ich zeig dir, wie es geht.«

»*Ich* möchte jetzt aber«, kommt es von allen Seiten, während die Jungen zur Zielscheibe rennen, um die Pfeile herauszuziehen, und sich darum streiten, wer als Nächster schießen darf.

Verwirrt stottert Elisabeth: »Woher hast du das da?«

»Aus dem Sportgeschäft. Die Laser-Tag-Party war noch nicht zu Ende, als ich ankam. Da bin ich nach nebenan ins Sportgeschäft gegangen. Ich dachte, ich könnte meine Fähigkeiten von früher wieder auffrischen. Du wusstest wohl gar nicht, dass ich mal Bogenschütze war, wie?«

Er wischt sich den Schweiß von der Stirn, gibt Pete den Bogen und schlendert zu Elisabeth herüber. Die Jungen rennen an die Grundlinie, von der aus Richard geschossen hat, und streiten sich um die Pfeile.

»Im College war ich sogar mal ganz gut.« Richard hat Elisabeths Reaktion gar nicht bemerkt. »Die meisten von uns aus dem Darts-Team machten auch Bogenschießen. Und ich muss sagen, ich scheine gar nicht so viel verlernt zu haben.« Er steht da und schwelgt in Erinnerungen, ehe er wieder in die Gegenwart zurückkommt. Er holt tief Luft. »Ach so, wo ist denn unser Gast?«

Elisabeth versucht, den Anblick zu verarbeiten, wie ihr Mann ins Schwarze trifft. Welches Bild hatte er vor Augen, als er zielte? Sie schluckt. Und antwortet nicht. Das ist auch nicht nötig, denn gerade kommt Ann heraus, gefolgt von Daisy.

Richard tritt vor, wischt sich mit dem Unterarm die letzten Schweißtropfen von der Stirn, rückt an seiner schwarzen Brille mit den rechteckigen Gläsern und nimmt Daisys Hand. »Ich freue mich, dich kennenzulernen, Daisy.« Er umschließt ihre Hand mit beiden Händen und stellt fest, wie zierlich ihre Handgelenke sind. So zarte Handgelenke hat er noch nie gesehen. »Wie war dein Flug?«

Daisy nickt, seine warmherzige Begrüßung ist irgendwie tröstlich. »Gut, sehr gut.« Ihre Hand liegt immer noch geborgen in seiner. Sie sehnt sich nach noch mehr Geborgenheit, nach ihrem Bett.

»Mama«, sagt Elisabeth, »hast du gesehen, dass Richard mit Pfeil und Bogen schießt?« Mit den Augen unterstreicht sie, was sie damit sagen will. »Er ist ein wirklich guter Schütze«, fügt sie hinzu, damit ganz klar ist, was sie meint.

Ann kneift die Augen zusammen. Dann versteht sie. Sie dreht sich um und schaut auf die Zielscheibe. »Bogenschießen, Richard?« Fragend, ganz ruhig. Im Konversationston. Freundlich. Aber irgendwo in ihr scheint sich knarrend eine Schublade zu öffnen, aus der Befürchtungen kriechen, lautlos wie Schlangen. Plötzlich versteht sie Elisabeths Ängste. Doch genauso schnell vertreibt sie die Gedanken wieder. Das ist doch völlig absurd. Oder doch nicht?

Richard, der von der Gedankenübertragung zwischen seiner Frau und seiner Schwiegermutter nichts ahnt, wendet sich wieder an Daisy. »Hat Elisabeth dir dein Zimmer gezeigt? Du bist bestimmt sehr müde. Für dich ist es nun ja fast Mitternacht.«

Daisy könnte ihm vor Erleichterung um den Hals fallen. Hier ist jemand, der sie versteht. Sie erwidert, ja, sie würde jetzt sehr gerne ihr Zimmer sehen. Richard überlässt sie der Obhut Elisabeths und geht zum Auto, um das Gepäck zu holen.

Als die drei weg sind, bleibt Ann auf der Terrasse zurück. Sie sieht zu, wie ihre Enkel sich im Bogenschießen üben. Und unterdrückt die Fragen, die in ihr aufsteigen.

* * *

Die Backen der Grillzange drücken sich in eines von drei dicken Steaks. Darunter Flammen, die jedes Mal hoch aufflackern und um das Fleisch lecken, wenn Fett heruntertropft und zischend verbrennt. Richard, die Zange in der Hand, drückt auf die beiden anderen Steaks und murmelt laut und genießerisch: »Zart wie ein Mädchenpopo.«

Alle, die um den Grill versammelt sind, sehen ihn plötzlich an. Überrascht, dass er vor ihrem Gast so etwas sagt, ohne Rücksicht auf das Feingefühl dieser alten englischen Dame zu nehmen.

»Richard!« Elisabeth schießt es durch den Kopf: Wer sagt denn so etwas? Und gibt sich gleich selbst die Antwort: Der Dartman.

Sie sitzen im Kreis um das Feuer herum. Daisy hat sich in ihrem Zimmer eingerichtet, bestand aber darauf, dieses typische amerikanische Bar-B-que mitzuerleben. Tapfer bleibt sie dabei. Kämpft gegen ihre immer schwerer werdenden Augenlider, unterdrückt ihr Gähnen. Alle genießen das Ritual, Fleisch über offenem Feuer zu garen und sich dabei die Geruchsnerven aufs Angenehmste kitzeln zu lassen.

»Oh, entschuldigt bitte«, sagt Richard, »aber ich kann das erklären.«

In Elisabeths Kopf klingt seine Bemerkung wie ein Echo nach. Ihr ist übel.

Richard lacht leise. Zu Daisy gewandt sagt er: »Ich muss mich wirklich entschuldigen, es ist mir einfach so rausgerutscht. Das war eine anzügliche Bemerkung, die kürzlich ein Kollege beim Essen in Gegenwart eines der Senior Partner über sein Steak gemacht haben soll. Junger Anwaltsgehilfe, ziemlich schräger Vogel, wollte eigentlich Schauspieler werden. Ich war nicht dabei, aber die anderen fanden es wohl sehr witzig.«

Daisy kichert.

Elisabeth nicht.

Daisy blickt im Kreis herum und wechselt das Thema. Sie bewundert den herrlichen grünen Rasen. »Es muss eine Ewigkeit dauern, bis der gemäht ist.« Im Geiste sieht sie sich in Pauls Overall hinter ihrem Rasenmäher hermarschieren.

»Oh, das mache ich nicht selbst. Dafür haben wir Gärtner, nicht wahr, Liz?« Er merkt, dass seine Frau mit ihren Gedanken weit weg ist. Er möchte sie wieder zurückholen, in die Unterhaltung einbinden.

Doch es gelingt nicht. Sie ist zu sehr mit ihren Grübeleien beschäftigt. Überlegt, ob sie ihren Verdacht mitteilen, ihren Mann, mit dem sie seit zwanzig Jahren verheiratet ist, bei den Behörden melden soll. Und wenn sie es täte, wie sie es formulieren würde.

Und was man ihr antworten würde.

Und was geschehen würde.

* * *

»Das Wetter in England ist wirklich schrecklich, und ich kann beim besten Willen nicht verstehen, weshalb Leute überhaupt dorthin reisen.« Daisy, umgeben von ihren Verwandten, versucht trotz ihrer Müdigkeit, Konversation zu machen. »Aber sie kommen in Scharen. Trotz allem.«

Daisy sitzt, nahe des Swimmingpools von olympischen Ausmaßen, an einem Gartentisch aus Gusseisen mit Marmorplatte, der zu den anderen Gartenmöbeln passt. Einer sündhaft teuren Couch und einem kleinen Sofa aus Rohrgeflecht, beide übersät mit knallig orange gestreiften Kissen und bezogen mit edlem Stoff. Niedrig hängende Windlichter, mit Kerzen bestückt, sorgen für Atmosphäre. Man sitzt dicht gedrängt, Ann, ihre fünf Töchter, deren Ehemänner und Kinder. Namen und Gesichter. Daisy versucht, sie sich alle einzuprägen.

Ann, Elisabeth, ihre Schwestern und die Schwäger, sie alle verstehen Daisys Akzent nur bruchstückhaft und mit großer Mühe. Die meisten von ihnen haben untereinander Gespräche angefangen. Daisy bewundert den Garten – sie kennt Namen und Merkmale jeder Pflanze, die hier wächst.

Richard hat weniger Schwierigkeiten mit ihrem Akzent, denn er hat auch englische Klienten, einige sogar aus dem Nordwesten, die so wie Daisy sprechen. Er versteht sie und wird zu ihrem Dolmetscher. Er ist entzückt von ihr. Hört ihr aufmerksam zu. Ist beeindruckt von ihrem gärtnerischen Wissen, sie kennt alle Bäume, Büsche, Stauden und Blumen in seinem Garten. Es ist ihm peinlich, dass er nicht einmal eine Osterglocke von einer Tulpe unterscheiden kann, und dass er sich seinen Garten kaum jemals richtig angesehen hat. Er fragt sie nach ihrem Zuhause, nach ihrer Familie.

»In unserer Familie haben alle lange und mürrische Gesichter.« Daisy zieht ihr Gesicht mit den Händen lang, um es zu veranschaulichen. »Dabei sind wir eigentlich gar nicht mürrisch. Wir sehen nur so aus.«

Mücken und Glühwürmchen stellen sich ein, nehmen den Garten in Besitz. Die Kinder werden mit Insektenschutzmitteln eingerieben. Daisy erzählt – obwohl niemand es hört, weil alle genauso umherschwirren wie die Mücken, denen man entkommen will –, in Liverpool gebe es keine Mücken.

Die Erwachsenen verziehen sich ins Haus. Die Schwestern und Ann in die Küche. Die Männer – bis auf Richard, der den Grill saubermacht – ins Wohnzimmer, wo sie im Kreis stehen, jeder ein Bier in der Hand, und über ihr Baseballteam, die Mets, diskutieren. Statistiken werden ausgetauscht, Spiele analysiert. Sie stehen mit dem Rücken zu Daisy, die auf dem Sofa sitzt. Unbemerkt, fast vergessen.

Sie hat eine bequeme Ecke gefunden und sich hineingekuschelt, erschöpft von dem ganzen Chaos, dem Lärm, dem bunten Treiben der Kinder, die ständig rein und raus laufen. Josh und David, in halbtrockenen Badehosen und an ihren Mückenstichen kratzend, setzen sich ans andere Ende des Sofas und spielen mit ihrem Game Boy, die Köpfe zusammengesteckt, um den kleinen Bildschirm sehen zu können.

Ohne Vorwarnung schläft Daisy ein. Ihr Kopf ist nicht sehr elegant nach hinten auf die Sofalehne gekippt, das Gesicht zeigt zur Decke. Ihr Mund steht offen, sie schnarcht.

Die Männer bemerken es und drehen sich weg. Elisabeth und ihre Schwestern sind in der Küche fertig und kommen jetzt ebenfalls ins Wohnzimmer. Sie sehen Daisy und wenden sich ab, schauen weg. Ann seufzt, sie spürt eine merkwürdige Ungeduld bei diesem Anblick.

»Sieht aus, als ob sie mit dem Mund den Staub aus dem Deckenventilator einfangen will«, bemerkt Michael.

David, der sich über Joshs Schulter beugt, weist ihn zurecht: »Das ist nicht sehr nett von dir.«

Richard, der gerade ins Zimmer tritt, in der Hand noch das fettige Grillbesteck, sieht Daisy ebenfalls. Empört schaut er seine Frau an. »Willst du sie etwa so dort sitzen lassen?«

Elisabeth muss ihm Recht geben. Sie hat plötzlich ein schrecklich schlechtes Gewissen. Sie merkt, dass sie an nichts anderes mehr denken kann als an ihn. Sie ist wie besessen von dem Bild ihres Mannes beim Bogenschießen.

Richard geht zum Sofa, hockt sich vor Daisy hin und rüttelt sie sanft. Leise ruft er: »Hallo, Daisy, komm, es war ein langer Tag für dich. Du musst aufstehen, damit du in ein richtiges Bett kommst.«

Daisy fährt hoch, blinzelt die vielen fremden Gesichter an, die sie anstarren. Richard beugt sich vor, schiebt seine Hand unter ihren Oberarm und hilft ihr beim Aufstehen.

»Ach du meine Güte, das tut mir aber leid.« Es ist Daisy schrecklich peinlich. »Bitte entschuldigt, dass ich eingenickt bin.«

»Aber das macht doch gar nichts, Daisy, wir können das sehr gut verstehen.« Er führt sie ins Gästezimmer und ärgert sich, weil er bezweifelt, dass die anderen es tatsächlich verstehen.

21

IRGENDWANN SPÄTER, mitten in der Nacht. Daisys innere Uhr sagt: Morgen. Zeit zum Aufstehen.

Sie setzt sich im Bett auf, es ist stockdunkel. Ein paar Sekunden lang weiß sie nicht, wo sie ist, dann kommt die Erinnerung langsam wieder. Im Zimmer ist eine Uhr: halb zwei. Sie hat also drei Stunden geschlafen. Richard hat sie in dieses Zimmer gebracht. Ein netter Kerl. Dann ist sie aufs Kopfkissen gesunken, und an mehr erinnert sie sich nicht.

Sie überlegt, wo ihre Toilettensachen sind. Sie möchte sich die Zähne putzen. Zur Toilette gehen. Sie entdeckt die Tasche und schlägt die Bettdecke zurück. Geht zu der Reisetasche aus Stoff, der Marmeladentasche. Die sieht schon wieder ganz ordentlich aus. Zwar noch nicht perfekt, hier und da noch etwas klebrig, aber schon sehr viel besser. Sie kramt die Sachen heraus, die sie benötigt. Versucht sich zu erinnern, wo das Badezimmer ist. Richard hat es ihr gezeigt. Ist es nicht am Ende des Korridors? Aber nach welcher Seite, nach links oder nach rechts? Hoffentlich öffnet sie keine falsche Tür, während sie das Bad sucht.

Sie nimmt den Türknopf in die Hand, genießt die Berührung. Ein alter, runder Knopf aus geschliffenem Glas, völlig anders als zu Hause. Hübsch. Sie dreht ihn und macht die Tür auf. Steht da und lauscht. Das Haus schläft.

Sie späht ins Halbdunkel nach etwas Bekanntem, an dem sie sich orientieren kann. So leise wie möglich tappt sie den Gang entlang, barfuß, behände, im dünnen Nachthemd. Völlig geräuschlos, sie will niemanden wecken. Drei Türen weiter findet sie, was sie sucht.

Dann schleicht sie zurück in ihr Zimmer. Hört sich selbst atmen, sonst nur die Stille des Hauses. Doch jetzt hört sie noch etwas anderes. Ganz leise. Da raschelt Stoff. Es ist nicht ihr Nachthemd, das ist sicher. Das Geräusch war hinter ihr, es kam aus dem anderen Flur.

Daisy horcht. Da, wieder, ein leises Geräusch. Doch sie hat keine Lust, jetzt mit jemandem zu sprechen, also geht sie schnell und so lautlos wie möglich in ihr Zimmer zurück. Vorsichtig macht sie die Tür zu. Horcht nach Geräuschen im Flur.

Sie ist überrascht, als stattdessen Geräusche von draußen kommen, aus der Einfahrt vor ihrem Fenster. Eine Autotür, die ganz behutsam aufgemacht wird. Daisy geht ans Fenster und sieht hinaus.

Es ist Elisabeth, die in ihr Auto steigt. Im Rückwärtsgang rollt sie auf die Straße und fährt davon.

Verblüfft sieht Daisy den roten Rücklichtern hinterher, bis sie in der Dunkelheit verschwunden sind.

* * *

Elisabeth weiß selbst nicht, warum sie mitten in der Nacht aufgestanden und in ihr Auto gestiegen ist. Warum sie abermals über die Triboro Bridge und an der 97th Street durch den Central Park gefahren ist, den Broadway hinunter zur Houston Street, dann nach Osten zur Williamsburg Bridge. Sie weiß jedoch, dass sie jetzt auf diese Brücke fährt – eine Brücke mit breiten Fahrspuren, auf der zu dieser Zeit kein Verkehr ist. Aus dem laut aufgedrehten Radio schallen Oldies, und sie singt aus Leibeskräften mit, so laut sie kann. Sie hat die Mittelspur ganz für sich allein, die Lichter der Stadt liegen hinter ihr. Sie hat am Nachtleben teilgenommen, war selbst zu einem Teil dieses Lebens geworden, und jetzt, wieder auf dem Heimweg, weiß sie, was sie dazu bewogen hatte, mitten in der Nacht aufzustehen und in ihr Auto zu steigen.

Es war der Rausch. Dieses herrliche Gefühl.

Es hat einen Teil ihrer Persönlichkeit freigelegt, der viel zu lange eingeschlossen war. Wie eine Heilsalbe, die etwas von ihrem alten Selbst aus ihr herausgelöst und wieder an die Oberfläche gebracht hat. Aus einer früheren Zeit, voller Zuversicht und Selbstvertrauen. Eine ganz andere Elisabeth Jetty, die ihr viel sympathischer ist.

* * *

Bisher hat niemand Daisy gefragt, warum sie nach New York gekommen ist. Eigentlich hat sie darauf gewartet. Wenn man sich nicht bald danach erkundigen würde, müsste sie das Thema selbst anschneiden. Sie möchte endlich mit ihrer Suche beginnen.

Der Sonntag erscheint ihr zu unruhig. Am Vormittag sind sie alle zur Kirche gefahren, bis auf Richard, der in seinem Arbeitszimmer ein Telefonat nach dem anderen führte und schließlich gähnend, erschöpft und mit verstrubbeltem Haar herauskam, sich die rotgeränderten Augen rieb und Daisy ein hastiges »Guten Morgen« zurief, ehe er zur Autowerkstatt fuhr, denn heute ist der letztmögliche Termin für die gesetzlich vorgeschriebene Inspektion seines Wagens, außerdem ist der Ölwechsel auch längst überfällig.

Elisabeth hat Ringe unter den Augen und trägt dieselben merkwürdigen Jeans wie gestern. Es geht zu wie in einem Irrenhaus. Um ein Uhr müssen Josh und David beim Jahresschlusskonzert für die Eltern Klavier spielen. David wird Beethoven bringen, Josh Chopin. Elisabeth bügelt für jeden der beiden ein weißes Hemd. Sucht zwei Krawatten heraus. Dann vier schwarze Socken. Und betet, dass ihnen die Schuhe, die sie beim Konzert im Januar getragen haben, noch passen.

Pete hat ein Baseballspiel, also kann er nicht zum Konzert seiner Brüder kommen. Ann fährt ihn hin und ist deshalb auch verhindert. Elisabeth hastet im Haus umher, sucht dies und jenes und beantwortet das Telefon, das pausenlos klingelt. Sie macht den Wochenplan für die ganze Familie und trägt die Termine auf dem großen Schwarzen Brett in der Küche ein. Lässt sich von allem ablenken, was ihr in die Quere kommt, und ermahnt Michael, so oft sie ihn sieht, er solle endlich anfangen, zu arbeiten. Was dieser ignoriert.

Er sieht lediglich von seiner Spielkonsole auf und sagt: »Du gehst doch hoffentlich nicht so zum Klavierkonzert.«

Elisabeth sieht an sich herunter – alles wie gehabt, nur das Hemd ist frisch – und ist zufrieden, dass er es bemerkt hat. Richard hat bisher kein Wort darüber verloren. Elisabeth wiederholt ihr Mantra: »Wenn du dich umziehst, Michael, mache ich es auch.« Und verschwindet mit einem Wäschekorb unterm Arm.

Daisy sitzt da, unschlüssig. Jetzt ist ihr wenigstens klar, warum Elisabeth sich so merkwürdig kleidet. Sie sitzt inmitten dieses Chaos und tut so, als lese sie, am liebsten würde sie sich unsichtbar machen. Sie ist verunsichert, weil niemand sie fragt, weswegen sie eigentlich hier sei. Was sie zu erledigen habe. Hoffentlich tut es bald jemand. Sie braucht doch ihren Rat. Sie entscheidet sich, Michael anzusprechen, der allein auf dem Sofa sitzt, ihr gegenüber. Freundlich fragt sie, wie es denn so in der Schule ist.

Michael macht sich kaum die Mühe, sie anzusehen. »Die stinkt mir«, sagt er, reibt sich die Nase und nimmt die Augen nicht vom Bildschirm. Er ist in eine Schlacht seiner Klone mit dem angreifenden Feind verwickelt.

Daisy versucht es erneut. »Spielst du heute auch vor?«

»Nee. Ich hab mit dem Klavier aufgehört.« Er unterdrückt ein Stöhnen. Gleich kommt wieder diese Ansprache, dass er es später mal bereuen wird und sich nicht immer eine zweite Chance bietet. Aber komischerweise kommt nichts. Daisy wendet sich nur ab und summt leise vor sich hin. Michael wartet noch, aber es kommt immer noch nichts.

Denn Daisy denkt gar nicht mehr an seine Entscheidung. Sie überlegt, ob dieser Michael wohl eine gute Idee hätte, wie man den anderen Michael finden könnte. Fragt sich, wie dieser Michael es anstellen würde. Wie er nach jemandem suchen würde, von dem man sechzig Jahre weder etwas gesehen noch gehört hat. Junge Leute haben doch meist ganz gute Ideen. Sie wissen so vieles. Bloß reden mögen sie nicht. Vielleicht später, denkt Daisy.

Mittagessen. Es wird zu Tisch gerufen. Daisy ist inzwischen richtig hungrig, denn seit ihrem Abflug hat sie mehrere Mahlzeiten ausgelassen. Zusammen mit den Jungen isst sie Makkaroni mit Käsesauce. Elisabeth ist zu sehr mit dem Aufräumen der Küche beschäftigt, um zu essen. Sie räumt die Spülmaschine aus, schrubbt Töpfe, wischt Arbeitsflächen ab.

Daisy fühlt sich unwohl, diesen Wirbelwind von Aktivität um sich zu haben, ohne ihr zur Hand zu gehen. Sie sieht einen Augenblick zu, dann fragt sie: »Soll ich dir einen Tee machen?«

Elisabeth, die gerade Ahornsirup von der Arbeitsplatte wischt, sieht auf. Angestrengt, als gebe sie sich Mühe, eine Fremdsprache zu verstehen. Doch diesmal liegt es nicht an dem Akzent. Es ist die Frage selbst. Dann entspannt sie sich und lächelt.

»Nein danke, ich hätte jetzt keine Zeit dazu. Aber wenn du Tee möchtest, dann mach dir ruhig einen. Ich glaube, ich habe Teebeutel.« Sie wirft den Schwamm in die Spüle, um im Schrank nachzusehen.

Daisy springt auf. »Bitte, Elisabeth, lass mich das machen. Ich weiß, wo sie sind, ich habe sie heute früh schon entdeckt.«

Überrascht bleibt Elisabeth stehen.

»Hoffentlich macht es dir nichts aus«, fügt Daisy schnell hinzu. »Ich war früh auf. Ich habe alles gefunden, was ich brauchte.«

Elisabeth ist es peinlich, so als habe man ihr eine Rüge erteilt. »Wie unaufmerksam von mir, dir gestern Abend nicht gezeigt zu haben, wo alles ist. Es tut mir leid, dass du dich allein hier zurechtfinden musstest.«

»Ach, das ist ganz okay. Es war ja nicht weiter schwer. Ich will euch doch nicht zur Last fallen.«

»Du bist uns keine Last.« Es klingt sehr freundlich, und gleichzeitig findet Elisabeth, dass es vermutlich die Untertreibung des Jahres ist, denn bisher hat sich wirklich niemand auch nur im Geringsten um Daisy gekümmert. Es wird Zeit, diese Unaufmerksamkeit wiedergutzumachen. Sie würde später darüber nachdenken, wie das überhaupt passieren konnte.

Vorausgesetzt, sie findet Zeit dazu. »Brauchst du sonst noch etwas? Irgendwas, was ich dir zeigen oder besorgen kann?« Plötzlich sieht sie sich und ihre Familie mit Daisys Augen, und was sie sieht, ist nicht sehr schmeichelhaft.

»Ach nein, danke. Ich brauche nichts.« Gleichzeitig erscheint vor Daisys geistigem Auge eine Flasche Cointreau.

Plötzlich merkt Elisabeth, wie laut der Fernseher im Wohnzimmer läuft. »Tut mir leid, das sind die Jungs. Man kann sie auch nicht einen Moment allein lassen.« Damit hastet sie aus der Küche.

Daisy hört mit. Elisabeth schreit David und Josh an, sie sollen aufhören, Michael bei seinem Videospiel zuzusehen, und lieber noch mal ihre Stücke üben. Die Jungen stürmen zum Klavier und streiten sich, wer zuerst spielen darf. Elisabeth schreit Michael an, er solle endlich anfangen, zu arbeiten. Sie geht hinter ihm die Treppe hoch und erinnert ihn daran, dass er morgen eine Prüfung hat, für die er noch lernen muss.

Daisy nimmt ihren Teller und wäscht ihn ab. Sie hört jemanden Klavier spielen. Chopin. Sie bleibt stehen und lauscht. Was für eine wunderbare Musik. Und wer sie spielt, ist wirklich gut. Sie steckt den Kopf durch die Tür.

Josh. Elf Jahre alt und ist schon so gut. David läuft hinter ihm auf und ab und wartet, bis er an der Reihe ist. In der Tür steht Daisy, sie hört zu und genießt die Musik, die durch sie hindurchströmt.

Als Elisabeth zurückkommt, sitzt Daisy neben dem Klavier, völlig hingerissen von Joshs Spiel. Elisabeth fragt, ob sie zum Abschlusskonzert mitkommen möchte. Sie bezweifelt zwar, dass es Daisy interessiert, doch sie weiß nicht, was sie sonst mit ihr machen soll. Sie hatte erwartet, Daisy würde Pläne machen, sich nach Zügen in die Stadt erkundigen, nach Besichtigungstouren, Informationen über Shows oder sonstige Sehenswürdigkeiten in Manhattan, oder zumindest fragen, ob sie mal telefonieren könne. Aber nichts dergleichen. Sie sitzt einfach nur da, die Hände im Schoß gefaltet, und sieht ganz zufrieden aus. Elisabeth ist verwirrt.

Daisy sagt ihr, sie würde sehr gern zu dem Konzert mitkommen. Das wäre ganz wunderbar, sagt sie, und ist sich sicher, dass es das sein wird. Diese Jungen können wirklich Klavier spielen. Daisy ist überglücklich, bei diesem Ereignis mitwirken zu dürfen – in der bedeutenden Rolle der Zuhörerin. Und die Jungen sehen in ihren Anzügen einfach süß aus.

Außerdem hofft Daisy, dass sie auf dem Weg dorthin vielleicht an einem Geschäft vorbeikommen, wo man eine Flasche Cointreau kaufen kann.

* * *

Das Konzert findet in einer Kirche statt. Elisabeth parkt, springt aus dem Auto und rennt hinein. Sie war noch mal zurückgefahren, weil David seine Noten nicht hatte. Als sie aufgebrochen waren, hatte er steif und fest behauptet, er brauche sie nicht, er könne das Stück auswendig. Und dann, kurz vor der Kirche, hatte er es sich anders überlegt.

Also hatte Elisabeth Daisy und die Jungen aussteigen lassen und war zurückgefahren, durch dichten Verkehr und Straßen, die von Sonntagnachmittag-Einkäufern verstopft waren.

Als sie endlich in der Kirche ist, sind es nur noch wenige Minuten bis zum Anfang. Sie sucht die Bankreihen ab, bis sie ihre Familie gefunden hat. Richard ist ebenfalls erst vor wenigen Minuten angekommen, denn Inspektion und Ölwechsel hatten länger gedauert als gedacht. Elisabeth lässt sich auf den Platz neben ihm fallen, erleichtert, dass sie es noch rechtzeitig geschafft hat.

Oder besser, dass *sie beide* es rechtzeitig geschafft haben. Denn sie ist nicht allein gekommen. Als sie ins Haus zurückhetzte, um die Noten zu holen, lag Michael mit einem Videospiel auf der Couch, genauso weit entfernt davon, an seinem Schreibtisch zu arbeiten, wie sie davon entfernt ist, Astronautin zu werden. Also hat sie ihn mitgebracht. Er sitzt da – drei Plätze von Daisy entfernt, das Schulbuch geöffnet auf den Knien, und hofft, dass sie ihn ignoriert. »Hat sie denn nichts Besseres zu tun?«, fragt er flüsternd seine Mutter.

Elisabeth, eingerahmt von Michael und Richard, der neben Daisy sitzt, zuckt die Schultern.

»Als ob sie wegen des Konzerts nach New York gekommen ist«, mault er. Er schielt zu Daisy hinüber, die aufrecht und mit im Schoß gefalteten Händen dasitzt. Er verdreht die Augen. »Warum ist sie denn *überhaupt* gekommen?«

»Keine Ahnung«, sagt Elisabeth.

»Hast du sie nicht gefragt?«

»Das steht mir nicht zu«, sagt Elisabeth. Und denkt: Warum kümmert sich Mama nicht darum? Okay, Elisabeth versteht ja, dass ihre Mutter keinen Gast im Haus haben will, aber sie hatte erwartet, dass sie viel Zeit mit Daisy verbringen würde, wenn diese erst mal hier wäre. Anders könnte es doch gar nicht sein. Schließlich ist es ihre lang verschollene Verwandte, ihre Cousine, die Nichte ihrer Mutter. Wie ist es möglich, dass Ann von allen am wenigsten Interesse an Daisy zeigt? Warum hat sie gestern Abend kaum mit Daisy gesprochen und auch heute Morgen nicht angerufen, um zu fragen, was sie heute vorhat?

In der Kirche ist es schrecklich warm. Es gibt keine Klimaanlage. Stattdessen mehrere Ventilatoren, sowohl an der Decke als auch im Raum verteilt, die alle auf höchsten Touren laufen wie schnell tickende Metronome, was im schlimmsten Falle die Klavierschüler mit langsamen Stücken völlig durcheinanderbringen wird. Doch sonst sind die Geräte ziemlich wirkungslos. Nicht geschaffen für die Riesenaufgabe, einen Raum mit über hundert Personen bei 40 Grad Außentemperatur herunterzukühlen.

Die Zuhörer um sie herum schwitzen und stöhnen, benommen von der Hitze, doch Daisy – die diese Temperaturen am wenigsten gewohnt ist – merkt es kaum. Sie ist glücklich, dabei zu sein. Vergegenwärtigt sich noch einmal, wie es kommt, dass sie jetzt hier sitzt. Bei einem Klavierkonzert, in Amerika. Einer Veranstaltung in New York. Vor etwas mehr als vierundzwanzig Stunden wusste sie nicht einmal, dass es diese Jungen gibt. Jetzt ist sie bereit, sie zu bejubeln, sie als Teil der Familie mit ihrem Applaus zu unterstützen.

Sie studiert das Programm, sucht ihre Namen. Ziemlich weit unten, kurz vor dem Ende, wird sie fündig. Etwa fünfunddreißig Kinder kommen vor ihnen. Daisy setzt sich bequem hin und wartet darauf, dass das Konzert beginnt. Ein schneller Blick hinüber zu Michael. Lernt er? Sie muss sich etwas nach vorn beugen und an Richard und Elisabeth vorbeisehen, die mit ihren Geräten hantieren – Elisabeth mit dem Camcorder, Richard mit der Digitalkamera –, hier Kabel einstecken, da Tiefenschärfe einstellen, und gar nicht merken, dass Michael nur an die Decke starrt.

Der Direktor der Musikschule hält eine kurze Begrüßungsrede. Dann sind die jüngsten Musikschüler an der Reihe, die Vier- und Fünfjährigen, deren nervöse Eltern im Gang stehen, um diesen ersten öffentlichen Auftritt im Bild festzuhalten. Alle Herzen fliegen diesen Kindern zu. Elisabeth erinnert sich noch gut an die Zeit, als sie so war wie diese Eltern.

Als ihr das alles noch so neu vorkam. Als Michael, der erste in der Familie, der Klavierunterricht hatte, die Zuhörer im Sturm eroberte. Sie denkt an seinen ersten Auftritt, als sein Kopf nur knapp über die Tastatur reichte. Wie er die Zuhörer um den Finger gewickelt hatte. Niemand hatte eine so instinktive Beziehung zum Klavier und einen so sicheren Anschlag wie er. Niemand.

Und das alles hat er hingeschmissen, ohne das leiseste Bedauern.

Elisabeth hat den Ärger darüber noch immer nicht verdaut, und jetzt spürt sie, wie er wieder heftig er in ihr aufsteigt. Sie sieht Michael an. Vielleicht ist es ja ganz gut, dass er jetzt hier sitzt. Nicht nur, weil sie ihn im Auge behalten können, nein, vielleicht kommt doch etwas in ihm zurück, wenn er diese kleinen Kinder da vorn spielen sieht. Vielleicht – ganz vielleicht – verspürt er ja auch wieder Lust dazu.

Aber ein Blick auf Michael belehrt Elisabeth eines Besseren. Es gibt leider keinen Zweifel, er hat nicht das geringste Interesse an dem, was dort vor sich geht. Er sieht nicht einmal hin. Weder auf den kleinen Jungen, der »Hänschen Klein« spielt, noch auf die anderen, die in Anzügen und Sonntagskleidchen vorn sitzen, mit ihren kleinen Füßen noch nicht einmal den Fußboden berühren, in Schuhen aus schwarzem Leder, Kunstleder, Lackleder, und darauf warten, dass sie an die Reihe kommen. Sein Buch liest er auch nicht. Er starrt nur aus dem Fenster, wie ein Schwachkopf.

Elisabeth seufzt. Gähnt. Die Hitze macht schläfrig. Sie hätte auf das Vergnügen ihrer Mitternachtsfahrt verzichten sollen. Doch sie ist froh, dass sie es nicht gemacht hat. Sie legt die Handrücken an ihre Wangen, um sie abzukühlen, und atmet tief durch. Wieder muss sie über Richard nachdenken. Ob sie ihn einfach fragen soll? Das Thema anschneiden? Aber wie? »Richard, Schatz, hast du dir in letzter Zeit ein neues Hobby zugelegt? Etwas Neues, um ein bisschen Dampf abzulassen?« Oder: »Also, wie wählst du deine Ziele aus? Müssen sie besonders zart sein? Wie ein Mädchenpopo?« Sie seufzt. Hoffnungslos. Sie lenkt ihre nicht sehr große Aufmerksamkeit wieder auf den kleinen Jungen am Flügel.

Ganz anders Daisy. Sie hängt an jeder Note. Ist entzückt von den Kindergesichtern. Diese kleinen Handgelenke, die gebeugten Köpfchen, die winzigen, flinken Finger. Ein Kind nach dem anderen, nach dem anderen. Als die Zuhörer schon längst auf ihren Sitzen hin und her rutschen, die ersten gelangweilten Seufzer schon längst verklungen sind, Richard schon so manches Gähnen unterdrückt hat und schwitzend von einer ungestörten Nacht träumt, während er auf dem Blackberry in seiner Hand seine E-Mails abruft und trotz seiner Müdigkeit beantwortet, als Elisabeth längst aufgehört hat, über den Dartman nachzudenken und die ersten Zuhörer schon lange die Kirche verlassen haben, hört Daisy immer noch begeistert zu. Widmet jedem der jungen Pianisten die gleiche Aufmerksamkeit wie seinem Vorgänger. Klatscht auch nach dem sechzehnten »Hänschen Klein« so laut wie nach dem ersten. Andere langweilen sich vielleicht – und das ist deutlich sichtbar, denn die meisten starren nur noch mit glasigem Blick vor sich hin –, doch nicht so Daisy. Für sie ist es ein großes Erlebnis.

Als es endlich so weit ist, ist sie aufs Höchste gespannt. David tritt an den Flügel. Das dichte dunkelbraune Haar ungezähmt, wie das seines Vaters, das Gesicht rund, wie das seiner Mutter, aber die Sommersprossen auf Nase und Wangen, die Grübchen um den Mund sind seine eigenen. Er verbeugt sich und nimmt auf der Klavierbank Platz, dann rückt er zur Mitte, bringt die Hände in die korrekte Stellung vor dem mittleren C. Im Raum ist es mucksmäuschenstill, er fängt an.

Daisy konzentriert sich auf jeden Ton, wiegt sich ganz leise im Takt, wagt kaum zu atmen, hört angestrengt zu, hofft bei jeder Note, jedem Akkord, dass es gutgeht.

Es geht gut, ein makelloser Vortrag. Nicht der kleinste Fehler.

Die Zuhörer sind beeindruckt. Lauter Applaus. Selbst Daisy klatscht überraschend laut für ihre kleinen Hände. Sie wendet sich an Richard und Elisabeth, um ihre Freude zu teilen, mit ihnen zu klatschen, sich an ihrem Stolz über Davids Leistung zu erfreuen.

Doch dann ist sie entsetzt. Über das Bild, das sich ihr darbietet. Sie schlafen. Schnarchen leise. Alle beide, Richard und Elisabeth, die Augen geschlossen, das Kinn auf der Brust. Mutter und Vater schlafen, Seite an Seite, auf Platz Nummer elf und zwölf in Reihe J. Richard mit tiefen, brummenden Atemzügen, Elisabeth mit einem leisen Pfeifen.

Daisy klatscht, so laut sie kann, obwohl es wegen ihres Rheumas schmerzt, und trifft Michaels Blick auf der anderen Seite seiner Eltern. Sein Gesichtsausdruck scheint alles zu sagen: »Siehst du, was ich meine?«

Daisys Aufmerksamkeit ist wieder bei David, der neben dem Flügel steht und sich verbeugen will. Sein Blick schweift durch den Raum, irgendwo dort unter den Applaudierenden muss seine Familie sein. Daisy kommt zur Rettung. Sie wird nicht zulassen, dass er sie findet und sieht, was hier passiert. Sie entschließt sich zu handeln.

Sie streckt die Hand nach Elisabeth aus, vorbei an Richard, und schlägt ihr leicht, aber entschlossen, auf den Bauch, dann stößt sie Richard mit dem Ellbogen ebenfalls in seinen sich andeutenden Rettungsring.

Michael sieht zu – völlig schockiert. Noch nie hat sich jemand an seinen Eltern vergriffen. Noch nie hat jemand sie anders als mit dem größten Respekt behandelt. Wer hätte dieser kleinen alten Dame so etwas zugetraut? Ist es möglich, dass diese Frau, die mit Marmelade in einer Reisetasche aus Stoff den Atlantik überquert hat, die bei ihrer Willkommensparty eingeschlafen ist, den Kopf zurückgebogen und den Mund weit offen, dass diese kleine alte Dame vielleicht doch gar nicht so übel ist?

Michael sieht sie jetzt mit völlig anderen Augen. Nimmt neu Maß. Voller Bewunderung für ihren Entschluss, seine Mutter mit einem Schlag auf den Bauch und seinen Vater mit einem Stoß des Ellbogens zu wecken. Hinter dieser Daisy steckt doch mehr als erwartet.

Und sogar noch mehr, denn jetzt pfeift sie auch noch. Mit zwei Fingern im Mund. Wie ein Mann! Das hatte Paul ihr beigebracht. Sie hat seit Jahren nicht mehr gepfiffen. Nicht mehr, seit die Jungen klein waren und sie zusammen ins Rugbystadion gingen. Aber jetzt pfeift und jubelt sie, und die Leute drehen sich nach ihr um, während Richard und Elisabeth, sich räuspernd und blinzelnd, wieder zur Besinnung kommen und sehr schnell merken, was los ist. Peinlich berührt stellen sie fest, dass es David ist, der sich da vorn gerade verbeugt. Und dass sie den Auftritt ihres Sohnes komplett verschlafen haben.

Und dass sie tief in Daisys Schuld stehen.

22

Aber auf jeden Fall nach dem Essen, Michael.« Nach dem Konzert sitzt Elisabeth mit Richard, Daisy, Ann und den Jungen beim Abendessen am Küchentisch, vor ihnen Teller, gehäuft voll mit chinesischen Gerichten. Essstäbchen klappern, und alle versuchen gleichzeitig, sich etwas von den Köstlichkeiten aus den verschiedenen Schalen zu sichern: gebratener Reis, Huhn mit Sesam, Rindfleisch in Orangensauce und Shrimps in einer Creme aus schwarzen Bohnen. »Sofort nach dem Essen musst du anfangen, etwas zu tun. Meinst du nicht auch, Richard?« Sie sieht ihren Mann über den Tisch hinweg an und erhofft sich Unterstützung bei ihm. Versucht, nicht an Dartpfeile zu denken.

Richard nickt. »Auf jeden Fall. Ich werde dich im Auge behalten.« Er hofft, dass er das kann. Er muss für das Meeting morgen früh um acht unbedingt noch ein Memo schreiben.

»Ich werde genauso aufpassen«, sagt Elisabeth. Und hofft ebenfalls, dass sie dazu kommt. Sie muss die Steuererklärung von ihnen beiden fertig machen, für die sie nur noch eine Verlängerung bis Dienstag hat. Morgen hat sie keine Zeit dazu, denn der ganze Tag ist mit Meetings zugestopft, und außerdem hat sie noch ihre anderen Klienten, deren Formulare bis zum 15. Juni fertig sein müssen. Ihr graut vor den Papierbergen, durch die sie sich arbeiten muss. Das wird ein langer Abend für sie werden.

Wieder einmal wäre sie froh, keine Wirtschaftsprüferin zu sein.

»Eigentlich brauche ich gar nicht mehr zu lernen«, verkündet Michael und lehnt sich im Stuhl zurück.

»Ach, wirklich.« Elisabeth bemüht sich, ruhig zu bleiben. »Und wie kommst du darauf?«

»Weil es die reine Zeitverschwendung ist.«

»Du *wirst* lernen«, sagt Richard entschieden.

»Wie wär's mit einem schönen, heißen Tee?«, fragt Daisy.

»Für mich nicht«, sagt Richard. Er denkt eher an einen Cognac.

»Danke, für mich auch nicht«, sagt Elisabeth. »Aber wenn du Tee möchtest, dann bitte, mach dir doch einen. Bitte fühl dich hier wie zu Hause.« Damit wirft sie ihrer Mutter auf der anderen Seite des Tisches einen Blick zu. Sie versucht, sie aufzurütteln, denn sie findet es geradezu empörend, dass Ann den ganzen Abend über nicht das geringste Interesse an Daisy gezeigt hat. Elisabeth konnte sie nur mit Mühe dazu bewegen, überhaupt zum Essen zu kommen, und dann hatte Ann sich an ihrem Ende des Tisches den ganzen Abend über lautstark mit den Jungen unterhalten.

Richard und Elisabeth hingegen behandeln Daisy seit dem Konzert mit größter Zuvorkommenheit. Sie hängen an ihren Lippen und geben sich wirklich Mühe – zumindest Elisabeth –, sich in Daisys immer noch rätselhaften, erst langsam verständlicheren Akzent hineinzuhören.

»Nun, dann vielleicht statt Tee …«, Daisy lässt den Satz unvollendet.

Richard versteht. »Was hältst du von einem kleinen Drink zur Verdauung?«

Daisy kichert verschämt. »Vielleicht könnte ich wirklich einen vertragen.«

»Und was für einen?«

»Ach, ich weiß nicht. Cointreau hast du wahrscheinlich nicht?«

»Ich glaube, den wir haben sogar.« Er steht auf, seine Knie fühlen sich etwas steif an.

»Das wäre schön. Vielen Dank.«

Richard bringt Daisy ihren Drink, bleibt neben ihr stehen und nippt an seinem Whisky. Er sieht auf die Uhr, eigentlich müsste er mit seinem Memo anfangen.

Wohlig genießt Daisy den vertrauten Geschmack. Sie sieht Michael an, der am anderen Ende des Tisches sitzt. »Für welches Fach musst du denn lernen, Michael?«

»Europäische Geschichte.« Schon allein die Worte klingen, als seien sie vergiftet.

»Dabei hat ihn Geschichte immer so interessiert.« Elisabeth stellt einen Teller in die Spülmaschine und lässt Wasser in die Spüle laufen, obwohl sie es gar nicht braucht.

Ann füllt die Essensreste in Frischhalteboxen.

»Wozu soll Geschichte denn gut sein?«, protestiert Michael mit seiner brüchigen Jungenstimme. »Wir lernen ja doch nichts daraus. Wir haben zwar alles über den Ersten Weltkrieg gewusst, aber den Zweiten Weltkrieg hat das trotzdem nicht verhindert.«

»Ich wünschte, er wäre verhindert worden«, sagt Daisy. »Ich hätte auf die Bombenangriffe verzichten können.«

»Du bist bombardiert worden?« Michaels Augen werden groß. »Hast du wirklich Bomben fallen sehen?«

Daisy nickt. »So viele, dass man sie gar nicht zählen konnte. Wir sind schwer bombardiert worden. Die Angriffe auf Liverpool waren nach London die zweitschwersten, weil wir am Mersey große Häfen hatten, die für die amerikanischen Schiffe leicht zu erreichen waren. Damals waren viele Kriegsschiffe dort stationiert, und die Häfen wurden natürlich auch für den Import und Export genutzt. Über neunzig Prozent aller Güter, die während des Krieges gebraucht wurden, kamen an diesen elf Meilen von Kaianlagen an.«

»Wirklich? Und du warst selber dort?« Auch Josh ist fasziniert.

»Mittendrin. Aber möglichst in Deckung. Und eure Ur-Urgroßmutter, unsere Großmutter« – ihre Handbewegung bezieht Ann mit ein, die sich so weit in den Kühlschrank beugt, dass sie fast darin verschwindet –, »die hat den Krieg in ihrem Auto verbracht.« Sie lacht. »Die war eine zähe alte Frau, unsere Oma. Sie hatte ein neues Auto und war eine der Ersten in unserem Dorf, die eins besaß, und natürlich auch die Erste in unserer Familie. Ach, und sie war so stolz darauf. So stolz, dass sie, wenn die Sirenen heulten und wir alle in die Luftschutzbunker stürzten, nie mitkam. Sie stieg einfach nicht aus ihrem Auto aus. Denn sie wollte es nicht unbeaufsichtigt und schutzlos draußen stehen lassen. Sie hatte Angst, eine Bombe könnte drauffallen. Also blieb sie darin sitzen. Alle brüllten sie an, sie solle in den Bunker gehen, aber nein, sie ignorierte die Soldaten und blieb im Auto sitzen, und um sie herum schlugen die Bomben ein.« Wieder muss Daisy lachen. »Sie war wirklich ein Original.«

Einen Augenblick ist es still. Richard hat sich wieder an den Tisch gesetzt. Das Memo konnte warten. Elisabeth gesellt sich dazu. Diese wenigen Sätze haben sie plötzlich mit einer völlig neuen Familiengeschichte konfrontiert. Mit der Geschichte ihrer bisher unbekannten Vorfahren.

Und ihre Kinder, die Daisy mit weit aufgerissenen Augen zuhören, mit einer völlig neuen Welt.

***

Daisy ist überglücklich, dass man sich für ihre Geschichten interessiert. Ganz offensichtlich ist das so, denn alle sitzen wie gebannt um den Tisch und verlangen nach immer mehr aus ihren Erinnerungen, und ohne es zu merken gewöhnen sie sich auch an Daisys Akzent.

Alle außer Ann.

Normalerweise würde Daisy annehmen, dass diese Kühle, die Ann nicht zu verbergen sucht, einfach ihre Art ist, dass sie eben ein zurückhaltender Mensch ist. Doch Daisy nimmt Elisabeths befremdete Reaktionen wahr – hochgezogene Augenbrauen, seitliche Blicke, ein verständnisloses Gesicht – und merkt, dass dieses Benehmen ungewohnt ist. Und weder Daisy noch Elisabeth haben die leiseste Ahnung, was der Grund dafür sein könnte.

Allmählich aber bringt Elisabeth es fertig, dass sie sich von Daisys Erzählungen losreißen, und erinnert daran, dass morgen ein Schultag ist. Josh und David haben noch Hausaufgaben zu erledigen, Pete und Michael müssen lernen, sie selbst und Richard haben ebenfalls noch viel zu tun. Daisy geht in ihr Zimmer, um ihr Waschzeug zu holen. Sie sehnt sich nach einer Dusche und geht ins Badezimmer. Ist froh, dass es frei ist, und hofft, dass sie niemanden behindert, wenn sie es jetzt benutzt. Sie will nur kurz duschen. Doch daraus wird nichts.

Denn sie kann die Dusche nicht anstellen.

Arthritis – in Händen und Fingern. Es ist ihr unmöglich, den Knauf am Wasserhahn zu drehen.

Sie steht am Rand der Badewanne, starrt verzweifelt auf

die weißen Kacheln an der Wand und verflucht diese fremden Armaturen. Versucht, all ihren Willen zusammenzunehmen, um sie aufzudrehen.

Versucht es nochmals.

Diesmal schafft sie es, den Hahn für kaltes Wasser zu öffen.

Mit kräftigem Strahl schießt es in die Badewanne, aber was nützt das, wenn sie das warme Wasser nicht aufdrehen kann? Sie sieht sich im Badezimmer nach etwas um, das sie um den Knauf wickeln kann. Nimmt schließlich ihr Nachthemd vom Rand des Waschbeckens und knotet es um den widerspenstigen Knopf, um einen festeren Griff zu bekommen. Damit Finger und Armaturen sich besser ineinanderfügen können.

Es gelingt ihr nicht. Das Nachthemd liegt zusammengeknüllt im Waschbecken, Daisy sitzt niedergeschlagen, mit eingesunkenen Schultern auf dem Rand der Badewanne und überlegt, was sie machen soll.

Es bleibt nur eine Möglichkeit. Kapitulieren.

Sie steht auf und dreht das kalte Wasser zu. Macht die Tür auf und geht in den Flur, um einen der Jungen zu suchen.

Die erste Zimmertür ist geschlossen, aber dahinter brennt Licht.

Daisy klopft an, Michael erschrickt. Überrascht, dass sie es ist. Als es klopfte, war er darauf gefasst, dass es einer seiner Eltern wäre, die nachsehen, ob er arbeitet. Was gerade nicht der Fall war.

Er versteckt den iPod hinter seinem Rücken. Die Musik ist noch zu hören, ein unverkennbarer Beat.

»Kannst du mir mit der Dusche helfen?«, fragt Daisy.

Michael versteht nicht gleich.

»Die Dusche. Im Badezimmer.«

»Oh.« Jetzt hat er verstanden. »Klar doch.« Er drückt sich an ihr vorbei durch die Tür.

Daisy geht hinter ihm her ins Bad. »Ich habe Arthritis in den Händen und kann das Wasser nicht aufdrehen.«

»Kein Problem.« Alles ist besser, als wenn seine Eltern merken, dass er sein Buch noch immer nicht aufgeschlagen hat. Er zieht den Duschvorhang zur Seite. Dreht ohne Schwierigkeiten das Wasser auf. Sieht über die Schulter nach Daisy, während er die Temperatur kontrolliert. »Sag mal, musstet ihr wirklich die Fenster verdunkeln?«

»Natürlich, wir wollten doch kein Ziel für die Bomben abgeben.«

Michael grinst. Dreht an den Knöpfen, regelt Temperatur und Wasserstrahl. Dankbar sieht Daisy ihm zu.

»Und war bei euch auch alles rationiert?«

»Oh ja.« Daisy mag nicht mehr stehen und setzt sich auf den Toilettendeckel.

Michael sieht, dass sie es sich bequem gemacht hat, und tut es ihr gleich. Er setzt sich neben die Badewanne, die Hand unter dem Wasserstrahl.

»Es war schlimm.« Daisy merkt, dass er weiter zuhören möchte. »Meine Eltern hatten eine Bäckerei, und es war sehr schwer für sie, den Betrieb aufrechtzuerhalten, weil alles so knapp war. Dauernd sind uns die Zutaten ausgegangen. Gott sei Dank hatten wir deine Urgroßmutter, die Mutter deiner Grandma Ann. Sie hat uns gerettet, indem sie uns Nahrungsmittel aus Amerika schickte. Hauptsächlich Reis, Mehl, Zucker – Sachen, die nicht schlecht wurden. Manchmal hat es Monate gedauert, bis sie bei uns ankamen.

Ich erinnere mich noch, wie sie uns einmal diese Säcke schickte, fast so groß wie du, einen mit Zucker und einen mit Reis. Aber irgendwie waren sie vermischt worden, und in den Zuckersack war Reis geraten. Oh Gott, es war schrecklich. Mein Vater war ganz verzweifelt, und meine Mutter hat tagelang geweint. Ich wollte helfen, also ging ich nachts in die Vorratskammer, wo der Sack stand und wohl vergessen worden war, und ich überredete meine Schwester Doreen, mitzukommen. Zusammen haben wir dann stundenlang gearbeitet, während unsere Eltern schliefen. Doreen hat nach drei Nächten aufgegeben, aber ich habe weitergemacht. Ich brauchte mehr als zwei Wochen, bis ich alle Reiskörner aus dem Zuckersack geklaubt hatte.«

Michael hört stumm zu und versucht, sich das vorzustellen. »Cool«, sagt er schließlich. »Und weiter?«

»Ich mache dir einen Vorschlag … ich erzähle dir morgen mehr, wenn du jetzt den iPod weglegst, den du immer noch in der Hosentasche hast, und dich an deine Bücher machst.«

Michael grinst, dann dreht er den Spieß um. »Und jetzt mach ich *dir* einen Vorschlag. Ich lerne und warte bis morgen auf neue Geschichten, wenn *du* mir versprichst, dass eine davon handelt, warum du hergekommen bist und was du *wirklich* in New York willst.«

Daisy ist überrascht. Und froh. »Du möchtest wissen, weshalb ich hier bin?«

»Das wollen wir doch alle. Einschließlich meiner Mutter, aber sie sagt, es gehört sich nicht für sie, danach zu fragen.«

»Also, ich bin froh, dass du gefragt hast. Und ich glaube, du wirst staunen, wenn du den Grund erfährst. Magst du Detektivgeschichten? Wenn ja, dann wirst du es sehr spannend finden. Und vielleicht kannst du mir sogar helfen, jemanden aufzuspüren.« Ihre Augen sind groß und geheimnisvoll. »Klingt das gut?«

Er nickt. »Cool.«

»Gut, also abgemacht. Und du schreibst eine gute Note in

deiner Arbeit über europäische Geschichte, und in allen künftigen Arbeiten auch.«

Michael nickt. Er freut sich. Er zieht die Hand aus dem Wasserstrahl und hält sie ihr hin. »Ehrenwort.«

Daisy nimmt lächelnd die nasse Hand. Was für ein netter Kerl!

23

Ein paar Stunden später. Im Haus ist es still, die Jungen sind im Bett. Daisy ebenfalls.

Todmüde, wie ein Zombie, steht Elisabeth im Bad vor dem Spiegel. Alles verschwimmt vor ihren Augen, hinter ihr liegen vier Stunden Schreibtischarbeit. Die Steuererklärung eines ganzen Jahres, Bescheide über Zinsen und Dividenden, Bankauszüge, Darlehensabrechnungen, zerknitterte Belege, Spendenquittungen und kaum lesbare Zettel mit Angaben über geschäftliche Investitionen. Fast automatisch putzt sie ihre Zähne. Und fühlt zwei Hände auf ihrem Po.

Richard hat sich herangeschlichen. Ist ohne zu klopfen ins Badezimmer gekommen und unterbricht sie beim Zähneputzen. Kurz vor eins, und morgen ist ein Arbeitstag. Den ganzen Tag über hat er gegähnt, gedöst und schließlich den Konzertauftritt seines Sohnes verschlafen. So ist es nicht nur heute, sondern schon die ganze Woche, den ganzen Monat, das letzte halbe Jahr. Seit Januar stellt sein Beruf ständig höhere Ansprüche an ihn, führt zu immer größerem Stress, immer längeren Arbeitszeiten. Elisabeths Haut fängt an zu kribbeln. Sie versucht, nicht an ihre Figur zu denken. An den von fünf Schwangerschaften ausgeleierten Bauch, der sich unter dem biederen Nachthemd verbirgt. Auch nicht an ihre ständig expandierende Taille – nicht länger die Schnürung in einer Würstchenkette, sondern jetzt die Wurst selbst – oder an ihren schlaffen Busen, der langsam den Kampf mit der Schwerkraft verliert. Peri-Menopause. Ob er es merkt? Schon seit zwei Monaten keine Periode mehr, nachdem sie in letzter Zeit ungewöhnlich stark gewesen war.

Trotzdem ist ihre Haut jetzt hellwach – ist sofort einverstanden, dass zwanzig Minuten Aufschub nach all der Plackerei sehr willkommen wären. Elisabeths Knie werden weich, ihr Atem verändert sich. Sie lässt den Kopf nach hinten fallen, lehnt sich an ihn. Vergisst, dass sie den Mund voll Zahnpasta hat. Die Zahnbürste steht senkrecht in der Luft.

Dann erinnert sie sich. Putzt schnell die Zähne fertig, während Richards Hände über ihren Rücken, ihre Hüften, ihren Po gleiten. Einen Nerv nach dem anderen wecken. Freudig überrascht stellt sie fest, dass Erschöpfung so schnell weggeblasen sein kann, versickert wie Wasser im ausgetrockneten Erdreich. Sie dreht sich um. Mann und Frau zusammen, umarmen sich, küssen sich. Finden den Weg ins Schlafzimmer, taumeln flüsternd und kichernd ins Bett. Eine weiche Landung, Vorfreude. Hände, Finger, Lippen, alles voller Tatendrang und bereit, unausgesprochenen Befehlen zu gehorchen, den Weg zu genießen, das Ziel zu feiern.

Doch Elisabeths Spurt findet ein jähes Ende. Kurz vor dem Zieldurchlauf. Kein Grund zum Feiern. Ihre Hoffnung am Boden zerstört, es ist eine unsanfte Landung.

Weil er es wieder gesagt hat, genau im falschen Moment.

Als alles bereit ist, bereit für das große Finale. Die geflüsterten Worte: »Zart wie ein Mädchenpopo.« Den er mit beiden Händen umschließt.

Sie hört das Lächeln in seiner Stimme. Es holt sie auf den Boden der Tatsachen zurück. So gründlich, dass es keine Umkehr mehr gibt. Ganz unmöglich.

Mit seiner Hilfe hinkt sie über die Ziellinie.

Er sprintet hinterher.

Mit dem Gefühl einer großen Leere rollt Elisabeth auf die Seite.

Richard, erschöpft, schläft ein.

* * *

Elisabeth liegt hellwach im Bett und starrt in die dunkle Nacht. Sie denkt nach. Schwitzt. Hört Richards tiefen Schlummer. Fasst einen Entschluss und steigt wieder einmal aus dem Bett. Schleicht wieder einmal lautlos den langen, dunklen Korridor entlang. Die knarrende Treppe hinunter. Sie hält den Atem an, bis sie zur Tür hinaus ist. Geht zur Einfahrt.

Sie ahnt nicht, dass Daisy, deren innere Uhr noch immer nicht an die amerikanische Zeit angepasst ist, im Gästezimmer hellwach und verwundert am Fenster steht und sich fragt, ob wohl alle Amerikaner nachts so wenig schlafen, oder ob das nur eine Besonderheit dieser Familie ist. Sie beobachtet, wie Elisabeth ins Auto steigt und in der Dunkelheit verschwindet.

Sie ahnt auch nicht, dass noch jemand anders im Haus wach ist.

Und zwar Michael, der, den Kopf auf die Hand gestützt, so vertieft ist in sein Buch über Europäische Geschichte, besonders in die Geschichte Englands während des Zweiten Weltkriegs, dass er nicht einmal hört, wie sie wegfährt.

* * *

Sein Fahrrad war leicht zu finden. Seit Jahrzehnten stellt er es im selben Parkhaus ab, einen Block vom Büro entfernt. Elisabeth erkennt das rote Mountainbike sofort. Außerdem ist es das einzige Fahrrad hier, angeschlossen an den alten, rostigen Ständer mit einem Kettenschloss.

Beim dritten Versuch hat sie die Kombination des Schlosses heraus. Es war nicht sein Geburtsdatum, das probierte sie zuerst. Auch das Datum ihrer Hochzeit nicht – das versuchte sie als Zweites. Schließlich funktioniert es mit den Zahlen, die sie für am wenigsten wahrscheinlich gehalten hat, was sie ziemlich rührt. Mit ihrem Geburtsdatum.

Das Schloss öffnet sich. Sie atmet tief durch, nimmt den Geruch nach Schmierfett, Öl, Autoreifen, Abgasen wahr. Draußen auf der 57th Street hupt ungeduldig ein Auto, genau vor der Einfahrt zum Parkhaus. Elisabeth bemüht sich, möglichst natürlich zu wirken, so, als beschäftige sie sich jeden Montagmorgen um Viertel nach zwei mit dem Fahrradschloss ihres Mannes. Sie beobachtet den Parkwächter, wartet, duckt sich und versucht langsam zu atmen, bis der Mann mit etwas anderem beschäftigt ist und im Inneren des großen, widerhallenden Parkhauses verschwindet. Elisabeth steckt Kette und Fahrradschloss ein und schiebt das Fahrrad zu ihrem Wagen, hebt es hoch und legt es hinein. Dann schließt sie ruhig die Tür. Sie bewegt sich so normal wie möglich, um nicht aufzufallen.

Langsam fährt sie aus dem Parkhaus, wobei sie sich immer wieder im Rückspiegel versichert, dass sie keine Aufmerksamkeit erregt hat. Nichts. Der Wächter, der gerade in sein Büro zurückkommt, hat nichts bemerkt. Er wirft eine Münze hoch und pfeift vor sich hin.

Elisabeth lächelt zufrieden. Sie fährt nach Westen, Richtung Central Park.

* * *

Elisabeth hätte es sich bestimmt nie träumen lassen, dass sie im Alter von vierundvierzig Jahren in einer warmen Sommernacht Ende Juni das Fahrrad ihres Mannes an der East 60th Street in den Central Park schieben würde. Eilig geht sie den Weg entlang zu einem Spielplatz, nicht weit von dort, wo sie unerlaubt ihr Auto abgestellt hat, den Warnblinker eingeschaltet. Ein Spielplatz, umgeben von einem schwarzen Eisenzaun, darin ein Tor.

Genau richtig.

Sie sieht sich um, ob irgendwelche Strolche in der Nähe sind, und ist selbst überrascht, dass sie keine Angst hat. Sie will ihr Auto nicht aus dem Blickfeld verlieren und schiebt das Fahrrad schnell hinüber zu dem glänzend schwarzen Zaun mit den spitzen Eisenpfählen. Sie lehnt es dagegen und lässt es stehen.

Dreht sich um und will sich schnell aus dem Staub machen. Denselben Weg zurück. Irgendwo hat sie sich einen Fingernagel abgebrochen. Mit den Zähnen reißt sie das hängende Nagelstück ab, spuckt es aus und glättet den ungleichmäßigen Rand mit dem Daumennagel. Sie denkt an Richard und stellt ihn sich vor, wie er entdeckt, dass sein Fahrrad weg ist. Sie beeilt sich, zu ihrem Auto zurückzukommen. Noch einmal dreht sie sich um, ein Blick, geht ein paar Schritte zurück. Erweist dem Fahrrad die letzte Ehre, nimmt murmelnd Abschied.

Hoppla! Sie stößt mit jemandem zusammen. Plötzlicher Körperkontakt. Ohne jegliche Vorwarnung. Stoff raschelt, aus dem Augenwinkel sieht sie Metall blitzen.

Sie dreht sich um. Ein Dienstabzeichen. Mit dem Namen eines der beiden Polizisten, die ihr den Weg versperren.

»Guten Abend.«

Elisabeth erwidert den Gruß, zu Tode erschrocken.

»Ist das Ihr Fahrrad dort?« Der andere deutet mit einer Kopfbewegung über ihre Schulter.

Elisabeth dreht sich um. Richards Fahrrad. Sie ist sprachlos. Sprachlos und ratlos vor Angst. Die beiden müssen gesehen haben, wie sie es dort hingestellt hat. Sie spuckt ein Stück Fingernagel aus. Sie haben sie bestimmt gesehen. Es ist besser, jetzt nicht die Ahnungslose zu spielen.

Ihr Inneres ist aufgewühlt, als ob ein Tornado in ihr wütet, der sämtliche Organe durcheinanderwirbelt und sie mit Adrenalin vollpumpt. Ihr Herz schlägt dreimal so schnell wie sonst. Sie hat Angst, zu lange mit der Antwort zu zögern. Befürchtet, dass ihre Stimme versagen könnte. Sie nickt. Versucht, normal zu erscheinen. Obwohl ihr die Zunge am Gaumen klebt. Sie sieht an ihnen vorbei auf das Polizeiauto, das mit blinkenden roten Lichtern hinter ihrem Wagen steht. Dessen Warnleuchte heischt noch immer um Aufmerksamkeit. Auf dem Fußweg ein junges Pärchen, Arm in Arm, schmusend, Kopf an Kopf, die Finger ineinander verschlungen. Elisabeth wendet sich wieder den Polizisten zu, kann ihnen jedoch nicht ins Gesicht sehen. Sie schluckt mühsam. Der abgebrochene Fingernagel ist vergessen.

»Würde es Ihnen etwas ausmachen, uns zu erklären, warum Sie Ihr Fahrrad dort zurückgelassen haben?«

Unglücklicherweise macht es Elisabeth sehr wohl etwas aus. Am liebsten würde sie die Frage ignorieren, ins Auto steigen und sich auf den Heimweg machen, aber es ist klar, sie wollen eine Antwort. Sie stehen da, sehen sie an und warten. Es ist mehr als reine Neugier.

Elisabeth kichert. Plötzlich kommt ihr die ganze Sache so dumm vor, dass es schon wieder komisch ist. Denn hier steht sie nun; wo sie sich doch wochenlang gefragt hat, ob sie zur Polizei gehen und ihren Verdacht melden soll, den Namen ihres Mannes ins Spiel bringen soll. Und sie hatte sich gefragt, ob sie wirklich dazu fähig wäre. Ihren Mann, mit dem sie einundzwanzig Jahre verheiratet ist, zu verraten. Und ob es wirklich etwas zu verraten gäbe. Und jetzt steht sie hier, und man präsentiert ihr die Gelegenheit auf einem silbernen Tablett. Ihr ist, als durchbohrten die Polizisten sie mit ihren Blicken. Sie lesen in ihr wie in einem Buch, es würde sie gar nicht überraschen, wenn sie die Hand ausstreckten, um umzublättern. Sie muss antworten, das ist klar. Aber was? Da ist sie sich überhaupt nicht so sicher.

»Ich wollte es nicht mehr.« Elisabeth hofft, das reicht.

Natürlich reicht es nicht.

»Wie ist Ihr Name?«, fragt der eine.

Elisabeth sagt es ihnen.

»Wohnen Sie in der Gegend hier?«

Sie sagt, wo sie wohnt. Worauf vier Augenbrauen in die Höhe schießen. Zwei bei dem Großen mit der Figur wie ein Fass, Mitte dreißig, rote Lippen, dunkle Augen, rundes Kinn, Hispano vom Typ her, und zwei bei seinem Kollegen, einem Kleineren mit großen Händen, großen Füßen, hellbraunem Haar, Ende zwanzig, dem Aussehen nach irischer Abstammung.

»Port Washington, Long Island? Und Sie fahren nachts um zwei hierher, nur um ein Fahrrad an einem Spielplatz im Central Park abzustellen?«

Das Gespräch läuft gar nicht gut. Elisabeth kichert nicht mehr. Sie ist in leichter Panik. Reicht das, um sie aufs Revier mitzunehmen? Dann wäre das später doch keine so lustige Geschichte zum Wiedererzählen.

»Eigentlich gehört es meinem Mann. Er hat es an seinem Arbeitsplatz.« Ihre Stimme zittert ein wenig. Wenn sie das doch abstellen könnte.

Warum will sie es loswerden? Natürlich, das wird die nächste Frage sein. Deshalb ist es vernünftiger, wenn sie ihnen zuvorkommt. »Ich versuche schon seit Jahren, ihn zu überreden, dass er es stehen lässt, es ist eigentlich nur noch Schrott. Es muss doch gefährlich sein, damit durch die Stadt zu fahren. Aber er will sich nicht davon trennen. Er hängt an diesem alten Drahtesel. Und ich darf ihm auch kein neues Fahrrad kaufen. Und deshalb habe ich – na ja, Sie haben ja gesehen, was ich gemacht habe. Er soll denken, es sei gestohlen worden. Jetzt muss er mir erlauben, ihm ein neues zu kaufen.« Sie kichert wieder, sozusagen als kleine Zugabe.

Sie steht da wie ein Schulmädchen. Die Füße zusammen, die Hände an den Seiten. Den Kopf hoch. Sie hofft, sie nehmen es ihr ab. Und merkt, wie die beiden sie weiter abschätzen. Die beiden sehen zum Fahrrad, dann zu ihr, dann wieder zum Fahrrad. Denken nach über das, was sie gesagt hat. Suchen die Lüge. Das Loch. Einzelheiten, die nicht zusammenpassen.

Dann sieht sie es. Eine winzige, kaum wahrnehmbare Bewegung, doch sie sieht es. Ein leichtes Senken der Schulter. Ganz schwach. Der Hispano-Typ. Ein winziges Nachgeben, ein Lockern, ein Nachlassen der Anspannung. Nur eine Andeutung, aber genug, um Elisabeth wieder Mut zu machen. Sie ist noch nicht in Sicherheit, aber auf dem Weg dorthin.

»Wo arbeitet Ihr Mann?« Der Ire. Das Kinn vorgereckt, die Augen verengt. Skeptisch.

»Er ist Rechtsanwalt. Partner in einer Kanzlei in der 57th Street.«

Der Ire wird noch skeptischer. Er schnüffelt mit erhobenem Gesicht in die Luft, als nehme er Witterung auf.

»Ihr Mann ist Partner in einer Anwaltskanzlei?«

»Ja.« Elisabeth kichert leise, teilt ihre Ungläubigkeit. Ge-

genseitige Übereinstimmung, dass sie eine Exzentrikerin sein muss. »Er würde im Boden versinken, wenn er wüsste, dass ich hier bin. Mitten in der Nacht im Central Park. Um sein Rad loszuwerden.«

Der Ire sagt: »Wie sie vielleicht wissen, suchen wir jemanden, der auf einem solchen Rad die Gegend unsicher macht. Den Dartman.«

Elisabeth bemüht sich, ihn ganz ruhig anzusehen. Sie spürt seinen durchdringenden Blick auf sich. Hat sie gezwinkert? Ist sie blass geworden? Hat sie sich verkrampft? Merkt man ihr etwas an? Ihrem Gesicht?

»Haben Sie von dem gehört?« Der Hispano-Typ. Er sieht ihr in die Augen. Kann er in sie hineinsehen? Ihre Angst ablesen?

Eigentlich ist das der Augenblick, auf den sie gewartet hat. Der Augenblick, in dem der Deckel sich öffnet und die Wahrheit herausquillt. Der sie zwingt, sich darüber klarzuwerden, was sie wirklich denkt. In dem Einbildung zur Tatsache wird. Oder Tatsache zur Tatsache. In dem sie sich klarwerden und sich selbst eingestehen muss, was sie tatsächlich denkt, denn in Wirklichkeit weiß sie nicht, was sie tatsächlich denkt – ist ihr Mann der Dartman?

Sie weiß es immer noch nicht – doch zu einem Entschluss ist sie bereits gekommen: Wenn er es ist, wird sie ihn nicht verraten. »Ich glaube, ich habe davon im Radio gehört. Im Büro. Ich bin Wirtschaftsprüferin.« Irrelevant, das weiß sie, aber es kann nicht schaden, es fallenzulassen. Es könnte ihre Glaubwürdigkeit erhöhen.

Abermals schießen vier Augenbrauen in die Höhe, aber der Hispano-Typ sieht plötzlich gelangweilt aus. Er glaubt ihr. Möchte weiterfahren.

Der Ire ist schwerer zu überzeugen. »Dieser Dartman fährt

ein rotes Mountainbike wie dieses. Ist Ihnen darüber etwas bekannt?«

Ihre Zweifel sind verflogen. Sie ist fest entschlossen, das hier durchzustehen. Bei dem strengen irischen Typen wendet sie jetzt eine andere Taktik an. Sie sieht ihn wie eine Art Steuerfahnder. Ein bestimmter Schlag von Menschen, mit denen sie bei so vielen Bilanzprüfungen zu tun hatte, den misstrauischen, die überall den großen Betrug wittern. Und enttäuscht sind, wenn alles sauber ist. Die immer weiterbohren müssen, auch wenn es gar keinen Grund gibt.

»Davon ist mir nichts bekannt. Ich weiß nur, dass hier morgen früh jemand gratis einen alten Drahtesel mitnehmen kann, und dass mein Mann einen neuen bekommt. Einen nagelneuen, sicheren, an den er sich mit der Zeit gewöhnen wird.« Lässig zuckt sie die Schultern. Versucht, einen Witz nachzuschieben. »Auch wenn er vielleicht zwanzig Jahre dazu braucht.«

Sie haben zugehört, haben es gespeichert. Der Hispano ist jetzt überzeugt. Er kratzt sich im Nacken. Lässt seinen Blick durch den nächtlichen Park schweifen. Sie merkt auch, dass der Ire ihm nur widerwillig folgt.

»Also, wenn es weiter nichts gibt …« Elisabeth sagt es freundlich, aber bestimmt. Ihr Unterton bedeutet den beiden, dass sie eigentlich alt genug ist, um ihre Mutter zu sein. Na ja, nicht ganz, aber fast. »Dann möchte ich mich nun auf den Heimweg machen.«

Der Hispano nickt. Er tritt zurück und lässt sie vorbei.

Der Ire muss etwas sagen, um zu zeigen, wer hier der Boss ist. »Bitte, Sie können jetzt gehen. Fahren Sie.« Es klingt wie ein Befehl.

Auf dem Weg zum Auto muss sie sich zusammennehmen, um ganz ruhig zu gehen. Mit der Hand auf dem Türgriff sieht sie noch einmal zurück. Die Polizisten steigen in ihr blinkendes Auto, das hinter ihrem steht.

Elisabeth fährt sehr gesittet los. Auf der Fifth Avenue hält sie sich an die Geschwindigkeitsbegrenzung und sieht alle fünf Minuten in den Rückspiegel. Erleichtert, dass niemand ihr folgt. Langsam entspannt sie sich. Lässt die ganze Szene im Geist noch einmal ablaufen. Ihr Zusammenstoß mit dem Gesetz.

Vielleicht würde es am Ende doch noch eine lustige Geschichte werden.

Sie schmiegt sich fester in den Fahrersitz. Atmet tief durch und freut sich auf die Williamsburg Bridge.

Wo sie aufs Gas geht. Sie lacht, sie rast, die Musik dröhnt aus den Lautsprechern. Sie singt und tanzt im Fahrersitz, der enge Sitzgurt schneidet ihr in Brust und Bauch, ihre linke Hand trommelt den Takt auf dem Lenkrad, sie könnte johlen vor Vergnügen, vor Erleichterung, kann nicht fassen, was sie gemacht hat. Die kurzen, heftigen Gewissensbisse zwischendurch sind schnell verdrängt.

Herrliche Unbekümmertheit, bis nach Hause.

24

DER NÄCHSTE MORGEN. Elisabeth ist korrekt fürs Büro angezogen. Ihre Teenagerklamotten sind für die Zeit, in der sie arbeitet, beurlaubt und hängen bis zu ihrer Rückkehr über dem niedrigen Sessel mit dem Seidenbezug, der in ihrem Schlafzimmer steht. Wenn Michael seine Hosen hochzieht, tut sie es auch.

Der Morgen nach ihrem nächtlichen Ausflug ist grauenvoll. Das Aufstehen fällt ihr schrecklich schwer. Der Wecker piepst seit einer Viertelstunde, doch sie liegt noch immer schlafend auf dem Bauch, die Wange ins Kopfkissen gedrückt, der Arm hängt aus dem Bett und berührt fast den Boden. Bis Josh schließlich hereinplatzt, sie weckt und sie darauf hinweist, dass ihr Wecker schon seit fünfzehn Minuten piepst und sie jetzt aufstehen müsse, sonst verpasse er den Schulbus. Sie alle verpassten sonst den Schulbus. Und es sei jetzt auch Zeit fürs Frühstück.

Irgendwie schafft Elisabeth es. Macht ihnen das Frühstück, schickt sie rechtzeitig hinaus zum Bus, fährt zur Arbeit und schwört sich, diese nächtlichen Eskapaden in Zukunft zu unterlassen. Sie reibt sich die müden Augen. Macht sich

Sorgen. Heute ist Montag. Vielleicht möchte Richard, wie so oft in seiner Mittagspause, im Central Park eine Runde mit dem Fahrrad drehen, auf jeden Fall aber wird er heute Abend damit nach Hause kommen wollen. Elisabeth plagt ihr schlechtes Gewissen. Er wird sie anrufen und ihr erzählen, dass das Fahrrad gestohlen wurde. Wie kann sie mit ihm darüber reden? Was wird sie antworten, wenn er es ihr erzählt? Ihr schlimmes, kleines Geheimnis. Sie versucht, sich auf die Steuern anderer Leute zu konzentrieren, dabei graut ihr vor seinem Anruf.

In der Mittagspause ist sie froh, dass sie wenigstens den Vormittag hinter sich hat. Auf ihrem Schreibtisch stehen zwei unberührte Schachteln mit chinesischem Essen, aus der einen ragen zwei Stäbchen. Doch ihr stehen die Steuererklärungen bis zum Hals. Im Augenblick kümmert sie sich nicht um sie. Stattdessen klebt sie am Bildschirm, den Kopf zur Seite geneigt, vertieft in Bilder von Cockerspaniel-Welpen.

Sie fürchtet sich vor Richards Anruf. Andererseits aber hofft sie, dass der Anruf bald kommt, sie möchte es hinter sich bringen. Sie zählt die Minuten, verfolgt im Geiste seinen Arbeitstag. Klickt sich durch zu den Shetland-Hirtenhunden. Denkt sich verschiedene Antworten aus für den Moment, wenn Richard ihr die Neuigkeit über sein Fahrrad mitteilt.

Denn jetzt, bei Tageslicht, kann sie es kaum fassen, was sie da getan hat.

* * *

Daisy ist allein, die ganze Familie ausgeflogen. Die Jungen sind in der Schule, im Nu waren sie alle weg. Richard hatte bereits das Haus verlassen, ehe Daisy aufwachte, doch Elisabeth war nicht zu überhören, sie fuhr durch das Haus wie ein Orkan mit Spitzengeschwindigkeit. Die Stimmung war äußerst gereizt. Elisabeth hatte verschlafen und musste die verlorene Zeit wiedergutmachen. Doch jetzt herrscht Ruhe. Daisy ist im Garten, allein.

Die Sonne scheint vom Himmel und vergoldet alles. Ein Anblick, den man in Liverpool kaum kennt. Daisy hat nichts weiter zu tun und schlendert umher. Ein herrlicher Garten, wunderschön gestaltet. Langsam geht sie an den Rabatten entlang, Fingerhut, Iris, Storchschnabel. Sie bewundert die Blumen. Berührt sie. Riecht daran. Wandert langsam über das ganze Grundstück – ein halber Hektar. Sie beobachtet die farbenprächtigen Vögel, die um die Bäume schwirren, Arten, die sie nicht kennt, alle mit ihrem Vogelleben beschäftigt. Daisy will versuchen, die Bäume zu bestimmen. Apfelbäume, ein Kirschbaum, der herrliche Japanische Ahorn, ganz hinten auf dem Grundstück eine riesige Esche, dicht daneben ein Nussbaum, ein Sassafrasbaum und mehrere Magnolien.

Sie geht ins Haus zurück und macht sich einen Tee. Den nimmt sie mit nach draußen, um ihn in einem niedrigen Sessel am Swimmingpool zu trinken. Sie lauscht den Vogelstimmen, so viele verschiedene, einige wie zu Hause, andere ganz unbekannt. In der Ferne läutet eine Feuerglocke, sie hört Rasenmäher und Laubbläser knattern, ab und zu das ferne Rumpeln eines Lastwagens, oder, etwas näher, Autogeräusche.

Am Nachmittag geht sie in ihr Zimmer. Sie öffnet ihren Bordkoffer und nimmt die Briefe heraus. Vorsichtig trägt sie sie hinaus in den Garten. Um dort sein Bild wieder anzusehen, um die alten Briefe aus New York noch einmal zu lesen.

Hier, in New York.

* * *

Sechs Uhr dreißig, Elisabeth biegt in Anns Einfahrt, parkt und steigt aus.

Vieles geht ihr im Kopf herum, als sie das Haus betritt. Richard hat den ganzen Tag nicht angerufen, was bedeutet, dass die Sache mit dem Fahrrad jetzt von Angesicht zu Angesicht ausgetragen werden muss. Sie hätte ein Telefongespräch vorgezogen, das wäre weniger verfänglich gewesen.

Sie wird fast von Michael umgerannt, der ihr schon an der Tür entgegenkommt, die Hose auf Halbmast, den iPod um den Hals, allerdings nicht eingestöpselt. Er fleht sie an, bitte jetzt nicht ihren üblichen Plausch mit Ann anzufangen, da er sofort nach Hause müsse.

Elisabeth ist verdutzt. Ärgerlich macht sie ihm klar, dass er einen Moment zu warten habe. Sie muss schließlich erst seine Brüder zusammentrommeln und ihre Mutter begrüßen. Mürrisch und ungeduldig folgt Michael ihr in die Küche. Mit seinen Fußspitzen fast auf ihren Absätzen.

Ann schrubbt gerade die Arbeitsflächen. Schrubbt mit Entschlossenheit und finsterem Gesicht. Elisabeth begrüßt sie. Michael treibt zur Eile an, er möchte endlich gehen. Elisabeth kann nicht mal ihren Satz zu Ende bringen und fragt Michael, wo es denn brennt.

»Ich muss nach Hause zu Daisy.«

»Daisy?« Elisabeth reißt die Augen auf, sie macht keinen Hehl aus ihrer Überraschung. Und merkt erst jetzt, dass sie den ganzen Tag über nicht ein einziges Mal an Daisy gedacht hat. Sie versucht sich zu erinnern, ob Daisy für heute etwas geplant hatte. Denkt an heute früh, als sie verschlafen hatte und aus dem Haus gerannt ist, ohne ein Wort mit Daisy gewechselt zu haben. Daisy hat den ganzen Tag ohne Kontakt zu auch nur einem einzigen Mitglied dieser Familie verbracht, bei der sie zu Besuch ist. Was muss sie nur denken!

Ann reagiert ganz anders auf Michaels Worte. Ihr ist, als habe sie jemand in den Magen getreten.

»Ja. Daisy.« Michael klingt, als wolle er sagen: »Hast du etwa ein Problem damit?«

Elisabeth sieht ihre Mutter an, in deren Gesicht alle möglichen Gefühle miteinander kämpfen. Von denen sie kaum die Hälfte ausmachen kann. Und die andere Hälfte auch gar nicht ausmachen möchte.

Michael tritt von einem Fuß auf den anderen, seine Finger spielen nervös am iPod. »Können wir jetzt fahren?«

»Geh und hol deine Brüder. Ich bin so weit.« Als er aus der Küche ist, sieht Elisabeth ihre Mutter an. »Was hat das denn plötzlich zu bedeuten?«

»Ich dachte, du könntest es mir sagen. Die haben ja offenbar ziemlich schnell Freundschaft geschlossen.« Es klingt spöttisch und ein wenig hochmütig.

Elisabeth schüttelt den Kopf. »Ich habe keine Ahnung. Um ehrlich zu sein – ich hatte Daisy völlig vergessen. Und jetzt fühle ich mich furchtbar schlecht deswegen.«

»Brauchst du nicht. Warum ist sie überhaupt hergekommen? Und wann reist sie wieder ab?«

»Das weiß ich nicht. Aber sie ist ja eben erst angekommen.«

»Michael hat kaum etwas zu Abend gegessen. Er hat nicht gesprochen und auch keine Musik gehört. Er hat nur gelesen. Behauptet, er müsse lernen. Sein Schulbuch hatte er fast auf dem Teller liegen.« Es klingt wie eine schwere Anschuldigung. Die nächste Bemerkung bricht noch wütender aus ihr heraus: »Er hat offenbar irgendeine Abmachung mit Daisy, und deshalb muss er nun in seinen Prüfungen gut abschneiden.«

Schwer zu sagen, welche der beiden Frauen sich schlechter

fühlt. »Ich hatte extra sein Lieblingsessen gemacht«, beklagt sich Ann. »Den ganzen Tag habe ich für diese Barbecue Ribs gebraucht. Und er hat sie kaum angerührt.«

Michael kommt wieder in die Küche gestürmt, seine Brüder im Schlepptau. »Wir sind schon im Auto. Beeil dich, Mama.«

Mutter und Tochter sehen sich an. Technischer K. o. durch einen Gegner halb so groß wie sie. Und mit nur einem Bruchteil ihres Gewichts.

* * *

Auf dem Heimweg fühlt Elisabeth sich miserabel.

Sie biegt in die Einfahrt, beschämt darüber, dass sie ihre Großtante so vernachlässigt hat, die schließlich ihr Gast ist. Sie mag sich gar nicht vorstellen, was Daisy nun von ihr hält. Vermutlich ist sie sehr enttäuscht und befremdet.

Michael springt aus dem Auto, noch ehe sie auf »Parken« geschaltet hat. Er nimmt die Treppe zur Veranda, zwei Stufen auf einmal. Josh und David folgen etwas langsamer, sie mühen sich mit ihren schweren, weit offenen Schultaschen ab, die auf dem Boden des Wagens stehen. Ziehen zu heftig, worauf sich der Inhalt beider Taschen über den Boden verteilt: Vorschreibhefte, Arbeitshefte, Bücher, und dazwischen die Dosen fürs Pausenbrot. Und jeder weigert sich, etwas ins Haus zu tragen, was dem anderen gehört.

Endlich ist alles aussortiert. Elisabeth geht hinter den Jungen die Treppe zur Veranda hinauf und nimmt sich vor, dass sie sich morgen eingehender um Daisy kümmern wird. Heute lag es nur daran, dass sie verschlafen hat. Doch diese Nacht wird sie im Bett bleiben und ausschlafen. Morgen wird alles besser sein. In jeder Hinsicht.

Sie folgt den Kindern ins Haus. Im Wohnzimmer sieht es so anders aus. Sie geht in die Küche. Hier ebenfalls.

Vasen voller Blumen, überall. Auf den Tischen, den Arbeitsflächen, den Fensterbänken. Elisabeth blinzelt, total überrascht.

Daisy sitzt auf einem Barhocker vor der Arbeitsfläche und beobachtet Elisabeths Reaktion. »Hoffentlich gefällt es dir. Und sei mir bitte nicht böse, dass ich in deinem Garten Blumen abgeschnitten habe. Ich habe natürlich nur solche genommen, von denen es viele gibt – von den Storchschnäbeln, den Spaltblumen und dem Islandmohn, und dort, in der Vase, sind etwas Blauer Günsel, ein paar Moschusrosen und Viola. Du hast so viele herrliche Wildblumen dort draußen, da konnte ich einfach nicht widerstehen und habe von der Sumpfschafgarbe, den Margeriten und dem Klatschmohn noch etwas mit dazugenommen. Ich habe sie überall hingestellt, das meiste davon hat man draußen ja gar nicht gesehen. Die wuchsen ganz hinten, versteckt hinter den hohen Büschen.« Sie wartet auf eine Reaktion. Es kommt keine.

Daisy reckt den zarten, faltigen Hals, hebt den Kopf und sieht Elisabeth mitleidig an. »Ach, du hattest einen langen Tag, nicht wahr? Soll ich dir einen schönen, heißen Tee machen?«

Elisabeth ist reglos und sagt nichts. Sie steht nur da, an der Arbeitsplatte, in ihrem hellblauen Top aus Strick, der Perlenkette und den dazu passenden Ohrringen, mit dunklen Schatten unter den eingesunkenen, rot geränderten Augen. Die Mundwinkel nach unten gezogen, von zwei halbrunden Furchen gerahmt. Sie sieht müde aus, verhärmt und niedergeschlagen – also ist ein frischer Tee das Mindeste, was Daisy für sie tun kann.

Doch Elisabeth schüttelt den Kopf, lehnt ab. Sie möchte

nur raus hier. Und fragt sich, ob sie nicht vielleicht wirklich am Ende ihrer Kräfte ist.

»*Mir* gefallen die Blumen, Daisy.« Michael sieht, wie hilflos seine Mutter ist, und sagt etwas. Die Arme nach unten gestreckt, die geballten Hände in den Hosentaschen, wippt er auf Fersen und Zehenspitzen vor und zurück. »Es sieht schön aus hier.« Mit einem Blick zu seiner Mutter und in einem Ton, der ausdrückt: *zur Abwechslung mal.*

Von der Küche aus schaut Elisabeth ins Wohnzimmer. Auch hier Blumen, die diesen Raum, der bis ins letzte Detail von Innenarchitekten durchgestylt worden ist, völlig verändern. Die erlesenen Wohnzimmermöbel, die Vorhänge, die Perserteppiche, alles von bester Qualität, alles furchtbar teuer, alles von Fremden ausgewählt. Als David vor vier Jahren in die Schule kam, hatten sie das Haus vollkommen neu eingerichtet. Elisabeth und Richard waren sich einig gewesen, dass die Zeit gekommen war, die Wohnräume eleganter und gediegener zu gestalten, jetzt wo die Kinder alle in der Schule waren. Dass der Spielzimmercharakter nicht mehr angemessen war. Doch Elisabeth hatte weder die Zeit noch das nötige Selbstvertrauen gehabt, die Sache selbst in die Hand zu nehmen. Wenn sie es so betrachtet, kann sie nicht leugnen, dass alles sehr geschmackvoll aussieht. Doch irgendwie hat es nichts mit ihrer Familie zu tun, spiegelt ihr Leben nicht wider. Sie will die Sachen eigentlich gar nicht mehr. Vielleicht sollte man sie bei eBay verkaufen und wieder zu dem gemütlichen Durcheinander, dieser Mischung aus Spielzimmer-, College-Gemeinschaftsraum- und Skihüttenatmosphäre zurückkehren.

Sie wendet sich wieder Daisy zu, lächelt und sagt: »Es sieht wirklich hübsch aus. Vielen Dank, Daisy. Es tut mir leid, dass heute Mittag niemand hier war. Du hast dir doch hoffentlich etwas zu essen genommen.«

»Oh, bitte mach dir keine Sorgen um mich.« Nun kommt Daisys Untertreibung des Jahres. »Mir geht es gut. Ich hatte einen wunderbaren Tag. Ganz wunderbar.« Sie war mit Mühe über die Runden gekommen. Mehrere Tassen Tee. Und bei ihrer Suche im Kühlschrank hatte sie ein paar hartgekochte Eier zutage gefördert. Und ein Päckchen Scheiblettenkäse, von dem sie erst mühsam Schicht für Schicht die Zellophanhülle abziehen musste. So was hatte sie noch nie gegessen. Nicht einmal damals, als sie beinahe einen Amerikaner geheiratet hätte. Doch obwohl ihr Magen jetzt leise knurrt, ist sie eigentlich ganz zufrieden. Weil sie hofft, endlich diesem Amerikaner näher zu kommen, den sie fast geheiratet hätte.

»Das ist gut.« Elisabeth wird an der Tür erneut von Reue gepackt. Wenigstens für einen Moment. Sie darf nicht vergessen, ihre Mutter zu fragen, warum sie Daisy nicht zusammen mit den Jungen zum Essen eingeladen hat. Die Barbecue Ribs hätten ihr sicher auch geschmeckt.

»Ich will mich nur schnell umziehen.« Sie sieht Michael an, dem immer noch die Hose auf Halbmast hängt. Und sorgt dafür, dass es ihm auch auffällt.

»Ach komm, Mama, hör doch endlich auf damit.«

»Ich höre auf, mich so anzuziehen, wenn du auch damit aufhörst.« Damit tänzelt sie zur Tür hinaus.

Michael sieht ihr nach und rollt mit den Augen.

Daisy sieht Michael an. »Ich glaube, wir beide haben etwas zu besprechen.«

»Ich habe in der Arbeit ganz gut abgeschnitten. Es hätte aber noch besser sein können, also bat ich meine Lehrerin, mich morgen noch mal zu prüfen. Sie weiß noch nicht, ob sie es macht, aber ich werde auf jeden Fall heute Abend lernen. Erzählst du es mir trotzdem? Immerhin war ich besser als in der letzten Arbeit. Wen versuchst du hier zu finden?«

Daisy betrachtet ihn. Seinen zurückhaltenden und doch neugierigen Gesichtsausdruck, der so bemüht ist, nicht zu viel preiszugeben. Und der trotzdem so leicht zu durchschauen ist. Sie sieht ihre eigenen Jungen in ihm, flüchtige Eindrücke von ihnen als Dreizehnjährige. Sie sieht Parallelen – eben dieses gewisse »Dreizehnjährige«. Da ist es wieder. Sie kennt es so gut.

»Natürlich erzähle ich es dir. Aber sollten wir damit nicht warten, bis deine Eltern mit dabei sind? Und deine Brüder?«

Eine eindeutige Handbewegung von ihm sagt alles.

Also klopft sie einladend auf den Barhocker neben sich. Michael setzt sich und zieht die Knie so hoch, dass er seine großen Füße auf die oberste Sprosse stellen kann. Daisy fängt an zu erzählen. Er hört zu. Sie erzählt ihm alles, die Geschichte ihres Lebens. Es strömt aus ihr heraus und fällt auf seine jungen, weit offenen Ohren.

Michael schwirrt der Kopf von all den aufregenden Einzelheiten. Als sie fertig ist, springt er vom Hocker. Zieht sie an der Hand – sie ist so leicht –, zieht sie auf die Füße und aus der Küche.

»Er heißt Michael? Genau wie ich.« Darüber freut er sich. »Baker? Den finden wir im Internet. Vielleicht schon heute Abend. Komm! Vielleicht kannst du sogar noch vor dem Schlafengehen mit ihm sprechen!«

Daisy hebt die Hand ans Schlüsselbein, ihre arthritischen Finger gespreizt wie ein Fächer. Sie lässt sich über den Flur ziehen, ihre Schuhe mit den niedrigen Absätzen trippeln über das Parkett. Sie erlaubt ihm, einen Stuhl für sie an den Computertisch zu ziehen. Ist selbst ganz eifrig dabei, als der Rechner hochfährt und blinkt, während Michael seine Pläne umreißt. Zuerst werden sie »Michael Baker« googeln.

Daisy hat Herzklopfen.

Michael gibt »Michael Baker« ein. Er tippt schneller, als Daisy es vermutet hätte. Sehr geübt. Wie eine Sekretärin der alten Schule. Zu einer Zeit, als ein dreizehnjähriger Junge eher gestorben wäre, als sich beim Tippen erwischen zu lassen.

Sie bekommen neun Millionen sechshundertzwanzigtausend Ergebnisse. Michael runzelt die Stirn. »Der Name ist zu häufig. Hat er einen zweiten Vornamen?«

»Leonard.«

Michael gibt ihn ein. Und bekommt knapp dreihunderttausend Ergebnisse, darunter eintausend, die sich auf einen Mörder aus Minneapolis beziehen, der genauso heißt. Michael runzelt abermals die Stirn. Er überlegt gerade einen neuen Ansatz, als seine Mutter ins Zimmer kommt. In tief hängenden Jeans. Sie knabbert an einem Fingernagel, ihr Haar ist offen und unordentlich. Sie hat einen überquellenden Wäschekorb auf die Hüfte gestützt, um den sie ihren Arm gelegt hat wie um einen Freund. Sie meint, es sei Zeit, dass Michael mit seinen Hausaufgaben anfängt.

Daisy hat ein schlechtes Gewissen.

»Nein, Mama, ich muss erst das hier machen. Nur noch ein paar Minuten.«

»Was ist ›das hier‹?«

Michael sprudelt los, erzählt ihr alles. Während er spricht, beobachtet Elisabeth Daisy. Sie möchte wissen, ob es wahr ist. Daisy nickt. Am Klavier hört man David Tonleitern üben. Endlich weiß Elisabeth, warum Daisy gekommen ist.

»Und ich will ihr helfen, ihn zu finden«, schließt Michael.

»Möchtest du, dass er dir hilft?«, fragt Elisabeth.

»Ich wäre sehr froh, wenn das möglich wäre«, sagt Daisy würdevoll. Und dankbar.

»Gut«, sagt Elisabeth. »Ich werde auch helfen. Aber heute Abend nicht mehr. Morgen ist ein Schultag. Ich muss Davids

Mathe-Hausaufgaben noch nachsehen und Josh im Spanischen abhören. Er schreibt morgen eine Arbeit.«

»Und morgen, Mama, will ich gleich nach der Schule nach Hause kommen und nicht erst zu Grandma gehen. Wir können dann sofort anfangen. Du bist doch hier, oder, Daisy?«

Daisy nickt. Sie kann sich nicht vorstellen, wo sie sonst sein sollte.

»Das ist von mir aus okay«, sagt Elisabeth, »wenn du auch an deine Hausaufgaben denkst und es Daisy nichts ausmacht.« Ann wird vermutlich ausrasten, wenn sie es erfährt.

»Warum sollte es mir etwas ausmachen? Im Gegenteil, ich würde mich sehr freuen.«

Jetzt hat sie's ihr aber gesagt, denkt Michael.

Er ist äußerst zufrieden.

25

Richard kommt zur Tür herein, sehr müde. Es ist eine Stunde vor Mitternacht. Er stellt den Aktenkoffer ab und holt sich erstmal einen Drink. Der Pegel in der Cointreauflasche ist merklich gesunken. Im Geiste sieht er Daisy an ihrem Glas nippen und ahnt, dass sie die Familie mit weiteren Erzählungen unterhalten hat. Wie gern wäre er dabei gewesen.

Es ist still im Haus. Er schaltet den Fernseher ein und zappt durch die Kanäle, als wären es Seiten in einer Zeitschrift, wobei er ab und zu einen Schluck nimmt. Er braucht diese paar Minuten Ruhe, ehe er nach oben geht.

Ehe er Elisabeth erzählt, was passiert ist. Er hatte tagsüber mehrmals versucht, sie anzurufen, konnte sie aber nie erreichen.

Sie ist noch wach, als er hereinkommt. Sitzt im Bett, gegen einen Berg Kopfkissen gelehnt, auf den Beinen eine zusammengefaltete Decke mit ihrem Laptop darauf. »Hi«, begrüßt sie ihn, sieht aber nicht auf, sondern arbeitet konzentriert an ihrem Computer. Richard hat Mitleid mit ihr, weil sie immer noch mit ihren Steuererklärungen beschäftigt ist.

Doch in Wirklichkeit ist Elisabeth gar nicht mit Steuererklärungen beschäftigt. Sie sieht sich Bilder von Englischen Hirtenhund-Welpen an. Versteckt sich dahinter.

Mit dem Zeigefinger lockert Richard seine rot-blaue Krawatte und löst sie, indem er sie leicht hin und her bewegt, wobei sein Kopf dieselben rhythmischen Bewegungen in entgegengesetzter Richtung vollführt. Das Geräusch von raschelnder Seide ist zu hören. Elisabeth drückt die Taste mit dem Abwärtspfeil, bewegt langsam das Bild nach unten, damit ihr kein Hündchen entgeht. »Du glaubst nicht, was mir heute passiert ist«, sagt Richard.

»Ach?« Sie zeigt nur geringes Interesse.

»Mein Fahrrad ist geklaut worden.«

»Nein!« Sie mimt totale Überraschung.

»Doch. Aus dem Parkhaus. Samt Schloss und allem.«

»Wie ist denn das möglich?« Ungläubig, mit großen Augen.

»Ich hab keinen blassen Schimmer. Und dabei war es ein Markenschloss. Der Parkwächter behauptet, er habe nichts gesehen.« Sorgfältig wie immer hängt Richard die Krawatte über den Halter. Es ist ihm völlig egal, wie es sonst im Haus aussieht, aber seine Anzüge, Krawatten und Hemden sind ihm heilig. Er behandelt sie fast zärtlich, wie Babys. Sie müssen makellos sein.

»Im Ernst?« Elisabeth klingt, als könne sie sich das nur schwer vorstellen. Das Nachsinnen darüber, wie sie es fertigbringen konnte, zu tun, was sie getan hat, hebt sie sich auf für ein andermal, wenn sie allein ist. Im Augenblick hat sie genug damit zu tun, ihr Schuldgefühl zu verdrängen. Und ihr Schamgefühl. Aber auch ein ganz leises Kichern, denn die Situation hat ja auch etwas Komisches.

Richard setzt sich auf die Bettkante, was die Matratze auf ihrer Seite zur Mitte hin bewegt. Er bindet seinen Schuh auf und zieht ihn aus. Man hört, wie der bestrumpfte Fuß aus seiner engen, starren Hülle rutscht. Sein warmer Fuß jetzt an der frischen Luft. Richard beugt sich vor und stellt den Schuh auf den Teppich. Seine Wirbelsäule ist gekrümmt, der Stoff über seinem breiten Rücken gespannt. Er richtet sich auf. Rollt die Socke herunter, fasst sie an der Spitze, um das schwarze Baumwollgewebe vom Fuß zu lösen, und sagt: »Der Wächter hat keine Ahnung, wann es passiert sein kann, aber sein Kollege, der die Schicht von sechs bis ein Uhr nachts hatte, ist ziemlich sicher, dass das Rad während seiner Dienstzeit noch dastand. Der nächste wusste es nicht so genau, ist sich aber sicher, dass er niemanden gesehen hat, der es mitgenommen haben könnte. Man sollte doch denken, dass es eine ganze Weile dauert, um den Stahl durchzuschneiden. Das geht doch auch nicht lautlos. Man hätte etwas hören müssen.« Das Geräusch seines anderen Schuhs, den er auszieht. Ein schwacher Geruch nach Leder.

»Sollte man denken«, stimmt Elisabeth zu. Sie sucht nach etwas, um sich zu verstecken. Und findet es. Das Glas Rotwein auf dem Nachttisch. Ihr viertes schon. Sie nimmt es und kippt es hinunter. Leckt einen Tropfen ab, der am Glas herunterläuft. Den letzten Tropfen.

Richard steht auf. Legt den Gürtel ab. Erst öffnet er die Schnalle, wobei er am einen Ende zieht, damit der Dorn aus dem Loch rutscht. Dann reißt er den Riemen mit einem Ruck durch die Schlaufen, wie eine U-Bahn, die an keiner Station Halt macht. Er wirft den Gürtel aufs Bett, wo er geringelt liegen bleibt.

Er sieht sie an, während er sein Hemd aufknöpft. Um an den obersten Knopf zu gelangen, reckt er Hals und Kinn. »So ein elender Mist, in der Stadt ohne Fahrrad. Ich musste die U-Bahn zum Bahnhof nehmen. Ein Albtraum. Das habe ich seit siebzehn Jahren nicht mehr gemacht.«

Elisabeth erträgt es nicht länger. Die Hand an der Stirn sagt sie: »Ich habe schreckliche Kopfschmerzen und bin völlig erschöpft.« Sie klappt den Laptop zu, legt ihn auf den Nachttisch und knipst das Licht ihrer Nachttischlampe aus. Sie lässt ihren Kopf schwer aufs Kopfkissen fallen und macht die Augen zu.

Richard ist etwas verdutzt, weil es so überraschend kommt. Sein maßgeschneidertes Hemd hängt aus der Hose, er ist gerade mit dem vierten Knopf beschäftigt. »Tut mir leid, Lizzie. Das hättest du mir gleich sagen sollen.«

»Es ist ganz plötzlich gekommen.« Sie dreht sich auf die Seite und schmiegt sich in die Matratze. Ihr Haar fällt in Wellen über die Schulter nach vorn, er sieht nur den Rücken ihres weißen Nachthemds. Sie will nur noch schlafen. Und sie weiß, die vier Gläser Wein werden dafür sorgen, dass sie heute die gesamte Nacht in ihrem Bett verbringt. Sie wird nicht durch die Straßen von Manhattan brettern oder übermütig über die Williamsburg Bridge rasen. Noch im Einschlafen stellt sie sich vor, wer nun wohl auf dem Fahrrad ihres Mannes auf den sommerwarmen Straßen der Stadt herumfährt. Sie denkt an Daisy und ihren Soldaten aus dem Zweiten Weltkrieg. Stellt sich vor, dass sie ihn findet. Und ihn nach sechzig Jahren wiedersieht.

Zwei Türen weiter schläft Michael gerade ein, auch er denkt an Daisys Geschichte. An ihre Armbanduhr, hier in diesem Haus, mit einer Inschrift von Arthur Rubinstein! An ihren amerikanischen Freund, der im Zweiten Weltkrieg Soldat war, und er denkt daran, dass er, Michael, ihn aufspüren wird.

Richard zieht sich fertig aus, legt sorgfältig die Bügelfalten seiner marineblauen Hose aufeinander und hängt sie zusammen mit dem Jackett auf den Bügel und diesen in die Dunkelheit des Kleiderschranks.

26

Eine laute Stimme in seinem Kopf warnt ihn, es nicht zu tun, aber er ist nun mal hier. Und wird es trotzdem tun.

Dennis, mit stahlgrauer Krawatte, umklammert mit seinen langen Fingern einen Kugelschreiber. Ob es ihm recht ist oder nicht, er muss jetzt unterschreiben – kleine, breite Druckbuchstaben, eine gerade Linie, gleich hinter dem x.

Seine enge, schräge Schrift, sein Name. Bis zum Ende buchstabiert.

Fertig. Der Kaufvertrag für ein großes Haus in Sussex ist unterschrieben. Rechtsgültig. Angeleiert durch seine Frau, die keine ihr zu Gebote stehende Waffe, keine Strategie gescheut hat, um es durchzusetzen. Sie hätte in die Politik gehen sollen. Er kennt niemanden sonst mit einer solchen Überzeugungskraft. Schließlich musste Dennis ihr zustimmen, dass sie es auch ohne das Geld seiner Mutter schaffen würden. Er hat alle seine Wertpapiere verkauft. Alles flüssig gemacht. Der Notgroschen ist weg.

Er holt tief Luft und legt den Kugelschreiber hin. Sieht über den Tisch, ein paar Schweißtropfen auf der Oberlippe.

Amanda lächelt zurück. Sie trägt ein gelbes Top und roten

Lippenstift. Die Silberohrringe baumeln bei jeder Bewegung. Das Haar ist zurückgebunden. Verträumte blaue Augen schauen ihn an. Sie hat den Arm lang ausgestreckt und ihre kühle auf seine verschwitzte Hand gelegt. Seine Fingerspitzen sind schweißnass, und sein feuchter Handabdruck hinterlässt Spuren auf dem Holz. Ihre zarte, weiße Hand auf seiner geäderten, sommersprossigen Haut.

Dennis sieht zum Fenster hinaus. In den nicht enden wollenden Regen. Er würde jetzt gerne mit seiner Mutter telefonieren. Doch er hat ihre Nummer nicht dabei. Er überlegt gerade, wie er sie wohl herausfinden könnte, als seine Gedanken vom Makler unterbrochen werden. Dem Makler mit dem gewaltigen Schnurrbart. Der irgendwas sagt und den Kaufvertrag zu Amanda über den Tisch schiebt.

Sie unterschreibt. Mit großen, schwarzen, schwungvollen und selbstsicheren Buchstaben.

27

Das internet hilft nicht weiter. Michael Baker ist ein viel zu häufiger Name, genau wie Michael L. Baker oder selbst Michael Leonard Baker. Michael, Daisy, Josh und David, auch Pete, wenn er gerade zu Hause ist, verbringen viel Zeit am Computer. Jeden Nachmittag nach der Schule sitzen sie davor. Ann bleiben nur noch ihre anderen Enkel, und sie missgönnt Daisy die Zeit mit Elisabeths Kindern. Sie wünschte, sie würde wieder abreisen.

Elisabeth läuft jetzt schon einige Tage mit ihrem Schuldgefühl herum. Die Nächte verbringt sie tief in ihre Decke vergraben, hält den Rücken Richard zugekehrt. Mitternachtsfahrten unternimmt sie keine mehr. Sie wartet darauf, dass der Dartman wieder zuschlägt, als Beweis für Richards Unschuld. Doch bisher nichts. Morgen um Morgen sitzt sie da, die Füße in den flachen Schuhen unter den Schreibtisch gesetzt, die Tabellen auf dem Bildschirm ignorierend, starrt sie oft ins Leere und sieht vor sich die verwaiste nächtliche Autobahn. Hört ihre eigene Stimme, ihren Gesang, der das Autoradio noch übertönt. Sieht die Lichter der Großstadt. Atmet den Geruch, der durch das offene Fenster ins Wageninnere dringt, den Geruch von Millionen von Menschen. Und genießt den Blick von der Brücke.

Doch das alles ist vorbei.

Genau wie Richards zwei Reifen, der Lenker, der schmale schwarze Ledersattel.

Stattdessen jetzt Geschichten aus der U-Bahn. Klagen. Er schwört, dass er sich ein neues Fahrrad kaufen wird, sobald er Zeit dazu hat. Bis dahin Geschichten aus dem Untergrund. Über Mitreisende. Ungeziefer. Schmutz. Verspätungen.

* * *

Eine gemeinsame Entscheidung. Man muss beim Nullpunkt anfangen.

Bei der Adresse in Brooklyn, Nr. 11440 Second Street. Das hieße hinfahren. Es ist nicht weit nach Brooklyn. Vielleicht wohnt Michael Baker noch immer dort. Das wäre immerhin möglich. Man diskutiert, wer hinfahren soll. Elisabeth meint, nur sie allein mit Daisy.

Michael besteht darauf, ebenfalls mitzukommen. Im Internet sucht er die Route und druckt sie aus.

Doch Elisabeth widerspricht. Es ist das Wochenende vor seinem Regents-Examen. Also wäre es vernünftiger, wenn er die Zeit zum Lernen nutzte, statt nach Brooklyn mitzukommen. Jeder Weg eine Stunde, und höchstwahrscheinlich in völlig vergeblicher Mission.

Michael gibt sich nicht geschlagen. Er will mit. Wenn es diesen Michael Baker gibt, dann will er ihn kennenlernen. Er rennt in sein Zimmer und holt die Schultasche. Darin ein unschlagbares Argument. Er zeigt seiner Mutter, dass er freiwillig einen Aufsatz in europäischer Geschichte geschrieben hat, der seine Gesamtzensur noch weiter verbessern wird.

Über Liverpool im Zweiten Weltkrieg, denn im Unterricht haben sie nur London behandelt. Aber Liverpool hat auch eine wichtige Bedeutung gehabt. Also hat er mit Daisys Hilfe im Internet recherchiert, und, wenn er nicht gerade mit der Suche nach Michael Baker beschäftigt war, diesen Aufsatz über Daisys Heimatstadt geschrieben, den er jetzt seiner Mutter zeigt.

Denn darunter steht eine Eins.

28

Es ist samstag früh. Sie sind auf dem Weg zu 11440 Second Street, Brooklyn, New York. Vorbei am Brooklyn Museum, an der riesigen Bibliothek, am Zoo, am Botanischen Garten. Überall wimmelt es von Menschen.

Sie biegen nach links in den Prospect Park West, Brooklyns Hauptstraße. Auch hier sehen sie Leute beim Spazierengehen, Babys in Kinderwagen, Hunde an der Leine. Ein herrlicher, großzügiger Park, ähnlich dem Central Park, zieht sich auf einer Seite der Straße entlang. Er wurde von denselben Architekten entworfen, Olmstead und Vaux, nachdem sie in Manhattan fertig waren. Wunderschöne Gebäude, mehr als hundert Jahre alt. Klinkerbauten aus dem neunzehnten Jahrhundert, vier Stockwerke hoch. Vor den Fenstern üppig bepflanzte Blumenkästen, auf der Straße Fahrräder, Skateboards, Inline Skates, seilspringende Kinder, Pflastermalereien in bunter Kreide.

Daisy sitzt vorn. Sie hat Herzklopfen, je näher sie der Adresse kommen.

Michael sitzt hinten und liest die Wegbeschreibung vor, außerdem die Geschichte von Park Slope, diesem Stadtteil von Brooklyn. Schnell erledigt er das Kapitel über die Brooklyn Bridge, zeigt Daisy Bilder davon. Elisabeth nähert sich der Second Street und hält am Straßenrand Ausschau nach einem Parkplatz. Aber es gibt keinen.

Unterdessen ist Richard ins Büro gefahren, obwohl heute Samstag ist. David und Josh sind bei Freunden und spielen am Computer. Pete steht auf dem Baseballfeld, an der dritten Base, und hofft, dass er das Spiel für seine Mannschaft noch herumdrehen kann. Ann sitzt beim Friseur und beklagt sich bei der Frau, die ihr die Haare färbt, über Daisy.

Nachdem sie sechzehnmal um den Block gefahren sind, finden sie einen Parkplatz. Ein alter Volkswagen fährt gerade weg, und Elisabeth zwängt ihren SUV mit etwas Mühe in die Lücke. Es steht so dicht zwischen den beiden anderen Wagen, dass Elisabeth und Michael nicht von der Straße zu Daisy auf den Fußweg kommen. Sie müssen sich über das Auto hinweg absprechen, welche Richtung sie einschlagen müssen, und gehen schließlich die Straße aufwärts. Elisabeth ist nicht die Einzige, die Stoßstange an Stoßstange geparkt hat. Sie müssen einen halben Block weit auf der Straße gehen, ehe sie eine Lücke zwischen zwei Autos finden, durch die sie sich auf den Bürgersteig quetschen können.

Einige Minuten später haben sie das Haus gefunden. Das letzte Gebäude auf der Second Street, direkt an der Prospect Park West, der Hauptstraße des Viertels. Es ist ein vierstöckiger Klinkerbau mit einer gläsernen Doppeltür. Die Nummer 11440 steht in goldenen, schwarz umrandeten Ziffern auf dem Glas. Die große Glastür ist ebenfalls mit Gold und Schwarz umrandet.

Sechs Namensschilder. Daisy hält den Atem an, als Michael die Namen vorliest.

Kein Baker.

Michael sieht sie an. Erwartet, dass sie enttäuscht ist.

Doch sie lächelt. »Ach komm, Michael, wir haben doch nicht wirklich geglaubt, dass er noch hier wohnt. Wir wussten doch, dass es *so* leicht nicht sein würde.«

»Vermutlich schon.« Er kratzt sich an der Schulter und fuchtelt mit dem Ellbogen direkt vor Daisys Gesicht herum.

»Ob wir klingeln sollten?«, fragt Elisabeth. »Wo wir schon mal hier sind. Vielleicht können wir mit dem Hausverwalter sprechen.« Sie trägt wieder Richards Levis, die genauso tief hängt wie Michaels. Elisabeth hat sich an die Jeans gewöhnt, sie greift inzwischen wie selbstverständlich danach und zieht sie an, ohne weiter nachzudenken. Sie hat einen Fuß auf der Treppe, ihre Hand liegt entspannt auf dem Knie, die Handfläche nach oben geöffnet.

Daisy nickt. Der beige Faltenrock flattert in der leichten Brise um ihre Beine, ein Wind, der den Duft von den vielen Blumen zu ihnen trägt, die fast vor jedem Fenster und auf den Stufen vor den Haustüren blühen. Aber auch den Geruch von Hot Dogs auf dem Bürgersteig. Ein Straßenhändler hat gegenüber am Eingang des Parks seinen Stand aufgebaut, wo er Wasser, Eis, Hot Dogs und heiße Brezeln verkauft. Die Sonne scheint hell und intensiv und schickt ihre Strahlen durch das Blätterdach der halbhohen Ahornbäume, die den Bürgersteig säumen. Die tanzenden Blätter lassen die Strahlen zerstäuben und bilden Muster aus Licht und Schatten auf allen dreien von ihnen und auf der Treppe aus Klinker.

Auf den drei Fahrspuren des Boulevards rollt der Verkehr. Gelegentlich sieht man ein langsameres Auto auf der Suche nach einer Parklücke. Eine zierliche rothaarige Frau in einem giftgrünen T-Shirt läuft neben einem riesigen zottigen Hund her, dessen Kopf bis fast an ihre Schulter reicht.

Michael antwortet. »Wir sollten auf jeden Fall mit dem Hausverwalter sprechen. Vielleicht weiß der etwas.«

Daisy nickt. »Also los.«

Michael liest die Namensschilder an den Klingeln noch einmal. »Das hier könnte er sein – Brian F. Davis.«

Erwartungsvoll sieht er die anderen an, den Finger überm Klingelknopf. Daisy nickt. Elisabeth nickt. Michael klingelt. Sie warten. Treten von einem Fuß auf den anderen. Hören den Wind in den Blättern, das Vogelgezwitscher, irgendwo in der Nachbarschaft das dumpfe Aufprallen eines Basketballs. Kindergeschrei. Auf der anderen Straßenseite saust ein Mann, etwa in Richards Alter, auf seinem Rad die Straße hinunter und löst damit bei Elisabeth leichte Gewissensbisse aus. Die sie aber gleich wieder verdrängt.

Sie hören, wie jemand näher kommt. Flipflops auf knarrendem Holzfußboden. Ein Riegel wird zurückgeschoben, und die Tür öffnet sich. Ein Mann: mittlere Größe und Statur, mittleres Gewicht und Alter. Er hält einen Kochlöffel in der Hand, an dem etwas Zähes Braunes klebt, und sieht sie an. Er trägt weite Shorts aus Jeansstoff und ein schwarzes Hemd. Dunkle, leicht misstrauische Augen schauen unter buschigen Brauen hervor. Die breite, gebogene Nase sitzt etwas schief im Gesicht. Die Lippen dick. Dunkles wirres Haar, das oben zu lang und über den Ohren kurz ist. Die Bartstoppeln von morgen sind schon jetzt zu sehen und sprenkeln den unteren Teil seines Gesichts.

»Mr. Davis?«, fragt Elisabeth.

»Ja?« Darauf gefasst, alle eventuellen Bitten abzuschlagen. Sie zum Teufel zu schicken. Eine Hand an der Türklinke, in der anderen den Holzlöffel. Bereit, ihnen die Tür vor der Nase zuzuschlagen.

»Wir sind auf der Suche nach jemandem«, sagt Michael.

Der Mann sieht Michael an. Mustert ihn.

»Vielleicht können Sie uns helfen«, fügt Daisy hinzu. »Wir wären Ihnen sehr dankbar.«

Der Mann sieht Daisy an, dann wieder Michael. Er versteht ihren Akzent nicht.

Elisabeth sagt: »Wir suchen jemanden, der 1945 hier gewohnt hat.«

Der Mann sieht sie an. Zwinkert, dann wiederholt er: »1945.«

»Wir wissen ja, dass es ziemlich unwahrscheinlich ist«, sagt Elisabeth, »aber wir dachten, wir probieren es trotzdem mal. Dies hier war die letzte bekannte Adresse des Mannes, den wir suchen.«

»1945«, wiederholt Brian Davis.

»Es ist lächerlich, das ist uns klar«, sagt Daisy mit einem kleinen, verlegenen Lachen.

»Nein«, bellt Brian Davis, dessen tiefe Stimme etwas heiser klingt. Sie erschrecken ein wenig und nehmen unbewusst Haltung an. »›Lächerlich‹ ist an dem Ganzen nur, dass es hier im Haus tatsächlich jemanden gibt, der Ihnen vielleicht helfen kann.« Er lässt die Türklinke los, seine Hand sinkt herunter. Also wird er ihnen die Tür doch nicht vor der Nase zuschlagen. »Wir haben nämlich eine Mieterin, die schon seit 1938 hier wohnt.«

Bei dieser Mitteilung bekommt Daisy weiche Knie. Gibt es hier wirklich jemanden, der Michael Baker gekannt hat? Kann das möglich sein?

»Tatsächlich?«, sagt Elisabeth.

»Tatsächlich«, wiederholt Brian Davis schroff. Wieder klingt seine Stimme übellaunig. Doch richtet sich das offenbar nicht gegen sie. »Hulda Khiest, dritter Stock. Seit 1938.«

Irgendwo auf der Straße hupt ein Auto. Ein großer, schlanker Schwarzer rollt elegant auf Inline Skates die abschüssige Fahrbahn hinunter, sein hellblaues T-Shirt wird vom Gegenwind eng gegen Brust und Bauch gedrückt. Die Brise wird plötzlich kräftiger, das Laub an den Bäumen rauscht, und Daisys Rock flattert um ihre dünnen Beine. Sie streckt die Hand nach Michael aus, greift nach seinem Arm und hält sich daran fest. Dieser Wind. Und diese Nachricht. Mit beidem hatte sie nicht gerechnet.

Michael auch nicht. Mit dieser Neuigkeit, und dass Daisy seinen Arm brauchen würde. Er sieht sie an und ist irgendwie gerührt, dass sie bei ihm Halt sucht.

»Was für eine wunderbare Nachricht«, sagt Elisabeth. »Vielleicht kann sie uns wirklich helfen.«

»Wunderbar für Sie vielleicht«, brummt Brian Davis, »aber nicht für mich. Denn sie bezahlt seit eh und je nur zweihundertachtundsiebzig Dollar im Monat, und daran hat sich auch nichts geändert, seit ich das Haus vor vierzehn Jahren gekauft habe.« Er gerät in Erregung, der klebrige Holzlöffel fährt am Türrahmen hoch bis über seinen Kopf. Er beugt den Kopf vor und drückt ihn gegen seinen Bizeps. Den einen Fuß mit der Spitze aufgestellt, bilden seine Beine ein Dreieck in der Türöffnung. »Als ich dieses Gebäude kaufte, sagte man mir, die vertraglich festgelegte Miete würde nicht mehr lange ein Problem sein. Die Frau in Apartment Nr. 3 sei achtundsiebzig Jahre alt, und wenn sie stürbe, könne ich die Wohnung zu Marktpreisen vermieten. Sie hat ein herrliches weitläufiges Apartment mit Aussicht auf den Prospect Park – das würde ein Vermögen bringen. Ich bräuchte nur so lange im Souterrain zu wohnen, bis ihr Apartment frei wird, dann könne ich es vermieten und mir leisten, nach oben in den zweiten Stock zu ziehen, wo die Apartments zwar nur halb so groß sind, aber auch schon 4500 Dollar im Monat bringen.

Aber stattdessen wohne ich seit vierzehn Jahren hier unten in diesem Loch. Vierzehn Jahre! Wie eine Ratte im Keller, und sie und ihr Vogel leben für zweihundertachtundsiebzig Dollar im Monat ein Luxusleben! Ich bin einundvierzig Jahre alt, lebe in einem Loch und warte darauf, dass Mrs. Hulda Khiest endlich verschwindet. Auf welche Art auch immer.«

Niemand sagt etwas. Elisabeth stellt sich vor, wie oft er diese Geschichte im Laufe der Jahre wohl schon erzählt hat. Wahrscheinlich unzählige Male. Eine junge Frau mit einem weichen blauen Hut geht auf dem Gehsteig vorbei, die Straße hinunter, und summt etwas, das wie Beethovens Neunte klingt. Ein Rad ihres Einkaufswagens quietscht und lenkt Elisabeth von ihren Gedanken ab.

»Sie macht sich über mich lustig. Sagt, bei dem vielen Schweizer Müsli, das sie esse, werde sie bestimmt hundert. Wenn ich das höre, muss ich immer an diese Geschichte denken, die sie mal im Radio gebracht haben – *1010 gewinnt* – kennen Sie das Programm?«

Daisy und Michael schütteln den Kopf.

»Ich kenne es«, sagt Elisabeth.

»›Geben Sie uns zehn Minuten, und wir geben Ihnen die Welt‹, das ist das Motto. Eine Nachrichtensendung. Na ja, einmal berichteten sie von einem alten Kerl – einundsiebzig war er –, der seine vierundneunzigjährige Mutter im Altersheim in ihrem Bett erwürgt hat. Man ertappte ihn auf frischer Tat, die Hände noch um ihren Hals. Und warum? Weil er es satthatte, noch länger auf sein Erbe zu warten. Er war bettelarm, hatte Schulden bis zum Gehtnichtmehr, sollte aus seinem Apartment fliegen und hätte auf der Straße leben müssen. Und hier ist seine Mutter, mehr tot als lebendig, und kostet jeden Tag Tausende von Dollar, für ein Leben, das man gar kein Leben mehr nennen kann. Geld, das sonst ihm gehören würde.« Er schüttelt den Kopf. »Mann, mir tat der Kerl echt leid. Und jetzt sitzt er im Knast.« Daisy, Elisabeth und Michael stehen da, ratlos, und starren ihn stumm an. »Ein Wunder, dass man nicht öfter von solchen Geschichten hört, sag ich immer.« Er sieht zu Boden. Fassungslos über die Ungerechtigkeit des Lebens.

»Oh.« Daisy fasst sich als Erste und bricht das Schweigen. »Das ist sicher ein Problem. Ist sie denn da? Diese Mrs. Khiest?«

»Nein. Es ist Samstagvormittag. Da ist sie beim Friseur, und anschließend geht sie einkaufen. Sie wird vielleicht in einer Stunde zurück sein. Wenn Sie wollen, können Sie in meiner Bruchbude warten. Oder vielleicht möchten Sie ja lieber in den Park gehen. Oder zur Seventh Avenue und dort etwas essen.«

»Vielen Dank, Mr. Davis«, sagt Daisy höflich. »Ich glaube, wir gehen eine Weile in den Park. Wenn Sie Mrs. Khiest sehen, sagen Sie ihr doch bitte, dass wir in einer Stunde wiederkommen.« Und zu Elisabeth gewandt: »Bist du damit einverstanden?«

»Ja, gut. Lass uns in den Park gehen.«

Daisy wendet sich noch mal an Brian und dankt ihm. Ihr fällt auf, dass er Elisabeths Aufzug mustert. Daisy hat sich schon daran gewöhnt, Elisabeth in diesen Jeans zu sehen, doch sie erinnert sich noch gut an ihren ersten Eindruck und kann sich lebhaft vorstellen, was Brian denkt. Sie geht hinter Elisabeth die Stufen hinunter, und Michael ist stolz, dass sie sich dabei leicht an seinem Arm festhält. »Wenn es dir nichts ausmacht, Elisabeth«, ihre Stimme klingt zaghaft, doch es sprudelt einfach aus ihr heraus, »Ich habe dort an der Straße ein paar sehr hübsche Geschäfte gesehen. Wollen wir da nicht mal hineinschauen?«

Elisabeths Augen glänzen. »Geschäfte? Ja, die habe ich auch gesehen. Dann lass uns gehen.«

»Es macht dir doch nichts aus, Michael?«, fragt Daisy.

»Nein.«

Natürlich macht es ihm etwas aus.

Sie drehen sich um, und zu dritt gehen sie bergab den Bürgersteig hinunter.

* * *

Als sie schließlich wieder zu Nr. 11440 Second Street zurückkehren, sind sie alle schwer mit Einkaufstüten beladen. Und noch mit etwas Neuem. Elisabeth und Michael tragen es bereits.

Jeans, die passen. Ohne all den überflüssigen Stoff, mit dem man ein Segelschiff bestücken könnte. Alle beide sind erleichtert und froh, den jeweils anderen in vernünftigen Klamotten zu sehen.

Michael mit dem Finger über der Türglocke von Hulda Khiest. Er sieht Daisy an, die zustimmend nickt. Er drückt. Lässt die Frau in Apartment Nr. 3 wissen, dass hier unten jemand ist, der zu ihr möchte.

Die Frau in Apartment Nr. 3 sieht vom Fernseher auf. Sie ist erschrocken. Es ist schon so lange her, dass bei ihr jemand geklingelt hat. Vermutlich ein Irrtum. Sie wendet ihre Aufmerksamkeit wieder CNN zu.

»Ob sie schon zurück ist?«, fragt Michael.

»Wir waren über eine Stunde weg«, meint Elisabeth.

»Vielleicht braucht sie etwas mehr Zeit. Warten wir noch einen Augenblick, dann probieren wir es noch mal.«

Sie warten noch eine Minute, dann klingeln sie abermals.

Die Frau in Apartment Nr. 3 überlegt und kommt langsam zu dem Schluss, dass es vielleicht doch kein Irrtum war. Sie erhebt sich von der alten Couch, wozu sie die Hände fest in den abgewetzten moosgrünen Überzug stemmt. Ein Flugzeug fliegt vor der Sonne vorbei und beschattet für einen Moment das lichtdurchflutete Zimmer mit den großen Fenstern hinaus auf die Second Street. Viel Sonnenschein, ideale Bedingungen für die vielen Blattpflanzen, die auf allen Fensterbänken und auf dem Bord hinter der Sitzbank am Fenster stehen. Und für einen glücklichen Papagei.

»Versuch's noch mal«, flüstert Daisy Michael zu. Am Himmel brummt das Flugzeug. Michael klingelt erneut.

Die Frau in Apartment Nr. 3 schlurft an die Tür. Ihr Rücken ist leicht gebeugt, der Kopf vorgereckt. Mit ihrem verkrümmten Finger drückt sie auf die Sprechanlage. »Hallo?«

»Hallo?« Daisys Stimme ist zu hoch, um gut verständlich zu sein. Zu aufgeregt. »Äh, hallo?« Diesmal die Stimme noch höher Stimme als beim ersten Mal. Im Nachbargarten unterhalten sich laut und lebhaft zwei Spatzen. Daisy wendet sich an Elisabeth, tippt ihr auf den Arm. »Vielleicht solltest du besser reden.«

Elisabeth tritt näher an die Sprechanlage, den Mund dicht an der eingedellten, angelaufenen Metallplatte. »Äh, hallo. Ich heiße Elisabeth Jetty.« Höflich, mit ihrer besten Wirtschaftsprüfer-Stimme, in ihrem nagelneuen beigefarbenen Sommeranzug, den sie seit nicht mal einer Stunde trägt – eine bequeme Hose mit Bindegürtel, khakifarbene Bluse aus einem Baumwoll-Leinen-Gemisch –, dazu neue braune Ledersandalen mit flachem Absatz. »Ich bin hier mit meinem Sohn und meiner Großtante aus England. Wir würden uns gern mit Ihnen über jemanden unterhalten, der hier in diesem Haus gewohnt hat.«

Die Frau in Apartment Nr. 3 lässt dies alles auf sich wirken.

Sie bekommt Herzklopfen bei dem Gedanken, dass heute vielleicht ein besonderer Samstag für sie werden könnte.

»Aha? Dann mache ich Ihnen mal auf.« Sie spricht mit einem fremden Akzent.

Der Türöffner summt, und Michael drückt die schwere Glastür auf. Sie gehen durch den hallenden Eingangsbereich, der mit dunklem Holz getäfelt ist und früher einmal prächtiger gewirkt haben muss als jetzt. Sie betreten die Treppe, und jeder hofft, dass sie Brian Davis nicht wieder begegnen. Er zeigt sich nicht, während sie die breite Eichenholztreppe hinaufsteigen, die Hand am dunklen, glatt polierten Handlauf. Die Stufen knarren. Im zweiten Stock kommen sie an einer stahlgrauen Tür vorbei, die mit Kinderzeichnungen beklebt ist. Zeichnungen, die überwiegend Blumen zeigen und eine Sonne, die mit langen, gelben Strahlen aus einer oberen Ecke des Blattes scheint. Sie gehen weiter, hinauf zum dritten Stock. Daisy ist auf Michaels Arm gestützt. Michael denkt: Ist doch gut, dass ich mitgekommen bin. Und Daisy denkt: So ein netter Junge. Schön, dass er dabei ist.

Im dritten Stock stehen sie dicht beieinander vor einer weiteren stahlgrauen Tür, diese ohne Kinderzeichnungen. Die Frau in Apartment Nr. 3 betrachtet sie durch den Spion. Sie sehen ganz und gar nicht gefährlich aus, und deshalb öffnet sie. »Hallo!«

Elisabeth, noch immer mit ihrer offiziellen Stimme, mit der sie unten am Eingang gesprochen hat: »Mrs. Khiest? Vielen Dank, dass Sie uns hereingelassen haben. Ich bin Elisabeth Jetty, das hier ist mein Sohn Michael, und das ist Daisy Phillips aus Liverpool.« In dem großen Flur wirkt ihre Stimme laut.

Wieder nickt die Frau. »Freut mich, Sie kennenzulernen. Ich heiße Hulda Khiest. Bitte, kommen Sie doch herein.« Sie tritt zurück, um sie einzulassen. Erst Michael, dann Elisabeth, Daisy zum Schluss.

Mit einer Handbewegung lädt Hulda sie ein, auf der Couch Platz zu nehmen. Sie setzen sich, alle drei in einer Reihe, erst etwas zu dicht, deshalb müssen sie ein wenig auseinanderrutschen. Aufatmend sitzen sie da, Hulda gegenüber, die Knie zusammen, die Handflächen gegeneinander gedrückt.

Michael hat nicht mehr so aufrecht gesessen, seit er im Hochstuhl mit den Fingern Apfelmus und Babynahrung gegessen und mit Cornflakes gespielt hat. Er fühlt sich fremd hier, sieht an Hulda Khiest vorbei, ziellos im Raum umher. Sein Blick bleibt an einem großen grünen Vogel hängen, der auf einer Holzstange am Fenster sitzt, von wo aus er die beste Aussicht im Zimmer genießt. Doch im Moment schaut er nicht hinaus, sondern hat die Augen fest auf sie gerichtet. Dabei knackt er Körner aus einer Silberschale unter seiner Stange.

Michael fühlt sich nicht nur fremd, er wirkt auch so. Elisabeth betrachtet ihren Sohn von der Seite, wohl eine Minute lang. Lernt diesen anderen Jungen kennen. Bemerkt plötzlich, wie reif er aussieht. Ein Ausdruck in seinen Augen, der bisher nicht da war. Der langsame, unaufhaltsame Prozess des Erwachsenwerdens scheint ganz plötzlich Geschwindigkeit aufzunehmen.

Daisy sitzt erwartungsvoll da, ihre ganze Aufmerksamkeit gilt Hulda. Sie hat Herzklopfen bei dem Gedanken, einem Menschen so nahe zu sein, der möglicherweise eine Verbindung zu ihrem anderen Leben ist.

Langsam lässt Hulda sich in einem großen Sessel mit Samtbezug nieder. Michael betrachtet sie und denkt daran, wie alt sie ist. Fast majestätisch sitzt sie da, mit erhobenem Kopf, und sieht schräg zu ihnen herüber. Hellbraun gefärbtes Haar,

Dauerwelle, eine hohe Stirn, eingefallene Wangen, wache dunkle Augen, faltiger Hals, schmale Schultern unter einem leichten weißen Morgenmantel.

Das Zimmer ist groß, die weißen Wände leicht vergraut. Der letzte Anstrich ist eine Ewigkeit her, aber sauber, nirgendwo blättert Farbe ab. Eine sehr hohe Decke. Das Fenster hinaus zur Second Street ist so groß, dass mehrere Elefanten nebeneinander hindurchspazieren könnten, es erstreckt sich fast über die gesamte Breite des Raumes. Hier also sitzt der Vogel. Gegenüber der Couch befindet sich ein großer Kamin mit dunkelgrünen, glasierten Kacheln, die die Öffnung einrahmen und sich ein Stück weit an Wand und Fußboden fortsetzen. Er stammt noch aus der Zeit, als das Haus erbaut wurde, um 1890, und ist in den vielen Jahrzehnten seitdem nicht verändert worden.

Diese Wohnung hat tatsächlich das Zeug zu einem Luxusapartment. Sie muss der Traum eines jeden Maklers sein.

Jetzt können sie Brian Davis' Frust verstehen. Man kann ihn praktisch in der Luft spüren, und er legt sich auf sie.

»Bitte entschuldigen Sie, dass ich Sie im Morgenmantel empfange«, sagt Hulda. »Aber ich habe nicht oft Besuch.«

Sie nicken verständnisvoll und versichern ihr, das mache gar nichts.

»Ja, also«, Hulda lässt die Handflächen auf ihre Knie fallen, »was kann ich denn für Sie tun?« Der Akzent. Irgendein europäischer. Deutsch? Polnisch? Schwedisch?

Daisy erzählt: »Ich suche einen Mann, der bis 1945 hier in diesem Haus gewohnt hat. Er hieß Michael Baker und lebte bei seinen Eltern.«

Eine Stille entsteht, während Hulda über Daisys Worte nachdenkt. Die anderen warten geduldig. Der Vogel kreischt. Michael dreht sich um und beobachtet ihn. Daisy und Elisabeth sehen Hulda an, sie merken, wie die Rädchen in ihrem Kopf zu arbeiten begonnen haben.

»Baker«, wiederholt Hulda leise. Sie denkt nach. Klopft sich mit dem verkrümmten Finger an die Stirn. »1945 – da muss ich nachdenken. Ich bin 1938 hier eingezogen, also war das sieben Jahre später.« Sie kneift die Augen zu. »Da waren die Kinder in der Grundschule.«

»Hier«, Daisy springt von der Couch auf, öffnet ihre Handtasche und zieht etwas heraus. Einen zerknitterten weißen Briefumschlag. »Ich habe ein Bild von ihm.«

Überrascht versuchen Elisabeth und Michael einen Blick auf das Foto zu erhaschen, das Daisy über den Couchtisch schiebt und von Hulda mit leicht zitternder Hand aufgehoben wird.

Hulda nimmt ihre Brille aus der Tasche ihres Morgenmantels und sieht das Bild an. Ein junger Soldat. Fesch in seiner Uniformmütze. Breite Schultern. Gerade Nase, unten leicht gerundet. Mit ernstem Blick sieht er in die Kamera. Huldas Gedanken laufen im Rückwärtsgang. Sie wandern zurück durch all die Jahre in der Hoffnung, das Bild würde vielleicht eine Erinnerung auslösen. Würde dieses ganz durchschnittliche Soldatengesicht wieder zu einem bekannten Individuum werden lassen. Doch Hulda erkennt ihn nicht, es gibt nichts, woran sich eine Erinnerung festhalten könnte, nichts, was ihn von anderen unterscheidet.

Hulda zermartert sich das Gehirn. Schließlich sagt sie bedauernd: »Es tut mir leid, aber ich erinnere mich nicht an ihn. Es gab hier in Brooklyn so viele Soldaten. Es tut mir schrecklich leid.« Sie gibt Daisy das Bild zurück.

Schweigend sitzen sie da, Daisy, Elisabeth und Michael.

»Und Sie sind extra hierhergefahren, weil Sie gehofft hatten, ich würde mich an ihn erinnern?«

Daisy nickt. »Ich habe etwas von ihm, was er mir vor sechzig Jahren gab und was ich ihm wiedergeben möchte. Oder seinen Kindern, falls er nicht mehr lebt. Wir hatten gehofft, Sie würden sich an ihn erinnern, denn wir haben sonst keine weiteren Anhaltspunkte.«

»Wie sind Sie überhaupt auf mich gekommen?«, möchte Hulda wissen.

»Wir haben beim Hausbesitzer angefangen.«

»Ach, du liebe Zeit«, sagt Hulda. Keiner spricht. Plötzlich steht Brian Davis mit finsterem Gesicht und tropfendem Holzlöffel allen vieren vor Augen. Wie ein Gespenst schwebt er durch den Raum. Irgendwo draußen bellt ein Hund. »Nun, ich bin froh, dass er wenigstens hilfsbereit war. Das ist er nicht immer.«

Stille. Das Bild von Brian löst sich wieder auf.

»Würde es Ihnen wohl helfen, wenn Sie Michael Bakers Handschrift sähen?«, fragt Daisy und kramt in ihrer Tasche. Sie gibt Hulda den Briefumschlag, und die sieht ihn sich an.

Sie betrachtet ihn lange. Dann lächelt sie und sagt: »Oh ja.« Wie eine Welle schwappt die Hoffnung wieder über die drei auf der Couch. Sie halten den Atem an. »Ich erinnere mich gut an diese Briefmarken.« Sie fährt mit ihrem gichtigen Finger über die Marken.

Die Hoffnung schwindet wieder. Man sieht es ihnen deutlich an. Hulda entgeht es nicht, ihr tut es leid.

»Kann ich Ihnen etwas anbieten? Eine Tasse Tee?«

Elisabeth lehnt ab.

Michael lehnt ab.

Daisy sagt: »Ach, das wäre wunderbar. Vielen Dank.«

Hulda ist hocherfreut. »Dann setze ich den Kessel auf.«

Sie steht auf und schlurft auf ihren dünnen, etwas krummen Beinen in den ausgetretenen roten Hausschuhen über das Eichenparkett in ihre kleine Küche.

»Er hat Klavier gespielt.« Michael hat sich auf dem Sofa herumgedreht und sieht nun Hulda an. Elisabeth und Daisy sind sprachlos. »Er war ein Wunderkind auf dem Klavier.« Damit gebraucht er einen Ausdruck, mit dem man früher ihn selbst bezeichnet hatte. »Er hatte eine Uhr mit einer eingravierten Widmung von Arthur Rubinstein. Vielleicht erinnern Sie sich daran?«

Hulda bleibt stehen und denkt nach, den Wasserkessel in der Hand. »Klavier«, sie schüttelt den Kopf. »Davon gab es viele in diesem Haus. Wissen Sie, in welchem Stockwerk er gewohnt hat?«

Daisy überlegt. Sie hatte während der kurzen Zeit ihrer Verlobung seinen Absender so oft gelesen und versucht verzweifelt, ihn sich wieder ins Gedächtnis zu rufen. Stand da auch die Nummer seines Apartments drauf? Bis auf zwei hat sie alle Briefumschläge in Liverpool gelassen. Einen hat sie hier, der andere ist in ihrem Koffer.

Sie schüttelt den Kopf. »Ich glaube, die Nummer des Apartments hat er nie draufgeschrieben. Aber ich habe noch einen Briefumschlag, hier, auf Long Island. Den sehe ich mir noch mal an, wenn wir wieder zurück sind.«

»Weißt du, wie seine Eltern hießen?«, fragt Elisabeth Daisy.

»Eine gute Frage.« Daisy runzelt die Stirn. Es ist so lange her. Bestimmt hat sie die Antwort früher gewusst. Aber jetzt nicht mehr. »Ich muss nachdenken. Vielleicht habe ich Glück, und es kommt wieder.«

»Das wäre gut.« Hulda dreht das Gas unter dem Kessel an. Sie öffnet einen Schrank. Nimmt zwei zierliche Porzellantassen heraus und fragt Daisy, wie sie den Tee mag. »Ich vermute, ich würde mich wohl eher an die Namen seiner Eltern erinnern. Oder wenn ich wüsste, was sie beruflich gemacht haben. Oder wie sie aussahen. Können Sie sich an irgendetwas in dieser Richtung erinnern?«

Daisy kratzt die Farbschichten ihrer Erinnerung ab, eine nach der anderen, um zu den tieferen Lagen durchzudringen. Nach einer Weile sagt sie: »Sein Vater war bei einer Zeitung, er angelte auch gern. Seine Mutter las viel und spielte Klavier. Sie spielte immer sonntags in der Kirche. Darauf war Michael besonders stolz. Wie sie aussahen, weiß ich nicht. Ich habe sie nie persönlich kennengelernt.«

Hulda konzentriert sich. Der Kessel pfeift.

Beim Tee am kleinen viereckigen Tisch bei offenem Küchenfenster, durch das die Sommerhitze strömt, erzählt Daisy aus ihrem Leben und wie sie Michael Baker kennengelernt hat. Sie erzählt kleine Einzelheiten und hofft, dadurch eine Erinnerung wachzurufen. Seine Lutscher mit Kirschgeschmack. Seine Kartenkunststücke. Dass er nicht singen konnte, aber trotzdem Klavier spielte wie kein Zweiter. Dass er immer vor sich hin summte oder pfiff. Es könnte sein, dass er eine Katze hatte. Daisy ist sich nicht sicher, aber sie hält es für möglich, dass er mal eine Katze erwähnt hat. Er liebte Malteser, die runden Malz-Schokokugeln, und englische Marmelade, und immer nahm er zwei Dutzend Gläser Dunkirk mit nach New York. Daisy verstummt und hängt ihren Gedanken nach. Sie lehnt sich im Stuhl zurück, die Füße zusammen, den Rücken gerade.

Alle sehen Hulda an und hoffen auf einen Funken der Erinnerung, des Erkennens.

Nichts. Sie schiebt Michael den Teller mit Keksen hin. Redet ihm zu, er solle einen probieren.

Er nimmt einen. Kaut bedächtig und verkündet, sie seien fantastisch.

Huldas kleine Äuglein in dem alten, runzligen Gesicht leuchten. »Die heißen Mailänderli. Das Rezept ist noch von meiner Mutter. Und sie hatte es von ihrer Mutter.«

Michael isst. »Wie heißt er?« Er zeigt auf den Papagei.

»Jodeli.«

»Jodeli?«

Hulda nickt. »Jodeli Khiest.«

»Was für ein Vogel ist das?«

»Ein Mönchssittich. Er ist zweiundzwanzig Jahre alt. Den Namen hat mein Mann ihm gegeben.«

»Sitzt er immer dort? Fliegt er nicht weg?«

»Er hat keine Schwungfedern mehr. Die hat der Tierarzt ihm gestutzt.«

»Cool«, sagt Michael. »Kann ich ihn anfassen?«

Hulda nickt. »Komm mit.«

Michael geht mit ihr zu Jodeli. Fasziniert sieht er zu, wie sie dem Vogel erst über den Kopf streichelt und dann seine langen Flügel krault, wobei sie leise und zärtlich in einer fremden Sprache mit ihm spricht. Schließlich nimmt sie Michaels Hand und führt sie langsam über den Vogel, der alles wachsam verfolgt. Michael berührt ihn sanft, streicht ihm über den Kopf und die grünen Federn. Jodeli erstarrt, lässt es aber geschehen. Michael hält den Atem an. Elisabeth und Daisy haben sich umgedreht und beobachten ihn. Hulda fährt fort mit ihrem leisen Singsang aus unverständlichen Worten.

»Woher kommen Sie?«, fragt Daisy. »Ich hoffe, Sie finden das nicht indiskret.«

»Nein, natürlich nicht«, erwidert Hulda. »Das ist Schwyzerdütsch, was ich hier spreche. Ich bin ein altes Schweizermädchen, aus der Nähe von Zürich. Aus einem Dorf namens Neerach.«

»Heißt er deshalb Jodeli?«, fragt Michael und streichelt ihn zaghaft. »Kann er denn jodeln?«

Hulda lacht. »Wir haben jahrelang versucht, es ihm beizubringen. Schallplatten mit Jodlern haben wir ihm vorgespielt, in der Hoffnung, er würde es aufschnappen.« Sie schüttelt den Kopf. »Aber er hat es nie gelernt.«

»Ich bin schon oft in der Schweiz gewesen«, erzählt Daisy. »Es ist ein wunderbares Land. Einfach wunderbar.«

»Ja, das ist es«, sagt Hulda und zählt die Kantone auf, die sie für die schönsten hält. Alpen. Seen. Dörfer. Städte.

Michael beschäftigt sich noch immer mit dem Vogel. Er sieht seine Mutter an. »Mama, können wir nicht auch so einen haben?« Wieder der kleine Junge. Die Bitte eines Kindes.

Elisabeth antwortet nicht.

Michael wiederholt die Frage. Er spricht leise mit dem Vogel, studiert ihn eingehend, sieht in seine schwarzen Äuglein, streichelt ihn sanft. Er bleibt bei ihm, auch als Hulda wieder an den Tisch zurückgeht, wo sie sich langsam wieder auf ihren Küchenstuhl setzt und sich weiter mit Daisy unterhält.

Elisabeth gibt Michael keine Antwort. Sie ist schlecht gelaunt und fühlt sich ausgegrenzt. Dieses ganze Geschwätz. Über Orte, an denen sie nie gewesen ist. England – und Daisy erzählt wieder einmal, wie scheußlich das Wetter dort sei und dass sie nicht verstehen könne, wie jemand nur nach England reisen kann. Die Schweiz – Hulda erzählt, dass das Wetter dort genauso schlecht ist wie in England, das Essen aber besser sei. Das Gespräch nimmt eine neue Wendung. Über Gegenden in Europa, die sie beide, Daisy und Hulda, kennen.

Elisabeth runzelt die Stirn und stützt das Kinn in die Hand, den Ellbogen unhöflich auf den Tisch gepflanzt. Warum ist sie eigentlich noch nie in Europa gewesen?, fragt sie sich. Wie lange wollte sie nicht schon dorthin! Mürrisch denkt sie daran, wie alle ihre Träume von den Kindern zunichtegemacht und zwanzig Jahre lang ignoriert worden sind. Die beiden älteren Frauen träumen sich in die Vergangenheit zurück, Elisabeth katapultiert sich in die Zukunft. Stellt sich vor, worüber sie sich in Huldas Alter unterhalten wird. Was würde sie über ihr Leben erzählen können? Außer, dass sie fünf Kinder großgezogen hat? Dass sie einstmals nachts um zwei das Fahrrad ihres Mannes gestohlen und im Central Park stehengelassen hat? Dass sie eine gute Steuerprüferin war? Dass sie nie anderswo als in Port Washington gewohnt hat und nun ihr Leben nur fünf Meilen von dem Haus entfernt lebt, in dem sie aufgewachsen ist? Dass sie nie einen Reisepass gebraucht hat? Sie ist lediglich in Mexiko, in Kanada und der Karibik gewesen, wo sie keinen Pass brauchte. Dass sie, nachdem sie eine wahre Brutmaschine gewesen ist, in einem Alter die Wechseljahre erreicht hat, in dem andere Frauen noch Kinder bekommen?

Elisabeths Irritation geht langsam in Zorn über. Sie wird immer wütender. Über sich selbst, über Richard, über ihr kleines, enges Leben, das über Long Island und Manhattan nicht hinausreichte. Dort draußen war die große, weite Welt, warum hat sie sich bisher eigentlich damit abgefunden, so wenig davon zu sehen? Und sie gelobt sich hier und jetzt, das zu ändern. Diesen Sommer werden sie nach Europa fliegen. Bisher haben sie ihr Geld für völlig falsche Dinge ausgegeben. Sie sollten wirklich die teuren Wohnzimmermöbel verkaufen und nur noch auf Kisten sitzen und das Geld für Flugtickets ausgeben und die Welt sehen. Und statt dauernd an Richards Mountainbike zu denken, sollte sie lieber mit den Jungs auf dem Fahrrad durch Europa touren.

Sie wendet ihre Aufmerksamkeit wieder Hulda zu, die gerade erzählt, wie sehr sie die Alpen vermisst.

»Ich bin seit 1938 in Amerika. Es ist meine Wahlheimat, und die ist gut zu mir gewesen. Ich liebe Amerika und werde es immer lieben, und trotzdem habe ich die Alpen immer vermisst. Ich kann nicht anders. Ich habe die Berge im Blut. Und in der Seele. Sie sind ein Stück von mir und werden mir immer fehlen.« Sie erinnert sich an etwas und lächelt. »Albert wusste, wie ich darüber dachte. Er hat mich immer damit getröstet, dass wir ja zumindest an der höchsten Stelle der Straße wohnen. Hier oben auf dem Hügel.«

»Waren Sie denn nie wieder in der Schweiz?«, fragt Michael. »Ich meine, zu Besuch?«

»Oh ja, natürlich, aber jetzt schon seit zwanzig Jahren nicht mehr. Schließlich bin ich dreiundneunzig.«

Sie sieht ihn an. Sein junges, ernstes Gesicht. Kekskrümel kleben an seiner Oberlippe. »Albert, mein wunderbarer Mann, ist nun schon einundzwanzig Jahre tot. Und zwei meiner Kinder – Gott segne sie – sind ebenfalls schon dahingegangen. Ich habe noch einen Sohn, er lebt in Venezuela, und viele Enkelkinder, in Arizona, in Kalifornien und einige in Venezuela. Meine Freunde und Bekannten sind alle tot. Natürlich habe ich noch Verwandte in der Schweiz, aber mit denen habe ich keinen Kontakt mehr. Mit wem sollte ich auch reisen? Bei wem sollte ich wohnen? Ich fürchte, ich habe nicht so viel Glück und bin auch nicht mehr so jung oder so mutig wie Sie, Mrs. Phillips«, sagt sie, zu Daisy gewandt. »Ich könnte jetzt nicht mehr zurück, selbst wenn ich jünger, rüstiger und stärker wäre. Als ich so alt war wie Sie, war ich zu feige, um allein zu reisen. Und jetzt ist es natürlich zu spät. Ich werde die Alpen nie wiedersehen. Ich bewundere Ihren Mut.«

Daisy wehrt das Kompliment ab. Sie erinnert sich noch gut daran, wie undenkbar es ihr vor kurzem noch erschien, ohne Paul zu reisen. Sie weiß genau, wie Hulda zumute ist.

»Andere Umstände«, sagt Daisy bescheiden. »Und ich habe Glück, dass ich hier Verwandte habe, die ich allerdings bis vor kurzem auch nicht kannte, und die äußerst großzügig sind. Ich habe wirklich Glück. Und ich bin froh, dass ich hergekommen bin.« Dankbar lächelnd sieht sie Elisabeth an, dann Michael.

Hulda schenkt Daisy noch etwas Tee ein. Sie plaudert weiter. Davon, wie sie Albert kennengelernt hat, wie er im Sommer immer in die Schweiz kam, um seinen Großvater väterlicherseits zu besuchen. Wie er vor der Tür ihres Elternhauses um ihre Hand anhielt, nervös und stotternd, neben sich einen Eimer Äpfel vom Baum seines Großvaters. Er hatte die allerschönsten Äpfel abgepflückt, um sie ihr zu schenken. Worauf seinen Großvater beinahe der Schlag traf und Hulda sich heimlich amüsierte, denn ihre Eltern hatten auch einen Apfelbaum, der so viele Äpfel trug, dass sie kaum wussten, wohin damit.

Daisy trinkt ihren Tee, hört freundlich zu und resigniert mit jeder Minute mehr. Bis sie sich endgültig geschlagen gibt und es akzeptiert: Sie werden keine Informationen von Hulda bekommen. Das Erforschen der dunklen Höhlen in Huldas Erinnerung, das Ausleuchten von deren hintersten Windungen mit Taschenlampen, hat nichts zutage gefördert. Leere Hände. Leere Eimer. Sie sind Michael kein bisschen näher gekommen, außer dass sie seine frühere Aussicht auf die Second Street in Park Slope, Brooklyn, kennengelernt haben.

Schließlich rüsten sie sich zum Aufbruch. Sie bedanken sich bei Hulda, die mit Tränen in den Augen protestiert, dass *sie* sich zu bedanken habe. Michael verabschiedet sich wieder und wieder von dem Vogel. An der Tür steckt Hulda ihm etwas zu. Etwas, womit er nicht gerechnet hat. Eine Überraschung – Mailänderli, in Küchenpapier eingewickelt.

Sie tauschen die Telefonnummern aus. Und versprechen, einander anzurufen, wenn einem von ihnen noch etwas einfallen sollte.

29

LIVERPOOL, ENGLAND. UMZUGSTAG. Strahlender Sonnenschein. Keine Wolke am Himmel. Dennis nimmt das als gutes Omen.

Verschwitzt, in rosa Hemdsärmeln und zerknautschter grauer Hose, dirigiert er die Umzugsmänner. Er zittert vor Angst, dass einer ein Loch in die Leinwand seiner Gemälde machen könnte, denn er musste die billigste Firma nehmen, die er finden konnte. Jetzt würde er am liebsten heulen, wenn er sieht, wie sie seine Kunstsammlung, seinen wertvollen Besitz, sein Ein und Alles aus dem Haus und in den Möbelwagen bugsieren. Er empfindet plötzlich eine geradezu überwältigende Verbundenheit mit dem Haus, mit Liverpool, und dieses Gefühl nimmt im Laufe des Tages immer mehr zu. Während zur gleichen Zeit das Haus immer leerer und der Umzugswagen immer voller wird.

Gestern war sein letzter Arbeitstag. Er hat sein Büro ausgeräumt und dabei Dinge gefunden, die er Jahrzehnte nicht mehr in der Hand gehalten hatte. Er fand alte Lieblingsbücher, Zeitschriften und Prospekte in den Regalen. Sein ganzes Leben dort, zerlegt und weggepackt. Drei Wochen zuvor hatte er gekündigt. Aufgerissenen Augen und offenen Mündern gegenüber erklärt, er würde gehen, wegziehen von hier. Und hatte ihnen, einschließlich seinem Nachfolger und allen anderen – an ihren Schreibtischen, Computern, Arbeitsplätzen, Wasserspendern – alles Gute gewünscht. Alles hatte einen Augenblick lang still gestanden, alle Augen hatten sich auf ihn gerichtet.

Auch sie hatten ihm alle Glück gewünscht. Und es bedauert, ihn zu verlieren. Aber sie würden sich darauf freuen, sein neues Buch zu lesen. Sobald es herauskomme. Man werde ganz bestimmt danach Ausschau halten, und ob er schon wisse, wann es so weit sein werde.

Dennis hatte den Kopf geschüttelt. Lächelnd, die Kaffeetasse in der Hand, hatte er sich im Stuhl zurückgelehnt. An seinem Gürtel nach der Schnalle gegriffen und sie unter seinem Bauchansatz zurechtgeschoben, ein reflexartiger Handgriff.

Voller Zweifel war er zum letzten Mal vom Firmenparkplatz gefahren. Ein großes, überwältigendes Gefühl der Unsicherheit. War seinen Job aufzugeben vielleicht das Dümmste, was er jemals getan hatte? Oder Amanda zu vertrauen, ihren Prophezeiungen über die finanzielle Sicherheit und eine rosige Zukunft? Die Hände am Lenkrad, weiße Knöchel. Zähne zusammengebissen, Unterkiefer verkrampft. Zusammengezogene Augenbrauen. Das Radio war zwar eingeschaltet, aber er ignorierte es. Er hatte sich gesagt, man müsse im Leben etwas riskieren. Sich eingeredet, dass schon alles gutgehen werde. Dass dieser Umzug doch eigentlich ein Glücksfall sei. Die Seeluft würde ihm bestens bekommen. Und es würde ihm ganz bestimmt den Anstoß für ein neues Buch geben.

Außerdem denkt er, dass die Zeitschrift sowieso bald eingehen wird. Wie alle Zeitschriften dieser Art. Es ist besser, man geht rechtzeitig. Schließlich wird er nicht jünger. Wenn er sich verändern will, ist jetzt genau der richtige Moment dafür.

Amanda fegt im Haus herum, ist kaum zu bremsen in ihrem Überschwang und ganz ungewöhnlich salopp gekleidet, mit abgeschnittenen Jeans und Turnschuhen. Sie rennt los zu einem letzten Termin bei ihrem getreuen, zuverlässigen Friseur. Damit sie Zeit hat, sich in Sussex nach einem passenden Ersatz umzusehen und nicht gleich, wenn sie ankommt, einen Haarschnitt braucht, ohne dass sie weiß, wo sie hingehen soll. Deshalb ist dies ihr letzter Termin überhaupt in Liverpool. In dieser Stadt, die ihr immer unsympathisch war.

Es ist fast sechs Uhr abends, als der Möbelwagen endlich fertig gepackt ist. Zum letzten Mal fahren sie in zwei separaten Autos aus ihrer Einfahrt. Dennis ist erschöpft, aber froh darüber, dass seine Mutter nicht da ist. Er mag sich gar nicht vorstellen, wie sie reagieren würde, wenn sie diesen Abschied miterleben müsste. Bis zu ihrem neuen Heim werden sie etwa fünf Stunden fahren und dort zunächst auf dem Fußboden schlafen. Der Möbelwagen wird erst morgen da sein.

Amanda meint, sie sollten die Nacht woanders verbringen. Sich etwas gönnen. Ihr neues Leben in einem Himmelbett feiern, zwischen feinster Bettwäsche, in einem romantischen Hotel mit Rosen- und Veilchentapete, schweren, dunkelroten Vorhängen und verschnörkelten Kronleuchtern, irgendwo am Wasser. Eine Flasche Champagner aus der Minibar öffnen.

Doch Dennis spricht ein Machtwort. Nein, sie werden ihr neues Leben in rauen Schlafsäcken aus Kunstfaser begrüßen. Und auf ihrer Lagerstatt auf neuen, lackversiegelten Fußbodendielen zwei Flaschen Bier aufmachen.

30

Im Auto ist es still, als Daisy, Elisabeth und Michael losfahren, die Second Street hinunter.

Michael bricht das Schweigen. »Vielleicht könnten wir Hulda ja mal zum Essen einladen. In den Ferien. Oder am Sonntag.«

Elisabeth nickt geistesabwesend und meint, das sei eine gute Idee. Sie muss sich auf die Straße konzentrieren, auf die Fußgänger, die Bürgersteige, Straßenränder, Kreuzungen bevölkern und die Fahrbahn überqueren, egal, ob sie Grün haben oder nicht. Sie darf niemanden gefährden. Gerade will sie Michael an ihre Abmachung erinnern, dass er auf dem Heimweg lernen würde, aber ein Blick in den Rückspiegel zeigt ihr, dass das gar nicht nötig ist. Er hat sein Buch bereits aufgeschlagen und liest aufmerksam darin. Elisabeth muss noch einmal hinsehen. Doch, tatsächlich. Er lernt. Sie wird sich hüten, ihn jetzt darauf anzusprechen.

Daisy neben ihr spielt nervös mit dem Daumen am Riemen ihrer Handtasche. Elisabeth, die gerade an einer Ampel hält, betrachtet sie von der Seite. Wahrscheinlich ist sie enttäuscht, dass dieser Besuch so wenig erbracht hat. Sie ahnt nicht, was in Daisy vorgeht. Daisy denkt über Huldas Leben nach. Dreiundneunzig Jahre, und lebt allein. Mit einem Hausbesitzer, der die Minuten zählt und es gar nicht erwarten kann, bis sie stirbt oder für den Rest ihres Lebens in einem Krankenhaus verschwindet.

Hulda hatte Daisys Mut bewundert. Dabei findet Daisy, dass eigentlich Hulda diejenige ist, die Mut beweist.

Sie denkt auch darüber nach, wie ihr eigenes Leben wohl ausgesehen hätte. In einem Open-Plan-Apartment auf der Second Street. Mit Hulda und Albert Khiest als Nachbarn. Sie und Hulda, beide voll Heimweh, und wie sie sich an ihr amerikanisches Leben gewöhnt und es lieben gelernt hätten. Amerikanische Ehemänner. Ein Leben in Brooklyn. Ein Leben in New York. Mit dem Prospect Park und Blumenkästen vor dem Fenster, mit Klinkerbauten aus dem neunzehnten Jahrhundert und den Geschäften am unteren Ende der Straße.

Ein merkwürdiges Gefühl ergreift sie. Sie hat keinen Namen dafür.

31

Eine Stunde und fünfzehn Minuten hat sie über Daisy gesprochen. Ist sie über Daisy hergezogen, um ehrlich zu sein.

Ann bezahlt die Friseurin. Sie gibt ein großzügiges Trinkgeld, was sie mit abgewandtem Blick tut – der Moment ist ihr immer etwas peinlich –, und konzentriert sich auf die Grünpflanze in dem goldglänzenden Übertopf, deren lange, breite dunkelgrüne Blätter sich im blanken Schaufenster der Junisonne zuwenden. Sie gibt auch der Kollegin ein Trinkgeld, die ihr Haar gewaschen und ihren abgeschnittenen Spliss zusammengefegt hat. Verabschiedet sich bei allen im Salon, einschließlich der Stammkunden in den verschiedenen Stadien ihrer Verwandlung – einige den Kopf mit angeklatschtem Haar farbig verschmiert, andere unter Trocknern, wieder andere gerade unter der Schere. Sie gibt allen Mädchen, die ihren Tag hier in diesem künstlich-süßen Duftnebel aus Essenzen und Wässerchen verbringen müssen, ein gutes Trinkgeld. Dann verlässt sie das Geschäft mit festerem Schritt als bei der Ankunft, aber so ist es immer.

Ein kurzer Weg zurück zum Auto über den belebten, sommerwarmen Gehsteig. Zurück in den Fahrersitz. Sie bedauert bereits die gehässige Art, in der sie über Daisy gesprochen hat. Behauptungen, mit denen sie die lärmenden Haartrockner und die Gespräche anderer Frauen um sich herum übertönte. Worte, für die sie sich jetzt schämt. Hatte sie nicht auch etwas Nettes über Daisy gesagt? Ann denkt über ihre anderthalb Stunden mit Henryka nach. Lässt das Gespräch noch einmal Revue passieren und hofft, dass ihr etwas einfällt, vielleicht eine kleine Bemerkung, die nicht ganz so schlimm war.

Sie stellt sich Henryka vor, mit ihrem Tiegel blonder Haarfarbe, die sie dick aufträgt. Denkt an sich selbst, wie sie sich über Daisy beklagt und ebenfalls dick aufträgt.

Ann schämt sich. Das alles sieht ihr so gar nicht ähnlich. Wer ist eigentlich diese neue, biestige Ann?

Sie fährt aus ihrer Parklücke und kommt sich ziemlich schäbig vor. Blickt kurz über ihre Schulter, die eine Hand am Lenkrad. Die andere vor dem Mund, peinlich berührt. Nach vierundzwanzig Jahren bei derselben Friseurin hat Ann sich angewöhnt, ihre Sorgen bei ihr abzuladen. Doch diesmal hat sie Gewissensbisse. Wie konnte sie all diese Dinge behaupten? Manches davon ist nicht einmal wahr. Daisy lockt Elisabeths Söhne nicht mit selbstgebackenen Leckereien nach der Schule zu sich nach Hause. Und sie lächelt auch nicht schadenfroh, wenn sie zu ihr kommen, statt zu Ann. Daisy spricht mit ihnen nicht schlecht über Ann. Alles das weiß sie, und doch hat sie es gesagt. Sozusagen zur Ausschmückung.

Sie fühlt sich niederträchtig. Steht an einer roten Ampel und schüttelt den Kopf, als könnte sie damit alle Gemeinheiten, die sie ausgesprochen hat, wieder aus ihrem Gedächtnis austreiben. Am liebsten würde sie den ganzen Vormittag ungeschehen machen. Allerdings nicht ihre Frisur, denn die ist heute besonders gut gelungen. Nur das ganze dumme Zeug, das sie dabei geredet hat.

Plötzlich merkt sie, wie verdreckt ihr Minivan ist. Salzbrezeln, undefinierbare Krümel, kleine Plastikteile, eine Lage aus Pokemon-Karten auf dem Boden, ein angebissener Apfel, drei leere Saftkartons in den Getränkehaltern. Sie wendet den Wagen und macht sich auf zur Waschanlage. Zu der, bei der man im Auto sitzen bleiben kann, während es durchläuft. Meist hat sie dabei ein, zwei oder noch mehr Kinder im Auto. Die finden es immer herrlich und quietschen vor Vergnügen. Diesmal ist sie allein.

Sie bezahlt den Mann mit dem tropfnassen Lappen, der ihr hilft, an die richtige Stelle auf die Schienen zu fahren und ihr sagt, wann sie den Leerlaufgang einlegen soll. Sie gibt ihm mehr, als er verlangt, und sagt, es stimme so. Auch hier ist sie großzügig mit dem Trinkgeld, wie beim Friseur.

Sie lehnt sich gegen die Kopfstütze und entspannt. Lässt sich durch die Waschanlage schieben. Sich von ihr reinigen. Schaum klatscht gegen die Fensterscheiben. Lange, schwere senkrechte blaue Lamellen, durch die man hindurch muss, schlagen gegen Vorderseite, Dach und Seiten des Minivans. Riesige rotierende Bürsten. Scharfe Wasserstrahlen, die aus allen Richtungen auf den Wagen treffen.

Ann genießt die Intensität. Sie fühlt sich geborgen hinter Fenstern und Türen. Unantastbar in ihrer Festung, bis zum letzten, sanften Schritt, dem Besprühen der Karosserie mit Heißwachs.

Dann ist es vorbei. Auf den Schienen gleitet sie hinaus, zurück in die Sonne, wo man Sie bittet auszusteigen. Sie steht und sieht zu, wie vier junge Männer mit Staubsaugern, Lappen und Putzmitteln die vier Türen öffnen und sich im Inneren zu schaffen machen. Um es zu reinigen. Bis es vor Sauberkeit blitzt.

Sie steht daneben, etwas schwerfällig in ihren Leinenschuhen, blinzelt in die Sonne und sieht zu. Lässt die jungen Leute arbeiten. Bezahlt sie, damit sie Schmutz und Abfall mit ihren Saugrüsseln entfernen. Damit sie sich wieder respektabel fühlt. Sie lassen vertrocknete und verdrehte Pommes verschwinden, die sich unter die Sitze geklemmt haben, holen das zusammengeknüllte Silberpapier von den Schokoladenkugeln aus den Ritzen der Polster. Sie reinigen ihr Leben.

Als sie wieder im Auto sitzt, fühlt sie sich sauberer, ordentlicher. Wieder wandern ihre Gedanken zu Daisy. Sie verzeiht sich ihre Verfehlungen und ist bereit zu einem neuen Anfang. Heute Abend hat Elisabeth zu einem gemeinsamen Essen geladen. Sie sind zurück von ihrer Fahrt nach Brooklyn und wollen erzählen, was sie dort erreicht haben. Und auch Ann wird dabei sein, mit einem Blumenstrauß für Daisy und guten Wünschen für alles, was sie sich vorgenommen hat, was auch immer es sei. Irgendwas mit einer Uhr und einem Soldaten aus Brooklyn. Sie hatte nicht so genau hingehört, als Michael ihr die Gründe erklärt hatte, weshalb er nach der Schule nicht zu ihr kommt.

Ann hält bei einem Blumengeschäft und kauft einen wunderschönen großen Blumenstrauß, in hübsches Papier gehüllt. Einen Strauß, so groß, dass man ihn mit zwei Händen halten muss. Zu Hause legt sie die Blumen auf die Arbeitsfläche in der Küche. Sie stellt sich vor, wie sie ihn Daisy überreichen wird, als Friedensangebot. Eine Art Entschuldigung für ihr unsägliches Benehmen. Das Daisy ja größtenteils gar nicht mitbekommen hat, aber dennoch – eine Entschuldigung. Das Versprechen eines neuen Anfangs. Mit einer neuen Ann. Die ein Interesse zeigt an Daisys Reise, ihrem Aufenthalt hier und daran, dass sie sich weiterhin wohlfühlt.

Sie geht aus der Küche nach draußen, wo sie ihren Schwiegersohn und dessen Bruder in der Garage antrifft, die gerade mit einer Kreissäge einen Balken durchsägen. Ein ohrenbetäubender Lärm, Holzstaub pudert ihre Jeans und den gesamten Boden. Ann steht an der Tür, spielt mit dem Goldkettchen an ihrem Hals, wechselt ein paar freundliche Worte und bietet ihnen an, Kaffee zu machen, was die beiden jedoch dankend ablehnen.

Sie eilt zurück in die Küche, um sich selbst einen Kaffee zu machen. Ihr Blick fällt wieder auf den Blumenstrauß. Ein gutes Gefühl, so ein neuer Anfang – mit Blumen. Sie kann es kaum erwarten, sie Daisy zu überreichen. Vielleicht wird ihr sogar ein kleiner Scherz dazu einfallen. Sie gießt den Kaffee auf, schaltet den Fernseher ein. Ruft ein paar Leute an. In dem Liegesessel in ihrer gemütlichen Wohnküche sitzend, schlürft sie aus dem großen Becher ihren Kaffee und denkt darüber nach, was sie zum Essen heute Abend anziehen soll. Sie stellt sich den Abend bei Elisabeth vor – wie es sie freuen wird, dabei zu sein. Wenn alle um den Tisch versammelt sind. Sie werden sich unterhalten, wie immer, ehe Daisy kam. Das Bild vor ihrem Auge wandelt sich langsam zu der Vorstellung, wie alle um Daisy versammelt sind. Ihr zuhören. Völlig auf sie fixiert sind – wie immer seit ihrer Ankunft. Und Ann wird abgeschoben auf den Abstellgleis. Vergessen.

Genau wie Daisys Mutter es früher schon einmal mit ihr gemacht hatte.

Sie holt tief Luft. Trinkt den Rest ihres Kaffees, selbst den dicken, bitteren Bodensatz. Sie nimmt die Fernbedienung und schaltet auf einen anderen Kanal. Völlig geistesabwesend. Sie hat zu viel im Kopf. Versucht, ihre ursprünglichen Gedankengänge wiederzufinden. Die, in denen sie die Hauptperson war und Daisy die geduldige Zuhörerin. Doch die unerwünschten Gedanken drängen sich immer wieder dazwischen. Als ob jemand mit einer Fernbedienung Anns Gedanken beeinflusst und unablässig zurückschaltet auf den Kanal mit »Daisy, immer nur Daisy«.

Sie steht auf und geht in die Küche. Spült den Kaffeepott aus und stellt ihn aufs Trockengestell. Visionen von Daisy, beliebter denn je, tanzen ihr durch den Kopf. Alle sprechen über die Fahrt. Kleine Insiderwitze, Geschichten über Brooklyn. Ann wird ungehalten, sie kann das Gefühl nicht loswerden, dass Daisy das nicht verdient hat. Kein Kind von Tante Meredith verdient ein solches Glück.

Wütend nimmt sie den Blumenstrauß und reißt das hübsche Papier auf. Stellt eine große Kristallvase auf den Tisch und setzt die vielen bunten Blumen hinein, arrangiert sie so hübsch wie möglich. Sie tritt zurück und bewundert ihr Werk. Dann nimmt sie das Telefon und ruft Elisabeth an. Sie habe entsetzliche Kopfschmerzen und werde wohl heute Abend nicht kommen können.

32

Elisabeth springt aus dem Bett. Montag früh. Sie spürt es. Dieses Gefühl, das sie neun Wochen lang nicht mehr gehabt hat, endlich ist es wieder da. Sie rennt ins Badezimmer, ganz sicher.

Nein, doch nicht. Sie hat sich geirrt.

Elisabeth, übers Waschbecken gebeugt, putzt sich die Zähne. Fährt mit der Bürste durch ihr Haar, dass die Kopfhaut kribbelt. Zieht ihre Bürokleidung an, ohne sich die Mühe zu machen, in den Spiegel zu sehen. Das Make-up erspart sie sich.

Sie denkt an den Dartman – und macht sich Sorgen. Es ist ihr nicht entgangen, dass er nicht mehr zugeschlagen hat, seit Richards Fahrrad von ihr gestohlen worden ist. Was sie stärker verunsichert als alles andere zuvor. Sie grübelt hin und her und weiß, dass das Ausbleiben weiterer Übergriffe nicht unbedingt etwas damit zu tun haben muss, dass Richard kein Fahrrad mehr hat. Sie runzelt die Stirn, denn sie weiß, wenn es keine weiteren Attacken geben sollte, wird sie niemals wissen, wer dahintersteckte. Während sie sich beeilt, nach unten in die Küche zu kommen, hat sie die unsinnige

Hoffnung, der Dartman möge wieder zuschlagen. Nur noch ein einziges Mal.

In der Küche durchläuft Elisabeth die übliche Montagmorgen-Routine. Kinder abfertigen, Frühstück bereiten. Daisy bietet Elisabeth an, ihr schnell einen Tee zu machen, wobei es ihr kaum gelingt, den allgemeinen Lärm zu übertönen. Elisabeth lehnt dankend ab, sie werde auf dem Weg zur Arbeit bei Dunkin' Donuts stoppen. Daisy wünscht Michael viel Glück für sein erstes Regents-Examen. Elisabeth hört es, total überrascht, und bekommt ein schlechtes Gewissen. Sie hatte völlig vergessen, dass es heute ist. Erstaunt sieht sie, wie Michael es sich sogar gefallen lässt, von Daisy dazu einen schnellen Kuss auf die Stirn gedrückt zu bekommen. Er rennt zur Tür hinaus, und schon sitzt er im Schulbus.

Daisy, heute ganz in Pastellfarben, steht an der Tür und winkt allen hinterher, einschließlich Elisabeth. Dann sind sie weg. Es ist still im Haus. Sie steht unschlüssig in der Küche. Und gibt sich einen Ruck. Sie wird die Sache selbst in die Hand nehmen.

Sie schaltet den Computer ein. Will da weitermachen, wo sie und Michael aufgehört haben zu recherchieren, die lange, mühsame Suche nach dem richtigen Michael Baker unter Hunderttausenden. Sie versucht, Aufzeichnungen aus Militärarchiven zu finden. Sterbeurkunden der Stadt New York. Daisy ist stolz, als sie es schafft, im Netz wieder dorthin zu finden, wo Michael stehengeblieben war, ehe er anfangen musste zu lernen. Daisy tippt mit einem Finger auf der Tastatur. Sie weiß auch noch, welches die Eingabetaste ist und wie man mit der Maus umgeht.

Wenn Dennis sie jetzt sehen könnte.

Erst zwei Wochen in New York, und schon ist die Oma eine hochmoderne Frau!

33

DAS TELEFON KLINGELT. Es ist Mittwochabend. Doch Dennis und Amanda sind nicht zu Hause. Zum ersten Mal seit ihrem Umzug sind sie am Strand. Endlich hat sich alles so weit gelegt, dass sie etwas Zeit für sich finden. Beide Hand in Hand. Sie schauen hinaus aufs Meer. Die Sonne steht noch hoch am Himmel, selbst zu dieser späten Stunde, und taucht die beiden in goldenes Licht. Nichts als Friede und Gelassenheit.

Dennis ist überraschend ruhig. Er ist noch nie an diesem Stück Strand gewesen, doch von nun an wird er öfters hier sein. Denn dieses unbeschreibliche Fleckchen Erde liegt keine fünf Minuten von seinem neuen Haus entfernt. Fast schwindelt ihn bei dem Gedanken, der ihn vor Freude immer wieder fast zusammenfahren lässt: dass dies hier sein neues Leben sein könnte. Die letzten zwanzig Minuten hatten sie beide dagestanden, Arm in Arm, Schulter an Schulter, schweigend nebeneinander. Wie trunken von der Ruhe und der überwältigenden Schönheit vor ihnen. Und hinter ihnen. Und zu beiden Seiten. Das einzige Geräusch die Wellen. Und die immer beschäftigten Seevögel.

Dennis reißt seinen träumerischen Blick vom Meer los. Er wendet sich Amanda zu, ihrem Scheitel, ihrer Wange. Sieht, wie der Wind leise mit ihrem Haar spielt. Und seine Finger tun dasselbe. Seine Sandalen knirschen auf dem harten Sand, er dreht sie zu sich um und nimmt ihr Gesicht in beide Hände. Dann beugt er sich hinab und küsst ihre feuchten Lippen. »Ich danke dir für das alles hier.«

Amanda lächelt ihn an, den Mund mit den ebenmäßigen Zähnen leicht geöffnet, die Augen glänzend. »Ich wusste, dass du es lieben würdest.« Sie nimmt seine Hand, hebt sie an den Mund. Küsst sie und umfährt mit der Fingerspitze ganz leicht seinen Daumen.

»Und ob ich das tue.« Er mag es, wenn sie seinen Daumen kitzelt. Ein zartes Gefühl von großer Intensität. »Und ich denke«, seine Stimme klingt entspannt, »dass wir es finanziell auch schaffen können, wenn wir uns in den ersten ein, zwei Jahren wirklich einschränken. Keine großen Anschaffungen. Das dürfte nicht schwer durchzuhalten sein – es ist ja alles da, was wir brauchen. Wir müssen einfach etwas bescheidener leben und uns halt überwiegend von Kartoffeln, Salat und Nudeln ernähren.«

Amanda zuckt leicht mit den Schultern. »Macht mir nichts aus. Dafür haben wir das hier.« Mit einer Handbewegung deutet sie aufs Meer. »Wer braucht da Feinschmeckermenüs?«

»Genau.« Dennis ist ganz ihrer Meinung. »Und bald werde ich mit meinem Buch anfangen.« Insgeheim fragt er sich, wann. »Ich werde mich auch nach einem Teilzeitjob umsehen. Vielleicht gibt's am College etwas.«

»Ich weiß, du willst nichts davon hören«, Amanda schmiegt sich enger an ihn, ihre Hand an der Innenseite seines Oberarms, ihre Wange an seiner Schulter, »aber ich erinnere dich trotzdem noch einmal daran. Deine Mutter sitzt auf einem Vermögen, das eines Tages uns gehören wird. Vergiss nicht, sie hat nur einen Enkel.«

Dennis will sich seine Stimmung durch nichts verderben lassen. Er ist einfach zufrieden und will jetzt keine Energie daran verschwenden, sie zurechtzuweisen oder Streit mit ihr anzufangen. Er ahnt nicht, dass in diesem Moment in ihrem neuen Haus das Telefon klingelt.

Da sie nicht da sind, um abzunehmen, bleibt ihnen die große Neuigkeit noch eine Weile erspart; sie werden Lennys Ankündigung erst später am Abend erfahren. Seine Nachricht, dass Sarah die Frau seines Lebens ist. Dass sie heiraten werden, sobald Daisy zurück ist aus den USA. Lenny bittet seinen Bruder um die Telefonnummer ihrer Mutter in New York. Er kann es nicht erwarten, ihr seine große Neuigkeit mitzuteilen. Dass sie eine neue Schwiegertochter bekommt.

Und drei Stiefenkel dazu.

34

Der dartman, auf frischer Tat ertappt.

Beim Werfen eines Dartpfeils, um 10.17 Uhr an der Kreuzung 39th Street und Third Avenue. Auf einem roten Mountainbike. Reichlich unvorsichtig, denn inzwischen weiß doch jeder über ihn Bescheid. Man war wachsam geworden. Er schlug früher zu als gewöhnlich, wurde beobachtet, verfolgt und festgehalten. Von einem koreanischen Gemüsehändler, der gerade seine Mandarinen in säuberlichen Reihen aufstapelte. Er sah, wie der Dartman zu fliehen versuchte, und schob ihm geistesgegenwärtig einen Karren frischer Blumen in den Weg. Der Dartman wollte ausweichen und fuhr krachend gegen einen Laternenpfahl. Landete auf dem Rücken, die Beine in der Luft. Dem heldenhaften koreanischen Gemüsehändler gelang es, ihn so lange festzuhalten, bis die Polizei kam.

Der Dartmann, endlich geschnappt. Ein zweiundzwanzigjähriger Weißer, mager, mit spitzem Kinn und roten Haaren. Ein arbeitsloser Schauspieler aus dem Mittleren Westen, der dadurch Berühmtheit erlangte, dass er dreiunddreißig Tage lang die City von New York terrorisierte.

Elisabeth hört die Nachricht im Radio. Erleichtert. Beschämt. Sie sehnt sich nach ihrem Bett. Nach Kopfkissen und dicken Decken, unter denen sie sich verkriechen kann.

Stattdessen eine Sühnehandlung. In der Mittagpause verlässt sie das Büro und fährt zu einem Fahrradgeschäft. Sie verhandelt mit dem jungen, übergewichtigen, aber sehr netten Verkäufer. Erklärt ihm, was sie sucht, sie diskutieren die Vor- und Nachteile. Sie lässt sich von ihm beraten, und zusammen suchen sie schließlich ein Fahrrad aus.

Aus schlechtem Gewissen den Kauf besiegelt. Aus schlechtem Gewissen die Kreditkarte gezückt und mit dem angebundenen Kugelschreiber unterschrieben. Aus schlechtem Gewissen das teuerste Fahrrad im Laden gewählt.

* * *

Elisabeth strahlt, als Richard nach Hause kommt. Um zehn nach zehn.

Sie ist in der Küche und bügelt gerade das weiße Hemd, das Pete zur Schulentlassungsfeier braucht. Richard geht nach oben, um sich umzuziehen. Und um die Jungen zu begrüßen und sich von Michael versichern zu lassen, dass das Regents heute ein Kinderspiel war. Im Flur trifft er Daisy, sie wechseln ein paar freundliche Worte, und er fragt, wie sie mit ihrer Suche vorankommt.

Daisy berichtet strahlend, dass sie jetzt *selber* mit Google suchen kann. Unbeirrt, obwohl sie bisher nichts als Nieten gezogen hat.

Richard kommt zurück in die Küche, wo Elisabeth noch immer mit dem weißen Hemd beschäftigt ist. Sie stellt das Bügeleisen hin und bittet Richard, mitzukommen.

Er folgt ihr, doch erst geht er noch an den Kühlschrank und nimmt sich ein Bier heraus.

»Du wirst nicht erraten, wen ich heute getroffen habe«, sagt Richard, während er den Verschluss von der Flasche hebelt und den Öffner auf die Arbeitsplatte über der herausgezogen Schublade legt. Er folgt Elisabeth aus der Küche.

»Wen denn?« Elisabeth interessiert sich mehr für ihre Überraschung als für seine Antwort. Die Vorfreude macht sie ganz aufgeregt, denn eigentlich hat sie doch alles ganz richtig gemacht. Es ist wirklich Zeit gewesen, das alte Fahrrad in den Ruhestand zu schicken.

Richard sagt: »Heather Clarke. Erinnerst du dich an sie?«

Wie angewurzelt bleibt Elisabeth stehen. Und ob sie sich erinnert! Das war das Mädchen in der High School, das der allgemeinen Vorstellung von einem Supermodel am nächsten kam. Das beliebteste Mädchen an ihrer Schule, ohne Zweifel. Ein Original. Jeder kannte sie. Die Mädchen hätten sie gern gehasst, wenn sie nur nicht so verdammt hübsch und außerdem noch intelligent gewesen wäre. Elisabeth weiß, dass Richard genauso verknallt in sie war wie alle anderen.

»Tatsächlich.« Es klingt sachlich. »Hat sie nicht irgendeinen Millionär geheiratet?«

Richard nickt, seine Augen leuchten bei dem Gedanken an sie. Er erinnert sich wieder an die Begegnung. »Ja, aber sie ist geschieden. Sie erzählte, dass sie eine sehr gute Abfindung bekommen hat, und eine Wohnung in der Park Avenue. Sie sieht fantastisch aus. Fast noch genauso toll wie in der High School.«

Vermutlich, ätzt Elisabeth stumm, ist sie wohl auch noch Weltmeisterin im Menstruieren.

»Sie hat zwei Töchter.« Richards Augen werden weich und träumerisch, als er sich an das Gespräch erinnert. »Eine ist in Harvard. Die andere irgendwo im Internat.«

»Wie schön für sie.«

»Sie scheint noch genauso liebenswert zu sein wie früher. Engagiert sich in Wohltätigkeitsprojekten, versucht gerade, etwas für unterprivilegierte Kinder auf die Beine zu stellen.«

Elisabeth reicht es langsam. »Ich habe eine Überraschung für dich, Richard«, sagt sie. »Ich bin mir sicher, du wirst dich freuen.« Sie versucht, ihre anfängliche Begeisterung wiederzufinden. Sie stößt das Tor zur Garage auf und rennt zum Fahrrad.

Richard: »Ich habe sie in der U-Bahn getroffen.«

Elisabeth bleibt stehen. Der Boden der Garage fühlt sich kalt an unter ihren nackten Füßen, ihre Hände hängen herunter. Die Begeisterung für das Fahrrad ist wie weggeblasen. Er hat sie in der U-Bahn getroffen? *In der U-Bahn!* Plötzlich wird Elisabeth klar, aus welchem Grund er U-Bahn fahren muss. An diese Ironie will sie gar nicht denken.

Richard bemerkt das Fahrrad. Geht darauf zu. Strahlt. »Wow, das ist aber schön. Das hast du für mich gekauft?« Er sieht sie an, überrascht, glücklich.

Elisabeth nickt. Aber die Freude daran ist weg.

»Es ist toll.« Richard fährt mit der Hand darüber. »Mein altes war wohl tatsächlich ein ziemliches Wrack.« Er strahlt sie an. Beugt sich über das Fahrrad und küsst sie auf die Stirn. »Danke. Das ist wirklich lieb von dir.« Dann: »Heather erzählte, ihr Mann habe sie wegen einer Traumfrau verlassen, muss wohl eine Schönheitskönigin sein. Kannst du dir das vorstellen? Heather wegen einer noch hübscheren Frau zu verlassen?«

Elisabeths Stimme klingt etwas scharf. »Ich freue mich, dass dir das Fahrrad gefällt. Wir können es am Wochenende ja in die City fahren. Den Tag in der Stadt verbringen. Daisy das Empire State Building zeigen. Sie kennt Manhattan noch gar nicht. Und du solltest dir ein noch besseres Schloss besorgen. Doppel-Stahl diesmal. Oder vielleicht sogar dreifach.«

»Bist du verrückt?«, meint Richard. »Dieses Fahrrad nehme ich doch nicht mit in die City! Das wäre gleich in der ersten Nacht weg. Und außerdem mag ich die U-Bahn. Es ist sehr bequem. Und Heather und ich wollen jetzt montags und donnerstags immer zusammen fahren.«

Elisabeths Gesichtszüge befinden sich im freien Fall.

35

DAISY LEGT DEN TELEFONHÖRER AUF. Sie starrt auf ihren pfirsichfarbenen Rock hinunter, an dem sie mit dem Finger einen harmlosen Fussel bearbeitet. Ihr Stuhl ist schräg gestellt und steht etwas vom Tisch entfernt. Die Füße hat sie fest auf den Boden gestzt, den Rücken gerade und aufrecht, wie immer. Sie ist leicht schockiert und versucht, die Neuigkeit zu verarbeiten. Lenny? Will wieder heiraten? Sie spürt, dass jemand sie anblickt, und hebt den Kopf. Josh, im Kostüm eines Star Wars Clone Troopers, steht am Kühlschrank, die Hand am Griff, und will ihn gerade öffnen. Er sieht sie an und fragt durch seine Maske, ob etwas nicht in Ordnung sei. Sie schüttelt den Kopf. Sagt ihm, sie habe nur gerade eine überraschende Nachricht von zu Hause bekommen.

Elisabeth, die eben in die Küche tritt und den Staubsauger hinter sich herzieht, bekommt das Gespräch mit und fragt, ob es eine gute Nachricht sei.

Daisy ist so verwirrt, dass sie Mühe hat, die passenden Worte zu finden. »Mein Sohn Lenny heiratet.« Es klingt ungläubig, als ob sie eine absurde Klatschgeschichte wiederholt.

Elisabeth hat den Staubsauger noch nicht eingeschaltet.

Sie geht zu Daisy an den Tisch und sagt mit warmer Stimme, wie sehr sie sich darüber freue. Daisy hatte Elisabeth in den letzten zwei Wochen von ihrer Familie erzählt, und Elisabeth hat inzwischen ein so starkes verwandtschaftliches Gefühl entwickelt, dass sie sich tatsächlich über diese Neuigkeit freut. Sie fragt, wann der große Tag denn sein solle.

Daisy sagt, sobald sie wieder zu Hause sei. Sie denkt an Sarah. Versucht, sich anhand des Bildes, das sie bei dem kurzen Beisammensein in ihrer Erinnerung gespeichert hat, eine genauere Vorstellung von ihrer zukünftigen Schwiegertochter zu machen. Aber daneben sind drei weiße Flächen, dort, wo die Bilder ihrer drei neuen Stiefenkelinnen sein müssten – elf, vierzehn und siebzehn Jahre, Chloe, Carrie und Christine. Daisy spürt einen leichten Schwindel. Drei leere Flächen. Drei Namen ohne Gesichter. Neue Enkelinnen. Eine neue Schwiegertochter. Lenny als verheirateter Mann.

Der Star Wars Clone Trooper nimmt sich einen Orangensaft. Er ist noch beim Einschenken, als von hinten ein Überraschungsangriff kommt. David, im Moment Darth Vader, rempelt den Clone Trooper an, und der O-Saft ergießt sich über Arbeitsfläche und Fußboden. Lautes, hemmungsloses Gebrüll. David vor Lachen. Josh vor Wut. Elisabeth holt Küchenpapier, mit dem sie David bei seinen ungeschickten Reinigungsversuchen hilft.

Der ganze Krach holt Daisy wieder in die Wirklichkeit zurück. Zurück aus Liverpool, an den Küchentisch hier auf Long Island.

Sie steht auf, glättet ihren Rock, indem sie mit den Händen dreimal über ihre schmalen Hüften streicht. Sie räuspert sich und sagt etwas, was aber in dem Chaos untergeht, muss also lauter sprechen und verkündet: »Ich sollte wohl nach Hause fliegen.«

Alle Bewegung erstarrt, und sechs Augen sehen sie erschrocken an. Dann rennt Josh los und teilt Michael die Neuigkeit mit, der nebenan am Computer sitzt und weiter Hunderttausende von Michael Bakers durchforstet. Um »den einen« zu finden.

Elisabeth war gerade dabei, Orangensaft vom Boden aufzuwischen. Sie hockt auf der klebrigen Fläche, sieht zu Daisy hoch und sagt, sie könne doch nicht abreisen, sie habe ja Michael Baker noch nicht gefunden. Sie stützt sich am Boden ab und steht auf. Streicht sich mit dem Handrücken das Haar aus der Stirn.

»Ich weiß«, sagt Daisy. Ihre Stimme klingt traurig, nachdenklich. »Aber sie wollen doch heiraten. Ich sollte sie nicht warten lassen.«

»Was?« Michael kommt hereingestürzt, wie ein Stier direkt auf Daisy zu, die Arme trotzig vor der Brust verschränkt. »Du willst abreisen?«

Daisy sieht erst Michael an, dann Josh, dann David, dann Elisabeth – alle vier stehen um sie herum. Warten auf eine Antwort. Um ihr zu widersprechen. Daisy schwankt etwas auf ihren schmalen Füßen, ihr kommen Tränen der Rührung.

»Tut mir leid, Michael, ich weiß, wie sehr du dich bemüht hast. Aber was ist, wenn wir ihn gar nicht finden? Schließlich ist es durchaus möglich, dass er schon tot ist. Und wenn wir ihn nicht finden, dann haben wir auch keine Chance, mögliche Kinder von ihm aufzuspüren. Ich habe es versucht, *wir* haben es versucht. Ich bin euch sehr dankbar, euch allen«, und sie sieht jeden von ihnen an, »auf immer und ewig. Aber jetzt sollte ich wirklich nach Hause fliegen. Wegen Lenny.«

Für einen Augenblick herrscht völlige Stille.

»Du kannst noch nicht gehen«, sagt Michael schließlich. »Es ist nämlich möglich, dass ich gerade jetzt etwas finde.«

Elisabeth ist stolz auf ihn. »Wie viele Michael Bakers gibt es denn?«

Michael zieht eine Grimasse. Eine jungenhafte Geste. Er wird rot. »Das weiß ich nicht so genau.« Damit meint er Hunderttausende.

Sieht so aus, als habe er verloren. Am liebsten würde Daisy ihn umarmen. Stattdessen tut Elisabeth es. Nimmt ihn in den Arm und drückt ihm einen warmen, mütterlichen Kuss auf die Stirn. Er ist fast so groß wie sie. Steif lässt Michael es ein paar Sekunden lang über sich ergehen, dann reißt er sich los und sagt: »Bitte, Daisy, geh noch nicht.«

»Es tut mir leid, Michael, wirklich. Der Abschied von euch fällt mir sehr schwer, von dir, von eurer ganzen Familie, und von unserem Vorhaben. Aber ich glaube, es muss sein.« Ihre Stimme ist leise, ihre Augen blicken traurig.

»Wann willst du denn abreisen?«, fragt Elisabeth. Plötzlich überkommt sie eine Wehmut, ein Verlustgefühl, wie sie es nie erwartet hätte. Man merkt es ihrer Stimme an.

»Ich sehe mal zu, ob ich heute noch einen Flug bekomme.«

Wieder schweigen alle. Josh nimmt seinen Storm-Trooper-Helm ab, sein Gesicht ist verschwitzt. »Heute noch? Das ist ja schon so bald!«

»Das ist einfach nicht fair, Daisy!« Michael ist aufgebracht. »Ich habe gerade mein letztes Regents-Examen hinter mir – für das ich nur wegen dir gelernt habe! Und jetzt bin ich mit der Schule fertig, und wir bekommen Sommerferien. Ich hätte jetzt den ganzen Tag Zeit zum Suchen. Du kannst jetzt nicht weg!«

Daisy seufzt. Lässt die Schultern hängen. »Es tut mir wirklich leid, Michael.« Sie lässt sich wieder auf den Stuhl fallen. Mit wehmütigem Blick, ihre freundlichen blauen Augen werden feucht.

»Weißt du was … ich lasse dir die Uhr hier. Und du suchst weiter. Wenn du ihn findest, kannst du sie ihm schicken. Und wenn du ihn nicht findest, dann behältst du sie. Ich glaube, sie ist ziemlich wertvoll, selbst wenn sie keine Inschrift von Arthur Rubinstein hätte.«

Josh und David halten kurz die Luft an. Sehen Michael an, als sei er der größte Glückspilz auf Erden. Michaels Augen strahlen, als ihm die Tragweite von Daisys Worten klar wird. Aber sofort verdunkeln sie sich wieder. Denn so reizvoll der Vorschlag auch ist, es ist nicht das, was er wollte. Er möchte, dass Daisy bleibt. Er möchte Michael Baker finden.

Das wollen sie alle. Niedergeschlagen schauen sie Daisy an, die Stimmung ist gedrückt.

»Musst du wirklich heute schon abreisen?« Elisabeth wirft den klebrigen Schwamm in die Spüle, das nasse Küchenpapier in den Mülleimer. »Wir waren gerade dabei, einen Tag mit allen meinen Schwestern zu planen. Wir wollten mit der *Circle Line* fahren, dem Schiff, das um ganz Manhattan herumfährt, und anschließend in der Stadt zu Abend essen. Richard würde so gern mit dir in der City essen gehen.« Insgeheim denkt sie, dass er vielleicht noch lieber in die U-Bahn steigen würde.

Sie zwingt sich, diesen Gedanken beiseitezuschieben. Schluss damit. Richard liebt sie wie eh und je. Nichts hat sich geändert, das ist alles nur in ihrem Kopf.

Mit Bedauern in der Stimme sagt Daisy noch einmal, sie müsse wirklich abreisen. Plötzlich denkt sie an ihr Haus, das sie ja behalten will. Lenny hatte erzählt, Dennis und Amanda seien schon umgezogen, und sein Bruder habe ganz zufrieden geklungen, bis er ihm von seiner geplanten Heirat erzählt habe. Er hatte ihr auch gesagt, Sarah habe gefragt, wann Daisy zurückkommen wolle, denn sie beide könnten es kaum erwarten, zu heiraten. Er wollte in einer Stunde wieder anrufen, um zu hören, ob Daisy schon einen Rückflug habe.

Schließlich sagt Michael: »Vielen Dank für die Uhr, Daisy, aber das ist nicht das, was ich wollte.« Und stapft enttäuscht davon. Josh und David streiten sich bereits darum, wer an den Computer darf, jetzt, wo Michael nicht mehr im Internet recherchieren muss. Keiner von beiden, sagt Elisabeth, sie brauche ihn, um Daisys Flug zu buchen.

Daisy folgt Elisabeth ins andere Zimmer zum Computer. Sie sitzen davor, Elisabeth klappert auf der Tastatur. Michael weigert sich zu helfen. Er hat die Hände zu Fäusten geballt und verschwindet aus dem Zimmer. Daisy sieht Elisabeth aufmerksam zu. Sie hätte es vielleicht inzwischen auch selbst geschafft, glaubt sie. Sie staunt über das Wunder des Internets und darüber, wie unkompliziert und schnell ihr Flug gebucht ist.

Fertig. Ihr Rückflug geht heute Abend. Morgen früh um sechs wird sie in Manchester am Flughafen abgeholt.

Die roten Reisetaschen stehen fertig gepackt im Wohnzimmer.

* * *

Daisy sitzt auf der Terrasse und trinkt ihren Tee, den sie sich gerade gemacht hat. Wie immer hat sie den anderen angeboten, auch für sie Tee zu bereiten, und wie immer haben alle dankend abgelehnt. Sie wird nach England zurückkehren, ohne auch nur eine einzige Tasse Tee jemand anderem serviert zu haben.

Still sitzt sie da und genießt den letzten Blick auf dieses herrliche Grundstück. Der süße Duft des Geißblatts hängt schwer in der Luft. Die bunten Blumen sehen aus, als freuten sie sich ihres Lebens, und auch einige Sommerstauden fangen schon an zu blühen und mischen sich unter die späten Frühjahrsblüher. Die Vögel, bekannte und unbekannte, zwitschern und flitzen von einem Solitärbaum zum nächsten, alles wunderbare Exemplare von erlesener Schönheit. Diese Sonne. Dieses Wetter. Die Bienen. Das ganze sonstige fliegende Getier, das ihr unheimlich ist. Aber Daisy versucht es zu ignorieren, sie weigert sich, beim Anblick dieser fremden Insekten in Schockstarre zu verfallen. Sie atmet tief und ruhig durch. Diese Umgebung fordert nur Entspannung, weiter will sie nichts vom Betrachter. Doch Daisy, obwohl sie sich die größte Mühe gibt, ist nicht wirklich entspannt. In ihr kämpfen so viele gegensätzliche Gefühle, dass sie sich unmöglich entspannen kann. Sie muss allein sein, um mit sich selbst ins Reine zu kommen.

Sie wird die Jungen schrecklich vermissen, das ist klar. Nicht nur die Jungen, nein, die ganze Familie. Sie wird sie stärker vermissen, als sie es je für möglich gehalten hätte. Sie hatte in dieser kurzen Zeit das Leben hier lieben gelernt. Diese Freude, wieder an einem Familienleben teilzunehmen – die Routine, das Versprechen immer neuer Tage, die Energie der Kinder, das befriedigende Gefühl, ihr Leben mit anderen zu teilen. Richard, erschöpft, selten zu Hause, aber so lieb, wie man es sich nur wünschen kann. Elisabeth, oft etwas neben sich, manchmal albern, überanstrengt, überdreht, die nach Daisys Ankunft in New York lange brauchte, um mit ihr warm zu werden, ihr geheimnisvolles Verschwinden mitten in der Nacht – was Daisy noch immer ein Rätsel ist, obwohl es anscheinend aufgehört hat –, aber trotzdem ebenfalls sehr lieb, freundlich, hilfsbereit, stets bemüht, ihr Bestes zu geben. Und Pete, der High School Senior, mit seinen Dauerthemen Sport und Mädchen, der im Herbst ins College kommt. Und

Steve, der Einzige, den Daisy noch nicht gesehen hat, der in wenigen Tagen nach Hause kommen wird. Daisy ist enttäuscht, dass sie ihn nicht mehr kennenlernen wird. Und Michael, dieser Prachtjunge, der so liebevoll ist und entschlossen, ihr bei ihrer Suche zu helfen und nie aufgegeben hat. Ein völlig anderer Mensch als der Junge, der sie vom Flughafen abgeholt hatte. Und Josh und David, bei denen sie Abend um Abend saß, an ihrem Cointreau nippend, während sie Klavier spielten, wobei sie in letzter Zeit immer öfter unterbrochen wurde, wenn Michael ins Zimmer gestürzt kam, um sie etwas über Michael Baker zu fragen, etwas zu erzählen, über eine neue Entdeckung zu berichten, es wurde ihm nie zu viel. Er hat sich wirklich Mühe gegeben.

Und trotz allem reist Daisy jetzt ab. Dennis ist nicht mehr in Liverpool, sondern fünf Stunden weit entfernt. Und Lenny wird bald verheiratet sein. Trotzdem, sie hat ihr Haus, ihren Garten, ihren Rasen, ihre Freundinnen. Sie hängt an allem. Wirklich. Aber.

Daisy denkt nach.

Sie ist immer noch in Gedanken, als Ann das Haus betritt. Sie hat die Neuigkeit gehört. Ist gekommen, um sie zu verabschieden. Sie steht im Wohnzimmer, in einer Hand das Schlüsselbund, die Tasche über der Schulter. Geht zur Couch hinüber, um Josh und David einen Kuss zu geben, die gerade einen Film sehen. Geduldig lassen sie es über sich ergehen, obwohl deutlich zu erkennen ist, dass sie im Moment von Star Wars beansprucht sind. Ann fragt, wo ihre Mutter sei, und zwei Hände zeigen nach oben. Beim Staubsaugen. Ann fragt nach Daisy. Zwei Hände zeigen nach draußen auf die Terrasse.

Ann macht sich auf die Suche nach ihrer Tochter. Elisabeth erschrickt, als Ann sie auf die Schulter tippt. Sie hat ihre Mutter wegen des Staubsaugers nicht kommen hören und fährt zusammen. Mit der Fußspitze schaltet sie das Gerät aus.

Ann beugt sich verschwörerisch zu ihr hin, sie hat das Bedürfnis, ein wenig zu lästern. »Also geht sie endlich, ja? Sicher habt ihr den Champagner schon kalt gestellt.«

In Elisabeth steigt Entrüstung hoch. Dieses Benehmen, das ihre Mutter in den letzten Wochen gezeigt hat, ist einfach beschämend! Daisy hatte in Elisabeths Familie alle Herzen im Sturm erobert, aber Ann war in dieser Zeit nie nahe genug gewesen, um das überhaupt zu bemerken.

»Ja, Mama«, und Elisabeths Stimme verrät ihre Gefühle, »und wir alle betteln sie an, noch zu bleiben.« Sie ist so wütend, dass sie hinzufügt: »Aber dieses Memo hat dich vermutlich nicht erreicht.«

Ann ist auf diese Zurechtweisung nicht vorbereitet. Sie zieht den Kopf ein wie eine Schildkröte. Sieht Elisabeth an, muss sich umorientieren. Weiß nicht, was sie darüber denken soll. Außer, dass sie erstaunt ist. Und sich ausgeschlossen fühlt, doch das ist in letzter Zeit nichts Neues für sie.

»Warum gehst du nicht hinaus und unterhältst dich mit ihr«, fügt Elisabeth hinzu, »während ich hier schnell fertig sauge. Sie fliegt heute Abend zurück, vielleicht ist das ja ein guter Zeitpunkt für dich, mal herauszufinden, warum sie überhaupt herkam.«

Sie dreht sich um, erweckt mit der Fußspitze den Staubsauger wieder zum Leben und kehrt zurück zu den Gedanken, in denen ihre Mutter sie unterbrochen hatte. Zurück in die Welt von Heather Clarke, diesem makellosen Mitglied der New Yorker Society. Sie fragt sich, was für ein Leben sie wohl führt. Und ist gequält von ihren eigenen Minderwertigkeitsgefühlen, denn sie hat Heather gegoogelt und Bilder von ihr gesehen.

Ann steht da und fühlt sich zurechtgewiesen. Sie ist verblüfft. Sie hat keine Ahnung, warum oder wann Elisabeths Gefühle für Daisy sich so grundlegend verändert haben. Keine Ahnung, wann Elisabeth in die andere Spielfeldhälfte hinübergewechselt ist und Ann allein auf ihrer Seite gelassen hat. Wortlos dreht sie sich um und geht, um Daisy zu suchen.

Sie öffnet die Schiebetür zur Terrasse und tritt nach draußen in die Sonne. Kein Lüftchen regt sich. Am Himmel gigantische weiße Wattewolken. Daisy sitzt am Tisch, sie sieht ernst aus, fast traurig, und betrachtet die riesige Esche, die zehn Meter von ihr entfernt steht. Als sie Ann sieht, hellt sich ihr Gesicht auf, und sie begrüßt sie sehr herzlich. Sie hat nichts gegen Ann. Daisy ist gar nicht fähig dazu, an ihren Mitmenschen Kritik zu üben oder Vorurteile über sie zu haben. Das hat sie sich schon vor langer Zeit abgewöhnt, als ihr klar geworden war, dass ihre Mutter genau das immer getan hat.

Schwerfällig schleppt Ann sich zum Tisch. Sie zieht zögernd einen Stuhl hervor und setzt sich hin.

Daisy lächelt. »Guten Morgen«, sagt sie freundlich und fragt Ann, auf ihre eigene Tasse deutend, ob sie ihr einen Tee machen soll. Ann schüttelt den Kopf. Ein höfliches »Nein danke.« Beste Manieren. Doch sie wirkt etwas verkrampft.

Die beiden fangen eine höfliche Unterhaltung über das Wetter an. Ann meint, die Luftfeuchte sei normalerweise um diese Jahreszeit unerträglich, und Daisy habe Glück. Sie sprechen über Gartengestaltung, wobei Anns Interesse nur gespielt ist, als Daisy mit Vergleichen zwischen englischen und amerikanischen Ziersträuchern anfängt.

Ann meint, dass sie Daisys Angebot nun doch gern annehmen würde. Allerdings nicht Tee, sondern Kaffee. Und ob Daisy etwas dagegen habe, wenn sie schnell hineingeht, um sich einen zu machen.

Daisy hat nichts dagegen. Auch sie steht auf. Bei der Gelegenheit kann sie sich eine weitere Tasse Tee holen.

Sie folgt Ann in die Küche. Stellt den Kessel aufs Gas. Wortlos stehen die beiden Frauen dabei und sehen zu, wie das Wasser heiß wird.

Die Stille wird peinlich. Keine von beiden weiß, was sie sagen soll.

Schließlich bringt Ann mühsam hervor: »Ehe du wieder abreist, Daisy, wollte ich dir wenigstens das sagen ...«

Daisy nickt gespannt. Ann holt tief Luft.

»Ich weiß, ich bin nicht sehr nett zu dir gewesen. Das tut mir leid. Ich kann einfach nichts dafür. Aber jedes Mal, wenn ich mich auf die Zukunft mit dir freue, kommt mir die Vergangenheit wieder hoch und macht alle guten Vorsätze zunichte.«

Daisy sieht sie verständnislos an. »Die Vergangenheit?«

Ann: »Ach, lass uns doch ehrlich miteinander sein.«

Daisy: »Ja, natürlich, aber es tut mir leid, ich habe keine Ahnung, wovon du redest.«

Ann sieht sie misstrauisch an. »Natürlich rede ich davon, was deine Mutter mir angetan hat, oder uns – mir und meiner Mutter.« Sie schluckt. »Mir wird fast übel, wenn ich daran denke.« Sie hält sich den Bauch.

Daisy ist fassungslos. »Meine Mutter?«

»Ja, deine Mutter.«

»Was hat meine Mutter euch denn angetan? Wie konnte sie euch etwas antun? Ihr seid euch doch nie begegnet.«

Ann sieht sie scharf an. »Das weißt du *wirklich* nicht?«

Ratlos schüttelt Daisy den Kopf. »Ich weiß nur, dass deine Mutter uns im Krieg Zucker, Mehl und Reis geschickt hat.«

»Und wie hat man es ihr gedankt!«

Der Wasserkessel beginnt zu pfeifen und lenkt ihre Aufmerksamkeit ab. Beide stürzen hin, um das Gas abzudrehen. Daisy ist zuerst da.

»Wieso? Was hat meine Mutter euch angetan? Ich weiß wirklich nicht, wovon du sprichst.«

»Du weißt nicht, dass mein Vater uns verlassen hat, als ich sechs war? Machte sich mit einer anderen Frau auf und davon und ließ meine Mutter und mich ohne einen Cent zurück.«

Daisy schüttelt den Kopf. Auch das ist ihr neu.

»Und du weißt nicht, dass meine Mutter – die ja in Amerika eine Immigrantin war und hier keine anderen Angehörigen hatte als die Verwandtschaft ihres Mannes – dass sie alles, was sie noch besaß, verkaufen musste, um unsere Schiffspassage zurück nach Liverpool zu bezahlen? Wir kamen zurück und besaßen nur noch das, was wir am Leib hatten. Und dann weißt du wohl auch nicht, dass, als wir ankamen, deine Mutter – die einzige Schwester meiner Mutter und die einzige Angehörige, die sie hatte – uns abwies? Sie ließ uns nicht mal ins Haus, stattdessen musste dein Vater uns wieder zum Hafen fahren. Wo er uns in Kälte und Nebel absetzte. Und meiner Mutter sagte, sie habe sich ihr eigenes Bett gemacht, indem sie einen Amerikaner geheiratet habe, und dass sie nun, zusammen mit ihrer ›fetten Tochter‹ auch darin liegen solle.« Ann holt tief Luft.

Daisy ist fassungslos. Entsetzt. Ihr bleibt der Mund offen stehen. Endlich versteht sie. »Oh nein.« Es ist kaum hörbar. »Das tut mir furchtbar leid, Ann. Meine Mutter war ein schrecklicher Mensch, anders kann man es nicht ausdrücken.« Sie schüttelt den Kopf. »Von all dem hatte ich keine Ahnung. Nicht die geringste. Ich wusste nicht einmal, dass deine Mutter überhaupt nach Liverpool zurückgekommen war.« Sie streckt die Hand aus, berührt Anns Schulter. »Es muss furchtbar für dich sein, mich auch nur anzuschauen. Es tut mir so leid. Und ich bin hier zu Besuch und habe von all dem keine Ahnung.«

»Wenn das so ist, dann muss *ich* mich bei *dir* entschuldigen«, sagt Ann. »Mir tut es auch leid. Aber ich dachte, du wüsstest es. Ich war sicher, dass du davon gehört hattest. Du warst ja damals schon ein Teenager.«

»Wann war das?«

»Ich war in der ersten Klasse. Im Mai 1945.«

Plötzlich setzt sich das Puzzle zusammen. »Kein Wunder.« Daisy gießt Wasser in ihren Teebecher und in Anns Kaffeetasse. »Meine Mutter und ich sprachen damals gerade nicht miteinander. Ich hatte mich in einen amerikanischen Soldaten verliebt, weißt du, und meine Mutter war ganz und gar dagegen. Sie hat Michael gehasst. Und mich hasste sie dafür, dass ich ihn liebte. Sie versuchte alles, um uns auseinanderzubringen, und war überglücklich, als er aufhörte, mir zu schreiben. Ich hatte immer den Verdacht, sie könnte etwas damit zu tun gehabt haben, dass ich plötzlich keine Briefe mehr von ihm bekam, aber ich konnte mir nicht recht vorstellen, wie sie das hätte bewerkstelligen sollen. Ich habe so viel geweint damals, aber sie hatte keinen Funken Mitleid mit mir. Und auch sonst war da nicht viel Liebe.« Und jetzt sagt sie es, sagt es laut und ohne sich zu schämen: »Ich habe sie gehasst.«

»Vielleicht hat sie deshalb so heftig auf das Desaster meiner Mutter mit ihrem Amerikaner reagiert«, sagt Ann.

»Vielleicht war das auch der Grund, warum sie so dagegen war, dass ihre Tochter ebenfalls einen heiratete.«

Die Frauen sitzen da, und langsam wird ihnen vieles klar.

»Ich hoffe, du glaubst mir«, sagt Daisy. »Es ist wirklich wahr. Ich habe nichts von all dem gewusst, was du mir gerade erzählt hast.«

»Dann tut es mir wirklich sehr leid, und ich muss dich um Verzeihung bitten für mein Benehmen in diesen letzten zwei Wochen. Ich wollte nett zu dir sein, glaube mir. Aber ich habe es nicht fertiggebracht. Mir kam jedes Mal die Galle hoch, und ich musste mich abwenden. Ich hoffe, du kannst mir verzeihen.«

»Natürlich.« Daisy nimmt Anns Hand. Und schafft damit eine neue Basis für ihre Beziehung zueinander. »Komm, nehmen wir unsere Tassen und setzen uns an den Tisch. Wir haben viel nachzuholen und nur noch wenig Zeit. Wahrscheinlich weißt du, dass ich heute Abend nach Hause fliege.«

»Ich ärgere mich jetzt, dass ich das nicht eher zur Sprache gebracht habe«, sagt Ann. »Wie idiotisch von mir. Ich könnte mich dafür umbringen.« Sie lässt sich von Daisy zum Tisch ziehen.

Daisy zieht einen Stuhl hervor. Geht zurück, holt die Tassen und sagt: »Nein, mach das lieber nicht – wir haben ja noch unser ganzes restliches Leben, um diese Panne wiedergutzumachen.«

Ann sieht, wie sie die Tassen balanciert. »Warte, ich helf dir.«

»Nein, nein, bleib sitzen, beruhige dich erstmal. Ich möchte versuchen, soweit das überhaupt möglich ist, die Grausamkeit meiner Mutter wiedergutzumachen.« Sie stellt die Tassen auf den Tisch und setzt sich Ann gegenüber.

Ann sieht Daisy an. Nimmt ihre Hand und drückt sie. »Es wird nicht schwer sein, dich von jetzt an zu mögen.«

Das Telefon klingelt. Keine von beiden rührt sich, sie denken, dass irgendjemand schon abnehmen wird. Es klingelt weiter. Ann ruft nach Josh und David, denn Elisabeth hört es wohl wegen des Staubsaugers nicht. Keiner der beiden Jungen erscheint, und das, wo sie doch normalerweise um die Wette laufen, um als Erster ans Telefon zu kommen. Oben nimmt auch keiner ab. Ann ruft wieder nach den beiden. Lauter diesmal.

Endlich springt der Anrufbeantworter an.

Daisy und Ann sitzen da, sie haben keine Wahl und hören mit. Eine hohe, erregte Stimme, ziemlich unverständlich und keiner der beiden bekannt. Sie hören konzentriert hin. Daisy und Ann, am Tisch in einer fremden Küche. Sie sehen sich an. Unterdrücken das Bedürfnis zu lachen. Zwei Verschworene – endlich.

Was ist das überhaupt, was da auf den Anrufbeantworter gesprochen wird? Zum Teufel, sie können es nicht verstehen. Bis eine von ihnen schließlich doch dahinterkommt.

Daisy fällt beinahe die Teetasse aus der Hand. Sie springt auf, der heiße Tee spritzt ihr auf die Hand, auf den Rock. Sie rennt durch die Küche und nimmt den Hörer auf. Merkt kaum die Schmerzen von dem heißen Tee, presst den Hörer ans Ohr und ruft: »Hulda?«

Erkennbare Verwirrung, bis Hulda schließlich merkt, dass sie nicht mehr aufs Band spricht, sondern jetzt ein menschliches Ohr am anderen Ende ist, und zwar von niemand anderem als Daisy, genau dem Menschen, mit dem sie hat sprechen wollen. Hulda ist aufgeregt. »Ich habe mich an etwas erinnert! Es kam mir ganz plötzlich. Jetzt weiß ich es wieder!«

Daisys Magen verkrampft sich. Sie kann kaum glauben, dass sie mit Hulda spricht, kann es nicht erwarten, was sie zu sagen hat. Daisy konzentriert sich. Lässt sich auch von Elisabeth nicht ablenken, die plötzlich in der Küche erscheint. Und auch nicht von dem kurzen Wortwechsel zwischen

Mutter und Tochter. Ann teilt Elisabeth mit, dass dort am Telefon jemand namens »Hulda« sei.

»Hulda!« Elisabeth reißt die Augen auf. Schnell, in kurzen Staccatosätzen, erklärt sie Ann, warum der Anruf für Daisy so wichtig ist. Sie spricht so schnell, weil sie mithören will, was Daisy sagt. Und erzählt ihrer Mutter nicht alles, was sie in den letzten Wochen verpasst hat.

»Was?«, sagt Daisy, ihre Hände zittern leicht.

Hulda: »Ich erinnere mich wieder an die Familie. Sie haben im zweiten Stock gewohnt.« Huldas Stimme ist hoch und schrill. Sie selbst ist aufgeregt. »Der Sohn war Pianist und Soldat. Michael hieß er. Ein hübscher Kerl, wenn ich mich recht erinnere.«

Daisys Magen meldet sich wieder, in ihrer Kehle steigt etwas auf.

»Ich erinnere mich wieder, dass er sagte, er habe eine Braut in England, die er holen wolle, sobald er es sich leisten kann.«

»Das war ich!«

»Ja«, sagt Hulda, die bereits zu demselben Schluss gekommen ist. »Nun hören Sie zu. Es gab da eine große Tragödie, sehr traurig. Seine Eltern kamen bei einem Brand in einem Restaurant um. In der City, in der 14th Street. George und Maria hießen sie. Ich erinnere mich wieder. Ich habe noch Zeitungsausschnitte und Bilder von dem Brand. Seit Sie hier waren, habe ich meine Schränke und Schubladen durchwühlt. Tut mir leid, dass es so lange gedauert hat. Aber ich habe so viele Fotos und Andenken und anderen Kram.« Sie lacht verlegen. »Aber ich erinnerte mich daran und dachte, dass sie es sein könnten.«

»Oh Gott«, Daisy stellt sich Michael vor. Was für eine schreckliche Geschichte. »Wann ist das passiert? Steht auf dem Zeitungsausschnitt ein Datum?«

»Ich habe ihn hier vor mir … 16. Juli 1946.«

»Da hörte er auf, mir zu schreiben! Der letzte Brief, den ich von ihm habe, ist vom 15. Juli. Also muss *das* der Grund gewesen sein!« *Und nicht, weil er aufgehört hat, mich zu lieben.* Daisys Herz klopft ihr bis zum Hals.

Hulda berichtet weiter. »Hier steht, dass er gerade von einem Arztbesuch kam. Er wollte zu ihnen, als er das Feuer sah. Er rannte in das Restaurant und versuchte, sie zu retten, dabei wurde er verletzt.«

»Oh nein«, ruft Daisy. »Was ist ihm passiert?«

»Das steht hier nicht. Hier heißt es nur ›er wurde verletzt‹. Aber sie schreiben, dass es mit der Verletzung zweifelhaft ist, ob er noch Konzertpianist werden kann. Ach ja, das ist auch die Überschrift über dem Artikel … *»Brandtragödie kostet Eltern das Leben und zerstört tapferem Sohn Hoffnung auf Pianistenkarriere.«*

Daisy muss sich setzen. Sie wankt zum Hocker und lässt sich darauffallen. »Es tut mir leid«, ihre Stimme ist schwach, sie hat den Kopf in die Hand gestützt, damit niemand ihre Tränen sieht. Die Tränen vieler Jahre, die jetzt ungehemmt fließen. »Bitte, ich brauche eine Minute.« Eine Minute, um eine Lücke zu schließen, die sechzig Jahre lang klaffte.

»Ist schon in Ordnung«, sagt Hulda. »Ich habe Zeit. Ich muss nur die Sachen wieder alle in den Schrank räumen. Im Moment bekomme ich die Tür nicht mal mehr zu.« Sie kichert. »Ach, Moment mal, hier ist ja noch ein anderer Zeitungsartikel. Den habe ich noch gar nicht gelesen, ich bin doch gleich ans Telefon gerannt. Ich schau mal, was hier steht …«

Stille, während Hulda liest. Und Daisy weint. Zwar sagt sie sich, es sei albern, um etwas zu weinen, was vor sechzig Jahren passiert ist. Sie versucht, damit aufzuhören und sich nicht davon überwältigen zu lassen. Aber die Tränen fließen weiter.

Elisabeth steht neben ihr. Nimmt sie in die Arme. Daisy hält sich an Elisabeths Arm fest. Und auch Ann hält Daisy fest.

»Steht in dem anderen Artikel noch etwas?«, fragt Daisy mit zitternder Stimme.

»Die Überschrift ist: *Tapferer Sohn aus Krankenhaus entlassen, Träume zerstört.* Er ist vom 28. Juli 1946. Hier steht, er sei aus dem Krankenhaus entlassen worden, aber seine Verletzungen, die er bei dem Versuch erlitten hat, seine Eltern zu retten, würden es sehr unwahrscheinlich machen, dass er jemals wieder Klavier spielen kann. Dann sind noch alle Klavierwettbewerbe aufgeführt, die er gewonnen hat, und ein Bericht, wie er mit sechzehn für Arthur Rubinstein gespielt hat. Hier steht, dass Mr. Rubinstein so beeindruckt von Michael war, dass er ihm eine Uhr mir eingravierter Widmung schenkte. Zum Schluss steht da noch, dass er aus New York wegziehen will. Er hatte wohl eine Tante Lucille und einen Onkel William in Littleton, New Hampshire.«

»New Hampshire?«

»So steht es hier. Das ist doch eine gute Information, Littleton, New Hampshire.«

»Vielen, vielen Dank, Hulda. Sie waren wunderbar. Einfach wunderbar. Ich weiß gar nicht, wie ich Ihnen danken soll.«

»Das ist gar nicht nötig. Ich freue mich, dass ich doch noch helfen konnte. Aber geben Sie mir Bescheid, wenn Sie ihn finden sollten. Ich drücke Ihnen die Daumen.«

»Natürlich. Selbstverständlich«, versichert Daisy ihr.

Ein paar abschließende Worte. Dann verabschieden Daisy und Hulda sich und versprechen, in Verbindung zu bleiben.

Daisy gibt Hulda ihre Adresse und Telefonnummer in Liverpool und versichert anzurufen, sobald sie wieder in England ist.

Dann legt sie auf. Sieht Elisabeth an und sagt: »Jetzt brauche ich deinen Michael.«

* * *

Daisy, Elisabeth, Michael und Ann sitzen vor dem Bildschirm des Computers, wo sie versuchen, sich gegenseitig über die Schulter zu schauen. Wortlos. Gespannt. Michael gibt ein: *Michael Baker New Hampshire.*

Bingo! Die Anzahl ist auf zweihundertneunundvierzigtausend geschrumpft, einschließlich dreizehn mit Telefonbucheintrag. Dreizehn Adressen. Dreizehn Nummern.

Daisy muss eine wichtige Entscheidung treffen. Es dauert nur eine halbe Minute. Dann bittet sie Michael, noch mal zu der Website zu gehen, auf der sie ihren Flug gebucht hatten.

Sie bittet ihn, den Flug zu stornieren.

Michael strahlt. Und tut es, so schnell er kann.

Elisabeth sieht, wie Ann liebevoll Daisys Rücken reibt und bemerkt: »Das wurde auch Zeit, Mama.«

»Meine ich auch«, erwidert Ann.

Daisy nimmt den Telefonhörer und wählt Lennys Nummer.

* * *

Sie beschließen, die dreizehn Michael Bakers mit Telefonnummern in New Hampshire anzurufen. Daisys Hand zittert. Sie fragt den ersten Michael Baker. Kein Glück.

Einige der Michael Bakers gehen ans Telefon. Doch keiner von ihnen heißt Michael Leonard. Keiner von ihnen kennt einen Michael Leonard. Andere Michael Bakers rufen später zurück. Auch von ihnen ist keiner »der eine«.

Elisabeth und Daisy sitzen über den Atlas gebeugt. Sehen sich New Hampshire an. Suchen Littleton, in den White Mountains. Sie suchen nach anderen Orten in der Umgebung.

Michael und Ann lassen die anderen 248 999 Ergebnisse für »Michael Baker New Hampshire« über den Bildschirm rollen. Suchen nach irgendetwas, egal was, das auf einen Mann um die achtzig schließen lässt.

Den ganzen Nachmittag lang. Schließlich schlägt Daisy vor, dass sie eine Pause machen und die Spur nach New Hampshire mit einem Besuch bei Ben & Jerry's feiern. Sie will allen ein Eis kaufen. Sogar eine Halbliter-Packung zum Mitnehmen für Richard, der sie nicht begleiten kann, weil er unerwartet in die Kanzlei musste. An einem Samstag. Elisabeth lehnt ihr Eis dankend ab – sie denkt gerade an Heather Clarkes Taille. Stattdessen geht sie nach nebenan, zum Friseur. Sagt ihm, er solle machen, was er will, Hauptsache, es sehe toll aus. Anderthalb Stunden später ist sie wieder da, das Haar superkurz. Und heller. Sie hat ihr bisheriges Image der braven Wirtschaftsprüferin über Bord geworfen und sich ein völlig neues, leicht ausgeflipptes Aussehen zugelegt. Einen Anti-Heather-Clarke-Societyfrau-mit-glamourösen-langen-Haaren-Haarschnitt. Sie vermisst ihre Mitternachtsfahrten. Ihre weiten, tief hängenden Jeans. Ihre Periode. Aber sie lässt sich davon nicht unterkriegen. Und mit diesem neuen Aussehen schon gar nicht.

Sie hofft nur, dass es Richard gefällt.

* * *

Sie sind wieder zu Hause. Zurück am Computer.

Michael Leonard Baker. Littleton, New Hampshire. Kein Glück, nichts zu finden im Internet. Keine Grundsteuerzahlungen. Keine Gerichtsakten.

Sie diskutieren neue Möglichkeiten. Das Sterberegister für New Hampshire. Auch nichts. Was so ungefähr alles bedeuten kann. Sie rufen bei der Behörde für Kriegsveteranen in New Hampshire an. Dort geht niemand ans Telefon.

Michael meint, man müsse hinfahren. Auf der Post nachfragen. Und überall in der Stadt. In den Geschäften. Den Altenheimen. Den Einrichtungen zum betreuten Wohnen – ein Vorschlag, bei dem Daisy zusammenzuckt.

Doch der Gedanke, hinzufahren, nimmt Gestalt an, obwohl die Erfolgsaussichten minimal sind. Er könnte tot sein. Oder woanders wohnen. Er könnte New Hampshire schon vor Jahrzehnten verlassen haben. Oder nie dorthin gezogen sein.

Aber – er könnte auch noch leben. Er könnte dort sein.

Sie diskutieren über Reiseroute, Karten, Hotels. Machen einen Ablaufplan.

* * *

Richard findet ihr Haar toll. Er sagt, sie sehe fantastisch aus. Und er meine es ehrlich. Wiederholt es. Erzählt, dass er Heather auf dem Heimweg getroffen habe. Es sei nichts Außergewöhnliches, wenn man sie am Wochenende an der Penn Street Station trifft. Denn dann fährt sie zu ihrem Wochenendhaus in den Hamptons. Dort hat sie ihr Auto stehen. Er erzählt, Heather sorge sich um ihr Wohltätigkeitsprojekt. Wenn es scheiterte, werde sie sich etwas Neues suchen. Und er habe ihr von einer offenen Stelle in seiner Kanzlei erzählt, in der Abteilung für private Stiftungen. Sie habe gemeint, das klinge perfekt. Und ihm einen Kuss auf die Wange gegeben.

Elisabeth beschließt, Richard genau zu beobachten. Ob er vielleicht eine gewisse Stelle auf seiner Wange beim Rasieren ausspart, womöglich in Form eines perfekten Lippenabdrucks.

36

Es ist tief in der Nacht. Daisy ist wach, sie kann nicht schlafen. Es liegt an all diesen Neuigkeiten. Den Zeitungsausschnitten von Hulda. Daisy geht im dunklen Zimmer auf und ab. Sie hat versucht zu schlafen, aber ohne Erfolg. Hat sich im Bett gewälzt und an die Decke gestarrt. Sich den Kopf zermartert. Den Juli 1946 noch mal Revue passieren lassen. Sie blickt zurück wie durch ein Teleskop, und die Informationen von Hulda füllen jetzt endlich die fehlenden Stellen in dem Puzzle.

Vor allem denkt sie an Michaels Schmerzen. Sie stellt sich ihren gut aussehenden jungen Soldaten vor. Sieht die schrecklichen Ereignisse jenes Julitages mit seinen Augen. Erlebt die Tragödie am eigenen Leib. Wie furchtbar muss es für ihn gewesen sein, und wie jung er damals noch war! Wie konnte das Leben so grausam sein? Aus dem Krieg nach Hause kommen und dann das. Und sie, völlig ahnungslos, und zwischen ihnen beiden dieser große Ozean. Sie war damals so verärgert gewesen, so empört und verletzt. Wenn sie nur davon gewusst hätte! Sie wäre zu ihm gefahren, ob es ihm recht gewesen wäre oder nicht. Ob er das wusste? Warum hatte er sie nicht benachrichtigt? Sie nicht kommen lassen? Sie wäre hingefahren, sofort, ob mit oder ohne den Segen ihrer Mutter.

Höchstwahrscheinlich allerdings ohne ihn.

* * *

Sonntagnachmittag, sie machen Pläne für die Reise nach New Hampshire. Lange Diskussionen. Verschiedene Meinungen. Abwägungen. Sie versuchen zu entscheiden, wann sie fahren, wie sie hinkommen sollen. Wer mitkommen soll. Natürlich Elisabeth, doch sie wird sich dafür freinehmen müssen. Selbstverständlich auch Michael. Aber was ist mit Pete, Josh, David und Ann? Ann sagt, sie würde gern mitfahren, doch sie kann nicht. Die Enkel, für die muss sie zu Hause sein. Und Steve, der an diesem Tag vom College heimkommt, wird natürlich auch nicht mitfahren. Richard, der wirklich ein paar Tage Urlaub gebrauchen könnte, kann im Moment nicht weg. Er meint, Elisabeth solle ruhig fahren und es genießen. Was sie erneut misstrauisch macht. Wieder fragt sie ihn, ob ihm ihre Haare wirklich gefallen.

Daisy steht auf, überwältigt von Dankbarkeit. Sie fragt, ob sie telefonieren kann. Möchte sich nochmals bei Hulda bedanken. Beim vierten Klingeln nimmt Hulda ab. Daisy erzählt ihr, dass sie Richtung Norden fahren wollen, um ihn zu suchen. Im Hintergrund hört sie Jodeli, sein Kreischen vermischt sich mit dem Straßenlärm. Brooklyn meldet sich durchs Telefon.

Hulda ist begeistert, dass sie nach New Hampshire fahren wollen. Sie findet es aufregend und hat viele Fragen.

Daisy antwortet darauf. Hört zu, reißt plötzlich die Augen auf. Sagt, das sei wahrscheinlich kein Problem. Bittet sie, am

Apparat zu bleiben, und wendet sich an die anderen, um ihnen mitzuteilen: »Hulda würde gern mitkommen.«

* * *

Es ist Montagmorgen. Elisabeth, mit ihrer neuen, verwegenen Frisur, hat Taschen für eine Übernachtung gepackt und beschließt, etwas noch nie Dagewesenes zu tun. Michael sitzt auf ihrem Bett und leistet ihr Gesellschaft; bis jetzt glaubt er noch nicht ganz, dass sie es tatsächlich durchziehen und sich krankmelden wird. Das macht sie praktisch nie, es sei denn, sie ist wirklich halbtot. Als die Jungen klein waren, hatte sie immer große Bedenken, sich krankzumelden, wenn sie es nicht wirklich war – aus Angst, dass sie oder einer der Jungen eines Tages wirklich krank sein könnten und ihre gesetzlich gewährten Krankheitstage dann aufgebraucht wären. Und Urlaubstage wollte sie dafür auch nicht nehmen. Die musste sie sich für die Schulferien aufheben, sonst würden die Kinder ihre Großmutter am Ende wirklich besser kennen als die eigene Mutter. Und dieses Jahr muss sie sich ein paar Urlaubstage reservieren, um Pete im August mit dem Umzug ins College zu helfen. Da also ihre Urlaubstage stets verplant sind, muss sie mit Krankheitstagen sehr vorsichtig sein. Und das ist sie.

Oder war es zumindest bisher. Neun Uhr vormittags und schon über dreißig Grad im Schatten, außerdem herrscht hohe Luftfeuchte, der Himmel ist grau, aber niemanden stört es. Die Vorfreude lässt es vergessen. Elisabeth nimmt das Telefon, Michael sieht ihr zu. Sie lässt ihre Notlüge vom Stapel, sie sei zu krank, um ins Büro zu kommen. Michael bricht in lautlosen Jubel aus. Die Sekretärin wünscht gute Besserung, es klingt sehr mitfühlend. Elisabeth legt auf. Setzt sich aufs Bett und klatscht Michael ab. Hurra! Ein Kurzurlaub!

Sie sind fast übermütig vor Freude. Das Trio, Daisy, Elisabeth und Michael. Sie fahren also wirklich nach New Hampshire, wo sie bisher noch nie gewesen sind.

Das Auto ist beladen, jeder nimmt Gepäck für eine Übernachtung mit.

Die Reifen knirschen auf dem Kies. Elisabeth fährt langsam rückwärts auf die Straße. Michael sitzt vorn mit dem Computerausdruck der Route, sieben Tüten Kartoffelchips und drei Riesenpackungen Schokoladenkekse. Und genug Wasser, um damit eine Flutkatastrophe heraufbeschwören zu können. Elisabeths Reiseproviant besteht aus Karotten und Selleriestangen. Daisy hat ihre Teebeutel dabei.

Sie winken zum Abschied. Josh und David drücken die Gesichter gegen Elisabeths Fenster und tun so, als heulten sie. Elisabeth lässt das Fenster herunter und merkt, dass es nur gespielt ist. Das Auto rollt langsam aus der Einfahrt, und sie werfen sich Kusshände zu.

Doch ehe sie auf der Straße sind, ruft Daisy plötzlich: »Warte! Es fehlt noch etwas, tut mir leid, aber ich habe etwas vergessen.« Sie steigt aus und rennt ins Haus zurück.

Der Motor brummt im Leerlauf.

Daisy kommt zurück, in der Hand die Flasche Cointreau. Sie steigt wieder ein und lacht verlegen. »Wenn ich Michael Baker tatsächlich heute Abend wiedersehen sollte, kann ich vielleicht einen Schluck gebrauchen.«

* * *

Fünfzig Minuten später klingelt Michael bei Hulda. Elisabeth hat vor dem Haus in der zweiten Reihe geparkt. Keine Lücke, so weit das Auge reicht. Die Hitze liegt schwer und feucht auf Straßen und Gehsteigen.

Michael hat zwei Klinkerstufen auf einmal genommen. Auf sein Klingeln folgt fast sofort das Summen des Türöffners. Er öffnet die gläserne Haustür und geht hinein. Ein köstlicher Duft kommt ihm entgegen, der das ganze Haus erfüllt, den Eingangsbereich, den Flur, das Treppenhaus. Er bekommt Appetit und hofft, dass es aus Huldas Wohnung kommt. Er denkt an ihre leckeren Kekse.

Doch je weiter er nach oben steigt, desto schwächer wird der Duft. Na ja.

Hulda wartet schon an der Tür. Sie lässt ihn eintreten, und Michael nutzt die Gelegenheit, um Jodeli kurz zu begrüßen. Hulda zeigt ihm, was er hinunter zum Auto tragen soll. Ihre kleine Reisetasche und mehrere Blechbüchsen.

»Magst du Cupcakes?« Michael nickt. »Und magst du Karottenkuchen?« Er nickt wieder. Hulda lacht stolz. »Und die hier hast du ja noch nicht einmal probiert.«

Außerdem hat sie noch drei Dutzend Mailänderli gebacken, dazu Aprikosen- und Himbeertörtchen. Michael ist begeistert. »Das reicht ja für eine ganze Woche!« An der Tür bleibt er stehen und deutet mit einer Kopfbewegung auf den Vogel. »Wird es Jodeli was ausmachen, so ganz allein?«

»Es wird ihm nicht passen, aber eine Nacht kann er ruhig mal allein bleiben.« Hulda nimmt ihre Handtasche und den Plastikbehälter mit den Törtchen. Sie holt tief Luft. Will Michael nach draußen folgen, bleibt aber noch mal stehen und dreht sich um. Michael wartet, er steht an der Tür und sieht, wie sie zu Jodeli geht und ihm einen Abschiedskuss gibt. Mit der freien Hand streicht sie ihm über den Kopf. Sagt, er solle brav sein, solange sie weg ist. Sagt ihm sogar, sie habe ihn lieb.

Michael hat den Eindruck, dass Jodeli sie versteht, und ruft ihm ebenfalls einen Abschiedsgruß zu. Hulda beeilt sich, zur Tür zu kommen. »Können wir?«, fragt Michael, und Hulda nickt.

Michael wartet, bis Hulda die Tür abgeschlossen hat. Er betrachtet das Gemälde an der Wand. Es ist direkt auf den Putz gemalt. Gebirge – die Alpen. Ungefähr zwei Meter breit und einen Meter hoch, auf dem Stück Wand gleich neben der Tür. Er hatte es schon bei ihrem ersten Besuch bemerkt, sie alle hatten es bemerkt – man konnte es nicht übersehen –, aber keiner hatte Hulda danach gefragt. Jetzt tut er es. »Was ist das für ein Bild?«

Hulda ist noch immer mit ihren Schlüsseln zugange, ein Doppel- oder gar Dreifachschloss. Ohne sich umzudrehen sagt sie: »Das Jungfraujoch. Albert hat es zu unserem ersten Hochzeitstag gemalt, 1937.« Man hört, wie ein Metallriegel vorgeschoben wird. Es macht »klick« und auch das letzte Schloss ist eingeschnappt. Hulda dreht sich um und sieht das Bild an. Sie tritt etwas zurück, um es aus größerer Entfernung zu betrachten, als sehe sie es zum ersten Mal. Ihre alten Augen hinter der Brille werden feucht. »Ich hatte solches Heimweh, und eines Tages war es da. Albert wollte, dass es bleibt, deshalb hat er es direkt auf die Wand gemalt. Eine ziemliche Dreistigkeit, ich weiß, aber er war jung und verliebt. Es macht den Hausbesitzer, Mr. Davis, wahnsinnig. Ihr habt ihn ja kennengelernt.« Michael nickt. »Seit Jahren droht er, es zu übermalen, er sagt, sowie ich weg bin, verschwindet es. Erzählt, er habe schon einen Eimer weißer Farbe und einen Pinsel hinter der Tür bereitstehen. Es werde ihm ein Vergnügen sein, schreit er manchmal. Er mag mich nicht sehr, musst du wissen. Er hat es auf meine Küche abgesehen.«

Sie steigen die Treppe hinunter. Hulda geht noch recht rüstig für ihr Alter, aber wesentlich langsamer als Michael. Er wartet geduldig und passt sich ihrer Geschwindigkeit an. Fragt, was das für ein unbeschreiblich leckerer Duft sei.

»Mr. Davis ist ein Koch.«

»Wirklich? In einem Restaurant? Dieser gruselige Typ?«

Hulda kichert über seine Wortwahl. »Nein, dieser ›gruselige Typ‹ ist eigentlich Fußpfleger von Beruf. Das Kochen ist nur sein Hobby. Aber hier riecht es immer sehr gut. Und an Feiertagen stellt er immer Teller mit Kostproben hier heraus«, sie deutet auf einen Tisch. »Er ist ein großartiger Koch. Ein griesgrämiger Mensch, aber ein großartiger Koch.«

Michael mustert den Tisch. Jetzt liegt dort Post, daneben Zeitungen, Zeitschriften, Prospekte. Michael stellt sich vor, wie dort an kalten, verschneiten Weihnachtstagen Teller mit warmen, leckeren Köstlichkeiten stehen. Dann muss es gemütlich sein in dem großen Flur mit den dunklen Holzpaneelen, den altmodischen niedrig hängenden Lampen, der Eichentreppe mit dem massiven geschnitzten Geländer, wenn die Mieter hier zusammenkommen und ausnahmsweise auch einen Moment bleiben. Und Michael stellt sich vor, dass auch Brian Davis dann bei guter Laune ist. Vielleicht ist er für diese paar Stunden im Jahr sogar nett zu Hulda.

Michael stößt die schwere Eingangstür auf. Hulda tritt hinaus in die feucht-warme Luft und macht sich auf den Weg zum klimatisierten SUV. Michael hilft ihr beim Einsteigen, dann setzt er sich wieder auf den Beifahrersitz. Sie alle winken zum Fenster hinauf, wo Jodeli sitzt. Mit liebevollem Blick schaut Hulda noch einmal zurück auf die Klinkerfassade, während sie die Second Street entlangfahren.

Und wieder einmal stellt Daisy sich vor, dass sie selbst dort hätte wohnen können.

37

DENNIS LEGT DEN HÖRER AUF. Er will von Lennys Begeisterung nichts mehr hören. Gerade hat er ihn von den neuesten Entwicklungen bezüglich Daisys Rückkehr informiert. Verschoben, bis auf weiteres. Offenbar amüsiert sie sich köstlich in New York. Eigentlich absurd, dass er bei seinem Beruf selbst nie dort gewesen ist. Aber eines Tages will er hin. Allerdings weiß er auch, dass dieser Tag durch den Umzug wieder in weite Ferne gerückt ist.

Es ist Montagabend. Er kann immer noch nicht verstehen, warum es ihn so überrascht, dass Amanda jetzt mehr Zeit bei ihrer Mutter verbringen will, wo sie doch praktisch in Rufweite voneinander wohnen. Es ist schon sechs Uhr vorbei. Zeit fürs Abendessen. Doch er ist allein in dem großen Haus. Fast alles ist ausgepackt, er hat die letzte Woche ausschließlich damit zugebracht. Die meiste Zeit allein. Dennis denkt daran, wie Amanda es kaum erwarten konnte, dieses Haus zu kaufen. Endlich einzuziehen. Jetzt scheint es jeden Tag so, als könne sie es nicht erwarten, wegzugehen. Er seufzt. Vermutlich wird sie bald da sein. Wenn er mit den Würstchen noch etwas wartet, kommt sie vielleicht gerade rechtzeitig, sodass sie zusammen essen können. Außerdem hat er noch keinen großen Hunger.

Er gießt sich ein Glas Bier ein und setzt sich in das riesige Wohnzimmer mit den großen Fenstern. Er ist zu müde, um noch einen weiteren Umzugskarton auszupacken. Zu zerstreut zum Lesen. Zu erschöpft, um darüber nachzudenken, wie er es anstellen könnte, einen Job zu finden.

Er nimmt einen tiefen Zug aus dem Glas. Schließt die Augen, lässt das Bier über die Zunge laufen und schluckt. Lauscht der Stille im Haus.

Doch solange Amanda nicht gerade wieder einkaufen geht, ist es ihm eigentlich egal, dass sie kaum noch zu Hause ist.

38

MANHATTAN, ÜBER DIE WILLIAMSBURG BRIDGE. In dichtem Verkehr natürlich. Elisabeth denkt an die Nächte vor zwei Wochen zurück, als sie nur so über die Brücke geflogen ist. Sie vermisst diese Fahrten. Dieses lebendige Gefühl. Sehnsüchtig denkt sie daran zurück, aber wahrscheinlich wird sich das nie mehr wiederholen.

Ein neues Gefühl stellt sich ein. Hier, während sie in ihrem SUV sitzt, mitten im Berufsverkehr, entdeckt sie ein ähnliches Gefühl des Lebendigseins wie damals bei diesen Nachtfahrten. Tatsächlich – hier und jetzt. Obwohl ihr Tacho den Eindruck macht, als sei er zwischen fünf und zehn Meilen pro Stunde steckengeblieben. Elisabeth blickt über den East River unter sich. Über die City vor ihnen, mit ihren Gebäuden und ihrer Schönheit und ihren Millionen von menschlichen Schicksalen. Es ist heller Tag, und doch ist die Stadt voller Geheimnisse. Voller Energie. Erzeugt durch den ewigen Kreislauf des Lebens.

Langsam wird ihr klar, dass sie das eigentlich gar nicht braucht, die Nacht, die leeren Straßen und die Tachonadel auf hundert – auch wenn es schön war. Denn die Geheimnisse, die Energie und das Leben der Einzelnen erschließen sich auch hier, direkt um sie herum, jetzt in diesem Auto. Zum Beispiel ihr Sohn, der sich in dem vergangenen Monat fast zu einem neuen Menschen entwickelt hat. Wie er heute ohne Aufforderung aus dem Auto gesprungen ist, um Hulda abzuholen, und wie geduldig er dieser langsamen, alten Dame die Treppe heruntergeholfen hat. Elisabeth betrachtet ihn im Sitz neben sich, wie er sich eifrig mit seinen Büchern und Autokarten beschäftigt.

Im Rückspiegel schaut sie auf ihre Reisegefährtinnen. Zufrieden sitzen sie da, Daisy und Hulda, sie sehen glücklich aus und sprechen über ihr Leben. Und jetzt ist Elisabeth ein Teil davon, ein Teil ihrer Leben, eine Hauptfigur in diesem Kapitel. Genau wie die beiden es in ihrem Leben sind. Wer hätte noch vor kurzem gedacht, dass sie einmal an so etwas teilhaben würde, ganz gleich, was dabei herauskommt? Wie oft kreuzen sich doch völlig unvorhersehbar die Lebenswege von uns Menschen.

Endlich haben sie die Brücke hinter sich, der Verkehr rollt wieder flüssiger. Elisabeth fährt nach Norden, um an der 34th Street abzubiegen und quer durch Manhattan zu fahren. Sie möchte diesem Kapitel ihres Lebens eine Seite hinzufügen, auf der sie einer siebenundsiebzig Jahre alten Frau zum ersten Mal das Empire State Building zeigt.

Und sie wird sich dabei sehr lebendig fühlen.

* * *

Daisy ist begeistert vom Anblick des Empire State Building, genauso wie von den vielen anderen namenlosen Wolkenkratzern. Ganz überschwänglich bei allem – den Straßen, der Reklame, den Straßenhändlern, den Menschen von New

York. Sie genießt diese Spritztour durch Manhattan. Elisabeth entschuldigt sich immer wieder dafür, dass sie das nicht schon längst mit ihr gemacht hat. Sagt, das sei unverzeihlich, aber sie müssten es nachholen, wenn sie aus New Hampshire zurück sind. Verspricht ihr, mit der *Circle Line* zu fahren und eine Rundfahrt mit dem Doppeldeckerbus zu machen. Sie werden in eine Broadwayshow gehen und nach Chinatown. Michael unterbricht sie und fragt, ob sie wisse, dass es in Liverpool das älteste chinesische Stadtviertel Europas gebe, er habe es erfahren bei den Recherchen für seine Prüfung über Liverpool. Keiner hat davon gewusst, und sie bedanken sich für die Information. Elisabeth verspricht Daisy Soho, Little Italy, den Central Park und einen Sonnenuntergang über dem Hudson River.

Daisy nickt, das alles klingt ganz wunderbar. Es sind genau die Dinge, die sie sich von ihrem Besuch in New York erhofft und auf die sie sich gefreut hatte. Doch wenn sie ehrlich sein soll, ist das, was sie tatsächlich in New York gefunden hat, noch viel besser: nämlich Elisabeths Familie. Elisabeth, Richard, die Jungs. Selbst Ann. Mehr braucht sie gar nicht.

* * *

Sie sind in Connecticut. Grün, üppig, malerisch. Der Verkehr rollt zügig, bis auf ein paar Staus bei Stanford und um Yale herum.

Massachusetts ist wunderschön. Und es gibt nicht viel Verkehr. Sie halten an einer Raststätte am Rande von Worcester. Vertreten sich die Beine, strecken sich. Michael stützt Hulda, die Mühe hat, ihre alten Gelenke wieder in Bewegung zu setzen. Es macht ihm auch nichts aus, dass Daisy sich an seinem anderen Arm eingehängt hat. Mit einer alten Dame auf jeder Seite geht er über den heißen, klebrigen Asphalt des Parkplatzes. Alle wollen zur Toilette.

Normalerweise hätte Michael um einen Schokoladenkeks aus der Mrs.-Fields-Filiale an der Raststätte gebettelt, und zwar mit großer Beharrlichkeit. Als Elisabeth laut bemerkt, wie überrascht sie ist, dass er nicht einmal davon gesprochen hat, blinzelt er nur in die Sonne, die sich in den Stoßstangen widerspiegelt und sagt: »Das kann dich gar nicht so sehr überrascht haben wie mich die Tatsache, dass du dich krankgemeldet hast. Außerdem, was brauche ich Mrs. Fields Kekse, wenn ich die von Mrs. Khiest habe!«

Hulda, die es hört, strahlt. Gibt es ein noch größeres Kompliment?

* * *

Sie haben den Norden von Massachusetts erreicht. Daisy erzählt von der Überschwemmung in ihrem Keller. Wie sie ihren Duschkopf repariert hat und dann elf Stunden auf der Trittleiter ausharren musste. Wie sie ihren Rasen gemäht hat. Sie alle können es kaum glauben. Und Michael ist mehr denn je beeindruckt von ihr.

Hulda erzählt, wie sie vor drei Monaten ihr Badezimmer selbst tapeziert hat. Vor Jahren hatte Albert es grün gestrichen, aber sie hat diese Farbe immer gehasst. Dann hatte sie im Fernsehen gesehen, wie ein Mann ein Zimmer tapeziert, und gedacht, das bringe sie auch noch fertig. Sie war zur Seventh Avenue gegangen, hatte eine Tapete ausgesucht, die ihr richtig gut gefiel, und neu tapeziert. Mit Erfolg. Es war kein Problem. Sie brauchte zwar fast eine Woche dazu, aber sie hat es geschafft.

Dreiundneunzig Jahre und das Badezimmer selbst tapeziert. Jetzt überlegt sie, ob sie das andere auch noch renovieren soll. Weil Albert das rot gestrichen hat. Rot? Ein rotes Badezimmer? Habt ihr so was schon mal gehört? Hulda muss lachen – aber so war Albert nun mal.

Elisabeth denkt nach. Sie hat nichts, was sie beitragen könnte. Mäht ihren Rasen nicht selbst und repariert auch keine Duschköpfe. Sie hat auch noch nie elf Stunden auf einer Leiter festgesessen. Und noch nie ein Badezimmer tapeziert. Für diese Arbeiten gab es Leute, die man dafür bezahlte. Das Einzige, was sie bisher gemacht hat, sind Steuererklärungen. Und ihre Kinder im Auto herumzufahren. Sie macht nie etwas, das erwähnenswert wäre.

Abgesehen vielleicht von diesem Trip.

* * *

Sie überqueren die Grenze nach New Hampshire mit lautem Hallo.

Dann kommen ihnen Zweifel. Hat diese Reise überhaupt einen Sinn? Wie sind die Chancen, ihn zu finden? Besonders, wo sie in ihrem blinden Optimismus nur eine einzige Übernachtung eingeplant haben.

Die Nadel im Heuhaufen. Ein aussichtsloses Unterfangen.

Sie fahren auf der Interstate 93 nach Norden. Im Auto wird es ruhiger. Draußen wird es hügeliger. Dieselben Ansammlungen riesiger Einkaufszentren wie auf den letzten 250 Meilen, nur jetzt vor immer höheren Bergen. Und so wie die Berge höher werden, schlägt auch Huldas Herz immer schneller.

Meile um Meile nach Norden. Hulda ist die Einzige, die spricht.

Sie kommen an Concord vorbei.

Fahren durch das Seengebiet. In der Ferne sieht man die White Mountains, die sich bläulich in den Himmel erheben. Sie fahren an einer Ausfahrt nach der anderen vorbei. Das Blau der Berge verändert sich, die Umrisse werden deutlicher. Der Verkehr nimmt ab. Fast keine Autos mehr außer Jeeps und SUVs. Das Blau der Berge wird grün. Überall sind herrliche Bäume.

Dann wird alles noch großartiger. Man sieht die Spitze des Mount Washington. Üppige grüne Nadelbäume, eingestreut dazwischen verschiedenste Arten von Laubbäumen. Michael liest aus dem Atlas vor. Mount Washington ist der höchste Berg im Nordosten der USA. Alle betrachten ihn ehrfürchtig. Können ihn leicht erkennen, den höchsten unter den Hohen.

Fast fürchten sie, Hulda würde ohnmächtig, sie gibt so sonderbare kleine Geräusche von sich. Doch es ist nur der Ausdruck namenloser Freude. Eine so große Freude, dass Michael über diese ganze Welt von Emotionen nachdenken muss, die es für ihn noch zu entdecken gilt. Hochgefühle, die er sich nie erträumt hat – oder doch, vielleicht war er einmal nahe dran, als er Chopin spielte. Huldas Hände zittern vor innerer Bewegtheit. Sie hat Tränen in den Augen. Hält alle dazu an, zu schauen, nur zu schauen, obwohl sie es längst tun. Berge. Berge! Majestätische hohe Berge. Seht doch nur! Wie in der Schweiz! Nicht so hoch natürlich, nicht wie ihre geliebten Alpen, aber dennoch – herrliche Berge. Ob Elisabeth beim nächsten Aussichtspunkt bitte anhalten könne.

Natürlich kann sie. Hulda ist schon fast aus der Tür, ehe der Wagen ganz zum Stehen kommt. In ihren schwarzen Schuhen steht sie da und schaut. Die Strümpfe sind ihr zu groß und ringeln sich an den Knöcheln. Ihr Kleid, Paisleymuster in Pastellfarben, ist zerknautscht und zipfelt unten, eine Seite ist länger als die andere. Sie hält die Hände vor der Brust gefaltet, ihre Finger zucken vor Erregung. Sie steht vor den Bergen, und die Mittagssonne scheint auf ihr Gesicht. Sie atmet tief ein. »Frische Bergluft!« Es klingt begeistert, um ihren Mund spielt ein glückliches Lächeln. Noch ein tiefer Atemzug. Langsam, durch die Nase, als wolle sie jedes Molekül einzeln genießen. Sie saugt die Bergluft in sich hinein, so viel ihre Lunge nur aufnehmen kann.

Die anderen sehen ihr zu. Freuen sich an ihrem Glück. Lassen sich von dem Anblick Huldas, wie sie die Gebirgsluft genießt, einhüllen wie von einer wärmenden Decke.

Aber sie müssen weiterfahren, viel zu bald für Hulda. Daisy spürt bereits die magnetische Kraft des Namens Littleton. Elisabeth ist es egal, sie kann weiterfahren oder auch noch länger hierbleiben. Sie fühlt sich auf sonderbare Weise zufrieden. Sie braucht keine Entscheidungen zu fällen, genießt den Luxus, nicht einmal zu wissen, wie spät es ist. Kann für den Augenblick leben. Hat Zeit und Muße für den Anblick der Berge. Für die Schönheit der Welt.

Im Auto ist es still. Nur das Geräusch von Rädern auf dem Asphalt, vom Luftzug am Fenster ist zu hören. Hulda sagt: »Weißt du eigentlich, Michael, dass es noch achtzig Jahre dauert, ehe du so alt bist wie ich? Kannst du dir das vorstellen? Jetzt in achtzig Jahren. Fast schon im nächsten Jahrhundert.« Hulda sieht ihn an. Michael dreht sich im Beifahrersitz um, sodass er in ihr Gesicht sehen kann. Hulda fährt fort: »Und wenn du dich dann noch an mich erinnerst, dann wird ein Stück von mir, ein kleiner Teil meines Wesens, über fast zweihundert Jahre fortleben, von meiner Geburt bis zu dir, wenn du dreiundneunzig Jahre bist.«

Michael, nachdenklich, sagt: »Wow!«

Ernst sieht Hulda ihn an. »Und deshalb, Michael, versprich es mir bitte – versprich mir, dass du dich an mich erinnern wirst.«

Das fällt Michael nicht schwer. »Das verspreche ich.« Er lacht. »Ich werde mich ganz bestimmt an Sie erinnern, wenn ich dreiundneunzig bin. An Ihre Cookies. An Ihren Papagei. Und an diese Reise. Das nehme ich alles mit ins Jahr 2100.«

»Gut.« Hulda lehnt sich zufrieden zurück. »Ich danke dir.«

Michael dreht sich noch weiter um, bis er auch Daisy sehen kann. »Und an dich werde ich mich auch erinnern, Daisy. Auch wenn du noch nicht so alt bist. Gegen Hulda bist du ja noch ein junger Hüpfer.« Daisy kichert, ein hohes Hi-hi-hi. Michael wendet sich zu Elisabeth. »Und an dich natürlich auch, Mama. Ich werde nie vergessen, wie du Dads Jeans getragen hast. Auch wenn das wahrscheinlich meine einzige Erinnerung an dich sein wird.«

Elisabeth streckt die Hand aus und versetzt ihm mit dem Handrücken einen Schlag gegen den mageren Brustkorb.

Michael lacht und haut zurück. Dann dreht er sich wieder zu Hulda um. »Also, wie ist das eigentlich, wenn man dreiundneunzig ist?«

Hulda denkt nach. Eine Meile, zwei Meilen lang. Dann sagt sie: »Ich glaube, wenn man älter wird, entwickelt man sich noch stärker zu dem Menschen, der man eigentlich immer war. Man wird eine Art Konzentrat seiner selbst. Ich habe festgestellt, dass das Alter eine Zeit ist, wo man wirklich lernt, wer man eigentlich ist, und warum man einmalig ist, wer man im Leben war. Es ist eine Zeit, in der man sich sehr intensiv selbst verstehen lernt. Alle reden immer davon, dass die Teenager-Jahre die Zeit sei, wo man diese Dinge entdeckt, aber das ist gar nichts, verglichen mit dem hohen Alter. Und wenn man das Glück hat, noch einigermaßen bei guter Gesundheit zu sein, wie ich es habe, dann ist es eigentlich ganz schön. Man verliert vieles, wenn man alt wird« – wie wahr, wie wahr, denkt Elisabeth –, »deshalb schätzt man das, was einem bleibt, umso mehr. Es ist, als würde vieles Unwichtige weggeblasen, wie wenn Spreu vom Korn getrennt wird, weißt du. Na ja, leider so manches Wichtige auch, aber was bleibt, ist dein Kern, dein Wesen, das eigentliche Selbst, und dann merkst du irgendwann, dass diese anderen Dinge gar nicht mehr so wichtig sind. Du bist noch immer du, auch ohne sie. Solange du noch alle Tassen im Schrank hast, oder jedenfalls fast alle.« Sie lacht leise. »Ich freue mich über jeden Tag auf dieser Erde, werde aber auch nicht traurig sein, wenn ich gehen muss. Jeder Tag bringt mich Albert und den Kindern etwas näher. Und meinen Eltern auch.« Sie schweigt. Scheint zufrieden mit ihrer Antwort.

Im Auto ist es wieder still, alle sind nachdenklich geworden.

Bis zu dem Schild mit der Aufschrift »Littleton«.

Plötzlich reden alle gleichzeitig. Die grüblerische Stimmung, die sich nach Huldas Ausführungen über sie gesenkt hatte, ist verflogen. Denn sie sind da.

In Littleton, New Hampshire.

39

ALS ERSTES SUCHEN SIE SICH ein Motel. Kein Problem, denn die Auswahl ist groß. Sie einigen sich sofort, wo sie übernachten wollen: *Das Schweizerhaus.*

Sie fahren auf den Parkplatz, steigen aus. Beobachten, wie Hulda es entzückt betrachtet. Wer hätte das gedacht? Ein Schweizer Chalet! Vor einem Gebirgspanorama. Zwei Fahnenstangen, zwei Fahnen. Eine Schweizer Fahne flattert neben der amerikanischen, beide in derselben Brise. Weiß verputzte Wände, dunkle Holzbalken. Blumenkästen, aus denen Geranien quellen. Hulda schlägt die Hände zusammen: »Genau wie zu Hause!« Sie kann es kaum fassen.

Sie sind alle ziemlich aufgeregt und beeilen sich mit dem Einchecken. Ein Schweizer Hotel, das muss doch ein gutes Omen sein. Ein Vorbote ihres Erfolgs. Sie versammeln sich an der Rezeption und fragen die Frau, die aussieht, als kenne sie sich aus, ob sie hier in der Stadt einen Michael Baker kenne.

Die Frau wiederholt den Namen. Ein kurzer Moment des Nachdenkens, dann schüttelt sie den Kopf. Sie kenne viele Michaels und viele Bakers, aber keinen Michael Baker. Sie fragen, wie lange sie schon hier wohne. Fünfunddreißig Jahre, antwortet sie. Dann, ob sie ein Ehepaar namens Lucille und William gekannt hat, den Nachnamen wüssten sie nicht, aber das seien Michael Bakers Tante und Onkel gewesen, also hätten sie ebenfalls Baker heißen können. Die Frau wiederholt »William und Lucille«. Nachdenklich legt sie den Finger an die Lippen, tippt dreimal dagegen und erwidert schließlich Nein, das sage ihr auch nichts.

Sie bedanken sich, lassen sich die Schlüssel geben – die eher wie Kreditkarten aussehen –, und suchen ihre beiden nebeneinanderliegenden Zimmer auf, eins für Daisy und Hulda, das andere für Elisabeth und Michael. Sie gehen hinein und stellen ihr Gepäck ab.

Dann machen sie sich auf. Zuerst zum Postamt, das auf der Hauptstraße leicht zu finden ist. Die Frau hinter der Theke sieht der Frau im Hotel sehr ähnlich, sie könnten Schwestern sein. Sind sie aber nicht, Michael fragt. Dasselbe graue Haar. Dieselbe Art geteilter Brille auf der Nase. Dieselbe gesunde rosige Haut, die kaum Falten hat. Dieselbe ungezwungene, offene Art.

Dieselbe Antwort.

Es gibt keinen Michael Baker hier. Bedeutet das, nur jetzt nicht? Oder nur in letzter Zeit? Oder noch nie? Die Frau sagt ihnen, sie arbeite seit siebenundzwanzig Jahren hier auf der Post und könne sich an keinen Michael Baker erinnern. Es klingt überzeugend, aber sie lassen sich trotzdem mit diesem Nein nicht abspeisen. Erzählen ihr, warum sie hier sind, und jeder von ihnen hat zu dieser Information noch etwas hinzuzufügen. Sie breiten die ganze Geschichte vor ihr aus. Warum sie glauben, dass er hier sein müsse. Und wie wichtig es sei, ihn zu finden. Sie deuten auf Daisy, erklären, dass sie extra aus England gekommen sei, in der Hoffnung, ihn zu finden.

Die Frau schüttelt den Kopf. Sie hätte ihnen so gerne geholfen, meint sie. Und schlägt dann vor, sie sollten hinüber zur Feuerwehr gehen und mit Harry Gates sprechen. Seine Familie lebe schon über hundert Jahre in dieser Stadt. Vielleicht wisse er etwas.

Sie bedanken sich, die Köpfe gesenkt, Füße schwer. Die Post war ihre große Hoffnung gewesen. Denn wenn er hier wohnt, muss er Post bekommen. Und die Frau auf dem Postamt würde ihn kennen. Elisabeth und Michael versuchen, Daisy zu trösten. Damit, dass es besser sei, gar nichts über ihn zu hören, als zu erfahren, dass er tot ist.

Daisy verliert den Mut nicht.

Sie eilen hinüber zum Feuerwehrhaus und lassen Hulda auf einer Bank zurück. Hulda kann nicht mehr eilen. Sie ist ganz zufrieden damit, hier zu warten und den Blick auf die Berge zu genießen.

Die anderen drängen in die große Garage des Feuerwehrhauses, wo es nach Öl und Autopolitur riecht, und fragen nach Harry Gates. Man sagt ihnen, er sei heimgegangen und habe erst am Donnerstag wieder Dienst. Daisy fragt den Mann nach einem Michael Baker. Der Feuerwehrmann sieht sie verständnislos an. Elisabeth greift ein. Doch der Mann schüttelt den Kopf. Nein, auch er kennt keinen Michael Baker.

Es sieht nicht gut aus.

Aber weiter. Sie fragen in Lebensmittelgeschäften, in Weinhandlungen, in der Eisenwarenhandlung, wo Daisy ihnen die Dichtung zeigt, die sie in ihren Duschkopf eingesetzt hat. Sie ist ganz bei der Sache und dreht sie fachmännisch hin und her. Zeigt ihnen das Gewinde. Elisabeth und Michael hören aufmerksam zu und nicken, scheinen jedoch etwas überwältigt von so viel Sachkenntnis.

Sie stehen wieder auf der Straße. Fragen im Kino, an den Tankstellen. Zeigen den Leuten das Bild von Michael als Soldat. Versuchen es mit allen Informationen, die sie zur Verfügung haben.

Sie kommen nicht weiter.

Sie fragen im italienischen Restaurant, den Kellner, die Hilfskraft, den Besitzer.

Kein Glück.

Sie holen Hulda wieder ab und kehren zum Motel zurück, es ist kurz vor Sonnenuntergang.

Michael planscht allein im Swimmingpool. Die Sonne steht tief, ringsum die hohen Berge. Die Insekten summen. Vom Parkplatz schallt Gelächter herüber. Die drei Frauen sehen Michael zu, wie er kopfüber ins Wasser springt, wie er taucht, schwimmt, mit den Füßen strampelt, während sie die Lage besprechen. Sie sind alle drei zu mehr oder weniger demselben Ergebnis gekommen – Michael Baker lebt nicht hier. Er ist nicht zu finden. Wahrscheinlich ist er schon vor Jahren weggezogen. Wenn er überhaupt jemals hier gelebt hat. Er könnte überall in den Vereinigten Staaten wohnen. Womöglich sogar im Ausland.

Selbst Daisys Optimismus ist im Schwinden, aber sie bereut es nicht. »Diese Reise ist doch trotzdem eine tolle Sache. Jetzt war ich nicht nur in Amerika, sondern bin auch hierhergekommen. Seht doch nur, wie herrlich es hier ist. Das hätte ich sonst nie gesehen.«

Sie blicken um sich und geben ihr Recht. Die Schönheit dieser Landschaft nimmt sie alle gefangen. Hulda sitzt im Liegestuhl und starrt gedankenverloren, verträumt, auf die Bergkulisse, sie spricht kaum. Elisabeth und Daisy unterhalten sich. Elisabeth hat die Hosenbeine aufgerollt und lässt die Füße in den Pool hängen, mit geradem Rücken sitzt sie da, die Hände auf den Betonrand des Beckens gestützt, ihre Finger spielen im warmen Wasser. Über die Schulter sieht sie zu Daisy hinüber, die ebenfalls in einem Liegestuhl sitzt, und will von ihr Näheres über ihre Familie erfahren. Über ihre Söhne – Dennis und Lenny. Sie versucht sich klarzumachen, in welchem verwandtschaftlichen Verhältnis sie zu ihnen steht, und entscheidet sich schließlich für Cousine zweiten Grades, das wird wohl stimmen. Sie fragt Daisy nach ihrem Mann, Paul, nach ihren Eltern, nach ihrer Schwester Doreen. Sie möchte alles wissen, und über jeden, ob tot oder lebendig.

Daisy erklärt ihren Stammbaum. Michael schwimmt zu ihnen herüber und stützt sich mit den Armen auf den Beckenrand. Daisy erzählt von ihren verstorbenen Vorfahren, von zwei Großonkeln, die auf der Titanic umgekommen sind. Und wie ihr Großvater, der auch Anns Großvater war, im Zweiten Weltkrieg bei der Handelsmarine diente. Und dass er dafür einen Orden vom König bekam.

»Vom richtigen König?« Michael staunt.

»Vom richtigen König«, versichert Daisy ihm. Erstaunt wendet sie sich an Elisabeth: »Hat deine Mutter dir nie etwas davon erzählt?«

Elisabeth schüttelt den Kopf. Erst jetzt wird ihr bewusst, wie merkwürdig das alles ist. »Sie spricht so wenig über ihre englische Verwandtschaft. Eigentlich nie, nur ab und zu mal ein Wort über ihre Mutter. Über die Familie ihres Vaters spricht sie auch nie. Eigentlich spricht sie nur immer von der Familie meines Vaters.«

Michael muss noch mal auf die Titanic zu sprechen kommen. Dass er tatsächlich Vorfahren hatte, die mit diesem Schiff untergegangen sind! Er möchte mehr wissen. Die Großonkel seiner Großmutter waren also seine … er denkt ein paar Minuten nach, dann gibt er es auf. Es ist zu kompliziert. Daisy kann ihm noch viele Geschichten erzählen. Sie tut es gern, und erst recht jetzt, wo sie weiß, dass Ann es nie getan hat. Wenn diese Reise zu weiter nichts geführt haben sollte, dann wenigstens dazu, dass diese Geschichten über den Atlantik gekommen sind, um hier wieder lebendig zu werden.

Elisabeth möchte, dass die Zeit in diesem Moment stillsteht. Alles soll so bleiben, wie es ist, sie will nicht einmal zu Hause anrufen. Sie geht davon aus, dass schon alles okay sein wird, sonst würde man sich bei ihr melden. Sie lässt den Kopf nach hinten fallen und spürt ihr kurzes Haar im Nacken, die Abendsonne auf ihrem Gesicht, das Wasser, das genau die richtige Temperatur hat und ihr bis an die Knie reicht. Sie schließt die Augen und lässt sich treiben auf einem Meer von Sorglosigkeit.

Trotz des Fehlschlags sind alle merkwürdig zufrieden. Sie versuchen, diesen Moment zu bewahren. Versuchen, ihn mit so viel Bedeutung, mit so viel Schönheit, mit Frieden und so vielen anderen Dingen vollzustopfen, dass die Zeit sich unter dieser Fülle eigentlich ausdehnen müsste.

40

Sie sind früh auf, weil sie sehen wollen, wie die Sonne über die Berge steigt. Elisabeth genießt es, mal nur einen Sohn um sich zu haben. Sich voll und ganz auf ihn konzentrieren zu können. Sie liegen einander gegenüber in ihren Betten, keiner mag aufstehen, außer um die Vorhänge aufzuziehen, damit sie die atemberaubende Aussicht genießen können. Sie unterhalten sich, völlig entspannt. Elisabeth hört aufmerksam zu, von nichts abgelenkt. Nicht einmal von ihren eigenen Gedanken. Sie lernt ihn immer besser kennen, diesen neuen Michael, der gerade dabei ist, erwachsen zu werden.

Sie nehmen sich Zeit für ihren Kaffee, Daisy trinkt natürlich Tee, draußen am Pool. Michael muss vor dem Frühstück schnell noch mal ins Wasser springen. Das Hotel bietet Donuts an, kostenlos. Michael isst drei Stück, Elisabeth sagt nichts. Soll er doch, wenn er sie mag, er darf sich sogar schmatzend die Finger ablecken. Normalerweise würde sie ihm nie erlauben, so viel von dem ungesunden Zeug zu essen. Oder Geräusche dabei zu machen. Es muss wohl an der Luft hier liegen.

Um neun Uhr sitzen sie wieder im Auto. Sie haben eine Liste mit Pflegeheimen, Einrichtungen für betreutes Wohnen und Seniorenresidenzen. Die Wegbeschreibung zur Reha des Krankenhauses von Littleton. Eine Straßenkarte.

Nachmittags um drei haben sie endlich alles abgeklappert, haben nichts unversucht gelassen. Sie müssen mit fast der Hälfte der Bewohner von Littleton gesprochen haben, einschließlich einer Handvoll Mitglieder der Familie Gates: mit Harrys Sohn, einer Tochter, einem Neffen und zwei Nichten. Kein Mensch weiß etwas über einen Michael Baker.

Ein Schlag ins Wasser.

Aber wer sie ansieht, würde das nicht vermuten.

* * *

Hulda hat einen letzten großen Wunsch, ehe sie wieder heimfahren. Ob man nicht mit der Zahnradbahn auf den Mount Washington fahren könnte?

Sie braucht die Frage nicht zu wiederholen. Alle nicken eifrig.

Die Straße, lang und gerade, führt mitten durchs Tal. Es ist schon ziemlich spät, als sie ankommen. Die meisten Leute sind schon wieder unten und gehen zurück zu ihren Autos.

Sie steigen aus und schauen nach oben. Der Himmel ist wunderbar klar. Es ist immer noch um die 25 Grad warm und etwas schwül. Die Leute drängen sich um das Museum und den Kiosk; große Menschentrauben im Schatten der Berge. Grünes Gras um sie herum, blühender Löwenzahn. Kinder essen Eis oder sitzen auf dem riesigen ausgedienten Traktor, der früher hier Dienst tat. Jetzt ist er nur noch ein Spielzeug und sorgt für etwas Atmosphäre. Der Boden riecht frisch nach Gras und Blumen.

Hulda ist selig.

Sie sehen sich das kleine Museum an. Erfahren, wie eine Zahnradbahn funktioniert. Wie sie es schafft, einen so steilen Berg hinaufzukommen. Sie staunen über die Originalbahn, sie ist mehr als hundert Jahre alt. Ein Plakat an der Wand weist stolz darauf hin, dass die Zahnradbahn zum Mount Washington noch vor der ersten Zahnradbahn der Schweiz fuhr. Das findet Hulda toll.

Sie kaufen Tickets für die Fahrt nach oben. Suchen sich Plätze. Michael sitzt allein ganz hinten. Die anderen vorn in der Nähe des Lokführers.

Der Zug setzt sich in Bewegung, so spät am Tag hat er nur noch eine leichte Fracht. Die Fahrt zur Spitze dauert fünfunddreißig Minuten, und stellenweise ist es so steil, dass Elisabeth scherzend prophezeit, sie würden alle gleich auf Michaels Schoß landen. Die Gebirgslandschaft verändert sich, je höher sie kommen. Das Gras weicht kahlem Fels, die Bäume werden weniger, bis sie die Baumgrenze passieren und es gar keine Bäume mehr gibt. Merkwürdige Insekten kommen durch das offene Fenster – eine Art schwarzgelber Marienkäfer – und landen auf ihnen, auf dem Glas und auf den Sitzen. Das ist nicht besonders angenehm, wird aber mit Humor genommen, man ist sowieso gleich da.

Unter ihnen knirscht das Getriebe, der Lokführer macht einen Witz über die angeblich ausgeleierten Bremsen.

Endlich, der Gipfel. Hulda holt tief Luft, ehe sie aussteigt. Sie hält sich am Türrahmen fest und sagt: »Albert sieht mich hier. Ich spüre, wie er mich anschaut.« Glücklich steigt sie aus, in den hellen Sonnenschein, in die dünne Luft.

Sie schlendern los, lassen die Zahnradbahn hinter sich, wollen zum höchsten Punkt, zur Aussichtsplattform. Sie genießen das Panorama.

»Bestimmt fängt sie gleich an zu jodeln«, bemerkt Michael mit einem Blick auf Hulda.

Hulda lacht und sagt, vielleicht tut sie es tatsächlich.

Sie gehen am Restaurant vorbei, in dem noch eine Besuchergruppe sitzt, dann zum Kiosk, wo sie Postkarten kaufen, dann hinauf zur Aussichtsplattform. Zum höchsten Punkt im Osten der Vereinigten Staaten. Hulda steht da und muss sie alle umarmen, muss ihre Wange an ihre Gesichter drücken. Mit Tränen in den Augen dankt sie ihnen. Nie hätte sie gedacht, dass sie noch einmal auf einen hohen Berg kommen würde. Sie hatte schon alle Hoffnung aufgegeben, aber sie haben das Unmögliche möglich gemacht. Jetzt könne sie zufrieden sterben.

Die Aussichtsplattform wird von einer umlaufenden Bank gesäumt. Hulda und Daisy sind etwas außer Atem und setzen sich hin, um sich auszuruhen. Michael lässt sich neben sie fallen.

Elisabeth zerrt ihn am Hemd wieder hoch. »Komm, Michael, wir schauen uns etwas um.«

Michael ist überrascht, dass seine Mutter Lust dazu hat, doch sofort springt er auf und die Treppe hinunter, Elisabeth muss sich bemühen, um mit ihm Schritt zu halten.

Hulda und Daisy lehnen sich zurück, sie schweigen, jede in ihre eigene Traumwelt versunken. Hulda schreibt Postkarten. Daisy denkt an Zuhause. Schaut auf die Gipfel um sich herum, erinnert sich an glückliche Zeiten in den französischen und Schweizer Alpen, mit Paul. Vielleicht spürt auch sie, dass er sie sieht. Sie denkt an Lenny, der heiraten will. Und an Dennis und Amanda, die jetzt so weit weg von ihr wohnen. Wieder fühlt sie sich unsicher bei dem Gedanken, sich allein um das Haus kümmern zu müssen. Wenn Dennis doch Recht hatte? Besonders jetzt, wo Lenny wieder heiraten wird. Vielleicht sollte sie das Haus doch verkaufen. Nicht, um ins *Carillion* zu ziehen, aber vielleicht in eine kleine Wohnung, wie Hulda. In einer Wohnung wäre alles so viel einfacher. Dort hätte man keine Arbeit mit dem Garten.

Aber eben auch keinen Garten. Daisy liebt ihren Garten. Sie seufzt. Sie ist noch genauso weit von einer Lösung entfernt wie bei ihrer Abreise.

Michael und Elisabeth schlendern auf dem Gipfel umher, probieren die Anfänge verschiedener Wanderwege, doch gehen auf keinem sehr weit. Sie unterhalten sich darüber, wie toll es wäre, den ganzen Weg zum Gipfel zu Fuß zu gehen.

Michael meint: »Wenn Dad jemals Urlaub macht, müssen wir hierher zurückkommen, hier würde es ihm auch gefallen.«

»Josh und David auch«, meint Elisabeth. »Und natürlich Pete und Steve. Wir könnten Anfang August herkommen, ehe sie ins College müssen. Man fährt ja nur sechs Stunden.« Im Stillen überlegt Elisabeth, dass sie sich vorher wohl einen Hometrainer anschaffen sollte. Schleunigst.

Sie wandern herum und machen Pläne für einen Familienurlaub. Allmählich wird es Zeit, zurückzugehen. Sie haben sich doch ziemlich weit von der Station entfernt und die Rufe der Männer nicht gehört, die die Abfahrt der letzten Bahn nach unten angekündigt haben. Daisy und Hulda warten am Fuße der Treppe zur Aussichtsplattform und sind schon in heller Aufregung, dass sie die Bahn verpassen könnten.

Michael braucht unbedingt noch schnell eine Flasche Wasser. Er verspricht, sich zu beeilen und schnell vom Kiosk zurück zu sein. Elisabeth drückt ihm zwei Dollarscheine in die Hand und sagt, er solle rennen.

Und tatsächlich ist Michael schon vor ihnen an der Bahn, weil es spät ist und Hulda langsam geworden ist. Mit zufriedenem Grinsen steht er an der Tür, die Wasserflasche in der Hand, und treibt sie zur Eile an. Er hält die Tür auf, und Elisabeth steigt ein, gefolgt von Daisy. Hulda kommt langsam hinterher, sie bittet Michael, ihr die Handtasche abzunehmen. Schiebt ihn in den Zug, bleibt dicht hinter ihm. Michael sieht sich überall nach einem Sitz um. Überlegt, ob er lieber vorn bei seiner Mutter und Daisy sitzen will oder ganz hinten, wie auf dem Weg nach oben. Er entscheidet sich für vorn, weil man hier vielleicht die bessere Aussicht hat. Der Waggon ist halbvoll, die Leute unterhalten sich leise, zeigen auf verschiedene Punkte in der Umgebung, machen schnell ein paar letzte Bilder.

Dann schließen sich die Türen. Die Zahnradbahn setzt sich in Bewegung, den Berg hinab, und der Lokführer macht wieder seine Witze über die schlechten Bremsen.

Auf halbem Weg nach unten sieht Daisy sich bestürzt um. »Wo ist Hulda?«

Die drei schauen jedem Passagier ins Gesicht, aber Hulda ist nicht darunter. Sie brechen in Schweiß aus. Entsetzlich! Und melden dem Zugführer, dass sie eine alte Dame zurückgelassen haben. Wie konnte das nur passieren?

Der Zugführer zuckt mit den Schultern. »Das passiert schon mal. Da können wir nicht viel machen. Wenn wir unten sind, sage ich oben Bescheid.«

Niemand spricht. Wortlos starren sie aus dem Fenster, die ganze quälende Fahrt nach unten.

* * *

Unten nimmt der Zugführer Funkkontakt mit der Bergstation auf. Spricht mit Charly dort oben, sagt man habe eine Mrs. Hulda Khiest zurückgelassen. Charly ist schon seit siebenunddreißig Jahren auf der Bergstation und hat das schon oft erlebt. Meistens sind es Kinder. Manchmal auch alte Leute, aber dreiundneunzig! So alt sind sie gewöhnlich nicht. Aber keine Angst. Sie wird im Restaurant sein und kann später mit der Besatzung runterfahren.

Elisabeth, Daisy und Michael, der noch immer Huldas Handtasche hält, sitzen auf der Bank vor dem alten Traktor. Sie gehen die letzten Augenblicke des Einsteigens noch einmal durch. Alle haben Schuldgefühle und hoffen, Hulda würde nicht zu ungehalten sein.

Eine halbe Stunde später knackt es, das Funkgerät erwacht zum Leben. Es ist Charly. Er sagt, Hulda sei nicht im Restaurant. Und weder in der Damentoilette, noch am Kiosk, noch auf der Aussichtsplattform. Kurz, sie sei nicht zu finden. Man würde aber weitersuchen.

Erschreckte Gesichter auf der Bank. »Mein Gott, wie furchtbar«, sagt Daisy.

Elisabeth und Michael nicken.

* * *

Wieder knistert es im Funkgerät. »Stuart, wir haben hier offenbar eine Notsituation. Sie ist nirgends zu finden. Wir haben alles abgesucht, aber sie ist verschwunden. Meine Leute müssen runter, die wollen nach Hause. Ich mach das sonst eigentlich nicht, aber könntest du die Familie noch mal hochbringen, damit sie beim Suchen helfen? Ich bleibe hier und fahr sie später runter. Du kannst dann die Besatzung mit nach unten nehmen.«

Im Nu sitzen sie wieder im Zug, der sich augenblicklich in Bewegung setzt.

Diesmal gibt es keine Witze über schlechte Bremsen.

* * *

Oben wartet Charly schon auf sie. Die Besatzung kommt ihnen entgegen und steigt ein, und sofort fährt die Bahn wieder los. Daisy, Elisabeth und Michael machen sich mit Charly bekannt. Der fragt, ob sie sich vorstellen können, dass Hulda sich vielleicht zu Fuß auf den Weg nach unten gemacht hat. Auf einem der vielen Wanderwege. Wäre ihr das wohl zuzutrauen?

Alle schütteln den Kopf. Elisabeth sagt: »Sie ist noch ganz gut in Form, eigentlich erstaunlich für ihre dreiundneunzig Jahre, und sie ist in der Schweiz aufgewachsen, theoretisch wäre es also möglich. Aber doch höchst unwahrscheinlich.«

»Ja, also, irgendwo muss sie ja sein«, sagt Charly. »Ich schlage vor, wir schwärmen aus und rufen nach ihr. Vielleicht ist sie ja etwas verwirrt. Wenn sie Ihre Stimmen hört, wird das bestimmt helfen.« Er sieht Daisy an. »Aber Sie gehen bitte nicht allein los.«

»Ich gehe mit ihr«, sagt Michael.

»Wir haben Glück, dass heute der 21. Juni ist«, sagt Charly. »Wir werden das längere Tageslicht gut brauchen können.«

»Sollte man nicht die Polizei verständigen?«, fragt Elisabeth.

»Die kommen nicht rauf, wenn jemand weniger als zwei Stunden vermisst wird. Auf keinen Fall.« Er schüttelt energisch den Kopf. »Also, gehen wir los. Jeder in eine andere Richtung. Es gibt mehrere Wege nach unten. Gehen Sie nicht zu weit und bleiben Sie nicht zu lange weg. Ich kann es nicht gebrauchen, wenn noch jemand verlorengeht und hier allein herumirrt, mit mir als Einzigem hier oben. Eigentlich dürften wir das jetzt gar nicht machen.«

Sie nicken dankbar. Gehen los.

Sie finden nichts. Hulda scheint sich in Luft aufgelöst zu haben.

41

SIE HABEN KAUM GESCHLAFEN. Haben sich in ihren Betten gewälzt und im Dunkeln diskutiert. Um drei Uhr haben sie das Licht angeknipst. Alle drei reden in ständig wechselnden Rollen, geben mal sich selbst die Schuld, dann wieder versuchen sie, den anderen zu trösten.

Hier, im *Schweizerhaus*. Mit ihren Reisetaschen und mit Huldas Handtasche.

Es war schon fast dunkel gewesen, als sie vom Berg herunterkamen, nach drei Stunden vergeblichen Suchens. Daisys Knie hatten vor Erschöpfung gezittert und drohten jeden Moment zu versagen. Schließlich hatte Charly die Polizei benachrichtigt, und die sagte genau das, was er prophezeit hatte: dass man heute Abend nichts mehr machen könne, es sei zu früh und auch zu gefährlich, um jetzt schon Suchtrupps und Helikopter in die Berge zu schicken. Man müsse mit Aufwind und eingeschränkter Sicht rechnen.

Am Morgen ruft Elisabeth Richard an und teilt ihm mit, dass sie eine weitere Nacht hier verbringen müssten. Richard, den man aus einem Meeting gerufen hatte, tröstet sie. Er sagt, sie solle sich keine Sorgen machen. Er würde zurück ins

Meeting gehen und dort Bescheid sagen, dass er nach Hause müsse. Er werde dann den nächsten Zug nehmen und die Jungs bei Ann abholen, dann werde er mit allen zum Chinesen essen gehen. Elisabeth ist beruhigt. Nun kann sie sich wieder den Problemen hier zuwenden, gemeinsam mit Daisy und Michael. Sie versuchen sich vorzustellen, was Hulda dort oben wohl macht, auf dem Berg, allein und in der Dunkelheit.

Charly hatte versprochen, beim ersten Tageslicht einen Suchtrupp loszuschicken. Also sitzen sie da und zählen die Minuten bis zur Morgendämmerung.

* * *

Sie sind die Ersten, die am Berg ankommen, lange ehe der Besucherverkehr einsetzt. Charly übergibt die Leitung dem Polizeichef, Captain Miller. Es hat sich inzwischen herumgesprochen, dass man Suchtrupps zusammenstellen will, und die ersten Freiwilligen treffen ein und bieten ihre Hilfe an. Ihre Zeit und ihr Engagement. Daisy, Elisabeth und Michael sollen sich bereithalten, um eventuelle Fragen zu beantworten. Zusätzliche Fragen zu dem, was sie der Polizei ohnehin schon erzählt haben. Ein Trupp hat sich bereits gebildet. Die Zahnradbahn ist vollbesetzt und fährt mit der Spezialeinheit auf den Berg, die den Gipfel noch mal gründlich absuchen will, ehe sie ausschwärmt und die Wanderwege nach unten in Angriff nimmt. Die anderen freiwilligen Helfer werden am Fuße des Berges eingeteilt und sollen sich nach oben vorarbeiten. Rettungshubschrauber starten, und Suchhunde brechen auf, die Huldas Körpergeruch von den Kleidern in ihrer Reisetasche aufgenommen haben. Man wird sie bestimmt finden, versichert Captain Miller Daisy, Michael und

Elisabeth, dabei legt er seine raue Hand beruhigend auf Daisys Schulter.

Die drei mischen sich unter die Helfer. Treten in den Kreis, der sich um die Polizisten gebildet hat. Hören zu, wie der Polizist mit dem Megafon Anweisungen gibt: »Nehmen Sie sich einen der Wege vor, fangen Sie langsam an, suchen Sie auch rechts und links des Pfades, denn Hulda kann überall sein. Man darf nicht unbedingt damit rechnen, dass wir sie auf einem Weg finden, nicht mal in der Nähe. Sie ist dreiundneunzig.« Er wiederholt es. »Dreiundneunzig.«

In kleinen Gruppen brechen die Leute auf. Sie reden untereinander, niemand lacht.

Die drei bleiben zurück, um für Fragen zur Verfügung zu stehen, doch schließlich gehen auch sie los. Sie bleiben zusammen und nehmen sich einen der vielen Wege vor, um ihn abzusuchen. Sie glauben nicht, dass sie es bis oben schaffen werden. Für Wanderer mit guter Kondition ist es ein achtstündiger Aufstieg. Sportler brauchen sechs Stunden. Profis vier.

Daisy ist noch völlig fertig von gestern Abend, dazu diese schlaflose Nacht. Normalerweise würde sie heute die Füße hochlegen, aber dies ist kein normaler Tag. Sie geht weiter, bleibt oft stehen, um auszuruhen, rastet auf jeder Bank, an der sie vorüberkommen.

Aus irgendeinem Grund verändert sich das Wetter plötzlich, und zwar so schnell, wie es niemand erwartet hätte. Es ist schon vorher bewölkt gewesen, doch mit einem Mal ballen sich die Wolken dicht zusammen und schieben sich vor die Sonne. Die Luft, ohnehin schon schwül, wird noch feuchter und schwerer. Der trübe Tag wird noch trüber.

Eine Suchgruppe, zwei Männer und zwei Frauen, die im Winter dem Skirettungsdienst angehören, überholt sie, obwohl sie eben erst gestartet ist. Nur eine Viertelstunde war sie unterwegs – auf einer Strecke, für die Daisy, Elisabeth und Michael eine Stunde gebraucht haben. Schnell tauschen sie ein paar Informationen aus. Daisy bedankt sich bei ihnen für die Hilfe. Sie versichern ihnen, dass sie gern helfen, und verschwinden den Berg hinauf, auf starken Skiläuferbeinen.

Anders als Daisy, die schwitzend, humpelnd und nach Atem ringend behauptet, es gehe ihr gut. Hulda sei es, um die man sich Sorgen machen müsse.

Elisabeth macht sich Sorgen um beide und überlegt, ob sie nicht lieber umkehren sollten. Zurück nach unten. Mit Captain Miller sprechen. Dafür sorgen, dass Daisy Wasser trinkt und sich hinsetzen kann.

Schließlich siegt die Vernunft. Daisy sitzt wieder unten auf der Bank, sie ist völlig erschöpft. »Wie ist das alles schrecklich«, bricht es aus ihr heraus. Sie ist verschwitzt und hochrot im Gesicht. »Wie konnte das nur passieren?« Das fragen sie sich alle zum hundertsten Mal.

»Was sollen wir nur machen?«, fragt Elisabeth, die kleine Zweige und Blätter im Haar hat und ebenfalls völlig erledigt ist.

Keiner antwortet.

Michael, der zwischen ihnen sitzt, stützt den Kopf in die Hände. »Vielleicht hört sie ja die Zahnradbahn, geht zurück zur Bergstation und steigt ein.«

Die Leute hier sind alle nur aus dem einem Grund gekommen: um bei der Suche zu helfen. »Was passiert wohl nachher, wenn die Bahn für Besucher geöffnet wird?«, überlegt Elisabeth. »Ob sie dann alle auffordern, beim Suchen mitzuhelfen? Oder ob sie gar nichts davon erwähnen? Vielleicht machen sie auch gar nicht auf?«

Weder Daisy noch Michael antworten. Sie wissen die Antwort auch nicht und sind zu müde, um darüber zu spekulieren. Sie sitzen da und starren die Leute an, zu mehr reicht die Kraft nicht. Sie sind alle hundemüde und brauchen dringend einen Energieschub. Michael geht zum Automaten, um Flaschen mit Mineralwasser und Snickers zu holen. Er kommt zurück und teilt aus. Sie essen und trinken, aber der erhoffte Energieschub bleibt aus.

Doch plötzlich steigt ihr Adrenalinspiegel. Ein Gesicht, das Daisy in der Menge entdeckt.

Sie erstarrt. Mit dem Arm stößt sie Michael an, ihren angebissenen Snickers in der Hand. Sie starrt zu jemandem hinüber, Schokolade auf ihrer Unterlippe.

Michael sieht sie an. Folgt ihrem Blick mit den Augen, zu der Menge, die gerade zur Zahnradbahn geht. Er meint, sie könne vielleicht Hulda gesehen haben, und sagt im Scherz: »Was ist? Hat Hulda sich etwa unter die Suchtrupps gemischt?«

Daisy ist nicht zum Lachen aufgelegt. Sie sagt: »Sieh mal, dort drüben«, und zeigt hin. Ihre Worte klingen gepresst, weil sie kaum zu atmen wagt. Sie lässt dieses Gesicht nicht aus den Augen.

Elisabeth und Michael drehen sich um. Suchen in der Menge. Nicht sehr weit von ihnen entfernt steht ein großer, hagerer alter Mann. An seiner Seite eine Frau, etwa um die fünfzig, die Hände um seinen Arm gelegt. Sie wollen offenbar auch auf den Berg. Zusammen mit den anderen steigen sie in die Zahnradbahn.

»Was ist denn, Daisy?«, fragt Elisabeth.

»Das könnte er sein.«

»Wer ›er‹?« Plötzlich begreift Elisabeth. »Du meinst Michael Baker?«

»Was?« Michael ist wie elektrisiert.

»Er könnte es sein, aber ich bin mir nicht sicher«, sagt Daisy mit zitternder Stimme.

»Schnell, fragen wir ihn doch, ehe sie abfahren«, ruft Michael. Er zerrt Daisy hoch, damit sie auf die Beine kommt.

Elisabeth steht ebenfalls auf, und alle drei rennen über die Wiese zur Bahn. Überall Menschentrauben, manche bewegen sich, manche stehen ihnen im Weg. Michael zieht Daisy mit, sie soll schneller gehen. Daisy läuft so schnell ihre dünnen Beine es erlauben, sie versucht, den Mann nicht aus den Augen zu verlieren. Und verliert ihn aus den Augen. Kann es wirklich sein? Könnten sie ihn wirklich gefunden haben? Ist er es tatsächlich? Oder ist sie so müde, dass sie schon Halluzinationen hat? Und er ist wirklich nur irgendein großer alter Mann?

»Komm schon, Daisy.« Michael wird ungeduldig.

Daisy keucht, sie ist ganz rot im Gesicht. »Ich kann nicht schneller.«

Besorgt sieht Elisabeth sie an. »Hetz dich nicht, Daisy, einen Herzanfall ist das nicht wert.«

Michael ruft: »Aber die Türen gehen schon zu!« Er lässt sie los, ganz spontan, und sprintet zur Bahn hinüber. Die Türen sind schon geschlossen, der Wagon setzt sich ohne Michael in Bewegung. Michael sucht unter den Passagieren nach dem Gesicht. Findet es und ruft: »Sind Sie Michael Baker?« Er spürt, wie der alte Mann ihn durch das Fenster ansieht. Keine Antwort.

Stattdessen antwortet die Frau, die ihn begleitet. Sie schüttelt den Kopf und ruft durchs geschlossene Fenster: »Nein, tut mir leid.«

Die Bahn fährt, noch drehen sich die Räder langsam, sie macht sich auf den Weg, den Berg hinauf. Michael joggt nebenher, bleibt auf gleicher Höhe. Er ignoriert die Frau, hat nur Augen für den Mann. »Haben Sie mal Klavier gespielt?«, ruft er.

Die Frau lässt das Fenster herunter, lehnt sich etwas heraus und sagt: »Bitte, lass meinen Vater in Ruhe. Wir wollen bei der Suche helfen.« Und zieht den Kopf wieder zurück.

Michael ist empört. Er rennt weiter neben der Bahn her. »Über die Suche brauchen Sie mir nichts zu erklären. Das sind *wir*! Hulda ist mit *uns* hierhergekommen. Und wir sind hierhergekommen, um *Sie* zu finden!« Er deutet auf den alten Mann. Entschlossen joggt Michael weiter, versucht, mit der Bahn Schritt zu halten. Das Terrain ist uneben. Er stolpert über einen Felsbrocken, der aus dem Gras ragt. Fällt hin. Sieht, wie der Zug sich entfernt. Versucht, noch einmal das Gesicht des alten Mannes zu sehen. Verzweifelt ruft er: »Daisy Phillips sucht Sie! Sie ist hier!« Und er deutet auf Daisy, die keuchend und auf Elisabeth gestützt ein paar Meter hinter ihm steht. Stolpernd kommen die beiden näher. Michael weiß nicht, ob der Mann ihn gehört hat. Er steht auf, klopft sich ab und ist plötzlich sehr müde. Er will nur noch nach Hause. Er hat genug. Er sieht der Bahn hinterher, die langsam den Berg hinaufkriecht. Noch immer versucht er, den alten Mann zu erspähen, der alle Mitreisenden überragt. Michael weiß nicht, ob es Einbildung ist, oder ob er tatsächlich aus dem Fenster geschaut hat, in die Richtung, in die er wies, bis der Mann nicht mehr zu sehen war.

Mürrisch geht er zu Daisy und Elisabeth. Sie setzen sich wieder auf die Bank, und Michael fragt Daisy, wie sicher sie sich war.

Daisy schüttelt den Kopf. Sie war sich überhaupt nicht sicher. Wie konnte sie auch? Nach so langer Zeit, und sie hatte ihn nur so kurz gesehen, und auch bloß von weitem. Sie sagt, sie sei vor Erschöpfung und Sorge wahrscheinlich nicht mehr ganz zurechnungsfähig. Entschuldigt sich für den falschen Alarm und ist verlegen, weil sie so viel Aufregung verursacht hat. Sie sieht, wie Michaels Gesicht sich verändert. Wie kindlich er plötzlich aussieht, wie müde und unglücklich. Sie merkt, dass er nach Hause will.

Sie gibt ihm einen neuen Snickers-Riegel und isst auch ihren endlich auf.

* * *

Es vergehen weitere acht Stunden. Immer noch keine Neuigkeit. Sie machen Mittagspause. Kommen vom Berg zurück, um etwas zu essen. Mit gutem Appetit, aber gleichzeitig mit Schuldgefühlen. Wieder fragen sie sich, was sie noch tun können. Wie konnte das nur passieren? Wo kann Hulda sein? Und was ist, wenn man sie bis zum Abend immer noch nicht gefunden hat?

Sie kehren zum Berg zurück, fürchten sich vor dem Dunkelwerden.

Man findet nichts. Suchtrupps, Freiwillige und Hunde werden für die Nacht entlassen.

Elisabeth telefoniert. Mit Richard. Mit den Kindern. Mit ihrer Mutter. Sie erklärt, dass sie eine weitere Nacht bleiben müssen.

Müde kehren sie zum *Schweizerhaus* zurück. Sie waschen ihre Unterwäsche von Hand und hängen sie zum Trocknen über die Vorhangstange der Dusche. Sie geben die Hoffnung nicht auf, irgendwann doch noch einen Anruf mit einer guten Nachricht zu bekommen.

Doch bereits um neun Uhr sind sie fest eingeschlafen.

* * *

Es kommt kein Anruf. Beim ersten Morgengrauen sind sie wach, reiben sich den Schlaf aus den Augen. Verrichten schweigend ihre Morgentoilette.

Und dann fällt Michael plötzlich etwas ein. Beim Zähneputzen an dem cremefarbenen Waschbecken, als er sich beim Licht der fluoreszierenden Leuchtstoffröhre im Spiegel betrachtet. Ein Wort nur.

Jodeli.

Er stürmt aus dem Badezimmer, völlig außer sich. Er besteht darauf, dass sie sofort abfahren. Sie müssen Jodeli retten! Bestimmt ist Hulda schon ganz krank vor Sorge um ihn. Sie hatte ihn doch nur mit Futter und Wasser für einen Tag versorgt, und nun sind sie schon drei Tage hier. Sie müssen schleunigst zurückfahren.

Elisabeth und Daisy legen gerade ihre Schlafanzüge zusammen. Sie sehen sich an. »Was meinst du?«

Michael bettelt inständig, sie müssten abfahren. Er feuert Schlafanzug und Zahnbürste in seine Reisetasche und drängt zur Eile. Elisabeth schlägt vor, Brian Davis anzurufen und ihn zu bitten, in Huldas Apartment zu gehen und den Vogel zu versorgen. Michael widerspricht heftig und behauptet, das sei ein völlig idiotischer Vorschlag. Das würde Brian Davis doch niemals machen. Der würde nie etwas für Hulda tun, das wisse sie doch auch.

Elisabeth und Daisy denken einen Moment lang nach, besprechen es. Endlich kommen auch sie zu dem Schluss, dass es jetzt das Vernünftigste wäre, zu Jodeli zu fahren. Hulda würde es ebenso sehen. Schließlich sind genug Menschen auf dem Berg, um sie zu suchen, aber um Jodeli kümmert sich niemand.

Elisabeth ruft die Polizei an und erklärt Captain Miller, dass sie abreisen müssen. Sie gibt ihm mehrere Telefonnummern, unter denen er sie erreichen kann. Sie dankt ihm nochmals für seine Hilfe und verspricht, in Verbindung zu bleiben.

Sie verlassen den Parkplatz des *Schweizerhauses*, eine neue Aufgabe wartet.

42

Es gibt nichts mehr zu sagen. Huldas leerer Platz im Auto spricht für sich. Es ist ein schreckliches Gefühl, jetzt abzufahren. Hulda zurückzulassen. Wenn es nicht darum ginge, Jodeli zu retten, brächten sie es vielleicht nicht über sich.

Aber es ist notwendig. Sie müssen wirklich nach Hause. Wegen Richard und den Jungs, und wegen Ann, die die Stellung hält. Und auch wegen Elisabeths Job.

Sie sind wieder in Brooklyn, zu Huldas Apartment ist es nicht mehr weit. Daisy fragt, wie sie wohl hineinkommen werden.

»Kein Problem«, sagt Michael. »Ich habe doch noch ihre Handtasche. Da müssen ihre Schlüssel drin sein.« Er langt hinunter zwischen seine Füße, wo die Tasche steht. Hebt sie auf. Zögert etwas, ehe er sie öffnet. »Das darf ich doch, oder?«

Sie versichern ihm, es sei okay. Er will ja nur ihre Schlüssel herausnehmen.

Aber er findet noch etwas anderes. Ganz oben in der Tasche, adressiert an ihn, Daisy und Elisabeth. Postkarten vom Mount Washington. Geschrieben dort oben, auf einer Bank auf der Aussichtsplattform. Während Daisy daneben in der Sonne saß und Michael und Elisabeth sorglos in der Gegend herumspazierten.

Postkarten, an sie adressiert.

»Oh nein.« Michael liest sie. »Oh nein. Mama?« Es klingt sehr kindlich.

Elisabeth sieht kurz zu ihm hinüber, sie muss sich auf den dichten Verkehr auf Brooklyns Straßen konzentrieren. »Was ist, Michael?«

Sie hat ein ungutes Gefühl.

Daisy beugt sich vor und legt die Hand an Michaels Sitz.

Michael, mit zitternder Stimme: »Mama, halt doch mal an.«

Wieder sieht Elisabeth ihn an. Sie fährt an die Seite, kann aber nirgends parken. Also bleibt sie in der zweiten Reihe stehen und schaltet den Warnblinker ein. Dann wendet sie sich Michael zu, der die Postkarten in der Hand hält. Aufmunternd nickt sie, er solle vorlesen.

Mit unsicherer Stimme fängt Michael an. »Liebe Daisy, liebe Elisabeth, lieber Michael. Ich weiß nicht, wann Ihr das lesen werdet, aber wenn es so weit ist, werde ich bestimmt schon Stunden oder Tage verschwunden sein, ich weiß es nicht. Oder vielleicht hat man mich auch schon gefunden – zu einem Teil des Berges geworden. Ich hoffe, Ihr verzeiht mir Schmerz und Aufregung, die ich Euch mit diesem Entschluss bereitet habe. Aber ich tue, was ich tun wollte – ich beende mein Leben mit Alberts Namen auf den Lippen, und mit denen meiner Kinder und meiner Eltern, das Wie und Wann und Wo wie ich es möchte.«

Michael nimmt die zweite Postkarte.

»Ihr drei habt meine sehnlichsten Wünsche erfüllt. Es wäre nicht sehr ehrenvoll, allein in einem Apartment in Brooklyn zu sterben, dessen Besitzer meinen letzten Atemzug bejubeln wird. Doch an einen Ort zurückzukehren, wie ihn meine Eltern kannten, und ihre Eltern vor ihnen, ist etwas anderes. Ihr habt mir die Möglichkeit gegeben, mein Leben auf Erden an einem Ort zu beschließen, der dem Ort meiner Geburt so ähnlich ist.

Wenn ich noch eine Bitte äußern darf, dann die, dass Ihr meinen Sohn in Venezuela benachrichtigt, es ist die erste Kurzwahlnummer auf meinem Telefon.«

Michael kommt zur dritten Postkarte. »Elisabeth, bitte nimm mein Rezeptbuch mit und backe Mailänderli für Michael, diesen Prachtjungen. Und Dir, Michael, soll Jodeli gehören. Vielleicht bringst Du ihm ja wirklich noch das Jodeln bei! Daisy, was kann ich Dir anderes sagen als danke. Deine Tatkraft und Dein Mut, allein nach New York zu kommen, haben mich erst darauf gebracht. Du hast mir Mut gemacht. Während ich dies schreibe, sehe ich Dich an, wie Du im hellen Sonnenschein dasitzt – Du bist so schön. Ich wünschte, ich könnte mehr tun, um Dir bei Deinem Vorhaben zu helfen. Ich wünsche Dir alles Glück dazu und hoffe, Du schaffst es.

Mit lieben Grüßen an Euch alle,

Hulda Khiest.«

»Oh nein.« Daisy versagt die Stimme. Ihr Mund ist trocken.

»Um Gottes willen«, sagt Elisabeth.

Michael sagt nichts. Er sitzt da, die drei Postkarten in der Hand, liest sie noch einmal. Versucht, zu verstehen, was das zu bedeuten hat.

»Sie hatte es alles geplant«, sagt Elisabeth.

Daisy nickt nachdenklich. »Deshalb hat sie Michael ihre Handtasche gegeben.«

Im Auto ist es still, bis auf das Klicken des Warnblinkers. Drei Köpfe bemühen sich, die Nachricht zu verarbeiten. Straßenlärm dringt von draußen herein. Ein heißer, schwüler Tag Ende Juni. Die New Yorker sind in Shorts, Sandalen und Tanktops unterwegs. Menschen aus aller Welt. Quengelige Babys in Buggys. Hunde zerren an Leinen und schnuppern. Eine alte Frau schiebt einen Einkaufswagen. Ein junger Mann mit einem schwarzen Gitarrenkasten.

Daisy blickt auf die Postkarten, die Michael noch immer in der Hand hat, und weiß nicht, was sie denken soll. Sie ruft sich das Bild zurück, wie Hulda auf dem Gipfel saß, über die Karten gebeugt und emsig schreibend. Wie sie selbst daneben saß und keine Ahnung hatte, was Hulda da tat. Und nun sitzt sie hier und weiß nicht, wie sie damit umgehen soll. Sie ist verwirrt. Sie braucht Zeit. Muss sich erst an den Gedanken gewöhnen. Sich über ihre Gefühle klar werden. Es ist alles so erdrückend.

»Wir müssen Captain Miller anrufen. Er muss darüber informiert werden.« Elisabeth ergreift die Initiative.

»Dann könnte sie also tot sein?« Michael sieht seine Mutter an, Tränen in den Augen, seine Unterlippe zittert. Im Stillen ist Elisabeth erstaunt darüber, dass er daran nicht schon längst gedacht hat. Dass er die Gewissheit, die sie schon lange quält, noch immer nicht hat. Sie sieht ihn an, lange, ohne zu antworten. Soll sie ihn weiterhin in diesem Zustand lassen, der es ihm bisher erspart hat, an das Schlimmste zu denken? Ihn nicht mit der Wahrheit konfrontieren? Ihn vor dieser schlimmen Begegnung mit dem Tod bewahren?

Denn Hulda hat ausgerechnet ihm den Schwarzen Peter zugeschoben. Indem sie ihm ihre Tasche gab, hat sie dafür gesorgt, dass er sie und dieses Wochenende sicher nie vergessen wird.

Elisabeth sieht Michael zärtlich an und nickt langsam. Er will es wissen, also muss sie es ihm sagen. »Sie wollte es so.« Ihre Stimme ist weich und liebevoll.

Michael beißt sich auf die Lippe. Ihm kommen die Tränen, er lässt sie laufen. Er weint lange und heftig, voll Trauer und Furcht.

Elisabeth nimmt ihn in die Arme. Sie hält ihn wie ein Baby, tröstet ihn wie früher. Sie riecht den Duft seiner Haare, seiner Haut. Sie will diesen Duft genießen, solange er es noch zulässt.

Trotz allem empfindet sie eine tiefe Zufriedenheit.

* * *

Sie müssen sich zusammenreißen. Sich die Tränen abwischen und Jodeli retten.

Elisabeth und Michael haben sich aus ihrer Umarmung gelöst, und Elisabeth greift nach ihrem Handy. Trostlos blickt Michael aus dem Fenster, die Postkarten immer noch fest umklammert, seine Augen unverwandt auf eine riesige, zwei Meter hohe Sonnenblume in irgendeinem Vorgarten gerichtet.

Er tut Daisy schrecklich leid, auch sie möchte die Hand ausstrecken und ihn trösten. Aber sie widersteht dem Drang. Dies ist Elisabeths Sache, die, den Blick immer noch auf Michael gerichtet, gerade den Zettel mit Captain Millers Telefonnummer aus ihrer Tasche fischt. Sie wählt.

Er nimmt fast augenblicklich ab. Elisabeth erzählt. Captain Miller erwidert, diese neue Information mache natürlich ein verändertes Vorgehen nötig, man werde die Suche aber nicht abbrechen. Er dankt ihr für den Anruf und drückt ihr sein Beileid aus. Man werde in Verbindung bleiben.

Elisabeth klappt das Handy zu und schaut wieder auf Michael, der immer noch aus dem Fenster starrt. Sie widersteht dem Drang, ihm zärtlich den Rücken zu reiben – sie will es nicht übertreiben.

Sie legt den Gang ein und fährt zu Huldas Apartment. Auch hier muss sie in der zweiten Reihe parken, den Warnblinker eingeschaltet. Sie steigen aus, Michael mit dem Schlüsselbund in der Hand.

Dann gehen sie die Treppe zur Haustür hinauf, und Elisabeth bemerkt: »Hoffentlich begegnen wir diesem Brian Davis nicht. Wenn der keine Anzeichen von Trauer zeigt, weiß ich nicht, wie ich reagieren würde.«

»Ich würde ihn die Treppe runterschmeißen«, sagt Michael.

»Ich würde ihm sein eiskaltes Herz rausreißen«, meint Daisy.

»Hoffen wir, dass er zur Arbeit ist.« Elisabeth überlegt, dass sie jetzt eigentlich ebenfalls arbeiten müsste; wenn sie morgen auch noch fehlt, hat sie eine ganze Woche verbummelt. Heilige Scheiße, denkt sie, die werden ganz schön sauer sein. Sie sieht zu, wie Michael es mit dem ersten Schlüssel probiert. Er passt nicht.

Er versucht den nächsten. Mit Erfolg. Der Schlüssel gleitet ins Schloss, er dreht ihn um und stößt die schwere Haustür auf. Sie gehen hinein. Schnuppern unwillkürlich in die Luft. Nein, heute kein leckerer Duft. »Scheint tatsächlich nicht zu Hause zu sein«, murmelt Michael.

Sie gehen die Treppe hoch.

Der erste Absatz. Vorbei an der Tür mit den Kinderzeichnungen. Gerade steigen sie die zweite Treppe hoch, als sie hören, wie unten eine Tür aufgeht. Eine Stimme.

»Hulda? Bist du das?« Es ist Brian Davis. Er kommt durch den Flur, die Treppe herauf.

Erschrocken sehen die drei sich an. »Was sollen wir ihm sagen?«, fragt Michael.

Für eine Antwort bleibt keine Zeit. Brian Davis hat sie fast erreicht. »Wo warst du? Du bist drei Tage weg gewesen!«

Er wirbelt um die Kurve und rennt sie auf dem ersten Treppenabsatz fast über den Haufen. Bleibt stehen, seine Augen wandern misstrauisch von einem zum anderen, er erinnert sich. Sucht hinter ihnen, neben ihnen, irgendwo muss doch auch Hulda sein. Einen Augenblick lang ist es still.

»Was machen Sie hier? Wo ist Hulda?«

Keiner antwortet, sie treten von einem Fuß auf den anderen, zwinkern nervös.

Wieder seine Frage: »Wo ist Hulda? Ich hab mir um ihren dämlichen Vogel Sorgen gemacht. Wäre beinahe reingegangen, um ihn zu füttern, aber dann dachte ich, sie würde bestimmt an die Decke gehen, wenn sie mich dabei überrascht. Also, wo ist sie? Wann kommt sie wieder?« Er blickt von einem Gesicht zum anderen, wartet auf eine Antwort. »Was ist los mit euch? Habt ihr die Sprache verloren?«

Daisy räuspert sich. »Sie wird nicht wiederkommen. Wir sind ziemlich sicher, dass sie von uns gegangen ist.«

»Von uns gegangen?«

»Gestorben. In New Hampshire.«

»Nein!« Brian schwankt und lehnt sich an die Wand. Ungläubig. Als sei das ein Ding der Unmöglichkeit. Als sei sie keine dreiundneunzig Jahre alt gewesen. Und, was sie am meisten überrascht, es scheint ihn nicht kaltzulassen.

»Wie ist das passiert?«

»Auf dem Mount Washington«, sagt Elisabeth. »Wir sind alle zusammen hochgefahren, doch sie kam nicht wieder mit uns herunter. Man sucht immer noch nach ihr.«

»Auf einem Berg?« Er sagt es mit sanfter Stimme, voll Gefühl. »Das hat ihr sicher gefallen. Haben Sie das Bild im Flur vor ihrer Wohnung gesehen? Natürlich haben Sie es gesehen, Sie sind ja nicht blind.« Er muss die Nachricht erst verdauen. Sich damit zurechtfinden. »Sie ist auf einem Berg gestorben. Ich kann es nicht fassen.«

»Es ist wahr«, sagt Elisabeth. »Sie starb auf einem Berg. Und wir haben ihre Schlüssel. Wir gehen jetzt in ihre Wohnung und nehmen den Vogel mit.«

»Und ihr Rezeptbuch«, fügt Michael hinzu. »Und vergesst nicht, sie wollte, dass wir ihren Sohn anrufen.«

»Also ist sie wirklich nicht mehr da? Ich kann es einfach nicht glauben.« Brian Davis, barfuß, in einem großen weißen T-Shirt und schwarzen Shorts, reibt sich mit dem Handrücken erst die Stirn, dann über die Augen. »Fünfzehn Jahre lang habe ich diesen Tag herbeigesehnt, und jetzt tut es mir leid. Ich kann es nicht fassen. Vermutlich bin ich ein größeres Weichei, als ich dachte.« Er schüttelt den Kopf und geht ihnen voran die Treppe hinauf. »Das arme Viech muss halbverhungert sein.«

Daisy, Elisabeth und Michael folgen ihm und sehen sich immer wieder sprachlos an. Bei dem Wandgemälde der Alpen bleiben sie stehen. Sie sehen es jetzt mit ganz anderen Augen.

Brian sagt: »Wissen Sie, ich glaube, ich werde es doch nicht übermalen. Es ist schon seit 1938 hier, eigentlich gehört es mehr in dieses Haus als ich. Ich werde es behalten.« Und zu ihrer grenzenlosen Überraschung fügt er hinzu: »Das würde Hulda freuen.«

Sie treten zur Seite, damit Michael die Tür aufschließen kann. Er stößt sie auf. Sie gehen hinein und sehen sich um, spüren den Nachhall des Vorangegangenen wie in einem Zustand höherer Wahrnehmung. Fast fühlt es sich unheimlich an.

Sie sehen den Vogel in seinem Käfig. Der Wassernapf leer, der Futternapf ebenfalls. Mit seinen kohlschwarzen, durchdringenden Augen sieht er sie misstrauisch an. Bis Michael ihm frisches Wasser bringt und seinen Futternapf bis zum Rand auffüllt, während Daisy und Elisabeth sich um die anderen Dinge kümmern, die Hulda erwähnt hatte. Brian steht dabei, unsicher, die geballten Hände in den Taschen seiner Shorts. Und schüttelt ungläubig den Kopf.

43

Wieder zu Hause. Sie biegen in die Einfahrt ein. Erleichtert.

Michael springt aus dem Wagen und hebt vorsichtig den Käfig heraus.

David und Josh hören, dass sie angekommen sind, und kommen aus dem Haus gerannt, die Treppe herunter und in die Arme ihrer Mutter. Sie ist noch nie drei Tage weg gewesen. Jeder will ihr so nahe wie möglich sein, sie schubsen einander weg und versuchen, ihre Arme so fest wie möglich um sie zu schlingen.

Elisabeth lacht, sie genießt es.

Dann tritt Richard heraus auf die Terrasse, in einem weißen T-Shirt, unrasiert. In Räuberzivil. An einem Donnerstagnachmittag. Ein Wunder ist geschehen, er hat sich freigenommen; Josh und David haben so lange gebettelt, bis er eingeknickt ist. Er drängt sich zwischen die beiden Jüngsten, um Elisabeth zu begrüßen. Nimmt sie in die Arme und versichert ihr leise, wie sehr er sie vermisst hat. Er ist voller Mitgefühl, denn dieses Erlebnis muss sie ziemlich erschüttert haben.

In seinen Armen wird Elisabeth bewusst, dass sie während der ganzen Zeit ihrer Abwesenheit keinen Gedanken an Heather Clarke verschwendet hat. Und jetzt, wo sie zurück war, brauchte sie damit auch nicht wieder anzufangen. Im Innersten weiß sie natürlich, dass ihre Sorgen wegen Heather Clarke, genauso wie vorher der Verdacht wegen des Dartmans, nur ihrer eigenen überspannten Fantasie entstammten. Und sie braucht auch nicht lange nachzudenken, um sich darüber klarzuwerden, woher diese Ängste kamen.

Aber auch die lösen sich bald in Luft auf. Denn als sie das nächste Mal ins Badezimmer geht, stellt sich die Erlösung ein. In Form eines länglichen roten Flecks in ihrem Höschen. Sie möchte am liebsten die Korken knallen lassen. Sie ist doch noch nicht alt. Aber wie Hulda schon sagte, im Laufe der Zeit hören manche Dinge im Leben einfach auf. So ist es nun mal. Und dies wird eines dieser Dinge sein. Aber Hulda hatte auch gesagt, dass das, was bleibt, das Wichtigste ist – ihr Kern, ihr Innerstes, ihr wahres Selbst. Elisabeth strahlt und drückt Richard an sich, sie findet alles ganz okay. Sogar noch besser als okay.

Richard wendet sich Daisy zu, um auch sie zu begrüßen. Sagt ihr, wie leid es ihm tue, dass sie Michael Baker nicht gefunden hat.

Daisy sieht ihn ernst an und streicht sich das wirre Haar aus der Stirn. Sie sagt, sie habe durch ihren Besuch hier so viel mehr gefunden, und dankt ihm, dass er ihr die zwei aus seiner Familie auf die Reise mitgegeben hat. Dann verkündet sie allen, dass es für sie nun wirklich Zeit sei abzureisen. Sie will Lenny und Sarah nicht länger warten lassen.

Sie wird die Uhr in Michaels Obhut lassen. Wenn er weitersuchen will, kann er das tun. Und wenn nicht, ist das auch in Ordnung. Es erscheint ihr angemessen, dass er die Uhr behält.

Michael hat kein Interesse, die Suche fortzusetzen, jedenfalls nicht im Augenblick. Er hat genug davon. Er quält sich mit dem riesigen Vogelkäfig die Treppe hinauf, ruft Daisy seinen Dank für die Uhr zu und bittet, sie solle noch etwas länger bleiben. Richard eilt ihm nach, um ihm mit dem Käfig zu helfen, dessen Ständer sich an einer Stufe verhakt hat.

Elisabeth pflichtet Michael bei, Daisy müsse noch etwas länger bleiben, mindestens ein paar Tage, um sich zu erholen, ehe sie den Heimflug antritt.

Doch Daisy schüttelt den Kopf. Es wird Zeit, abzureisen. Sie geht hinter ihnen ins Haus. An den Computer. Um im Internet ihren Flug zu buchen.

Ganz ohne fremde Hilfe.

44

Sie schafft es nicht. Innerhalb weniger Wochen ist es ihm schmerzhaft klargeworden, dass Amanda es einfach nicht schafft.

Dennis hat sich damit abgefunden, dass er ganz allein hatte auspacken müssen – sie hatte immer irgendeinen Vorwand, warum sie schnell mal zu ihrer Mutter hinüberlaufen musste. Er hatte auch ihre Ausbrüche überstanden, als sie hörte, dass Lenny wieder heiraten will. Er hatte pflichtschuldig zugehört, als sie ihm klarmachte, seine Mutter schulde diesen drei Stiefenkeln nichts, und diese Heirat werde die Aussicht auf ihr Erbe in keiner Weise schmälern. Er hat sich auch damit abgefunden, dass er fast jeden Abend, seit sie hier sind, für sich allein essen muss. Und dass sie es immer wieder aufschiebt, sich um einen Job zu kümmern, und ihn gleichzeitig anschreit, er selbst habe ja auch erst einen Vorstellungstermin gehabt. Alles das hat er weggesteckt. Aber eine Sache kann er nicht so einfach wegstecken.

Und genau die hat Amanda sich ausgesucht.

Er war gerade vom Einkaufen zurück, wo er sich die vielen verlockenden Biersorten kleiner Spezialbrauereien zwar sehnsüchtig angeschaut, sie sich aber heldenhaft verkniffen hatte. Zwar hatte er gehofft, sein innerer Schweinehund würde siegen und dafür sorgen, dass sich seine Hand doch noch danach ausstreckte, aber Dennis bewies Charakterstärke. Er hatte den Einkaufswagen an dem Regal mit den verführerischen Flaschen vorbeigeschoben. Hatte eine Packung Pasta eingeladen, ein Glas Tomatensauce, ein Paket Broccoli und war mit festem Schritt nach Hause gegangen. Hatte sich gesagt, dass die herrliche Umgebung, in der sie jetzt wohnen, mehr wert sei als der schnell verfliegende Genuss einer Flasche Bier. Und dass Amanda glücklich ist. Das ist schließlich das Wichtigste.

Er ist wieder zu Hause, setzt einen Topf mit Wasser für die Nudeln auf. Schüttet die Tomatensauce in einen anderen Topf. Schneidet den Broccoli in kleine Röschen, um sie in etwas Olivenöl und Knoblauch zu sautieren. Er legt eine CD mit Jazz ein, sieht sich im Internet Jobangebote an und hofft, etwas zu finden, das sich für einen Mittfünfziger eignete, einen Experten für die Kunst des siebzehnten Jahrhunderts, der nach seinem spektakulären Bucherfolg zehn Jahre lang nicht mehr von sich reden gemacht und sich als Mitherausgeber einer dahindümpelnden Zeitschrift über Kunst, archäologische Funde und Antiquitäten über Wasser gehalten hat.

Wie zu erwarten war, ist wieder kein Job für ihn dabei. Jetzt könnte er wirklich ein Bier brauchen. Eins kann er schon rechtfertigen. So schlecht geht es ihnen noch nicht, dass er sich nicht wenigstens ein Bier genehmigen dürfte. Er fährt den Computer herunter und will gerade gehen, als Amanda in die Einfahrt biegt. Ihre langen Beine schieben sich als Erstes aus dem Wagen, ehe der Rest von ihr folgt. Sie steht da und betrachtet lächelnd ihr Haus, dann geht sie eilig auf die Eingangstür zu, die schwere Tasche über der Schulter.

Sie stürmt, offenbar in Hochstimmung, auf Dennis zu, nimmt sein Gesicht fest in beide Hände und küsst ihn auf den Mund.

»Du errätst nicht, was ich gerade gemacht habe.« Sie küsst ihn wieder, ihre kräftigen Hände halten sein Gesicht wie ein Schraubstock, der von beiden Seiten zudrückt. Sie wippt auf den Zehenspitzen vor Aufregung. »Also, versprich mir, dass du dich nicht aufregst. Ich weiß ja, es ist ein kleines bisschen extravagant, und mir ist auch bewusst, dass ich versprochen habe, ein Jahr lang nichts zu kaufen, aber Schatz, wie konnte ich widerstehen? Dazu hätte es übermenschlicher Kraft bedurft, denn es war ein so einmalig gutes Angebot! Eigentlich müsstest du stolz auf mich sein und nicht böse – versprochen?« Sie küsst ihn wieder, noch leidenschaftlicher.

Dennis tritt einen Schritt zurück, er ist besorgt, sein Gesicht wird diesen Ansturm nicht unbeschädigt überstehen. Er möchte sie fragen, wovon sie spricht, doch er kriegt den Mund nicht auf. Mit Mühe macht er sich frei und fragt, wovor er sich am meisten fürchtet: »Du hast doch nichts gekauft, oder?«

Amanda hält inne. Nickt, ängstlich. Ein breites, schuldbewusstes Grinsen mit zusammengebissenen Zähnen.

»O nein, Amanda!« Er massiert sich die schmerzenden Wangen. »Das hast du nicht! Was denn? Was hast du gekauft?«

Amanda macht zwei Schritte zurück. Ernüchtert. Ihr Hochgefühl hat sich in Angst verwandelt. Sie fürchtet, dass sie aus dieser Situation nicht so einfach herauskommen wird. Sie sieht Dennis an, sein Gesicht ist voller Ungeduld, so hat sie ihn noch nie zuvor gesehen. Doch ihr Stolz verbietet es, ihren Fehler einzugestehen. Sie holt tief Luft und baut sich in ihrer vollen Größe vor ihm auf, sagt sich, dass es letztlich sein Problem ist und nicht ihres. Und dass er damit fertigwerden muss. Sie lässt ihren ganzen Charme spielen, fährt sich mit den Fingern durchs Haar und wirft es verführerisch zurück. Das hat sonst immer Wunder gewirkt.

Dennis wiederholt seine Frage. Fast lautlos, mit zusammengebissenen Zähnen.

»Ich habe uns etwas gekauft, was wir schon lange haben wollten. Worüber wir schon jahrelang sprechen.« Wieder wirft sie ihre langen Haare herum.

Dennis platzt der Kragen. »Sag endlich, was ist es?«, brüllt er sie an. Sein Körper ist gespannt, kampfbereit.

»Ein Stutzflügel.« Ein kleines, schuldbewusstes Kichern, nun ist es heraus. Eigentlich wollte sie jetzt auf »kokett« schalten, stattdessen kommt »nervös« dabei heraus.

»Das kann doch nicht wahr sein!!!« Dennis ist außer sich. Alle seine Adern sind angeschwollen. »Einen Flügel! Einen Stutzflügel??!! Ja, bist du denn total verrückt geworden?«

Entsetzt sieht Amanda ihn an. So hat sie ihn noch nie gesehen. Ihre Unterlippe fängt an zu zittern.

»Bestell ihn sofort wieder ab! Hörst du? Mach den Kaufvertrag rückgängig! Für so was haben wir kein Geld!«

»Ich habe monatliche Ratenzahlungen ausgemacht. Zinsfrei! Ich dachte, du würdest dich freuen.« Sie sagt es kleinlaut.

»Weil du in einer Fantasiewelt lebst!«, brüllt er. »Wie kannst du auch nur einen Moment annehmen, ich würde mich freuen, nach allem, was ich in den letzten Wochen gepredigt habe! Sofort rufst du die Kreditkartenfirma an und machst es rückgängig! Ich gehe jetzt ein Bier trinken, und wenn ich zurückkomme, will ich von dir hören, dass alles storniert ist!«

Er stürmt aus dem Haus. Sie bleibt an der Haustür zurück und kaut nervös an ihren Haaren, an den Enden ihrer langen, blonden Mähne.

* * *

Aus einem Bier sind vier geworden. Dennis geht die Treppe zur Haustür hinauf, kampfbereit. Er stößt die Tür auf.

Das Haus ist leer.

Ein Zettel auf dem Küchentisch. In schwungvoller, selbstbewusster Handschrift:

Dennis,
Du musst Dich bei mir entschuldigen. Vermutlich ist Dir das inzwischen auch bewusst, nachdem Du Dich, wie ich hoffe, etwas abgekühlt hast. Du hattest kein Recht, mich so anzuschreien, wo ich doch nichts weiter wollte, als Dir eine Freude zu machen und Dir ein so schönes Heim zu verschaffen, wie Du es verdienst. Ich weiß, dass Du Dir einen Flügel wünschst, das hast Du selbst oft gesagt. Und dieser Kauf war wirklich eine gute Gelegenheit, aber schien dich ja nicht zu interessieren, so wie Du hinausgestürmt bist. Ich denke, wir können später wie zwei erwachsene Menschen darüber sprechen, und wenn Du hörst, wie niedrig die Raten sind, wirst Du mir zustimmen. Ich bin bei meiner Mutter. Ruf mich an, wenn Du so weit bist und wieder vernünftig mit mir reden kannst.

Küsschen,
Amanda

Dennis liest es nur einmal. Ja, er ist bereit, vernünftig zu reden. Aber nicht mit ihr. Sondern mit dem Makler.

Er schläft gut und fest, allein in dem großen Bett. Wacht

beim ersten Morgengrauen auf. Duscht und hat bis zum Frühstück das Nötigste gepackt. Er verschließt die Haustür und wirft seinen Koffer ins Auto. Dann holt er das Schild, das er erst vor kurzem in der Garage auf das oberste Regalbrett gelegt hatte, und trägt es wieder hinaus.

Hämmert es im Vorgarten in den Boden, tief und fest.

ZU VERKAUFEN. In großen, roten Buchstaben.

Befriedigt tritt er zurück, reibt die Hände aneinander, befreit sie vom Schmutz. Als wasche er diesen ganzen Schlamassel von ihnen ab. Dann steigt er ins Auto und fährt davon.

In Richtung Autobahn.

45

Es ist noch sehr früh, doch Daisy ist schon auf. Sie trinkt Tee und packt, während die Jungen noch schlafen. Bis zum Frühstück ist sie fertig. Richard und Elisabeth hatten sich schon gestern Abend von Daisy verabschiedet, ehe sie zu Bett gegangen sind – Elisabeth umarmte und küsste sie und versprach, mit der ganzen Familie noch in diesem Jahr nach England zu kommen, um Daisy zu besuchen. Richard, der in seinem blau-weiß gestreiften Bademantel danebenstand, äußerte Bedenken, das wäre zwar sehr schön, doch könnten sie es sich nicht leisten, schließlich hätten sie jetzt *zwei* Söhne im College. Am nächsten Morgen in der Küche. Elisabeth seufzt. Sie macht sich fertig fürs Büro und entschuldigt sich bei Daisy dafür, dass sie sie nicht zum Flughafen bringt, doch sie könne unmöglich noch einen weiteren Tag im Büro fehlen.

Daisy versichert ihr, das mache gar nichts, und gibt ihr einen Kuss auf die Stirn. Einen mütterlichen Kuss.

Nachdem Elisabeth gefahren ist, sitzt Daisy allein im Wohnzimmer und wartet darauf, dass die Jungen aufwachen. Sie horcht auf die vielen Vogelstimmen draußen. Betrachtet alte Fotoalben, freut sich über die Bilder der Kinder, als sie noch klein waren. Sie blättert Seite nach Seite um und sieht ihnen zu, wie sie aufwachsen. Versucht sich einzureden, dass sie sie nicht allzu sehr vermissen wird. Und denkt wieder daran, wie wahr es ist, was sie zu Richard gesagt hat: Zwar hat sie nicht das erreicht, wofür sie hergekommen ist, aber stattdessen hat sie hier so viel mehr für sich gefunden.

* * *

Elisabeth sitzt wieder an ihrem Schreibtisch. Sie hat die lebhafte Anteilnahme an ihrer Krankheit über sich ergehen lassen. Die Fragen. Das Mitgefühl. Ob es eine Sommergrippe gewesen sei? Denn nichts sei schlimmer. Kopfschütteln. Und wie es ihr jetzt gehe? Besser? Oh, gut.

Elisabeth betrachtet ihr Büro. Ihr Blick wandert über die matt hellblauen Wände, die Bücherregale, die Fotos und anderen Gegenstände, Erinnerungen aus viel zu vielen Jahren. Alles ist genau wie früher. Es ist deprimierend, nichts hat sich verändert. Bis auf die Steuererklärungen. Die Listen mit Dingen, die erledigt werden müssen. Der Eingangskorb. Die Stapel sind höher geworden, noch mehr Arbeit hat sich angestaut.

Sie sieht auf die Steuererklärung auf ihrem Bildschirm. Lauter leere Zeilen. Formular 6258. Der offene Ordner voller Tabellen auf ihrem Schreibtisch. Kurz überlegt sie, die Steuererklärung zu schließen und stattdessen Puppyfinder.com aufzurufen. Nur einen Augenblick. Nur um sich ein paar Bernhardiner-Welpen anzusehen. Oder englische Mastiffs. Oder Schnauzer. Alles wäre besser als Formular 6258 mit all diesen leeren Zeilen, die erbarmungslos darauf warten, ausgefüllt zu werden. Doch sie widersteht der Versuchung.

Ihre Gedanken weilen jetzt sechs Autostunden von hier entfernt. In den Bergen. Bei Hulda, die noch immer dort ist. Sie hat vorhin mit Captain Miller telefoniert. Man sucht immer noch, doch der Suchtrupp ist kleiner geworden. Das Heer der Freiwilligen bis auf eine Handvoll unerschütterlicher Helfer zusammengeschmolzen. Er war überrascht, dass man Hulda noch nicht gefunden hat, und vermutet, sie befinde sich irgendwo tief im Wald. Doch er versprach, nicht mit der Suche aufzuhören, bis man sie gefunden hat.

Elisabeth hatte aufgelegt und sich gewünscht, sie wäre auch noch vor Ort. Auf dem Berg. Diese saubere, frische Luft, so rein, dass sie förmlich in der Sonne glitzerte. Die klaren Bergseen. Die wilden Gebirgsbäche, die über glatte weiße Felsen schäumten. Die Schönheit der unberührten Natur.

Sie ist traurig, dass Daisy abreist. Elisabeth seufzt, stützt das Kinn auf die Hand, den Ellbogen auf dem Tisch. Sehnt sich zurück nach New Hampshire. Wünscht, sie wäre zu Hause. Wünscht sich, Daisy würde noch bleiben. Wünscht sich, sie könnten alle zusammen mit ihr nach Liverpool fliegen. Wünscht sich überallhin, solange es nur nicht hier ist. Sie widersteht dem Wunsch, sich bei Puppyfinder.com einzuloggen. Stattdessen geht sie zu eBay. Und bietet ihre Wohnzimmermöbel zum Verkauf an.

* * *

Kurz bevor Daisy zum Flughafen aufbrechen muss, macht Ann sich auf den Weg, um sie abzuholen. Zusammen mit Steve, Michael, Pete, Josh und David sitzt Daisy am Tisch, sie frühstücken. Daisy meint, sie würde gern im nächsten Sommer wieder zu Besuch kommen. Die Jungs erwidern, in einem Jahr, das sei viel zu lange.

Steve will alles über Liverpool wissen. Auf Wunsch der Jungen wiederholt Daisy die Geschichten, die sie schon einmal erzählt hat.

Ann trifft ein. Und mit ihr Brandon, Matthew, Nicole und Julia. Die kleinen Enkel rennen in die Küche, bringen Leben ins Haus.

Daisy und die Jungen räumen den Tisch ab und stapeln das Geschirr in die Spülmaschine. Teller klappern.

Ehe sie geht, hat Daisy einen letzten Wunsch. »Michael, würdest du mir wohl einen Gefallen tun?«

Überrascht und neugierig sieht er sie an. Er freut sich, dass sie ausgerechnet ihn von allen Brüdern ausgesucht hat. Er nickt.

»Es ist schon sehr lange her, seit ich einen Michael Klavier spielen hörte.«

Langsam wird ihm klar, worauf sie hinauswill. Er schüttelt den Kopf. »Tut mir wirklich leid, Daisy, ich mache sonst alles für dich, aber das nicht.«

Daisy ist schwer enttäuscht. Er sieht es an ihrem Gesicht.

Josh und David flitzen los und rangeln schon auf dem Weg zum Klavier. Josh gewinnt. Er rutscht auf die Klavierbank und spielt Chopin. David schmollt. Mit verschränkten Armen lässt er sich aufs Sofa fallen.

Daisy fragt Ann, ob sie noch Zeit haben, um von jedem ein Abschiedsstück zu hören. Ann ist einverstanden. Daisy sitzt im tiefen Sessel und sagt ihnen, sie speichere im Kopf ihr Klavierspiel und werde es dann zu Hause wieder abspielen.

Plötzlich klingelt das Telefon. David rennt hin, nimmt ab und bringt den Apparat zu Daisy. Ein Mann wolle sie sprechen.

Vielleicht ist es Captain Miller, überlegt Daisy. Sie sagt: »Hallo?« Schüttelt ungläubig den Kopf, hört zu. »Was?«

Wieder überrascht. Dann reißt sie die Augen auf. Hört weiter zu. Alle schauen sie an. »In Ordnung. Einen Moment, bitte.«

Nimmt das Telefon vom Ohr und blickt in die Runde.

»Dennis ist gerade in New York gelandet.«

46

DENNIS SITZT AUF DEN BLAUEN SITZEN in der Ankunftszone des Flughafens. Er sieht müde aus. Erschöpft. Er ist erleichtert, als er Daisy sieht. »Wie gut, dass du dein Haus noch nicht verkauft hast«, bricht es aus ihm heraus.

Daisy stellt ihn Ann vor, bei der sich Dennis fürs Abholen bedankt. Hoffentlich hat er ihr nicht zu viele Umstände gemacht, sagt er.

Sie fahren heim, auf dem Belt Parkway, langsam, aber zügig. Ann ruft Elisabeth an.

Die sitzt gerade am Schreibtisch und quält sich durch ihre Steuererklärung. Drei Zeilen auf dem Formular 6258 sind mühsam ausgefüllt. Ann teilt ihr mit, dass Daisy ihren Flug storniert hat, und nennt ihr den Grund.

Elisabeth hört ihr zu und nimmt die Neuigkeit entgegen. Sie legt auf. Fühlt sich aufs Abstellgleis geschoben. Denkt nach über das, was sie gerade gehört hat, dass Daisy länger bleibt. Und Dennis gekommen ist, ihr Vetter, ein neuer Gast.

Elisabeth versucht mit aller Kraft, sich auf die Steuererklärung zu konzentrieren, damit sie zu einer vernünftigen Zeit Feierabend machen kann.

Zu gern möchte sie zu Hause sein, wenn Vetter Dennis ankommt.

***

Dennis sitzt hinten in Anns Minivan. Sie fahren den Belt Parkway entlang, und er erzählt ihnen, was passiert ist. Daisy und Ann sind empört über Amanda. Sie schütteln den Kopf. Dennis meint, er brauche nur ein paar Tage, um sich zu erholen und wieder zu sich zu kommen. Er werde dann mit Daisy zurückfliegen. Er bedankt sich nochmals bei Ann. Da klingelt sein Handy. Er vermutet, es könnte Amanda sein.

Sie ist es nicht.

Es ist Lenny. Der fragt, ob Dennis wisse, was mit ihrer Mutter los sei. Wann sie endlich nach Hause kommen wird? Er und Sarah würden langsam ungeduldig und wollten nicht mehr länger warten.

Dennis grinst. Seine Antwort haut Lenny vollends um. »Du willst wissen, wie es Mama geht? Warum fragst du sie nicht selber? Sie sitzt hier neben mir.« Er gibt Daisy das Telefon.

Lenny ist sprachlos. Dennis in New York, mit ihrer Mutter! Und ohne ihm ein Wort zu sagen. Dieser hinterhältige Kerl! Er sagt ihm, er werde gleich zurückrufen, und beendet das Gespräch.

Dennis lacht, er macht sich über Lennys Empörung lustig.

Als Lenny auf Dennis' Handy zurückruft, nimmt Daisy den Anruf entgegen. Aufgeregt tönt Lenny ins Telefon, ob es wohl etwas ausmache, wenn er und Sarah und die Kinder auch nach New York kämen? Sarah würde schrecklich gern in New York heiraten, sie ist völlig besessen von der Idee. Sie könnten alle morgen mit dem ersten Flug kommen, wenn das okay sei.

Daisy fragt Ann.

Ann meint, je mehr, desto lustiger, in ihrem Haus sei genug Platz.

***

Elisabeth reicht es. Das bringt das Fass zum Überlaufen.

Lenny und Sarah und Sarahs Kinder. Eine Hochzeit muss geplant werden. Sie muss Vorbereitungen treffen. Vielleicht passiert das alles ja schon am Samstag.

Sie hat endgültig genug. Sie schließt Formular 6258. Schließt das Bild mit den Schnauzerwelpen. Auch die Seite mit den englischen Mastiff-Welpen. Und mit den Bernhardinerhündchen. Und auch die Golden Doodles.

Sie fährt den Computer herunter, obwohl es erst halb zwei ist.

Sie nimmt ihre Tasche, verlässt den Schreibtisch und knipst das Licht aus.

Ihre Sekretärin fragt, wann sie Elisabeth zurückerwarten kann.

Elisabeth sagt: »Gar nicht mehr.« Und geht.

47

Es ist Sonntagmorgen. Die Trauung im Rathaus dauert acht Minuten. Dann geht es schnell zurück zu Richard und Elisabeth, um dort zu feiern.

In der hohen Luftfeuchte werden die Chips aufweichen. Der Salat und das frische Gemüse werden in der Hitze verwelken. Die Limonade wird wässrig werden, das Eis weiche Knie bekommen und den ungleichen Kampf aufgeben. Frisuren werden zusammenfallen. Man wird die Anzüge gegen Badehosen vertauschen. Vor allem werden Eislutscher gefragt sein.

Während die Männer auf die Kinder aufpassen, werden Elisabeth und ihre Schwestern in der Küche damit beschäftigt sein, die Alufolie von den Servierplatten und Schüsseln der Cateringfirma zu entfernen und alles draußen auf dem weiß gedeckten Tisch aufzubauen.

Sarah wird ihre Töchter im Auge behalten und sie ermuntern, sich mit den anderen zu unterhalten und sich nicht dauernd hinter ihren Haaren zu verstecken. In den Pool zu springen, sich abzukühlen, Spaß zu haben.

Dennis wird Lenny über Amanda aufklären.

Elisabeth wird Richard gegenüber gleich beide Bomben hochgehen lassen – ihren Job betreffend und die Sache mit den Wohnzimmermöbeln –, beides gehört jetzt der Vergangenheit an.

Sie alle werden Neuigkeiten über Hulda erfahren – persönlich überbracht. Dass man sie gefunden hat. Weitab von jedem Weg, wo sie, ein Lächeln auf den Lippen, am Stamm einer dicken Fichte lag.

Dennis wird ungläubig die Möglichkeit ins Auge fassen, dass eine neue Frau in sein Leben getreten ist. Ein unerwarteter Gast bei dieser Hochzeitsfeier. Eine fünfzigjährige Pianistin namens Catherine, die an der Juilliard School studiert hat und ihm erzählen wird, wie sie vor Jahren, als sie in London Konzerte gab, beinahe einmal nach Liverpool gefahren sei, um das Beatles-Museum zu besuchen. Als sie jedoch erfahren hatte, wie teuer die Zugfahrt war, hatte sie auf diesen extravaganten Ausflug verzichtet.

Und wenn Dennis das hört, wird er sich wie vor den Kopf geschlagen fühlen. Wird ungläubig mit den Augen blinzeln und zu dem Schluss kommen, dass es zwei völlig verschiedene Arten von Frauen auf dieser Welt geben muss. Er wird hocherfreut sein, dieses gut aussehende, unverheiratete Exemplar der anderen Sorte kennenzulernen. Und dafür sorgen, dass er sie wiedersieht.

Und Daisy wird erfahren – als hätte sie das jemals bezweifelt –, dass die Gefühlskälte ihrer Mutter wirklich kaum noch zu überbieten war. Trotzdem – auf dem Kalender ihres Lebens wird dies ein Tag werden, den sie aus gleich mehreren Gründen dick und rot anstreichen wird.

48

Die Autofahrt ist lang, und der Verkehr fließt immer wieder stockend. Sie müssen an fast jeder Raststätte halten, was dem Mann, der fast die ganze Zeit über spricht, noch mehr Zeit zum Reden gibt. Für diese gänzlich unerwartete Schilderung ganz verblüffender Tatsachen. Er hat viel Zeit, um alles loszuwerden. Was jetzt auch das Beste ist, denn hier bahnt sich offenbar eine völlige Umwälzung an.

Ein Riss in der Mauer, die seine Vergangenheit umgibt, endlich. Lange bewahrte Geheimnisse, die langsam durchsickern und ans Tageslicht kommen. Ein Vater, der seiner Tochter reinen Wein einschenkt. Über Ereignisse, lange vor ihrer Geburt. Ereignisse, über die bis heute nicht geredet wurde. Jetzt presst er alles aus sich heraus. Er hört sich reden, aber es kommt ihm vor, als erzähle er Geschichten über das Leben eines anderen, nicht über sein eigenes. Sie waren so lange Zeit verdrängt, so lange verschwiegen worden, dass sie ihre Bedeutung verloren hatten.

Er erzählt von dem schrecklichen Unglück. Ein Feuer in einem Restaurant, das alles veränderte – einen Namen, einen Lebensentwurf. Und das Schicksal nicht nur von ihm selbst.

Er enthüllt ein weiteres Geheimnis. Dass er, genau wie sie, früher Klavier gespielt hat.

Seine Tochter sitzt am Steuer, gespannt und mit ernstem Gesicht hört sie zu. Ihr ist jetzt klar, dass das Feuer nicht nur seine rechte Hand verstümmelt, sondern auch seine Träume zunichtegemacht hat. Dass er ein Wunderkind war, das zahlreiche Wettbewerbe gewonnen und wichtige Preise erhalten hatte. Und ein Geschenk – eine silberne Uhr mit einer Widmung von Arthur Rubinstein.

Catherine erfährt, dass seine Pläne seit frühester Kindheit festgestanden hatten, wie es bei Wunderkindern eben so ist. Räder, die man auf eine Schiene setzt, auf der sie sich unaufhaltsam fortbewegen.

Doch dann die Unterbrechung: der Krieg. Die Armee. Die Jahre, in denen er fort war.

Einschließlich einiger Höhepunkte: England. Die Kameraden. Ein Konzertflügel dort, wo er am wenigsten einen vermutet hätte. Und die junge Frau, der er gehörte.

Das war das Allerbeste: die junge Frau, der er gehörte. Seine große Liebe, dort, wo er am wenigsten damit gerechnet hatte. Dann die Nachricht, dass er nach Amerika zurückmüsse. Und seine große Freude, dass sie Ja gesagt hatte.

Dann die Katastrophe, das Feuer. Der Verlust seiner Eltern. Der Verlust seiner Hand. Das Ende der Träume. Der Gewissheiten, an denen er nicht einen Moment gezweifelt hatte. Und die überwältigende Traurigkeit, der Zusammenbruch. Die lähmende Stille. Der Verlust seiner großen Liebe.

Schließlich die korrigierte Zukunft – ohne Carnegie Hall, ohne Lincoln Center und Konzerthallen im Ausland, ohne Ruhm und Reichtum, ohne die Frau, mit der er sein Leben hatte teilen wollen. Die Neugestaltung seiner Zukunft – mit einem neuen Namen, Higgins, als Ranger im White-Mountains-Nationalpark. Später als Lokführer der Zahnradbahn auf den Mount Washington.

Er fährt fort, erzählt Catherine von seiner Entschlossenheit, die Fackel an sie, sein einziges Kind, weiterzugeben. Gegen den Widerstand seiner inzwischen verstorbenen Frau. Was ihre Ehe auseinandergebracht und zu einer unüberwindlichen Kluft zwischen ihm und ihr geführt hatte, denn seine Frau hatte sich ständig beklagt, er gebe sein gesamtes Geld ausschließlich für ihre Tochter aus. Nie hatte sie ihre Verbitterung überwinden können über seinen Entschluss, dieser Tochter das Leben zu ermöglichen, das ihm selbst versagt geblieben war.

Jetzt endlich kann er darüber sprechen. Kann Catherine alles erzählen.

Und Catherine hört zu und ist sprachlos. Ihre Lippen zittern. Ihre Hände schwitzen, die Riffeln am Lenkrad können die Feuchtigkeit nicht aufnehmen. Immer wieder sieht sie ihren Vater von der Seite an und muss sich zwingen, den Straßenverkehr im Auge zu behalten. Sie fragt, wo die Uhr ist, warum sie die nie gesehen hat, das würde sie sehr interessieren. Und ahnt dabei nicht, dass sie diese Uhr noch heute Nachmittag zu Gesicht bekommen wird.

Sie fragt, warum er ihr nie davon erzählt hat, dass er auch Klavier gespielt hat, dass auch er hochbegabt war. Wie konnte er sie jahrelang zu ihren Klavierstunden begleiten, ohne je etwas zu erwähnen, die ganze Kindheit hindurch, die Jahre als Teenager, immer mit dem unbeirrbaren Ziel, sie auf die Juilliard School zu bringen. Wie war es nur möglich, dass er nie ein Wort darüber verloren hatte. Sein Gesicht ist angespannt. Seine Antwort klingt wie eine Verteidigung. Er habe kein Mitleid gewollt. Dieses Kapitel sei für ihn abgeschlossen gewesen und habe nie wieder aufgeschlagen werden sollen.

Es war ihm doch alles genommen worden, denn er würde nie wieder Klavier spielen können. Und damit sei es erledigt gewesen. Mitleid hätte er nicht ertragen. Deshalb habe er auch einen anderen Namen angenommen, den Mädchennamen seiner Mutter, Higgins. Und er sei weit weggezogen, in die entlegenste Ecke von New Hampshire, in das kleine Blockhaus, in dem er bis heute wohnt.

Catherine fragt noch einmal nach der Uhr. Er sagt, er habe sie in England gelassen und sei froh darüber. Nie habe er es bedauert, denn er habe sie der Frau geschenkt, die er liebte wie das Sonnenlicht.

Sie hieß Daisy.

Catherine fragt, warum Daisy nie nachgekommen ist.

Ihr Vater schüttelt den Kopf. Sie habe nie auf die Telegramme reagiert, die er geschickt hat. Sechs Telegramme insgesamt. Doch nie habe er eine Antwort bekommen. Der Schmerz über dieses lange, quälende Schweigen ist ihm immer noch anzusehen. Das sei völlig untypisch für sie gewesen. Er war zu dem Schluss gekommen, dass sie befürchtete, er könne ihr nach seinem Unfall keine Zukunft mehr bieten. Sie muss sich zu sehr davor gefürchtet haben, ihre Heimat zu verlassen, ihre Familie, ihr Land, wahrscheinlich war ihr das alles zu ungewiss. Noch immer verteidigt er sie, meint, das sei auch ganz verständlich.

Noch weiß er es nicht, aber er wird später am Nachmittag erfahren, dass, obwohl Daisy den Briefträger nie aus den Augen ließ, ihre Mutter die Telegramme abgefangen und vermutlich alle vernichtet hatte.

Und endlich wird auch aufgedeckt werden, wie ihr das möglich war: Die beste Freundin von Daisys Mutter arbeitete im Telegrafenamt.

Catherine schwirrt der Kopf. Sie fragt, warum er ihr das

alles jetzt erzählt. Hat es irgendwas mit dieser Autofahrt zu tun? Mit dem Gefallen, ihn zu fahren, um den er sie gebeten hat? Mit seiner Entschlossenheit, die Nachricht vom Tod der alten Frau, die auf dem Berg gefunden wurde, persönlich zu überbringen? Er hatte Captain Miller zugesagt, er werde sich darum kümmern.

Ihr Vater nickt. »Erinnerst du dich an den Jungen an der Bahn? Der mich nach Michael Baker fragte?« Das habe ihn völlig umgehauen, er sei sprachlos vor Überraschung gewesen. Diese Frage, so völlig aus dem Nichts. So unerwartet. Ein Name, den er sechzig Jahre nicht mehr gehört hatte.

Catherine nickt.

Mit bebender Stimme sagt ihr Vater, es sei doch möglich, dass dieser Junge mit jemandem da gewesen sei, von dem er nie geglaubt hätte, dass er ihn je wiedersehen würde. Es könne doch möglich sein, dass er Daisy gesehen habe, dort unten, am Fuße des Berges. Vielleicht ist sie ja hier, in Amerika, in New York.

Catherine schweigt. Sie muss das erst alles verarbeiten. All diese Neuigkeiten, so überraschend und überwältigend. Sie muss nachdenken. Über die Liebe, über die sie in letzter Zeit sehr häufig nachdenkt. Was ihr jedes Mal einen Stich versetzt. Immer deutlicher wird ihr bewusst, dass die Bindung an ihren Beruf, die bisher so fest war, dass sie ihr fast die Luft nahm, sich langsam löst. Etwas freigibt. Spielraum für noch etwas anderes, außer Musik. Catherine, fünfzig Jahre und bekannt in den Konzertsälen der Welt, fragt sich in letzter Zeit manchmal, ob ihr wohl eine Liebe begegnen könnte, die sich genau in diese freie Stelle einfügen würde.

Sie ahnt nicht, dass sich eine solche Möglichkeit ergeben wird, noch ehe dieser Tag zu Ende geht. Im Garten des Hauses, zu dem sie jetzt fahren. Dass sie heute Nachmittag dort etwas finden wird, was ein Anfang sein könnte. In Gestalt eines Engländers, dessen Ehe gerade gescheitert ist. Eines Experten für die Kunst des siebzehnten Jahrhunderts, Verfasser eines Bestsellers.

Und vielleicht – durch sie – mit einer neuen Zukunft.

***

In zehn Minuten werden sie da sein. Es gibt Unklarheiten wegen der Richtung. Der Vater liest die Wegbeschreibung vor, aber die Tochter biegt wiederholt falsch ab. Die Atmosphäre im Wagen ist angespannt.

Der Vater überlegt, ob es wirklich Daisy war, die er gesehen hat. Wäre das tatsächlich möglich? Der Gedanke beschäftigt ihn zunehmend. Kann sie es gewesen sein, oder war das alles nur ein Traum? Eine Fata Morgana, die Einbildung eines alten Mannes? Oder spielt ihm sein Gedächtnis einen Streich? Als Ergebnis seiner jüngsten Neigung, Erinnerungen nachzuhängen?

Sie haben das Haus gefunden und biegen in die Einfahrt. Öffnen die Autotüren. Den alten Mann trifft die Hitze wie ein Faustschlag.

Mit steifen Beinen quält er sich zur Haustür. Von hinten aus dem Garten dringen Geräusche, die klingen, als feiere man eine Party. Vater und Tochter sind erleichtert, das bedeutet zumindest, dass jemand zu Hause ist. Es war ziemlich leichtsinnig gewesen, einfach loszufahren, ohne vorher anzurufen.

Mit zittrigem Finger drückt er auf die Klingel. Die Nerven des alten Mannes sind angespannt wie seit Jahrzehnten nicht mehr. Er kommt sich vor wie ein ängstlicher Schuljunge mit weichen Knien.

Catherine sieht ihn an. Nimmt seinen Arm. Für sie ist es ungewohnt, ihn so zu sehen. Ein Mann, der seine Gefühle immer unter Kontrolle hatte. Was muss diese Frau, diese Daisy, ihm bedeutet haben? Hoffentlich ist die Fahrt hierher kein Fehler gewesen. Hoffentlich wird er nicht aufs Neue enttäuscht. Schließlich hatte diese Daisy ihn schon einmal sitzenlassen. Catherine überfällt plötzlich die Sorge, dass er eigentlich ein großes Risiko eingeht. Und trotzdem, wie energisch er darauf bestanden hatte! Nichts hätte ihn davon abhalten können hierherzukommen. Catherine denkt über das Wesen der Liebe nach, während sie ihn beim Warten beobachtet, in den langen Sekunden vom Läuten der Türklingel bis zum Geräusch von Schritten, die sich nähern.

Ihr Vater streicht sich schnell über das Haar.

Die Tür wird geöffnet. Ein langhaariger Neunzehnjähriger sieht sie neugierig an. Ob er etwas für sie tun könne? Der alte Mann nickt. Er wolle eine gewisse Daisy sprechen, ob sie hier sei? Er habe Nachrichten über Hulda Khiest.

Der langhaarige Neunzehnjährige tritt zurück und bittet sie herein. Er werde Daisy holen und gleich wieder da sein.

Der alte Mann ist ein Nervenbündel.

* * *

Steve tritt hinaus zu Daisy, die in einem Gartenstuhl neben Ann am Pool sitzt. Er sagt, dort an der Tür sei jemand für sie, der eine Nachricht über Hulda habe. Er wolle nur sie sprechen.

Mühsam erhebt Daisy sich aus dem Gartenstuhl, wobei Steve ihr hilft. Schnell überquert Daisy den Rasen. Sie will die Partystimmung nicht stören und sagt niemandem etwas.

Geht die Treppe hinauf, über die Terrasse, durch die Glastür, ins Wohnzimmer.

Dort stehen zwei Leute, nervös, gespannt.

Daisys Blicke ruhen auf Michael. Seine Augen finden ihre. Nach sechs Jahrzehnten sehen sie sich wieder. Sie brauchen beide einen Moment, bis sie sich darüber klar sind. Die Tatsache begriffen haben. Sie schlucken.

Dann geht Daisy langsam auf ihn zu, und auch Michael kommt ihr entgegen, bis sie einander gegenüberstehen. Stille, in der unglaublich viel passiert.

Der alte Mann bricht das Schweigen. Fast versagt ihm die Stimme. »Daisy?«

Daisy nickt. Sie wagt kaum zu atmen. Ist unfähig zu sprechen. Sie öffnet den Mund, aber es kommt kein Ton heraus.

»Ich bin Michael Baker.«

Catherine Higgins wird leicht schwindelig. Sie hört es zum ersten Mal. Starrt ihren Vater an, muss diesen Namen in sich aufnehmen. Den Mann neu einordnen.

Daisy sieht Michael an, und er sieht sie an. Mit den Augen tasten sie einander ab. Nehmen das Gesicht des anderen in sich auf. Vergleichen es mit dem Gesicht von damals. Lesen Emotionen ab, manche von der Oberfläche, andere aus ihrem tiefsten Innern.

Jeder findet im anderen das, was in ihm selbst erhalten geblieben ist. Sie beide halten den anderen nach wie vor für schön und weitgehend unverändert.

Daisy denkt, was für ein gut aussehender Mann.

Michael ist ebenfalls überrascht, dass sie noch immer so aussieht, wie er sie in Erinnerung hat. Sie ist noch immer eine Schönheit. Der Name *Little Nugget* passt immer noch zu ihr.

Sie schauen sich an, tauchen ein und fördern zutage. Und es gibt keinen Zweifel: Obwohl sie ein Leben lang getrennt waren, haben sie auf eine rätselhafte, geheimnisvolle Art miteinander Schritt gehalten.

Die Zeit vergeht, keiner macht den Versuch, sie festzuhalten. Sie sind zusammen, wie eingeschlossen in einer Luftblase, von der sie beide umgeben sind.

Catherine beobachtet sie und staunt. Von draußen dringt Lärm von der Hochzeitsfeier herein, Wasserplanschen, Lachen, die Rufe der Kinder.

Endlich bricht Daisy das Schweigen. Sie zittert noch immer vor Erregung, doch sie gibt sich Mühe, mit fester Stimme zu sprechen. »Kann ich euch etwas anbieten? Ihr habt eine lange Fahrt hinter euch. Wie wär's mit einem schönen, heißen Tee?« Sie rechnet mit einer Ablehnung, wie üblich.

Doch sie erlebt eine Überraschung, die ihr fast eine Gänsehaut beschert. Denn Michael strahlt sie an: »Einen richtig starken englischen Tee? Ach, das wäre wunderbar.« Er hat Tränen in den Augen.

Daisy ebenfalls. Sie kommen ihr einfach, sie kann nichts dagegen tun. Sie legt die Finger an die Lippen, ihr Herz schlägt Kapriolen.

Und sie schickt Hulda einen stummen Dank. Hulda, die nie wissen wird, was sie bewirkt hat. Denn wenn sie sich den Ausflug zum Mount Washington nicht gewünscht hätte, wenn sie nicht zusammen auf den Gipfel gefahren wären, wenn Hulda nicht zurückgeblieben wäre, um das zu tun, was sie sich vorgenommen hatte, dann hätte es keine Suchtrupps gegeben.

Und dann gäbe es diesen Moment nicht. Diese unglaubliche Fügung, diese märchenhafte Wende des Schicksals. Die Kristallisation der Zeit.

Und dann würde Daisy Michael und Catherine jetzt nicht bitten, wenn es ihnen nichts ausmache, mit in die Küche zu kommen. Und sie würden ihr nicht folgen, aus der Diele durch das Spielzimmer, durch den Flur und ins Wohnzimmer.

Vorbei an Jodeli, der vor dem großen Fenster auf seiner Stange sitzt.

Und vorbei an Michael, der in seiner nassen Badehose Klavier spielt.

* * *

Zu ihrer Hochzeit laden ein:

DAISY PHILLIPS

&

MICHAEL LEONARD BAKER

Am 16. Juli 2006

Um 14 Uhr

Port Washington, Long Island

New York

DANKSAGUNG

MEINE DANKBARKEIT gegenüber meinem wunderbaren Agenten Adam Chromy für seine besonnene Beratung, seinen unerschütterlichen Glauben und seine Begeisterung für dieses Buch lässt sich kaum in Worte fassen. Mein Dank geht auch an Jamie Brenner, ebenfalls bei Artists and Artisans, für ihr großes Fachwissen und ihr Verständnis für Geschichten.

Ich danke Dot Nicholson, meiner Cousine zweiten Grades, für ihren Besuch im Sommer 2007, denn ohne diesen Besuch wäre dieses Buch nicht geschrieben worden. Wir hatten keine besonderen Erwartungen an diesen Besuch gehabt, doch wir hoben einen Schatz. Ihr Mut, allein nach New York zu kommen und bei einer völlig fremden Familie zu Gast zu sein, inspirierte mich zu meiner Romanfigur Daisy.

Ich danke auch meinen ersten Lesern, Leonard Baker, Carol Spier, Adele Spier und Ellen Reiter. Ein besonders herzliches Dankeschön geht an meine Mutter, Glad McGlynn, und an meine Schwester, Cate McGlynn, für ihr begeistertes und mehrmals wiederholtes Lesen und für ihre unermüdliche Unterstützung. Ich danke ebenfalls meiner Schwiegermutter,

Marylin Toomey, und meinem Bruder, John McGlynn, für ihren Zuspruch.

J. P. Shields danke ich für sein Fachwissen über Installationsarbeiten und Katastrophen im Keller, und Henry Jaglom dafür, dass er schon vor Jahren zu mir sagte: »Du kannst schreiben, du weißt es nur noch nicht.«

Mein tief empfundener Dank geht auch an Shaye Arehart, meine Lektorin und Verlegerin. Erstens dafür, dass sie diesem Buch überhaupt eine Chance gibt, und zweitens, dass sie es auf Trab gebracht hat. Ich danke auch Christine Kopprasch und allen anderen bei Random House für ihre Zeit und ihre begeisterte Unterstützung: Kira Walton, Anna Mintz, Katie Hickey, Annsley Rosner, Patricia Shaw und allen anderen, von deren Hilfe ich profitiert habe, denen ich aber nicht persönlich danken kann.

Und natürlich danke ich denen, ohne deren tägliche Unterstützung, Ermutigung und Verständnis dies nicht möglich gewesen wäre: meinem wunderbarer Mann, Rob Toomey, und unseren drei liebenswerten Söhnen, Jamie, John und Owen Toomey. Ich danke euch, Jungs, dass ihr mir Zeit gegeben habt.

Gewinnen Sie ein tolles Buchpaket mit fünf Taschenbuch-Bestsellern!

**Sie haben den Roman von Stacey McGlynn gelesen?
Dann können Sie bestimmt diese Fragen richtig beantworten!**

In welcher britischen Stadt lebt Daisy Phillips zu Beginn des Romans?

- ○ London
- ○ Liverpool
- ○ Manchester

Welchen lange vergessenen Schatz entdeckt Daisy im Keller ihres Hauses?

- ○ eine Armbanduhr
- ○ eine Brosche
- ○ ein altes Buch

Von wem hatte sie diesen Schatz einst als Verlobungsgeschenk erhalten?

- ○ Matthew
- ○ Jonathan
- ○ Michael

Wohin führt Daisys große Reise?

- ○ nach Südafrika
- ○ nach Norwegen
- ○ nach Nordamerika

Gewinnen Sie! Machen Sie mit! Im Internet unter
www.heyne.de/Frauen-Bestseller vom 1. bis 31. Oktober 2011.

Viel Glück wünscht Ihnen
Ihr
Wilhelm Heyne Verlag

Eine Teilnahme ist nur online unter
www.heyne.de/Frauen-Bestseller
möglich. An der Verlosung nehmen ausschließlich persönlich
eingesandte Antworten teil. Mehrfacheinträge
(manuell oder automatisiert) sind nicht zugelassen.
Der Rechtsweg ist ausgeschlossen.

HEYNE ‹